撃墜王
岩本徹三
零戦空戦記

二〇二機を撃墜した「虎徹」

赤井照久

潮書房光人新社

岩本徹三は昭和13年２月10日に南京着、同年９月半ばに帰国した。寒そうな格好をしているので幌筵島時代のようでもあるが、徹三の子孫邸には日華事変時の写真が多数あるので、中国における徹三ではないだろうか。

▶家族写真。右からふたり目が三男だった徹三。父の岩本早太（後方）は樺太の真岡警察署長で、後に樺太の広地村長になった。長男は大学に入り次男は早世したので早太は徹三に家を継がせたいと考えていたが、徹三は海軍に志願してしまった。

▼左からふたり目が徹三。少年時代の徹三は頭がよくてすばしっこく、いたずらをしてもつかまりはしない、いわば後に零戦に乗る徹三のようだった。小柄だが、体操、教練、武道といった科目で「甲」をとっていた。

▲霞ヶ浦航空隊練習生時代。徹三は昭和11年４月に第34期操縦練習生として霞ヶ浦航空隊に入隊し、はじめて飛行機に乗った。霞ヶ浦における飛行訓練は12月に終わるのだが、通算飛行時間は146時間50分だった。

▲霞ヶ浦航空隊練習生時代。九三式中間練習機、通称「赤とんぼ」、三式陸上練習機、九〇式機上作業練習機、九〇式複座練習戦闘機、九〇式艦上戦闘機で訓練をおこなった。

▼徹三の死後、妻幸子はこの写真の説明として「休暇で実家に帰ったとき写したものだと思います」と述べている。凜々しい感じがする。

▲徹三は昭和12年１月から同年７月まで佐伯航空隊で訓練にはげんだ。そのころの写真。佐伯空における訓練終了時の、徹三の通算飛行時間は271時間50分、飛行回数は663回だった。

▼南京の大校場飛行場に展開する第一二航空隊の九六式二号一型艦上戦闘機。138号機には徹三が南京基地に着任した直後の昭和13年２月18日と24日の２回、搭乗した記録が徹三の「航空記録」にしるされている。

▲九六式艦上戦闘機。妻幸子は操縦者を徹三と考え、この写真を引きのばして飾っていた。日華事変時、徹三はこの124号機で７回出撃、昭和13年４月29日にはこの機体で２機撃墜、１機協同撃墜の戦果をあげている。

▼おそらく中国の基地において、拳銃の射撃練習をする徹三。拳銃は敵を倒すためにあるのだが、中国では捕虜になると惨殺される場合があったので自決用でもあった。

▼下士官用の陸戦服に身を包んだ徹三。右腕に縫い付けられた階級章から三等航空兵曹時代に中国大陸で撮影されたものと思われる。

▶日華事変における功績により、昭和15年４月29日、天長節の日に金鵄（きんし）勲章をたまわった。胸に、右から支那事変従軍記章、青色桐葉章、金鵄勲章をつけている。

◀空母「瑞鶴」飛行機隊時代、零式一号艦上戦闘機二型（のち零戦二一型）を背にした岩本一飛曹。当時の搭乗機は102号機であった。

▲右端、戦後の徹三。徹三が知り合いに出した手紙に「虎徹も一歩社会に出ればすべてが人生航路第一歩です。ときたま大空を眺めてぼんやりする事があります」とさびしげに書いたものがある。

▲ツナギ姿の戦後の徹三（右端）。公職追放にあい、開拓を志して北海道へ行ったり、東京都成城町にある御用林で働いていたことがあり、写真はそのころのものと思われる。戦後の徹三は、妻幸子実家の酒屋、土木事務所、菓子問屋と職を転々とした。

◀昭和26年９月、徹三は公職追放解除になった。戦後、職を転々とした後にようやく地元の大和紡績に就職できた。これはそのころの写真。定職につけたので、家族は大喜びだったという。

撃墜王 岩本徹三零戦空戦記 —— 目次

撃墜王 岩本徹三零戦空戦記

——二〇二機を撃墜した「虎徹」

第1章　武者震いの初陣

天下の浪人、零戦虎徹

太平洋戦争中の空中戦で、自分は二〇二機を撃墜したと主張した海軍パイロットがいた。岩本徹三少尉（終戦時の階級）で、使用機は零戦だ。徹三は戦後、回想録をノート三冊にびっしり書きこみ、昭和三〇（一九五五）年五月二〇日にこの世を去った。その記録は没後の昭和四七年に『零戦撃墜王』というタイトルで出版され、後に文庫本化された。

岩本徹三の実家のあった島根県益田《ますだ》市に、徹三の次男が住んでおられる。この次男の方によると、徹三の父は厳格、誠実な警察官で、自分すなわち次男の方も血筋を引いて厳格な性格で、およそおおげさな話をする性格ではないという。だから厳格なおじいさんと厳格な息子の間にはさまる岩本徹三も、およそおおげさな話を書く性格ではなかったはずだとのこと。すなわち二〇二機撃墜は徹三が吹聴するノリで書いたのではなく、本人が心底そう信じてノートにしるした数字であろうというのが次男の見解だ。しかも二〇二機には、徹三が太平洋戦争前の中国との戦いで撃墜した一四機（使用機は九六式艦上戦闘機）はふくまれていない。

岩本徹三の写真は数多く現存する。そのどれを見ても体格は小柄、きゃしゃだ。顔立ちは端正、どちらかというとアイドル風だ。が、人は見かけによらない、という言葉はまさに徹三のためにある。

太平洋戦争を生きぬき、幾多の空戦をくぐりぬけ、多くの敵機を落とした徹三は「天下の浪人、零戦虎徹」といった言葉をジャケットの背に誇らしげに書いていた。次男邸に、徹三が杉山という友人に送った手紙三通のコピーが残っている。徹三の死後、杉山がコピーを妻の岩本幸子《ゆきこ》に送ったもので、興味深いのは、一通には、手紙の最後の部分に「虎徹」とサインし、あとの二通には「浪人虎徹」「浪人者虎徹」とサインしていることだ。そしてその一通には、〈虎徹も一歩社会に出ればすべてが人生航路第一歩です。ときたま大空を眺めてぼんやりする事があります〉

とさびしげに書いている。そう、徹三は戦後においても、なお「虎徹」と自称していたのだ。

柴田武雄という人物からの手紙が、次男邸に残されている。原文の一部を以下に書く。

〈小生は、戦時中、ラバウル航空隊時代、一時、故岩本徹三君の部隊長だった（二〇四海軍航空隊司令で、二〇一空の戦斗機隊をも統一指揮しておった。岩国の三三二空のときもちょっといっしょだった）者ですが、ラバウル時代はごく短期間だったけれども、岩本君が空戦に大変強く敵機を多数撃墜するので、『岩徹《ガンテツ》』という愛称で尊称しておりました〉

外見はやさしそうだが、中身は豪傑。それが徹三という人間であったのではないか。

徹三の生い立ち

戸籍簿によると、岩本徹三は大正五（一九一六）年六月一四日、樺太《からふと》すなわち現在のサハリンの泊居《とまりおる》郡泊居町に生まれた。ただし後の益田農林学校卒業証書と、戦後の自動車運転免許証には、生年は同じだが、五月一四日生まれになっている。どちらが正しいかだが、次男家では戸籍にある六月一四日を採用している。兄弟は四人。徹三は三男で、下に妹がいた。

徹三の父の名を早太といい、警察官であったが、給料がいいということで辺境の地に引っ越した。『石見実業時報』という新聞が、益田市にかつてあった。その大正一五年六月一五日付け紙面に、岩本早太は樺太の真岡《まおか》警察署長で、後に同じく樺太の広地村長になったという経歴の流れが書いてある。

「亡夫岩本徹三の思い出」という文章が、『零戦撃墜王』の巻末に添えられている。長くもなく短くもないこの文章は、戦時以外における徹三の人生の断片を後世に伝えている。書いたのはもちろん岩本幸子で、それによると徹三が父とともに島根県益田に帰ったのは昭和四年ごろだ。少年時代の徹三は室内に閉じこもって勉強をするよりも、外で遊びまわる活発な子どもだった。自分が大将になって近所の子どもを引き連れ、山桃を勝手にとって逃げる。小柄ですばしっこく頭がいいので、つかまりはしない。つまり子どものころの徹三は、零戦に乗る徹三のようなものではなかっただろうか。

徹三は生涯を通じて、人に好かれるタイプの人格をそなえていた。「亡夫岩本徹三の思い出」によると、徹三少年は漁師といっしょに海岸で網を引き、褒美に魚一箱をもらって帰り、食べきれないので近所におすそ分けをした。そして、またもらってきてくださいといわれれば朝早くから出かけて網を引き、魚をもらって帰ってきたりした。

戦争末期、徹三は千葉県の茂原基地にいたことがある。そのころ徹三は、同僚を連れて武田屋という料理店に足しげく通っていた。この武田屋の娘からの手紙が徹三の次男邸に残っているのだが、それには次のように書いてある。

〈家では岩本様と申すより虎徹さんの方が通りが良く、父は自分の身内の様に大切にし、本当に惚れこんでいた様でした〉

徹三は戦後も武田屋をおとずれており、義理がたい性格を感じさせる。

徹三は昭和六（一九三一）年四月に、島根県立益田農林学校に入学する。もともと園芸が好きで、柿の木を植えたり花を栽培したりしていたという。

益田農林時代の徹三の成績表が残っている。その最終学年時のものを見ると、「測量」「普通作物」「果樹」「畜産」という科目が「優」、「修身公民」「国語」「漢文」「三角」「農業経済」「作物汎論」「林業」「農産加工」「体操」「教練」「武道」が「甲」、「英語」と「土壌肥料」が「乙」だ。ちなみに「優」は九〇点以上、「甲」は八〇点以上、「乙」は六〇点以上という説明が成績表についていて、徹三の全科目の平均は「甲」と記載されており、「丙」以下の科目はひとつもない。そして席次だが、五三人中、一三番目となっている。

成績表を見ると、徹三は飛びぬけて優秀という感じはしない。ただ小柄ながら「体操」と「武道」が「甲」なので身体能力が高く機敏、空を縦横に飛びまわって敵機を落とすイメージに当てはまる。健康面だが、三年間を通じて欠席は一日だけだった。

昭和九年三月に益田農林学校を卒業。「亡夫岩本徹三の思い出」によると、父早太は徹三に家を継がせたがっていた。というのは、長男はすでに大学に入学しており、益田には帰りたくないといっていた。また次男は早くに亡くなっていたので、岩本家としては徹三に家に残って欲しかったのだ。が、徹三は海軍に志願、採用される。もちろん家族は猛反対するのだが、自分は三男だから国のために死んでもかまわないといって家を飛び出てしまう。

飛行訓練生時代

岩本徹三は昭和九（一九三四）年六月、呉海兵団に入団、四等航空兵として軍歴を開始した。その後、三等航空兵になり、軍艦「扶桑」に配属。昭和一〇年二月、整備術練習生として茨城県の霞ヶ浦航空隊に入隊。空母「龍驤」に乗り組み、二等整備兵になり、昭和一一年四月に第三四期操縦練習生として霞ヶ浦航空隊に入隊した。

次男邸に、岩本徹三の「航空記録」が一冊残されている。見開きで縦一五センチ、横二〇センチ。徹三の飛行記録であり、昭和一一年五月一日にはじまり、昭和一四年六月三〇日で終わっている。すなわち太平洋戦争中の記録はないのだが、徹三の飛行練習生時代と日華事変における活躍を知るのに貴重な資料といえる。

「航空記録」によると、徹三がはじめて飛行機に乗ったのは昭和一一年五月一日だ。機種は三式二号陸上練習機で、飛行時間は二五分。もちろん教員が同乗しての訓練飛行だった。単独飛行の初体験は同じ月の二二日で、飛行時間は離着陸の一〇分間のみ。徹三はこの五月、実に六二回飛んでいる。飛ばなかった日は五回あった日曜日だけで、かなりきつい訓練ではなかっただろうか。

七月には九三式中間練習機、通称「赤とんぼ」に乗って訓練を開始。一二月二三日の霞ヶ浦における最後の訓練まで、三式陸上練習機で五七時間三〇分、「赤とんぼ」で六六時間五分、九〇式機上作業練習機で四時間五分、九〇式複座練習戦闘機で一五時間四五分、九〇式艦上戦闘機で三時間二五分を飛び、通算の飛行時間は一四六時間五〇分。訓練内容は操縦訓練が一四一時間三〇分、夜間飛行が一時間一五分、機上作業が四時間五分で、計一四六時間五〇分となる。そして通算の飛行回数だが、三八八回だった。以後、徹三の訓練の場は、大分県の佐伯航空隊に移る。

佐伯空で最初の訓練があったのは昭和一二年一月一二日で、同航空隊における訓練は半年間、七月半ばまで続いた。使用機種は九〇式艦上戦闘機、九三式中間練習機、三式陸上練習機、九五式艦上戦闘機など。だが佐伯における総飛行時間一二五時間のうち九〇艦戦に乗っていた時間が一一一時間一〇分だったので、ほとんどの訓練にこの機種が使われたわけだ。

佐伯では、テクニックを要する飛行がおこなわれた。反転、宙返り、横転、背面飛行などだが、さらに複雑な編隊飛行訓練、夜間飛行、黎明飛行、計器飛行もあった。しかしなんといっても佐伯におけるメインの訓練は、空戦と射撃訓練だ。

徹三の「航空記録」には、後上方、前下方、側方、右占位後上方、反航接敵後上方といった、どの位置から攻撃するかを意味する用語が並ぶ。急降下爆撃、吹き流し擬射、水面的射撃といった言葉も見受けられる。佐伯空における訓練終了時の通算飛行時間は二七一時間五〇分、飛行回数は六六三回だった。

徹三は三月二七日に事故にあっている。夜明けの薄暗い中、爆撃訓練のために離陸した直後、高度三〇〇メートルでエンジンが停止した。九〇式艦戦は海に不時着、大破するという事故だった。しかしケガはなかったらしく、二日後の二九日からまた訓練をはじめている。

優秀だった九六艦戦

昭和一二年七月後半から、徹三の訓練は大村航空隊に移った。訓練項目はそれまでとあまり変わっていないが、大きな違いは八月から九六式艦上戦闘機が主に使われるようになったことだ。大村における訓練は翌昭和一三年一月末に終わるが、この間、徹三は九〇式艦戦に四九時間四〇分、九五式艦戦に三三時間二五分、九六式艦戦に八一時間五〇分乗っている。

九〇艦戦と九五艦戦は複葉機、つまり主翼が縦に二枚あるが、九六艦戦は主翼が一枚だけで見るからにスピード感のほとばしる戦闘機だ。九六艦戦は胴体、翼ともにすべて金属製で、ピカピカ光っていた。翼一枚が座席下方にあるので、前方と上方がよく見えた。最高速度はそれまで海軍が広く採用していた九〇艦戦の時速約三〇〇キロメートルに対し時速四〇〇キロを超え、上昇速度も速く、空中戦においてすぐれた性能を発揮した。なお九五艦戦だが、高性能の九六艦戦が日華事変で活躍するにおよんで、第一線から姿を消した。

昭和一二年七月七日、北京市西南にある盧溝橋で日中両軍が衝突し、泥沼の日中戦争がはじまった。四日後の一一日には戦時特設部隊として早くもふたつの航空部隊が編制され、第一連合航空隊、第二連合航空隊とそれぞれ名づけられた。第一連合は九六式陸上攻撃機を有し、中国各都市を空襲する戦略爆撃を担当。第二連合には九六艦戦部隊である第一三航空隊が属し、爆撃隊を護衛する任務についた。

八月中旬、空母「加賀」から上海方面へ向け発進した艦爆と艦攻隊が、中国空軍により多数撃墜されるという事態が生じた。また同時期、第二次上海事変がきっかけで第一連合航空隊の九六式陸攻が九州の大村、台北、済州島から南京、南昌などを空爆する長距離・渡洋爆撃を敢行、やはり少なからぬ犠牲を出した。理由は護衛戦闘機をつけなかったからで、ここに来て九六式艦上戦闘機の配備が急がれるようになった。

九月四日、空母「加賀」から飛び立った九六艦戦二機が、中国の戦闘機二機を撃墜した。続く七日には、同じく「加賀」の九六艦戦三機が敵五機を撃墜する。これらは九六艦戦による最初の戦果であり、同戦闘機がいかにすぐれているかの証明になった。

九月上旬に上海周辺の制空権を獲得していた日本の航空隊は、一〇日に上海近郊の公大基地に進出した。航空機にはもちろん新鋭の九六艦戦がふくまれていた。そしていよいよ日本軍は、中華民国・蔣介石の首都南京の攻略に手をつける。日本陸上部隊の南京進出を可能ならしめるため、航空支援は不可欠だ。そのために中国空軍をつぶす。南京航空撃滅戦はこうしてはじまった。

九月一九日、九六式艦上爆撃機一七機、第一三航空隊の九六式艦上戦闘機一二機が、上海公大飛行場から午前八時前に離陸。途中、九五式水上偵察機一六機と合流し、南京に向かった。午前一〇時前、南京直前の句容上空で、艦爆隊の後方を飛んでいた水偵隊をおよそ一八機と数えられた敵機が襲い、水偵隊は応戦、数機を撃墜した。

南京上空では複葉引き込み脚のカーチス・ホーク戦闘機多数が待ちかまえており、九六艦戦はこれと空戦、二〇機以上を撃墜破した。この戦闘による日本側被害は艦爆三機と水偵一機で、中国軍機を圧倒したといえる。

一九日は午前の攻撃だけにとどまらない。午後三時に二回目の南京空襲隊が発進。九六艦戦一〇機、爆撃機一一機、水偵一一機という構成で、南京上空における敵機はわずかに一〇機。中国機は九六艦戦を避け、水偵が護衛する爆撃機をねらうも日本機に被害はなかった。中国側は七機が墜落。一九日、二度の空襲で中国空軍は意気消沈してしまった。

翌二〇日から二五日まで、日本の航空部隊はさらに九次にわたって南京を空爆した。目標は大校場飛行場、軍需工場、軍司令部、通信施設、砲台、政府庁舎、鉄道駅、電気施設など。出撃機の延べ数は二九一機。敵機撃墜数は四八を数え、このうち四二機は撃墜確実、不確実は六機だった。

第三次空襲以降、中国空軍の抵抗はいちじるしく落ち、第七次以降は、第一〇次に敵機三機が日本軍機に出会ったとたん逃走した以外、敵機の姿を見ることはなかった。かくしてわずか七日間、一一回にわたる空襲で、日本は南京における中国空軍を圧倒してしまったのだ。

一〇月以降、中国空軍は目立った反撃に出なかった。しかし一二月二日、大規模な空戦が起きる。この日午前、敵爆撃機六機が上海基地に飛来。日本の航空部隊はこれを撃退するも、別の地域で一〇数機が日本の艦船と飛行場を襲い、日本側は南京に敵航空兵力が集中しつつあると判断した。同日の午前一〇時、上海基地から九六式艦上攻撃機八機が九六艦戦六機に護衛され、さっそく南京・大校場飛行場を空爆、このときに九六艦戦隊は敵機二〇数機と空戦になり、一三機撃墜（このうち不確実三機）を報じた。この空戦後、南京上空に中国機は見られなくなり、昭和一二年一二月一三日に地上部隊は南京を陥落させた。そして南京・大校場飛行場には、日本の航空部隊が相次いで駐留することとなった。

なお零戦がはじめて実戦配備されたのは昭和一五年七月のことで、この時分、中国戦線における主力戦闘機は九六艦戦だった。

日華事変に出陣

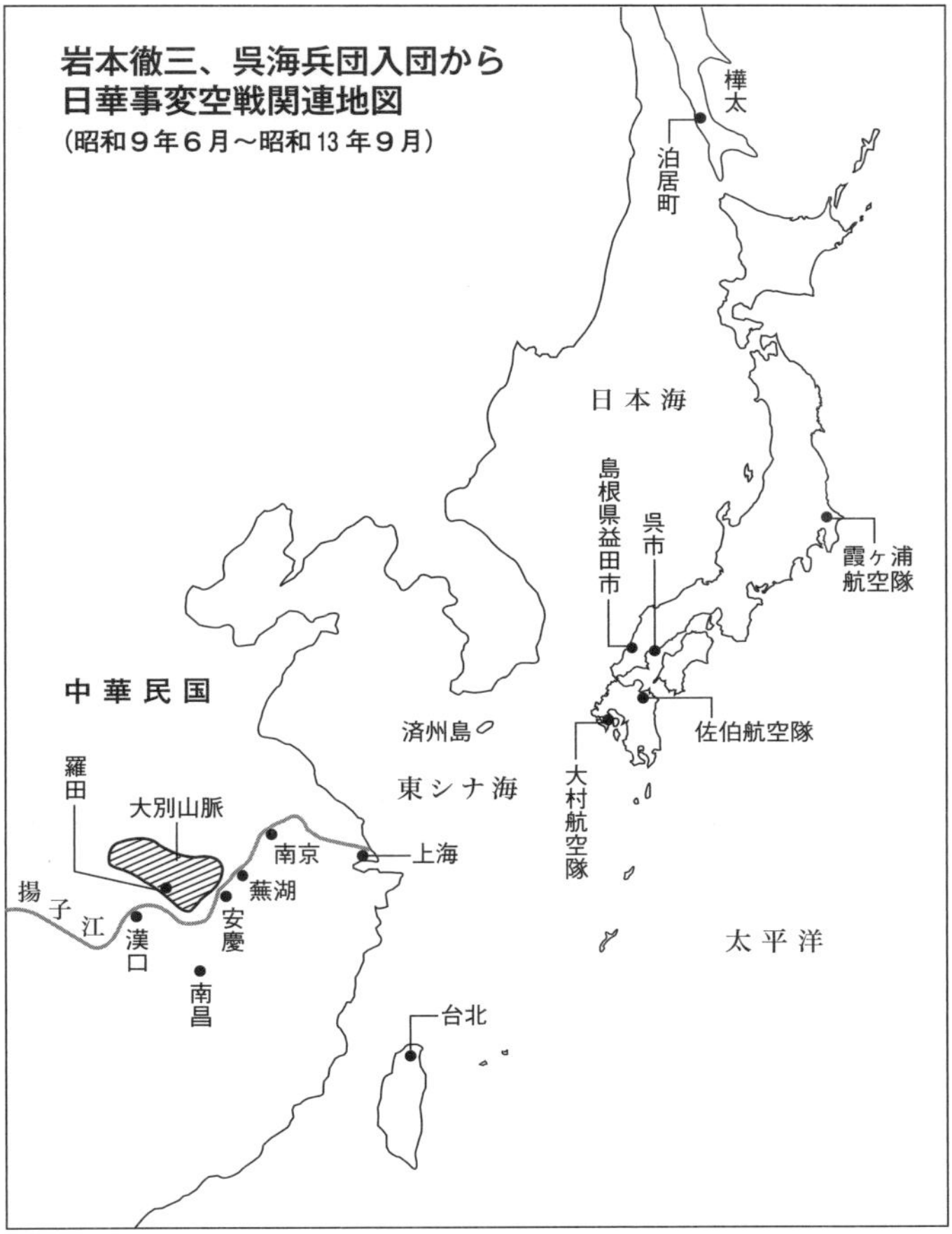

徹三が大村空で猛訓練に明け暮れていた間、日華事変は拡大していた。その血わき肉おどるニュースに日々接していた徹三は、一日でも早く大陸へ雄飛したい気持ちがつのり、いら立ちをおぼえていた。そんな徹三に下った命令が、南京基地・第一三航空隊への転勤だった。

昭和一三（一九三八）年二月一〇日、岩本一等航空兵は他の三機とともに大村飛行場を離陸した。日本における徹三の総飛行時間は四四〇時間五分、総飛行回数は九六五回。これらの訓練をへて、実戦参加することになったわけだ。中国までの移動指揮官は黒岩利雄一等航空兵曹で、編隊は途中、済州島と上海基地を経由し南京・大校場飛行場には夕刻着いた。大村から南京までの飛行時間は計五時間一五分。ヨーロッパまで続く大陸を大蛇のようにうねって流れる揚子江を眼下に見た徹三は目をみはった。河口はどこまでが海で、どこまでが川なのかわからないくらい広かった。

翌一一日と一二日は、〈蕪湖上空哨戒〉と「航空記録」にしるしてある。それぞれの飛行時間は一時間半と三時間。ただ『零戦撃墜王』には、一二日の飛行時間は一時間半と書いてある。徹三は『零戦撃墜王』のいわば原本になった「回想ノート」三冊のうちの日華事変の部分を、「航空記録」を見ながら書いたであろうことはまちがいない。というのは「回想ノート」にあるさまざまな数字と、「航空記録」に記録されている数字が一致するからだ。が、すべてが一致しているわけではなく、ちがっている数字もある。「航空記録」にある数字とは、搭乗機の型式番号、飛行回数、飛行時間などであり、累積数が日々正確に足し算されて記録されており、上官がチェックしハンコを押している。

その後、一七日の欄には〈蕪湖荻港上空哨戒〉書いてあり、続いて一八日〈南京上空直衛兼燃料試験〉、二四日の欄には〈大編隊〉と〈蕪湖上空哨戒（敵襲ノ報ニヨリ急行ス）〉としるしてある。二四日は敵襲のサイレンが響き、徹三も九六艦戦で駆けのぼった。が、敵機は遠くに爆弾を落としただけで姿を消していた。

徹三が南京に赴任したころの、中国における航空戦事情を以下に書く。

中国空軍は南京陥落後、一時なりをひそめていたが、昭和一三年に入ると反撃に出た。機種はソ連製のポリカルポフI－15とI－16戦闘機を主力とし、爆撃機も少数保有していた。総機数は三五〇機ないし四五〇機、パイロットは三集団いると日本軍は想定していた。まずソ連人パイロットで最も強力と思われ、次にアメリカ、フランス、カナダ、オーストラリア人の外人パイロット部隊がいると想定された。三番目の中国人グループだが、実地教育を欧米で受けた者で編制されていたものの、外人部隊ほどの戦力にはなっていなかった。中国空軍の主たる基地は漢口と南昌で、このころの日本陸軍は漢口攻略を目ざしており、航空隊は空からの支援をおこなっていた。

初陣で四機撃墜

徹三は最初の二週間は敵機を見ず、空からの風景に見とれていた。下界に目をやれば、揚子江に日本軍艦艇が走っていた。水路が揚子江から木の枝のように八方にのび広がり、無数の湖と池が光を反射させている。南京東方にある中山陵は、雄大で大陸的だ。ところがそんな観光気分も、爆撃隊の護衛出撃で吹っ飛んだ。

二月二五日、日本の航空部隊は南昌空襲をおこなった。この日、九六式陸上攻撃機三五機が出撃、この中攻隊を護衛したのが九六式艦上戦闘機隊だ。朝八時、田熊繁雄大尉が指揮する九六艦戦一八機は、南京・大校場飛行場を飛び立つ。岩本一空は、田熊大尉ひきいる第一中隊・第三小隊（小隊長黒岩一空曹）の三番機だった。実戦参加はもちろんはじめてだ。先輩パイロットから武勇伝をさんざんきかされてきた。いよいよ自分の番だ。体じゅうの血潮がたぎり、武者ぶるいする。

中間地点の蕪湖で中攻隊と合流、南昌に近づくにつれ編隊は横に広がり爆撃隊形をとる。高射砲弾が撃ち上がり、炸裂する煙の数が増していく。南昌上空に達したのは一二時四〇分。と、敵機は市街上空、高度四五〇〇メートルで待ちかまえていた。その数およそ五〇機。ポリカルポフI－15戦闘機と、I－16戦闘機の混成だ。これに対し、田熊大尉が指揮する戦闘機隊の第一中隊一〇機は、爆撃機・中攻隊の右上方一〇〇〇メートルに位置する。さらに、その一二〇〇メートル後方から第二中隊八機が高度四三〇〇メートルで続く。

中攻隊が爆撃をはじめたまさにそのときだ。敵機約一五機が編隊からはなれ、中攻隊のうしろ上方から襲いかかった。この敵機に対し突撃をかけたのは、第一中隊の第一と第三小隊だ。岩本機はこの第三小隊にいる。

雲の中から、敵機は次々に姿をあらわす。田熊大尉がエンジン全開で突っこんでいく。徹三も続く。降下しようとする複葉機I－15を発見。徹三はすぐ後ろ約五〇メートルに食らいつき、引き金を引く。吹き流しを撃っているのではない。実弾が敵機に命中している。複葉機の胴体から白煙が出た。炎がのぞき、たちまち火に包まれ落ちていく。初撃墜だ。体じゅうの血潮がわき上がる。

高度は四〇〇〇メートルにまで落ちていた。まず後ろ上方を見る。敵機に迫られていない。周囲に目を走らせる。と、I－15が下方、同じ方向に飛んでいる。

「いいカモがいるぞ」

徹三は敵機の背後上方についた。距離を縮めていく。徹三は冷静だ。自分の冷静さに驚いたほどだ。引き金を引く。命中弾があった。I－15は弧を描いて上昇していったかと思うとがくんと下を向き、ひらひら回転しながら墜落していった。たぶんパイロットに命中したのだろう。

周囲に目を走らせる。敵機はいない。味方機の姿もない。下で空中戦をやっている。I－15一機がのぼってきて、背面になっているのを発見。反転して、日本機を背後から撃とうという姿勢だ。徹三は一撃を加える。ほんの二秒ほどだ。敵機はエンジンから火を噴き、錐もみ状態で落ちていった。地上に墜落したかどうか。これは確認できなかった。

その直後、単葉機が四機、上昇してくるのが目に入った。自分を攻撃に来た、と徹三は思った。徹三は臆せず、四機に対し突入をかける。そのうちの一機を追う。が、射程内に入れることができず、逃げられてしまった。

初陣で二機、撃墜確実だ。徹三は興奮していたが、冷静さを失っていない。四方八方に常に目をやる。中攻隊の爆撃により、火災を起こしている飛行場が視界に入った。高射砲を撃ち上げるときの火炎が赤く光る。敵機を求めて、高度三〇〇〇メートルまで下がった。と、I－15一機とすれちがった。徹三は反転し、二度銃撃する。失速したかのように複葉機のスピードは急に落ち、地上に激突した。

南昌市街の南に旧飛行場があり、そのまた南に新飛行場ができている。徹三は、敵機が南昌の新飛行場に向かっていくのを発見した。単葉機Ｉ－16だ。すでに脚をおろしている。着陸しようというのだ。高度が低すぎて、自分の機にとっても危険だ。地上に衝突する恐れがある。しかしチャンスはのがすまい。着陸前にスピードの落ちた敵機に猛烈に接近し、撃った。Ｉ－16は新飛行場上空で火を発し、滑走路の端で地上に激突大破した。

午後一時九分に戦場を離脱。そのさいにＩ－15四機の追撃を受けた。徹三は地上すれすれに逃げた。敵機との距離は約六〇〇メートル。この距離で、敵は射撃をはじめた。しかし遠すぎて命中しない。徹三は自然に頭をすくめる。九六艦戦のほうが速く、敵機を振り切る。

空中戦闘時間は二〇分間、と徹三は「航空記録」にしるしている。戦い終えた安心感と、初陣で五機を撃墜破した達成感にひたりながら見おろすと、緑の大地に揚子江が大きく蛇行しているのが目に入った。帰途、中継地の蕪湖基地に着陸し、燃料補給を受けた。

南京基地帰着は午後三時四〇分。九六艦戦からおりようとすると、指揮所から人がどっと駆け寄ってくる。口々に、

「何機やったか」「空戦はどうだった」

ときく。基地司令官の前に立つと、徹三は思い出すかぎり、しかし簡潔に空戦の状況を伝えた。そして、

「イ15、三機、イ16、一機、撃墜。イ15、一機不確実、終わり」

と元気よく報告した。子どものような顔をした初陣の徹三がこれほど活躍するとは、司令官

はむしろびっくりしているようだった。

二月二五日、田熊大尉ひきいる戦闘機隊はI－15を一八機撃墜、一一機撃墜不確実、I－16を八機撃墜、一機撃墜不確実を記録した。戦死者は田熊大尉と隊員一名の二名。岩本機の被害は、右の翼先端に前上方からの弾が一発命中していただけだった。

天長節の空中戦

昭和一三年三月末、航空隊の改変により徹三は第一二航空隊に移った。一二空は九六艦戦三〇機を定数とし、パイロット五〇人余りを有する強力な戦闘機隊だった。

二月一〇日に中国に赴任して以来、三月末までの一三空における徹三の飛行回数は二七回、飛行時間は五二時間二〇分だった。任務の多くは南京と蕪湖基地上空の哨戒だが、二月二五日と三月二七日の二回、南昌と漢口を空襲する中攻隊の援護に出撃している。そして三月末までの総飛行回数九九三回、総飛行時間は四九四時間三五分と「航空記録」にしるしてある。

日本陸軍は漢口攻略をもくろんでいた。再建を目ざす中国空軍は、漢口に航空機を集中させる。これを一挙につぶすために、日本の航空部隊は漢口を大規模空爆することになった。目標は兵器工場と飛行場だ。日は四月二九日。天長節といって、この日は昭和天皇の誕生日だ。だから日本軍としては、何がなんでも大戦果をあげて祝いたかった。

爆撃をおこなう中攻一八機、爆撃機を護衛する九六艦戦三〇機は、中継基地の蕪湖をへて漢口に向かった。戦闘機隊はふたつの飛行隊に分かれ、岩本徹三一等航空兵は第二飛行隊に入っていた。第二隊には吉富茂馬大尉がいて、先任分隊長として実質的に全体の指揮をとった。

徹三は途中、大別山脈の一千メートル級の山々の連なりを見おろした。はるか西には、悠久の揚子江のうねって流れる姿がいつものようにある。雄大な大平原と巨大な川のパノラマの中に、一瞬身を置いている自分という人間のちっぽけさを徹三は感じた。

天皇誕生日にあった空中戦の模様はどうだったのか。残念ながらこの日の漢口空襲戦闘詳報は現代に伝わっていず、アジア歴史資料センターにも残されていない。徹三は『零戦撃墜王』の中で、四月二九日にあった空戦模様をかなりくわしく描いている。しかし本書には徹三の撃墜はI－15とI－16それぞれ二機ずつ、計四機となっているのに対し、「航空記録」には、

〈敵И15型2機ト交戦2機撃墜、И16型1機味方三機協同撃墜〉

と書いてあるのだ。徹三の「航空記録」には飛行回数、飛行時間が正確に記録されているので、I－15二機撃墜、I－16一機協同撃墜という戦果のほうが正しいと思われる。

志賀（旧姓四元）淑雄というパイロットがいた。志賀の初陣は二月二五日の南昌空襲で、徹三の初陣日と同じだ。ただ志賀は海軍兵学校卒で、これはいわば大学卒業並みで、徹三のほうは操縦練習生として入隊しており最初から士官になるよう教育されたわけではない。しかし敵機を撃墜する技術となると徹三のような下士官上がりの戦闘機乗りのほうが優秀で、日本の撃墜王の多くは下士官上がりだ。だから志賀のような海兵卒の士官は、経験豊富で年上の下士官たちを大いに頼りにしていたものだ。それで志賀だが修羅の太平洋戦争を生きぬき、戦後、多

くを語らなかったものの雑誌記事をいくつか残し、作家のインタビューにも答えている。そしてその語る姿勢は謙虚で、謙虚だからこそ志賀の言葉には信用するに足るものがある。志賀は四月二九日の漢口空襲に参加していた。当時の階級は中尉。以下は、志賀が戦後語ったこの日の戦闘模様である。

出撃前、第一二航空隊長の小園安名少佐が「おれも行く」といいはじめた。小園は戦闘機乗りとしては高齢で太っていたので、小園機には黒岩一空曹などの特別護衛機がついた。

漢口上空は天気よく、視界良好だった。敵は八〇機ほどが上がって、日本の戦爆連合を待ち受けていた。敵機の大群を下方に発見した九六艦戦隊三コ隊のうち二コ隊が、上からおおいかぶさるように突入する。これには志賀機、小園機も加わっている。四、五機の敵機がたちまち火を噴き、黒煙を長々と引いて提灯のようにゆらゆら落ちていく。吉富大尉らの一コ隊は上空で支援していたが、下方からはみ出てくる敵機を落とし、空戦の絵巻物に加わった。このとき小園機は多数被弾した。小園少佐の体すれすれに命中した弾もあった。小園の向こう見ずとも思える突貫が、ほかのパイロットを奮起させたのだ。

それでは岩本一空は何をしていたか。徹三は小園少佐、志賀中尉、黒岩一空曹らのいたグループにいて、敵編隊を発見するや突入した。そのときの模様が『零戦撃墜王』に書いてあるので、それをかいつまんで以下に引用する。

〈まずイ15一機、後上方からの射撃で火を吹かせる。敵機は、ながい煙の尾を引いて墜落していった。つぎはイ16、敵味方乱戦のなかのチャンスを捕らえる。一撃、イ16は機首を上げ、くるりと一回転するると、そのまま地上へつきこんでゆく。つづいてイ16、つぎはイ15、同じような攻撃で撃墜したのは、つごう四機だった〉

高度が下がりすぎ、地上から猛烈な射撃を受けた。死にもの狂いで上昇する。周囲を見ると、いつの間にか敵も味方もいなくなっている。帰る途中、味方機一機と出会い、並んで飛ぶ。大別山脈・羅田付近で、前方に九機編隊を発見した。味方と思っていたら九機は反転、上方から次々に撃ってきた。多勢に無勢だ。徹三はぐるぐる垂直円を描いて、敵機に肉薄する。衝突覚悟の格闘戦だ。日本機二機の抵抗に恐れをなしたのか、七機が逃げた。あとは二対二の戦いになった。敵機一機が被弾し降下していく。それを見た最後の一機は逃げ去った。このときの空戦を徹三は「航空記録」に次のように書いている。

〈帰途羅田附近ニテ敵9機ノ迎撃ニアヒ撃退シ帰ル〉

記述はこれだけで、一機撃破とは書いていない。

天皇誕生日の戦果は、敵機五一機撃墜（このうち不確実撃墜一一機）とめざましく、敵工廠も炎上させた。これに対し日本側の損害は戦闘機二機、中攻機二機で、わずかだった。ところがこの日の戦闘詳報は今に残っていない。はたしてこの大勝利は事実なのかどうかだが、志賀淑雄が戦後、『海軍戦闘機隊史』（零戦搭乗員会編、一九八七年）に短文を寄せ、四月二九日の空戦に関して次のように書いている。

〈この日、戦闘機隊は漢口上空で空戦を展開し、大戦果を挙げた。成功した要因の第一に、小園指揮小隊が中心となって、三コ中隊が美事に協同したことが挙げられる……〉

この文章は戦後かなりたってから書かれたもので、戦闘機隊の指揮官のひとりであった志賀はもはや戦果を誇大化する必要はなかった。また謙虚な志賀が〈大戦果を挙げた、成功した〉と書くのだから、まさにそれが事実であっただろう。

さらに徹三がこの日の犠牲者名を「航空記録」昭和一三年四月のページに記録している。内容は、

〈本月ノ空襲ニ依ル戦死者、高橋一空曹、藤原三空曹、高原一空〉

で、それぞれの名前の下に4・29の日付が書いてある。もちろんこの記述は戦闘後に本人が書いたもので、この三名が戦死したと思って書きとめたものだ。しかし高原一空のみ、行方不明になったのは翌月のことなので、これは徹三の勘ちがいだ。

徹三、さらに五機を単独撃墜

昭和一三年五月、徹三は南京と蕪湖上空哨戒で一〇数回飛び、敵襲によるスクランブル発進が二回あった。しかし敵機は逃げ去り、空戦は一度もなかった。

「航空記録」五月のページに、次のような書きつけがある。

〈南三空曹、皈途敵機ノ為『エンヂン』不調トナリ揚子江岸ニ不時着九死ニ一生ヲ得〉

五月三一日、漢口空襲で吉富中隊は敵約五〇機と空戦、二〇機撃墜という戦果をあげた。このとき南義美三空曹は被弾し、弾も尽きたので敵機に体当たりを敢行、左翼先端を失って揚子

江岸に不時着した。南は搭乗機を燃やし、哨戒艇に救助されて帰還するということがあったのだ。

なおこの日の空戦に、徹三は参加していない。五月末までの徹三の総飛行回数は一〇二一回、総飛行時間は五四一時間五分。そしてこの月、徹三は三等航空兵曹に昇進している。

六月二六日、徹三は南昌空襲の中攻隊援護のさいにI－16一機を単独撃墜、同型一機を協同撃墜している。中国空軍機が南昌に集結しているとの情報があり、この日、中攻機一八機、九六式艦上戦闘機二八機が出撃した。が、天候不良で中攻三機と艦戦一二機のみが敵飛行場に進入、爆弾で格納庫三棟を破壊した。このとき艦戦隊は敵三五機と空戦、約二〇機を撃墜し、徹三は二機撃墜（このうち一機は協同撃墜）したわけだ。日本側の損害は皆無、圧勝といえた。

この六月、日本軍は南京と漢口の中間にある安慶を占領した。それにともない航空部隊も安慶飛行場へ移動、徹三ら戦闘機隊も安慶を拠点として漢口攻略に参加した。

七月、徹三は二三日に南昌空襲に艦爆援護で出撃している。それ以外は基地間移動と基地上空の哨戒だけで、七月は二三日をふくめ空戦に参加していない。

●日華事変における撃墜数

敵機種	撃墜確実	撃墜不確実	協同撃墜	計
I－15	5（2月25日3機と4月29日2機）	1（2月25日）		6
I－16	2（2月25日と6月26日）		2（4月29日と6月26日）	4
グラディエーター	4（8月3日）			4
計	11	1	2	14

七月一八日、南昌空襲で戦闘機隊長の南郷茂章大尉が戦死した。南郷はロンドンの大使館に二年間勤務したことのある名パイロットで、戦死は惜しまれた。徹三はこの日の空襲には参加していないが、「航空記録」七月のページに〈戦死者7・18南郷大尉〉とメモ書きしている。

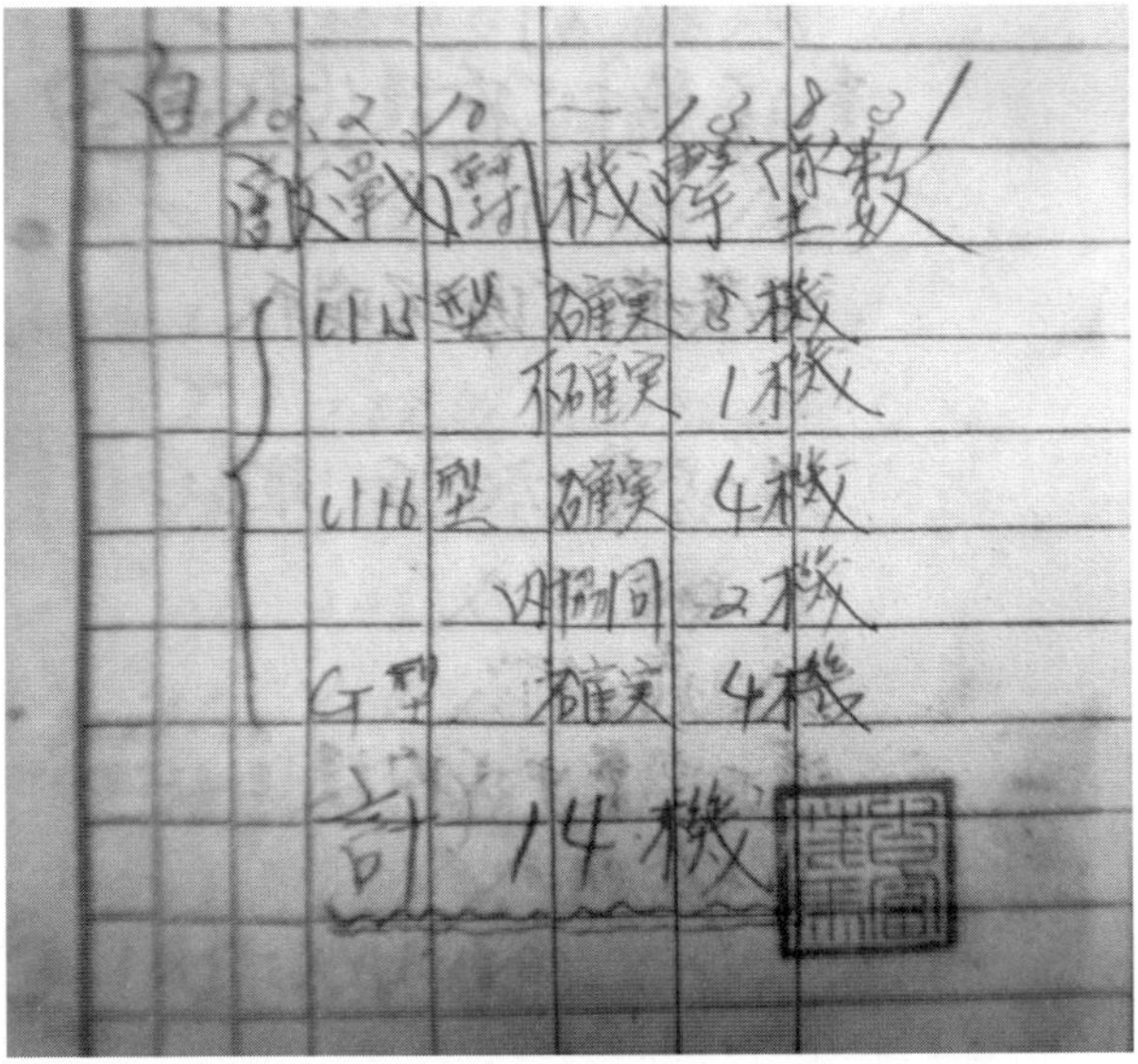

「航空記録」にある昭和13年２月10日～13年８月31日の撃墜数

八月三日、中攻機一八機が漢口を空襲、九六艦戦二一機がこれを護衛した。爆撃機は兵工廠と倉庫、地上の航空機七機を爆破した。この間、艦戦隊は敵機約五〇と空戦、約三〇機を撃墜。日本側の損害は戦闘機三機が帰還しなかっただけだった。敵機にはI－16以外にカーチス・ホーク、英国製グロスター・グラディエーターがまじっており、徹三はグラディエーターを四機撃墜している。そして大敗を喫した中国空軍は漢口・南昌の両基地を放棄し、さらに中国の奥地へと逃げこんでしまう。

中国戦線で一四機撃墜の内訳

昭和一三年八月三日の空中戦を最後に、岩本三空曹の中国における空中戦はない。「航空記録」昭和一三年八月のページに、徹三は「昭和一三年二月一〇日~同年八月三一日、敵戦闘機撃墜数」を書きつけている。

岩本徹三は日華事変で一四機撃墜したと一般にいわれている。その内訳は単独撃墜が一一機、協同撃墜が二機の合計一三機。さらに、徹三はこの数字に撃墜不確実の一機を加えて一四機としているのだ。そして「航空記録」にしるしてある集計の横には、吉富茂馬のハンコが押してある。吉富大尉は当時、徹三が所属していた一二空における上官だ。すなわち一四機撃墜は吉富が認めた数字であり、吉富の押印でもって徹三の撃墜数は公認されたと解釈してもいいのではないか。

徹三は昭和一三年九月一四日、佐伯海軍航空隊付きを命じられ船で日本に帰った。二月一〇日に南京に赴任してから九月一四日の中国における最後の飛行までの約七ヵ月間、すなわち日華事変中の飛行回数は九八回、飛行時間は一八〇時間二五分だった。

すなわち中国において、二日に一回は飛んでいた計算になる。そして霞ヶ浦航空隊に入隊以来の総飛行時間は六二〇時間三〇分、総飛行回数は一〇六三回となった。

第2章　空母「瑞鶴」のハワイ作戦

徹三の身長と写真

人の身長は気になるものだ。岩本徹三の背はどれくらいだったのか。一五〇センチくらいだったとする説が世に広まっている。『零戦撃墜王』（岩本徹三著）の巻末に、妻の岩本幸子《ゆきこ》が一四七センチと書いている。ただし文脈をたどると、幸子は少年時代の徹三をイメージして一四七センチと書いているのがわかる。それで、徹三の身長を想像できる根拠が三つある。

ひとつは、益田農林学校時代の生徒手帳に書かれている徹三の身長だ。入学時の昭和六年四月、徹三の身長は一四七・九センチ、体重三九・〇キロ、胸囲七四・五センチ、視力左右両方とも一・五と書かれている。それが二年後の昭和八年の三年生時には、身長一五七・六センチ、体重五〇・六キロ、胸囲八四センチ、視力両目とも二・〇と書かれているのだ。すなわち、二年間で背丈は一〇センチのびたことになる。

戦争末期、徹三は千葉県茂原基地近くにある武田屋という料理店に足しげく通っていた。武田屋には当時、姉妹がいて、筆者は妹・市子さんのほうに何度かお会いし話をきかせていただいた。

その市子は、徹三の身長はぜったいに自分より高かったと何度もおっしゃり、徹三の身長約一五〇センチを強く否定されるのだ。市子が徹三に出会った回数だが、

「岩本さんとは五回、一〇回じゃありません、何十回も会いました」

とのことで、当時女学生だった市子の身長は約一五三センチだった。とすると、生徒手帳にある一五七・六センチが正しいのではないか。

三つ目は戦後の写真に写る徹三だ。戦後の徹三の写真は何枚か現存しており、それらに写る徹三の身長は他の男性と比べて遜色はなく、女性に比べるとかなり高い。太平洋戦争時の男子の平均身長は一六三センチほどなので、徹三はとても小さかったとはいえない。

ついでに徹三の写真について述べておきたい。

現存する徹三の写真の多くは日華事変中あるいはそれ以前のもので、太平洋戦争中のものは少ない。

昭和五八（一九八三）年に島根県益田市で水害があり、そのさいに徹三の写真が泥水につかり廃棄されたという残念な出来事もあるのだが、戦争末期の写真が少ない理由はもうひとつある。

それは市子によると、徹三は写真をひどくいやがっていたというのだ。以下に、市子の言葉

を列挙する。

「写真はとられたくない、早死にしたくない、とにかく生きたいって」

「写真ちょうだいっていったら、写真とると魂をぬかれるからいやだって、早死にするといけないから写真はとらないっておっしゃったんです」

「写真が大嫌いで、一枚とるごとに魂をぬかれるといっていました」

この市子証言には徹三のジンクスがにじみ出ているのではないだろうか。

徹三、勲章をたまわる

岩本徹三三等航空兵曹は昭和一三（一九三八）年九月中旬、中国戦線から帰国した。九月二二日、徹三は大分県にある佐伯海軍航空隊で、教育訓練を開始する。教わる立場から、中国における実戦をへて教える立場になったのだ。九月は日本で教員として一七回飛び、月間飛行時間は五時間二五分。一〇月は飛行回数二七回、一一時間。一一月は飛行回数四九回、一六時間二五分。一二月は飛行回数一七回、六時間二〇分。ただし一二月の数字は佐伯空におけるもので、この月の半ばから徹三は大分海軍航空隊に移っており、大分空における教務飛行回数と時間はふくまない。佐伯空における最後の教授は一二月一三日におこなわれ、昭和一一年五月一日の初飛行以来、総飛行回数は一一七三回、総飛行時間は六五九時間四〇分となった。帰国後、徹三が授業で使った機種は、九〇式艦上戦闘機と九〇式複座練習戦闘機である。

一二月半ばから、徹三の教授の場は同じ大分県の大分海軍航空隊に移った。大分空における教員職はおよそ一一ヵ月、昭和一四年一一月一三日まで続いた。なお徹三の「航空記録」は、残念ながら昭和一四年六月三〇日までのものしか現存しない。ただし徹三は、昭和二〇年八月二〇日までどこの航空隊に何月何日から何月何日まで所属していたかを記録した「航空経歴」ページを残しており、これを見ればたとえば大分空には昭和一四年一一月一三日までいたことがわかる。

それで総飛行回数だが昭和一四年六月三〇日までで一四〇四回、総飛行時間は七五五時間一〇分である。

昭和一四年一一月一七日から、鈴鹿航空隊で指導に当たっていたことが「航空経歴」にしてある。その後、戦闘機パイロットとして空母「瑞鳳」に乗艦。昭和一六年一〇月初旬から空母「瑞鶴」に乗った。

この間の昭和一五年四月二九日、天皇誕生日の日に徹三は功五級の金鵄《きんし》勲章を授与されている。これは中国における功績に対したまわったもので、賞状が徹三の次男邸に現在も残っている。

徹三は昭和一六年五月一日に一等航空兵曹になった。その任命書が、これも次男邸に残っている。ただしこの一空曹という呼称は、一ヵ月後の六月一日に一等飛行兵曹（一飛曹）に変わった。

大型空母「瑞鶴」に乗りこむ

航空母艦「瑞鶴」は昭和一三年五月二五日に建造が開始され、昭和一六年九月二五日に完成した。基準排水量二万五六七五トン、全長二五七・五メートル、飛行甲板の長さは二四二メートル、幅二九メートル。大きさは当時すでに任務についていた空母「赤城」「加賀」と比べて引けをとらず、「蒼龍」「飛龍」よりも大きかった。搭載機数は当初予定で七二機。速力は三四ノットと、駆逐艦なみのスピードが出た。同型艦に「翔鶴」があり、この二隻が加わることで昭和一六年末、日本海軍は大型空母六隻を持つことになった。

九月二五日の「瑞鶴」就役直後には、艦上爆撃機隊、攻撃機隊、戦闘機隊が相次いで舞いおり、岩本一飛曹もその中にいた。

徹三は艦内を歩いてみた。小一時間はかかりそうだ。真新しいペンキのにおいが鼻をつく。自分は普通の水兵ではない。戦闘機パイロットだ。しかも中国戦線で一四機撃墜した英雄だ。徹三は、出会う水兵たちの目に、エリート搭乗員に対する畏敬の念が一瞬浮かぶのに気づいた。

徹三が「瑞鶴」に乗りこんだころ、鹿児島湾では不可解な訓練が続いていた。離陸した九七式艦上攻撃機の編隊が桜島火山をくるりと一周し、またもどってきて鹿児島市内を超低空で飛行、海岸をこえると沖にあるブイに向かって魚雷を撃つという訓練だ。

魚雷は本来、敵艦との距離一キロメートルないし一・五キロメートル、高度約一〇〇メートルで投下、いったん六〇メートルほど沈みこんでからスクリューがまわり、深度四ないし六メートルまで浮き上がって突き進む。ところが鹿児島湾での訓練では、鹿児島市街上空で高度わずか四〇メートル、そこからさらに高度一〇メートルほどまで降下して魚雷投下、目標のブイまでの距離はわずか五〇〇メートル、投下後はただちに右旋回し飛行場にもどるというものだった。

そんな飛行機が市街地を、手のとどきそうな高さで爆音をとどろかせて次々に飛んでくるのだから鹿児島市民はたまらない、苦情も出たが当時は軍事優先だったから許された。というか、なぜこのようなむちゃな訓練をするのか、搭乗員たちにも理解できなかった。しかも目標は航行中の敵艦ではなく、碇泊中の艦を想定しているという前提条件があったのだ。

訓練の目的を搭乗員が知ったのは、後々のことだった。小高い山と峡谷に囲まれた湾。水深はわずか一二メートルほど。アメリカ太平洋艦隊の基地・ハワイの真珠湾だ。当時、真珠湾には戦艦八隻、空母二隻がいると日本海軍は想定していた。それらを開戦時にいきなり全滅させる。鹿児島湾におけるサーカスのような訓練は真珠湾攻撃用であり、そのために魚雷も改良された。浅い深度から直進するように、独特のヒレのようなものがつけられた。

爆弾も工夫された。敵戦艦の厚い鉄板をつらぬき、艦内で爆発させる。そのために日本の戦艦の主砲弾である四〇センチ砲弾を改造し、特製八〇〇キロ爆弾がつくられた。これを高度三〇〇〇メートルから落とすと徹甲爆弾になりうることがわかり、地上に米戦艦を描いてそれに向けて爆弾を落とす訓練がおこなわれた。

日米開戦にいたった事情

米英との戦争突入の端緒となった真珠湾攻撃。それなら、なぜ日本は米英と戦う道を選んだのか。一八九四年の日清戦争、一九〇四年の日露戦争に勝利した日本は、一九一八年に終わった第一次大戦においても勝利した連合国側についた。

そういった歴史の流れの中で、日本軍は中国大陸に居続け、それが中国の反発を買うようになった。日本としては、戦争に勝って得た租借地と南満州鉄道の権益を軍隊で守らなければならない。一方の中国は、辛亥革命後、清朝は崩壊、軍閥割拠の動乱時代に入り、日本軍は満州事変をきっかけに中国東北地方に進攻していった。そして昭和七年に日本の関東軍は満州国を建国、これに対し中国国民党の蔣介石は米英に働きかけ、日本軍の中国大陸からの撤兵を画策する。

昭和一六年六月、ナチスはソ連に侵攻。これに乗じて日本陸軍もソ連に侵攻するプランを立て、さらに資源確保のためにフランス領インドシナ南部に進駐する案も出された。結局、仏印南部進駐は七月に実行に移され、この強行策は翌八月の米国による日本への石油全面禁輸という悪夢につながった。

こうなると日本の陸海軍は石油を求めてマレー半島からインドネシアへ侵攻するしかなく、米英との戦争は避けられないと判断するしかない。真珠湾攻撃はそういった反米的風潮の中で練られ、実行に移されたものだ。

昭和一六年九月六日、昭和天皇ご臨席のもと、宮中で御前会議が開かれた。会議では、「戦争になることを恐れない決意のもと、いま一度対米交渉をおこない、一〇月上旬までに日本の要求が通らない場合、米英・オランダと開戦する」という内容が採択された。これに対し天皇は会議の席上、戦争回避の歌を詠み上げられ、軍部に反対の姿勢を示された。

一〇月一八日には東條英機内閣発足。これで日本政府の軍国主義色はいっそう濃くなり、フランス領インドシナからも中国からも日本軍はぜったいに撤退しないという態度を欧米に示すことになる。

一一月五日開催の御前会議。ここでも中国からの撤兵の実質的拒否、日本軍の東南アジア地下資源獲得の示唆、ナチスとの同盟の継続が決定事項ににじみ出ており、外交交渉による交渉不成立の場合、一二月初頭に武力を行使すると決めた。

日本の外務省は軍の意向を米国に伝えるしかなく、それに対し米国のコーデル・ハル国務長官は木で鼻をくくったような態度をとった。

そして日本側案に対し、米国はハル・ノートという形で返答した。一一月二七日、日本が受けとった米国の対日方針は、中国とフランス領インドシナからの日本軍の撤退と、蔣介石・国民党政府以外の中国政府を米国は認めないという従来の内容のくり返しにすぎなかった。日本の軍部は、ハル・ノートを米国の最後通告と受けとった。外交ではだめだ。戦争以外に解決策はない。軍部はそうかたく決意する。

徹三、零戦に乗る

岩本徹三といえば零戦だ。零戦については開発史・性能・活躍ぶりに関してすでに語りつくされている。とはいうものの「零戦虎徹」という異名のある徹三を描くにあたり、零戦についてまったく説明しないというのは物足りなさがある。そこでこの名機について、簡単に触れておきたい。

零戦以前の名機として九六式艦上戦闘機がある。九六艦戦は日華事変において爆撃機を護衛し、空戦において中国空軍を圧倒した。だが米英との戦争をもくろむ軍上層部としては、九六艦戦の性能をはるかに上まわる戦闘機を開発しなければならない。広い太平洋を飛べる長い航続距離、そしてスピードと機銃において米英の戦闘機を圧倒しなければならない。こういった要求を満たしたのが零戦だ。

航続距離は二〇〇〇キロをこえた。太平洋戦争開戦時、零戦隊は台湾・フィリピン間を往復し大戦果を上げた。当時このような長距離を飛べる戦闘機を日本が持っていることを真剣に受けとめていなかった米国は、零戦の飛行距離を畏怖した。速度は時速五〇〇キロをこえ、従来の九六艦戦よりも一〇〇キロ速かった。

機銃は二〇ミリを両翼に一丁ずつ二丁、七・七ミリ二丁をプロペラ背後の胴体内に搭載した。二〇ミリ機銃は、米軍機が一般的に積んでいた一二・七ミリ機銃弾に比べると破壊力抜群だった。弾丸が大きいので炸裂弾にもなった。二〇ミリ機銃は戦時中、改良に改良を重ね、発射速度の増大と装弾数の増加に心血がそそがれた。

七・七ミリ機銃は、小型ゆえに二〇ミリに比べ多数の弾丸を搭載できた。命中してもプスプス穴があくだけだが、戦闘機のような小型機には有効と考えられていた。

零戦がはじめて戦線に投入されたのは昭和一五年七月。二ヵ月後の九月には進藤三郎大尉ひきいる一三機が重慶上空でソ連製ポリカルポフI－15、I－16戦闘機と大空中戦を演じ、敵機全機（二七機）を撃墜したと誇張ぎみに報告した。零戦隊は四機が損傷しただけで全機帰還し、メディアは完勝のように報道した。その後も相手が中国空軍だったこともあるが零戦の驚異的な活躍は続き、日本海軍は零戦に望みをたくして太平洋戦争に突入する。

機動部隊、ヒトカップ湾へ向かう

昭和一六年一一月上旬、空母「赤城」「加賀」「蒼龍」「飛龍」「翔鶴」「瑞鶴」の六隻、戦艦「比叡」「霧島」、重巡洋艦「利根」「筑摩」、軽巡洋艦「阿武隈」、駆逐艦多数が鹿児島県の志布志湾に集まっていた。空母を中心とする艦隊で、これを機動部隊と呼んだ。翌月にはまったく同じ空母・戦艦・巡洋艦の顔ぶれで真珠湾攻撃に向かうのだが、幹部以外はそれを知らない。

一一月一七日の夜は特別だった。「瑞鶴」は別府沖の闇に巨大なシルエットを描き、乗員たちは華やいだ温泉町別府に上陸した。艦長以下、士官たちは上等の割烹旅館で大宴会を開き、芸者と遊ぶ。下士官兵も酔って街を練り歩く。その中には徹三の姿もあった。

一九日午前〇時になろうとしていたころ、「瑞鶴」の錨がガラガラと巻き上げられた。『零戦撃墜王』のもとになった徹三の「回想ノート」には、出撃の模様が次のような内容で書かれている。

〈四面はまだ暗夜に閉ざされて、かすかに別府大分の山々が見える中を、久しぶりにきく艦のタービン音の轟々と鳴り響く中に、艦体をふるわすようなスクリューの振動とともに、静かな明けやらぬ別府湾より出港したのである〉

まだ酔って充血している乗員の目に、遠のいていく別府温泉の明かりと、黒々とした国東半《くにさき》島が映る。後方には二番艦「翔鶴」の艦影がある。

「瑞鶴」と「翔鶴」は豊後水道をぬけて高知沖に出た。まずは北東に針路をとる。乗員たちは行く先を話し合う。伊勢神宮参拝ではないかという意見が多かった。当時の軍艦は、伊勢神宮との関わりが深かったからだ。三重県沖合に来ても、針路は北東のままだ。すると横須賀に行くのでは、と乗員たちは思いはじめた。八丈島が見えた。であるなら横須賀ではない。天気は悪く灰色の雲におおわれ、寒さが増す。北へ進んでいるのだ。乗員たちは防寒服を着るようになった。

「瑞鶴」と「翔鶴」は千島列島南部の国後島、色丹島を左に見て通り過ぎ、二二日午後、択捉《エトロフ》島中央部にある単冠《ヒトカップ》湾に入った。

空は曇って鉛色。湾を囲む山々には、白い雪のベールがかぶさっている。光景は異常だった。二二日、湾内には空母六隻、戦艦二隻、巡洋艦三隻、駆逐艦多数、給油船、潜水艦までいる。

前日の二一日、大本営は山本五十六連合艦隊司令長官に対し、

「連合艦隊は作戦実施に必要なる部隊を適時、待機海面に向け進発せしむべし」

と命じ、山本長官は二二日にハワイ攻撃機動部隊指揮官の南雲忠一中将に対し、

「機動部隊はヒトカップ湾を出撃しハワイ方面に進出、開戦劈頭ハワイ方面合衆国艦隊主力に対し攻撃を決行し、これに致命的打撃を与うべし」

の内容を下令した。

日ごろ、ヒトカップ湾に出入りする船といえば、漁船と北海道との定期連絡船しかない。それがエトロフ島全島で出入り禁止になった。通信もいっさい遮断された。こんな缶詰状態は、翌月一二月八日まで続いた。

一一月二三日午前、空母「赤城」艦上に各艦の幹部が集合した。まず南雲中将による作戦命令があった。続いて草鹿龍之介参謀長と源田実航空参謀による具体的説明があった。空母六隻の飛行機搭乗員たちは「赤城」に集められ、オアフ島の立体模型と航空写真を見せられた。真珠湾の形と飛行場の位置が手にとるようにわかった。

出撃を前に、どんちゃん騒ぎがあった。門司親徳元主計少佐が『空と海の涯で』という本の中で、二五日夜の「瑞鶴」艦内の有様を次のような内容でつづっている。

艦内は蜂の巣をつついたような騒ぎだった。士官室もガンルームも通路も無礼講となって、酔っぱらった下士官兵の波で渦を巻いた。士官の中には水兵服を着て、みんなといっしょに通路を流されている者もいた。もっと酒を出せと酒保は襲われ、酒保委員長はガンルームの風呂場に隠れた。

ニイタカヤマノボレ

一一月二六日、ヒトカップ湾には灰色の雲が厚く垂れこめていた。海の色も灰色。波は高くない。午前六時、各艦は次々に抜錨する。「瑞鶴」も錨をゴロゴロと引き上げ、横川市平艦長が、

「両舷、前進微速」

を命じる。湾の入り口で警戒任務についていた海防艦「国後《くなしり》」が、次々に出ていく大型艦に、

「ご成功を祈る」

の信号を送る。もちろん海防艦は、大艦隊がどこへ何をしにいくのか知らない。

防寒服を着た乗員たちに、寒風が吹きつける。しかし彼らの闘志と緊張感を冷ますことはできない。エトロフ島は水平線の下に消えた。あとは灰色の海ばかりが続く。

湾外に出た艦隊は航行する形をつくった。空母は三隻ずつ二列に並んだ。右列先頭に「赤城」そして「加賀」（この二隻を第一航空戦隊と呼ぶ）、三隻目が「瑞鶴」。左列先頭から「蒼龍」

「飛龍」（この二隻を第二航空戦隊と呼ぶ）、三隻目が「翔鶴」。「瑞鶴」と「翔鶴」は第五航空戦隊（原忠一中将指揮）と呼ばれていた。

ハワイ攻撃には三つの航空戦隊が参加していたが、この三つは第一航空艦隊に所属していた。その最高司令官が南雲中将であり、参謀長が草鹿少将だった。

空母と給油船団の周囲を戦艦「比叡」「霧島」、重巡洋艦「利根」「筑摩」、駆逐艦九隻（第一水雷戦隊）がとり囲んだ。駆逐隊の旗艦・軽巡洋艦「阿武隈」は、円陣の先頭をゆく。速力は一二ノットから一四ノットと定められた。これは燃料効率のもっともよい速力と考えられ、北太平洋の荒波の中での給油のむずかしさを考慮してのスピードだった。

艦隊のはるか前方には潜水艦三隻がいた。潜水艦の役割は、もし商船に出会ったらそれを通報、艦隊は見つからないように変針するという手はずになっていた。

連日、密雲低く垂れ、寒風吹き、波は高い。厚くない「瑞鶴」の艦体に高波が衝突し、格納庫の壁をふるわす。航空機の車輪をしめる鎖がギギッと鳴る。北航路を選んだ理由は、米哨戒機の哨戒圏から遠く、商船も航路として選ばなかったからだ。米側に探知されるので、無線通信はおこなわない。ゴミも海に捨ててはならない。夜間、明かりをつけない。前をゆく艦が引く白波をたどるのだ。運良く、悪天候は機動部隊の存在を隠した。

各艦の空所には、燃料を詰めた缶が山と積まれていた。荒海での燃料補給は至難のわざだが、波の穏やかな日を選んで空母六隻に燃料補給をおこなった。

一二月一日、機動部隊はキスカ島とミッドウェー島からの敵飛行哨戒圏内に入った。また同

昭和16年12月７日、真珠湾攻撃を翌日に控えた「瑞鶴」戦闘機隊搭乗員の集合写真。前から２列目の右端が岩本徹三一飛曹。

日、日付変更線をこえた。

東京では同日、御前会議が開かれ、開戦を決定した。席上、東條首相はハル・ノートの理不尽さを訴え、自存自衛のために米英オランダに対して開戦のやむなきにいたったことを述べた。欧米との戦争を不安視されていた天皇は、軍人たちの空虚な強気に押し切られた形になった。

二日夜、南雲機動部隊は「新高山《にいたかやま》のぼれ」の暗号電報を受信した。山本連合艦隊司令長官からの命令で、「開戦日は一二月八日、予定通り攻撃を決行せよ」の意味だ。

機動部隊はハワイに向けて針路を南に変えた。怒濤の海は穏やかになりはじめた。気温は上がる。真珠湾における軍艦の出入りを、機動部隊は連日のように知らされていた。戦艦何隻、空母何隻、出港、入港の情報をほぼ毎日受けとっていた。加えて、艦隊首脳陣はハル・ノートによる日米交渉決裂のニュースも受けとっていた。

七日午前六時半（日本時間）、機動部隊は、

「皇国の興廃かかりてこの征戦にあり。粉骨砕身各員その任をまっとうせよ」

という山本長官発の訓令を受けとった。「赤城」にZ旗がひるがえる。大海戦を前にしてかかげる決戦旗だ。

七日の午前中に給油船は最後の燃料補給を終え、後に帰途につく機動部隊に対し燃料補給する地点へと去っていった。足の遅い船を切りはなしたので機動部隊は増速し、二四ノットで南下する。

七日午後一〇時四〇分、機動部隊は大本営海軍部から六日の真珠湾在泊艦の連絡を受けた。

「在泊艦は戦艦九隻、軽巡三隻、水上機母艦三隻、駆逐艦一七隻、入渠中のもの軽巡四隻、駆逐艦二隻、重巡および航空母艦は全部出動しあり」

ホノルル方面に防空気球なく、戦艦は防雷網をほどこしていず、ハワイ諸島方面に飛行哨戒はなく、空母「レキシントン」と「エンタープライズ」は出動中との電報も入った。米太平洋艦隊は南雲艦隊にまったく気づいていない。しかし空母がいない。

一二月八日午前一時三〇分（ハワイ時間は七日の午前六時）、南雲機動部隊はオアフ島真珠湾の北約四三〇キロに達した。厚い雲が垂れこめていた。水平線に光がさしていた。黒々とした海に、各艦の切り分ける白い航跡が筋状に長々と続いている。

空母六隻の飛行甲板には、すでに飛行機が整列していた。先頭に零戦二一型の群れ、その後

ろに九九式艦上爆撃機もしくは九七式艦上攻撃機が並ぶ。

機動部隊の上空警戒任務

真珠湾攻撃の機会に、岩本一等飛行兵曹は南雲艦隊上空の警戒任務に割り当てられた。敵機が日本艦隊の攻撃にやってきたら、むかえ撃つ。つまり艦隊上空を飛びまわっているだけで、ハワイまで飛ぶことを許されなかったのだ。

「瑞鶴」から上空哨戒任務の第一直についたのは、塚本祐造中尉がひきいる零戦六機。これには塚本中尉は大いに不満だった。塚本はこのとき「瑞鶴」ガンルームのケプガンだ。ガンルームは第一士官次室のことで若手の中尉・少尉が集まり、ケプガン（the Captain of a Gunroom）とはそのリーダーだ。歴史に残る大海戦に参加できないとはなんとくやしいことか。塚本は連れていくよう強談したが、南雲艦隊に敵機が来襲した場合、だれかが迎撃しなければならない。塚本は地味な任務を引き受けさせられたわけだ。

徹三も機動部隊上空哨戒の任務につかされた。ただ徹三の場合、塚本ほど憤懣《ふんまん》を爆発させなかった。徹三の「回想ノート」には、

〈なお、攻撃開始より日没まで機動部隊上空哨戒は、その任に当たっていたのであるが、敵大型機一機来襲したのみで敵の反撃にもあわなかったのである。当日の哨戒隊は特に各艦とも老練なる実戦の経験をよりすぐっての隊であったが、奇襲攻撃完全に成功したために会敵しなか

ったのである〉

との内容が淡々と書かれている。

ハワイ作戦時、いわば試合に参加できずベンチにいた搭乗員たちの「飛行機隊戦闘行動調書」（アジア歴史資料センター）をインターネットで読むことができる。それによると岩本一飛曹は午前一時三〇分（日本時間）、塚本中尉ひきいる六機のうちの一機として発艦している。そして高度四〇〇〇から四五〇〇メートルを哨戒、午前五時に着艦している。もちろん敵機は飛んでこない。徹三が次に哨戒任務についたのは第三直で午前六時二〇分に六機が発艦、このときに「敵大型飛行艇を発見追撃中見失う」の記述が「行動調書」にある。

岩本機は、第一次攻撃隊が出撃する直前に発艦したようだ。「回想ノート」には次の内容が書いてある。

〈波はいくぶんおさまったとはいえ、普段なれば発艦中止となる状況である。小生はこの待機中の一番先頭機である。右側にはすぐ艦橋があり、前方艦首までその距離わずかに四〇メートルという短距離である……発艦係士官の合図で小生が第一のスタートをしたのである。両舷には在艦員の見送りで一杯である。頭で合図しながら懸命の離艦である。全弾装備の戦闘機は、その重量も過荷重状態である。オーバーブーストの引手を引き、艦首直前にてかろうじて我が機は離艦したのである〉

この日、空母六隻からの第一次攻撃隊一八三機はハワイ時間午前六時に出撃、午前七時四九分に真珠湾を見て空襲を開始した。攻撃隊の総指揮官は「赤城」から発進した淵田美津雄中佐で、淵田は九七式艦上攻撃機に乗る。現地の夜はすでに明けていた。

そして一時間後に第二次攻撃隊一六七機が発艦、午前八時五〇分に真珠湾上空に達している。

戦果は米戦艦五隻（標的艦一隻をふくむ）沈没、四隻に損傷を負わせた。航空機は二〇〇機以上を破壊し、死者は二四〇〇人をこえた。これに対し日本側の損害は航空機二九機が帰還せず、別に特殊潜航艇五隻を失って戦死者わずかに六四人。「瑞鶴」においては全機帰ってきて死者ゼロだった。


奇襲による圧勝だった。『空と海の涯で』の中で門司親徳は、作戦終了直後の夕食時、ガンルームでは攻撃の模様をあまり話題にしなかったと書いている。攻撃に参加できず、頭にきていた塚本中尉に遠慮したのだ。

第3章　太平洋戦争での初撃墜

真珠湾攻撃から凱旋

岩本一等飛行兵曹（一飛曹）は真珠湾攻撃では空襲部隊に参加できず味方艦隊上空の警戒任務に甘んじたとはいうものの、太平洋戦争の幕開けから米国との戦争を体験した。空母「瑞鶴」飛行機隊は昭和一六年一二月二二日と二三日、大分基地にもどり、次回作戦にそなえ訓練・機体整備をはじめた。

戦勝のお祭り気分で昭和一七年の正月をむかえたが、さっそく次回作戦がひかえていた。空母「瑞鶴」「翔鶴」は一月六日、伊予灘で大分基地にいた飛行隊を収容し、八日に南雲機動部隊と合流、トラック島に針路を向け次期作戦の途についた。

戦略拠点ラバウル

ラバウルとその周辺の敵基地攻略支援が、機動部隊の新たな任務だった。ラバウルはオーストラリアの北東、ビスマルク諸島のニューブリテン島にある。日本海軍の一大拠点であったトラック島の南に位置し、米艦隊の行動域とオーストラリアの中間で、戦略的に重要な島だった。しかし開戦当時、ニューブリテン島はオーストラリアの委任統治領であり、同島には小規模ながら豪軍がいた。またニューブリテン島はニューギニアのすぐ東にあり、ニューギニア西のインドネシア占領、オーストラリアにある航空基地撃滅、さらにはアメリカとオーストラリアの関係を遮断するためにもニューブリテン島・ラバウル占領は日本軍にとって重要課題だった。

ラバウル攻略作戦には「飛龍」「蒼龍」（第二航空戦隊）がぬけて、空母「赤城」「加賀」（第一航空戦隊）と「瑞鶴」「翔鶴」（第五航空戦隊）が参加した。旗艦は「赤城」で、これに南雲忠一中将と参謀長の草鹿龍之介少将が座乗。真珠湾のときと同じく、先頭には第一水雷戦隊の旗艦・軽巡洋艦「阿武隈」が立って駆逐艦群をひきいた。戦艦は「比叡」と「霧島」。重巡洋艦は「利根」「筑摩」が参加した。

南雲部隊、ラバウル攻略に出撃

一月一四日、機動部隊はトラック島錨地に入港した。トラック島は、グアム島南東約一〇〇〇キロに位置する。周囲は珊瑚礁に囲まれ、一周約二〇〇キロもあり、礁の内側には二四八もの島々が散在する。主な島々には夏島、春島、秋島、冬島、月曜島、水曜島、木曜島といった季節と曜日の名前がつき、このうち夏島沖にある小さな島・竹島に飛行場がつくられていた。軍艦が出入りする水路には魚雷攻撃を防ぐ網が張ってあり、案内船の先導で日本の艦隊は環礁内に入った。

トラック環礁は元ドイツ領だった。それが第一次大戦でドイツが敗北したことにより、日本の委任統治領となった。西太平洋上にあって西にフィリピン、南にニューギニアとオーストラリアをにらむ、軍事的に重要な島々だったのだ。

飛行機隊は主に竹島飛行場に収容された。岩本一飛曹がおりたのも竹島だ。飛行場が南西から北東にのび、滑走路の両端が海に突き出ているような感じのごく小さな島だ。

一七日、南雲機動部隊はトラック島を出撃。環礁の南水道を出てから、竹島基地にいた飛行機隊を空母にもどした。

他方、ラバウル上陸部隊は、南雲艦隊がトラック島に到着した一四日に、輸送船団に乗りグアム島を出撃していた。

二〇日午前、ラバウルの北三六〇キロメートル海上で、「赤城」「加賀」「瑞鶴」「翔鶴」は攻撃隊を発艦させた。空襲部隊の総指揮官は、真珠湾攻撃のときと同じ淵田美津雄中佐。九七式艦上攻撃機四五機、九九式艦上爆撃機三八機、零戦一八機が飛び立つ。

攻撃目標はラバウル周辺のオーストラリア軍砲台。攻撃隊は「翔鶴」の艦爆一機と「加賀」の艦攻一機を失い五名が戦死しただけで、砲台はおおむね破壊された。それで岩本一飛曹だが、この日は任務についていない。

午後、ラバウル攻撃隊がもどってきたころ第五航空戦隊の「瑞鶴」と「翔鶴」は、別行動をとるべく第一航空戦隊の「赤城」「加賀」からはなれた。一航戦はニューアイルランド島のカビエン空襲を、五航戦はニューギニア島北東部にあるラエ、サラモア、マダンの各基地を空襲する。

ラバウル攻略二日前の二一日、「瑞鶴」と「翔鶴」はニューブリテン島北東海域に達した。午前、ここから空襲部隊を発艦させる。「瑞鶴」から艦爆九機、艦攻一八機、零戦九機がラエに向かう。「翔鶴」からは艦爆、艦攻、零戦が各六機ずつサラモアに向かい、同じ「翔鶴」から艦爆六、艦攻九、零戦六がマダンに飛ぶ。

「第五航空戦隊戦時日誌」と「瑞鶴飛行機隊戦闘行動調書」によると、この日、爆撃隊は敵基地の飛行場、格納庫、陸上施設を破壊炎上させた。また戦闘機隊は敵機が飛んでこないので地上銃撃、ラエでは六機を炎上させこれに岩本一飛曹が加わっていた。徹三は「回想ノート」におおむね次のように書いている。

〈わが中隊はラエ飛行場に対して低空銃撃を敢行したのである。滑走路に面したところに三機の三発機あるを認め、約三航過銃撃でこれを破壊し、後は攻・艦爆にゆずったのであるが、味方爆撃機の投弾のため、飛行場、兵舎地区は木っ端に吹き飛んでしまったのである〉

この日の「瑞鶴」零戦隊九機は、牧野正敏大尉がひきいていた。徹三は第二小隊長で、零戦九機は合計で二〇ミリ機銃弾七三〇発、七・七ミリ機銃弾三九〇〇発を撃った。このうち徹三が撃ち、命中させたのは何発か、それはわからないが、機銃掃射に岩本機が加わっていたことはまちがいない。

「回想ノート」三冊目の最後のあたりに、徹三は驚愕すべき数字をしるしている。それによると昭和一六年一二月八日から昭和二〇年八月一五日まで、徹三の単独撃墜は二〇二機、これに協同撃墜二六機を加えて二二八機、さらに撃墜不確実二二機を加えて二五〇機、さらにまた撃破機二機、地上炎上機二機を加え、合計二五四機としているのだ。そしてこの戦果には日華事変時の一四機を加えていないので、この一四を足すと二六八機にもなる。

ラエ空襲時、岩本機をふくむ戦闘機隊は六機を地上炎上させたと「瑞鶴飛行機隊戦闘行動調書」に書いてある。しかし「回想ノート」にある戦果集計には、地上炎上は大戦を通じて二機としている。徹三は別の戦闘でも敵機を地上炎上させているはずだが、「回想ノート」集計にある数字はたったの二機だ。このあたりの矛盾は、徹三物語は冒険譚・武勇伝でもあり、正す必要はなく、また数ある矛盾の中から真実を突きとめるのは不可能と筆者は考える。

翌二二日、五航戦はいったん赤道の北へ退避しふたたび南下、翌日のラバウル上陸支援にそ

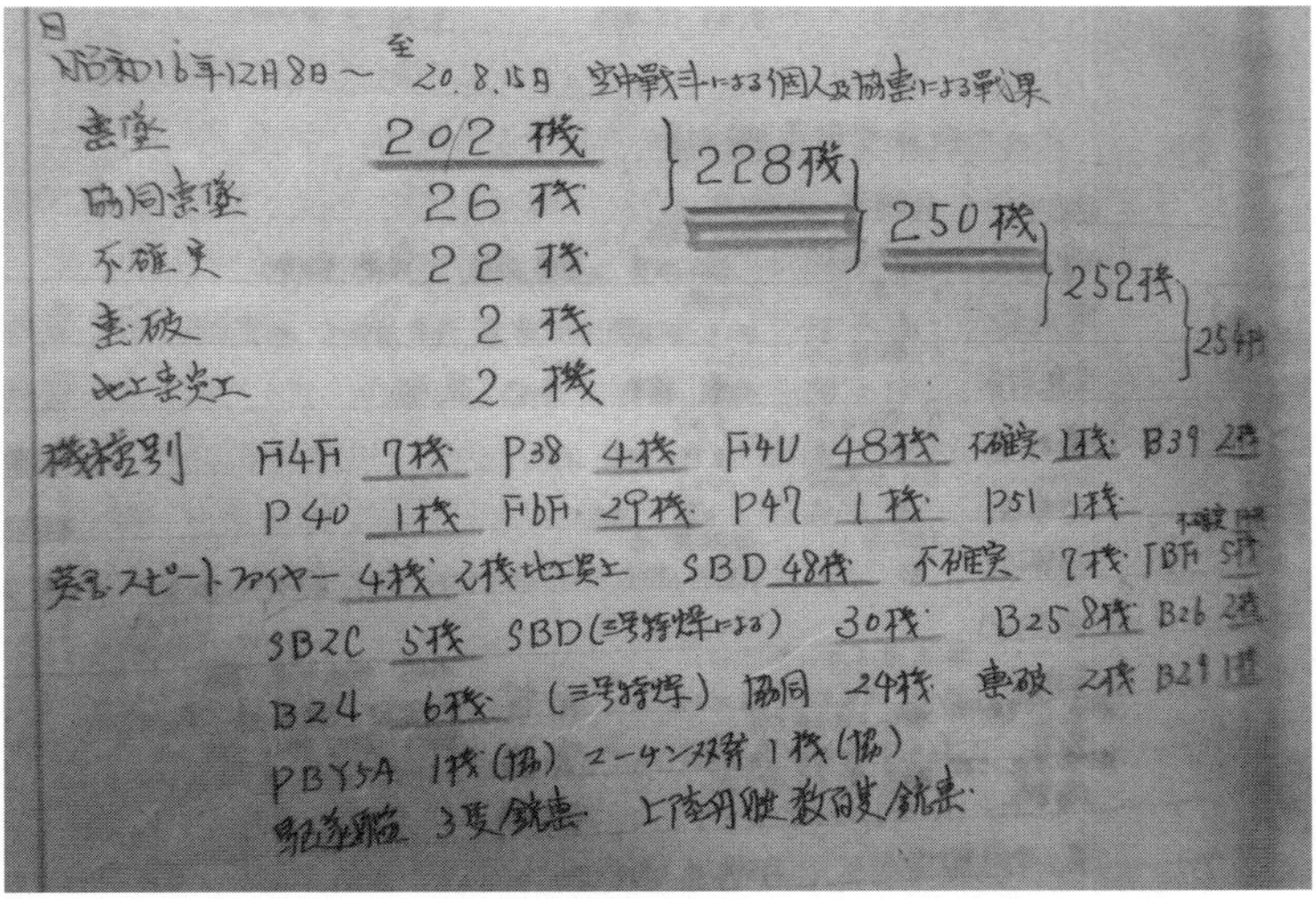

昭和16年12月8日～至20.8.15日　空中戦斗による個人及協書による戦果

撃墜　202機
協同撃墜　26機
不確実　22機
撃破　2機
地上撃破　2機

228機　250機　252機　254機

機種別　F4F 7機　P38 4機　F4U 48機　確実1機　B39 2機
P40 1機　F6F 29機　P47 1機　P51 1機
英国スピットファイヤー 4機　2機地上撃破　SBD 48機　不確実 7機　F6F 5機
SB2C 5機　SBD（三号特爆による）30機　B25 8機　B26 2機
B24 6機（三号特爆）協同 24機　撃破 2機　B24 1機
PBY5A 1機（協）コーケン双発 1機（協）
駆逐艦 3隻銃撃　上陸用舟艇 数百隻銃撃

徹三の「回想ノート」にある太平洋戦争中の戦果。合計254機となっている

なえた。一方の一航戦は二二日、計四六機でラバウルのブナカナウ飛行場などを空襲した。

二三日早朝、日本軍はラバウルに上陸した。ラバウル周辺の海岸でオーストラリア軍は抵抗したものの準備不足で、島内へ押しまくられてしまった。

ラバウル攻略の目途が立ったので、「瑞鶴」と「翔鶴」は帰国の途についた。まず「翔鶴」が二月三日に横須賀に帰着。徹三は「瑞鶴」ではなく「翔鶴」に便乗し帰国、鈴鹿基地に移動して機材更新と訓練にはげんだ。

二月一日、米空母二隻がマーシャル諸島を空襲した。「瑞鶴」は「赤城」「加賀」とともにこれを追撃、しかし逃げられてしまった。こういう突発事件があったので、「瑞鶴」が横須賀に帰ったのは二月一三日だった。

英東洋艦隊撃滅にインド洋へ

ラバウル攻略作戦の後、南雲中将ひきいる機動部隊の任務は、セイロン島（現在のスリランカ）のコロンボとトリンコマリーを空襲し、英国東洋艦隊を撃滅することだった。

電光石火のごとくマレー半島を南下した日本陸軍は、二月一五日、シンガポール攻略を終えた。続いてさらに南下し地下資源の豊富なインドネシアをねらい、三月半ばまでにはジャワ島で米英蘭豪の連合国軍を降伏させていた。西方ではビルマ（現在のミャンマー）を支配下におさめ、中国の蔣介石を支援する連合軍輸送ルートを断つ。こういった陸軍作戦と呼応して動いたのが南雲機動部隊だった。

当時、イギリス海軍は戦艦二隻、空母二隻、重巡洋艦三隻、航空機約三〇〇機をインド洋に配備していると日本海軍は想定していた。英海軍は日本陸軍のビルマ進攻をはばみ、インドネシア支配をおびやかす。コロンボとトリンコマリーは英海軍の出撃基地と目されていたのだ。

空母「瑞鶴」と「翔鶴」が次期作戦のため横須賀を出港したのは三月一七日。徹三ら搭乗員、乗員たちは本格作戦に奮い立った。二四日、インドネシア・セレベス島（現在のスラウェシ島）のスターリング湾入港。港内には南雲機動部隊旗艦・空母「赤城」をはじめ「飛龍」「蒼龍」、戦艦「比叡」「霧島」「榛名」「金剛」、重巡「利根」「筑摩」、軽巡「阿武隈」ひきいる第一水雷戦隊の駆逐艦一一隻がいた。ハワイ攻撃時の艦隊集結を彷彿させる壮観な光景だ。なお空母「加賀」は艦底損傷で参加していない。

空母五隻を基幹とする南雲機動部隊は、三月二六日、スターリング湾を出撃した。四月一日、艦隊はスマトラ島南からインド洋に入る。海の色は太平洋のような深い青ではなく、黒っぽい緑色に変わった。波と風は穏やかで、毎日、索敵機を飛ばすも敵影はない。

しかし四月四日午後四時ごろ（現地時間）、北方から艦隊に向かって飛んでくる敵機が見つかった。地点はコロンボ南東約八五〇キロ。空母五隻から計一八機の零戦が緊急発進する。敵機は英国のコンソリデーテッドＰＢＹカタリナ飛行艇で、偵察にやってきたのだ。

当時、サマービル提督ひきいる英国東洋艦隊は、日本の機動部隊がインド洋に入ったという情報を得ており、カタリナ飛行艇部隊は日本艦隊発見の任務を帯びていた。

南雲艦隊に接触したカタリナの機長は、カナダ人のレオナード・バーチャルといった。この日、バーチャル機は午前六時にセイロン島南端にあるコガラ飛行艇基地から発進、日本艦隊を求めてセイロン島の南東海上を飛んでいた。午後四時、発進から一〇時間ばかり過ぎたころ、カタリナ乗員たちは水平線上に黒いものを認めた。確認の要あり。カタリナは接近していく。と、日本艦隊ではないか。しかも複数の空母、戦艦がいる。機動部隊だ。電信員はただちに基地に連絡する。

その直後、カタリナは零戦の群れに襲われ、燃料タンクから炎がどっと噴き出た。このままでは機体が割れる。バーチャル機長は着水させた。駆逐艦「磯風」が現場に急行し、バーチャル《る》ら六名を捕虜にした。

英国東洋艦隊は、バーチャル機からの連絡で日本艦隊接近を知った。サマービル提督はコロンボとトリンコマリー港内に停泊する艦船を、すぐに動けない船は除き、港外へ避難させた。この勲功でバーチャル機長は後に「セイロンの救世主」とまで呼ばれるようになった。バーチャルは日本国内の捕虜収容所においても待遇改善のため闘うという勇気を示し、戦後もカナダ空軍に残って准将で軍歴を終えた。

なお四月四日のカタリナ撃墜に、徹三は参加していない。

コロンボ空襲

翌五日、午前六時（現地時間）、南雲艦隊は攻撃隊を発艦させた。空母「赤城」の淵田美津雄攻撃隊長ひきいる九七式艦上攻撃機五三機、九九式艦上爆撃機三八機、零戦三六機、計一二七機が各空母から続々と飛び立つ。地点はセイロン島南端から南へ約二二〇キロメートル。目標はコロンボだ。

約二時間後、淵田中佐の、

「全軍、突撃せよ」

の命令で、空襲部隊は港上空に殺到する。が、攻撃を事前に知っていた英軍は、艦船をコロンボ港から外洋に出していた。真珠湾の二の舞はごめんだからだ。コロンボにいたのは、修理中その他の理由で身動きのとれない船ばかりだった。

コロンボ港に突入した淵田攻撃隊はがっかりした。戦艦と空母は南雲艦隊を求めて外洋に出払っていた。それで日本の空襲部隊の戦果は、商船と駆逐艦など五、六隻を撃沈破したにとどまった。

空中戦においては、連合国軍はホーカー・ハリケーン戦闘機約二〇機、フェアリー・フルマー戦闘機四機、ソードフィッシュ雷撃機六機を失った。これに対し、日本側の被撃墜は九九艦爆六機と零戦一機だった。

徹三、太平洋戦争初撃墜

コロンボ空襲時、岩本一飛曹の任務は味方空母上空の警戒だった。徹三らは朝六時に、空襲部隊が出撃する前に発艦した。その直後に、南雲艦隊に近づく敵機があった。またしてもカタリナ飛行艇だ。

カタリナは前日の四日夕刻、バーチャル機からの連絡が途絶えたころにコガラ基地から離陸した。機長はグラハム大尉で、哨戒を開始したのはバーチャル機の墜落地点からだ。当時の東洋艦隊はすべて準備不足で、飛行艇の偵察も一機ずつしか飛ばせない状態だった。四日午後一〇時三七分、グラハム機はセイロン島南東三二〇キロメートル地点で北西へ進む駆逐艦一隻を発見した。次いで同機は五日午前〇時四五分に駆逐艦六隻が北西に向かっていると通報。午前六時過ぎにはついに空母の外縁にいた戦艦と巡洋艦を発見した。

グラハム機は日本艦隊に見つかった。カタリナの周囲にドーン、ドーンと水柱が上がった。飛行艇そのものを攻撃するというよりも、居場所を零戦に知らせるための艦砲射撃だ。このときの模様を、「回想ノート」にある内容を短くして以下に書く。

〈駆逐艦よりの砲撃を認む。雲の切れ間に飛行艇らしきものを発見、列機に戦闘開始を令し、全速にて雲の裏側に出る。敵は一機ゆうゆうと雲を利用してわが機動部隊に接触中である。敵機は感づいたらしく、雲に逃避せんと増速せるも小生の第一撃、直後上方による射撃により黒煙はくと同時に速力は落ち、二、三、四番機の攻撃により相当数の命中弾のために小生が第二撃目に移らんとするときには高度はどんどん下がり、墜落一歩前なり。小生の第二撃目射撃距離五〇〜二〇メートルまで接近、必中の射撃によりついにガソリン槽に引火、艇は火煙にて機影が見えなくなり海中に突入。第二撃目のとき敵機は胴体上部の連装銃による反撃はものすごく、小生の照準器内には火の玉のように飛んでくる状態であった〉

この空戦を脇で観戦していた人物がいる。重巡「利根」の九五式水上偵察機搭乗員の高橋一雄で、高橋は自著『神龍特別攻撃隊』にこのときの模様を書いている。高橋の乗った九五水偵は、対潜警戒のため午前六時半ごろ「利根」から射出された。「利根」が不意に大砲を撃ち、水平線に水煙が立ったので高橋は目をこらした。と、カタリナが高度二〇〇メートルで向かってくる。それで水偵は敵機の後ろ上方に回り、銃撃を加えたというのだ。しかし敵機の性能のほうが上回り、逃げられてしまう。と、そこへ零戦二機が飛来し、はらはらしながら見ている

と撃墜してしまったという。

砲撃したのは徹三は駆逐艦と書き、高橋は重巡「利根」としている。人の目によって大混乱の戦場は異なって見えるので、食い違いが生じても仕方がない。

五日のＰＢＹカタリナ撃墜に出動したのは、岩本小隊だけではない。「赤城」「翔鶴」からも戦闘機が現場に急行し、飛行艇に銃撃を加えたことがそれぞれの

「行動調書」から読みとれる。高橋は零戦二機が飛来したと書いているが、カタリナは一〇機ほどの零戦に襲われ、必死に撃ち返すも撃墜されたのだ。

この空戦で岩本機は被弾した。プロペラを貫通した弾は、真正面の照準器取り付け部に命中していた。わずかでも前後左右に寄っていたら、徹三の頭に当たっていた可能性がある。「瑞鶴飛行機隊行動調書」に、岩本小隊三機のうち二機が被弾したむね書いてあり、一機は岩本機であったのだろう。

「回想ノート」三冊目にある撃墜リストに〈PBY5A一機（協）〉と、徹三は書きつけている。この一機はまちがいなくインド洋で落としたカタリナであり、太平洋戦争中に徹三が協同撃墜したと主張する二六機のうちの一機、また徹三の太平洋戦争初撃墜でもあったのだ。

なおグラハム大尉以下カタリナ搭乗員は全員戦死した。

五日午後、コロンボ空襲を終えた南雲艦隊は、南下中の英重巡洋艦「コーンウォール」と「ドーセットシャー」を撃沈した。二艦は前日、コロンボから外洋へ避難し、東洋艦隊主力と合同しようとしていたところを発見されたのだ。

トリンコマリー空襲

日本艦隊接近を想定したイギリスは東洋艦隊を増強し、三月末の時点で空母三隻、戦艦五隻、重巡二隻、軽巡五隻、駆逐艦一四隻にふくれ上がっていた。

サマービル司令長官は、四月はじめに艦隊をいったんモルディブ諸島にある基地に下げた。ただし重巡「ドーセットシャー」は装備更新のため、「コーンウォール」はオーストラリアへ向かう船団護衛のためにコロンボ港に入った。その後、日本艦隊の位置が明確になったので、重巡二隻はコロンボを出て南下、そのさいに撃沈されたのだ。やはり後に撃沈される運命の空母「ハーミーズ」は、ボイラー清掃のためトリンコマリー港へ向かった。そしてサマービル提督ひきいる東洋艦隊は、南雲艦隊と対決すべく五日午前〇時過ぎモルディブを出撃する。

コロンボ空襲の後、日本艦隊はセイロン島南東を大きく迂回し、今度は東から島に迫った。南雲艦隊は次にトリンコマリー港を空襲する。このとき、もし南雲艦隊が西進していたらサマービル艦隊と衝突し、兵力・実力からして日本艦隊が勝っていたであろう。そうすると日本艦隊の本来の目的であった英東洋艦隊撃滅を果たしていたことになる。しかし真珠湾攻撃時のコンビ、南雲司令長官と草鹿参謀長はより安全と思われる港湾空襲を選択した。

四月八日午後三時七分、またしてもカタリナ飛行艇が飛来し、機動部隊の位置・針路が知れてしまった。カタリナは日本の戦艦と空母発見を通報、スコールに逃げこんで撃墜をまぬがれた。

九日早朝、トリンコマリー東約三〇〇キロから、空母五隻は九七艦攻九一機を続々と発艦させた。全機八〇〇キロ爆弾を搭載し、魚雷は積んでいない。総隊長はいつものように「赤城」の淵田美津雄中佐。護衛戦闘機は四一機。岩本一飛曹も参加している。天気晴朗、インド洋特有の三角波もない。まだ暗かったが全機たやすく発艦した。艦隊上空で編隊を形づくり、トリンコマリーへ進撃する。艦攻隊は高度約四〇〇〇メートルを飛ぶ。零戦隊はその前上方約五〇〇〇メートルを先導して敵戦闘機をさがす。

ハリケーン隊のスクランブル

カタリナによる機動部隊発見の報で、英軍はトリンコマリー上空で待ちかまえる態勢ができていたといっていい。筆者が英国公文書館からとり寄せた一次資料「第二六一飛行隊作戦記録」とその他英文資料の内容にもとづいて、英軍のスクランブル状況を書いていく。

当時、イギリスのホーカー・ハリケーン戦闘機隊は、トリンコマリー港北にあるチャイナ・ベイ飛行場に主力を置いていた。さらにトリンコマリー北西約六〇キロにコクキライ基地があり、ここにはハリケーン若干数とフルマー戦闘機隊が駐屯していた。チャイナ・ベイ基地にはハリケーン一八機が配備され、この部隊を第二六一飛行隊といった。そしてコクキライ基地にはフルマー一六機がいた。ただし殺到する日本の空襲部隊をむかえ撃ったのは、チャイナ・ベイのハリケーン戦闘機だけだった。

午前六時三五分、フルフォード大尉をリーダーとするハリケーン三機は、日課になっていた夜明け時の哨戒に飛び立った。それから三〇分後のことだ。港の北にあるレーダーが、航空機の編隊をとらえたのだ。ただちに警報が発せられ、七時一〇分にチャイナ・ベイからクリーバー大尉指揮の六機が緊急発進《スクランブル》、五分後の七時一五分にはさらにマーシャル大尉指揮の六機が発進した。

フルフォード大尉隊は港の東へ向かうよう指示された。七時一五分、海岸から五〇キロほどの海上で敵機発見。日本機は高度四五〇〇メートルを真西、港方向に飛んでいる。護衛の零戦は爆撃機の上空、高度六〇〇〇メートルを、編隊を組まずにべったり広がって警戒している。日本機のキャノピー・ガラスが陽光を反射し、キラリ、キラリと光る。フルフォード隊三機は雲に隠れて北方向、六七〇〇メートルまで上昇し、西に転じて敵編隊の上方についた。ハリケーン三機はそれぞれ獲物を定めて急降下した。フルフォードは日本機に至近距離から五秒間撃った。日本機の一部がはがれ、白煙あるいは蒸気をはきながらスピンし右翼がちぎれて海へ落ちていった。このとき二番機のローンズレー兵曹機はフルフォードに続いて急降下、一機を照準に入れるや三秒間撃った。ローンズレーは離脱寸前に、日本機がばらばらにこわれて落ちていく光景を目にした。

フルフォード隊二機に撃墜された日本機二機は、「瑞鶴」戦闘機指揮官の牧野正敏大尉と牧野の二番機の松本達一飛だったと判断する説がある。しかし実際この二機が撃墜されたのを目撃した日本側搭乗員はいなかったようで、空襲終了後、帰還した搭乗員たちはふたりの帰艦を待ちわびた。そばを飛んでいたはずの岩本一飛曹も、ふたりがどうなったか気づかなかった。空中戦で撃墜されなかったとしたら、燃料切れで帰還できず墜落したのではないか。結局、理由はともかく、ふたりは自爆したと後に判定された。

フルフォード大尉機は一機撃墜の後、急いで機体を上空へ持っていく。と、零戦六機が追いかけてきた。零戦の両翼から火が出て、白煙を引いている。機銃が火を噴いているのだ。曳光弾がフルフォード機に向かって飛んできた。フルフォード機は背面になり垂直降下して高度六〇〇メートルで雲海へ飛びこみ、零戦を振り切った。それからフルフォードは上昇し、港の南東八キロ地点で港から撤収していく敵編隊を発見、ダイブした。最後尾の零戦に向かって残弾を撃ちこむと、零戦は背面になり海に向かって真っさかさまに落ちていった。燃料に限界を感じたフルフォードは、それからチャイナ・ベイ基地に帰った。

二番機のローンズレー機だが、ハリケーン一機と零戦六機が格闘戦を演じているのを発見、零戦一機の背後について射撃、しかしローンズレー機も撃たれた。操縦席近くで機関砲弾が炸裂し、ローンズレーは零戦に追いかけられ、着陸装置がこわれていたもののチャイナ・ベイ飛行場に不時着できた。

なおフルフォード隊三番機は撃墜され、パイロットは戦死した。同じくスクランブル発進したクリーバー大尉隊とマーシャル大尉隊は、一二機のうち六機が撃墜された。第二六一飛行隊長だったルイス少佐は七時四五分に単独で発進しようとしたが、離陸時に撃たれ機体は大破した。

やさしかった徹三

徹三はトリンコマリー上空空戦の様子を「回想ノート」に次のように描いている。原文を短くして書く。

〈わが小隊は攻撃隊上空上方飛行中、陸地発見と同時、増速す。湾口より敵飛行場に向け飛行中、敵戦闘機発見。列機は空中戦未経験のため、自分としてはできるだけ慎重に味方の犠牲を少なくするため、ともすれば小隊長が全速にて突入し、列機はばらばらとなり甚大な犠牲を出したことが多々あるので、まずその点を第一に考え自分としてはできうるだけ全速飛行は避け、列機に余裕のある行動に注意しつつ敵戦の前方に出る。敵四番機に対し肉迫必墜で距離三〇メートルくらいにて射撃す。敵機すれすれに上昇、見れば敵機は多量のガソリン噴き出しつつ機首を下げながら墜ちていく。撃墜は確認できず。敵一番機はただちに反撃姿勢をとったのであるが、十分なる態勢ならざるところに二撃目を撃ったのである。エンジン部に命中したらしく火の玉となりて墜落す。小生は一度列機集結のため戦闘中止、空戦場旋回、態勢をととのえる。全機異状なし。小生は飛行場上空の敵機を追跡射撃す。脚も出さずに不時着せんとするを射撃を加える。敵機は飛行場の端に激突、土煙を巻き上げ大破す。湾方向へ離脱中、ジャングル低空にて敵一機に味方四機、攻撃するを発見。敵はのがれんと全速避退、小生、後上方より攻撃、一撃にてジャングル中に撃墜、木々を倒して最期をとげたのである。戦闘で指揮官牧野大尉、松本一飛は戦死す〉

　各艦の九七艦攻がトリンコマリー港を爆撃した時間は約三〇分。この間に、徹三は四機を撃墜したと解釈できる。ただし単独撃墜だったのか、協同だったのかはいずれも断定できない。

　徹三自身、トリンコマリーで自分は四機撃墜したと信じていたようだ。というのは「回想ノ

ート」のトリンコマリー空戦の部分に、

〈今迄の小生の撃墜数　ＰＢ５Ｙ×１　Ｓｆｃ（英国）×４〉

と、メモ書きしているからだ。「今迄」というのは日米開戦からトリンコマリーまでのことで、「ＰＢ５Ｙ」は四月五日のカタリナ撃墜を指す。「Ｓｆｃ」はハリケーン戦闘機を指している。

大戦を通じて、徹三は部下あるいは周囲に対してやさしかった。空戦時に、未経験者の犠牲を少なくするために行動した様子を徹三は書いている。部下に対する思いやりを感じさせる一節だ。

戦中戦後、徹三と何度も出会っている千葉県茂原・武田屋の市子は、徹三の思い出として、

「やさしいお兄さん。市坊《いちぼう》、いちぼうって呼ばれて、もともと偉ぶったところはなかったし、戦後も偉ぶったところはなかった」

「やさしいです。（怖いって印象は？：筆者の質問）ぜんぜん、ないです。飛行機をこうやって落としたとか話しはぜんぜんきいたことがないです」

と、徹三のやさしい性格を強調した。

瀧澤謙司という元零戦パイロットが、昭和一九年秋、徹三に出会っている。そのときの印象として、

〈……日華事変いらい、太平洋の名だたる戦いに出撃して、敵機百機以上を墜としているという大先輩、岩本徹三飛曹長（当時）であった。それにしても、何とやさしい人であろう。それ

は、編隊を組めばわかった。よく気をつかってくれるのだ。当然、私たち若輩者には人気があった〉

と、雑誌『丸』（昭和五九年一二月号）に書いている。

日英両軍のスコア

日本の空襲部隊を迎撃するためにスクランブル発進したイギリス側の戦闘機は、ハリケーン一六機だけだった。フルマー戦闘機六機も発進、合計二二機で迎撃したように描写している文献もあるが、最近の欧米の研究結果としてフルマーは飛んでいないという説が有力だ。フルマー六機は、トリンコマリー空襲直後に空母「ハーミーズ」が撃沈されたさいに発進したもので、それがトリンコマリー空襲時に発進したと誤解されたという説が正しいようなのだ。

両軍の最終スコアを書いておく。まず英軍側だが、「第二六一飛行隊作戦記録」によると発進したハリケーン戦闘機一六機のうち八機が撃墜された。被弾し飛行場あるいはその周辺に強行着陸・不時着した機体は五機。パラシュートで脱出できた者がいて、パイロットの戦死者は二名だけだった。

飛行場付近に不時着したハリケーンが五機もあった。徹三は一機を飛行場の端に激突させているので、これは五機のうちの一機ではないだろうか。また「第二六一飛行隊作戦記録」によると、飛行場に胴体着陸したハリケーンが三機あった。これに似たような徹三の記述として

「脚も出さずに飛行場に不時着せんとするを射撃を加える」というのがある。この両文、微妙に一致しているように感じさせる。

日本側発表の戦果だが、空母五隻の「行動調書」の内容を合計すると零戦による撃墜五三機(このうち協同撃墜一二機、撃墜不確実二機)にもなる。現実は英軍発表の八機が正しく、五三機は誇大すぎる。

なお日本側の損害だが、零戦三機(牧野機、松本機、「翔鶴」の林富士雄機)、九七艦攻二機だった。

四月九日、南雲機動部隊は英空母「ハーミーズ」と護衛の駆逐艦「バンパイア」を撃沈するという好運に恵まれた。両艦は東洋艦隊に合流すべくトリンコマリーを出たところを沈められたのだ。機動部隊の士気を大いに盛り上げた戦果であったが、この海戦に徹三は参加していない。

第4章　空母対空母の戦い

ポートモレスビー攻略作戦

昭和一七（一九四二）年四月九日、トリンコマリー港空襲と英空母「ハーミーズ」の撃沈で、空母機動部隊はインド洋作戦を終えた。艦隊は四月一三日、マラッカ海峡を通過、翌一四日、空母「瑞鶴」「翔鶴」の二隻（第五航空戦隊）を除く空母「赤城」「蒼龍」「飛龍」は日本へ帰った。一方、「瑞鶴」と「翔鶴」は一八日、台湾の馬公に入港。五航戦の次期作戦はニューギニア東南にあるポートモレスビーと、ソロモン諸島のフロリダ島にあるツラギの攻略支援だった。

日本軍はすでにニューブリテン島のラバウルとガスマタ、ニューアイルランド島のカビエン、ニューギニア北東のラエとサラモアに基地を建設していた。さらにポートモレスビーとツラギの攻略で、アメリカとオーストラリアの分断をはかる。これらの拠点を足がかりに、さらに東に足をのばしてフィジー諸島、サモア諸島までも支配下におさめる。これが日本軍の次期作戦のねらいだった。

ポートモレスビー、ツラギ上陸部隊を支援する海上部隊の主力が、「瑞鶴」と「翔鶴」だった。しかし両空母が一八日に台湾の馬公に入港した翌日、とんでもないニュースが飛びこんできた。米空母「ホーネット」から発進したB－25爆撃機一六機（ドゥーリトル中佐指揮）が、東京を初空襲したのだ。それで両空母は追撃すべく一九日に馬公を出港、しかし「ホーネット」は遁走してしまい、両空母はそのままトラック島に向かった。

四月三〇日、ツラギ攻略部隊がラバウルを出撃した。旗艦は敷設艦「沖島」。駆逐艦「菊月」と「夕月」、駆潜艇、掃海艇など小艦艇で上陸軍を輸送した。同日、航空母艦「祥鳳」がトラック島を出撃、重巡洋艦「古鷹」「衣笠」「加古」「青葉」、駆逐艦「漣」とともに、ツラギとポートモレスビー攻略を支援する。モレスビー上陸軍は五月四日、ラバウルを出港、旗艦は軽巡洋艦「夕張」で、あと駆逐艦、敷設艦、掃海艇が陸兵を乗せた輸送船団にともなう。

「瑞鶴」と「翔鶴」には重巡「妙高」「羽黒」、駆逐艦六隻、その他潜水艦と給油艦が加わり、艦隊はMO機動部隊と呼ばれた。機動部隊の中で特に五航戦空母二隻を指揮するのは原忠一少将だった。艦隊は五月一日にトラック島を出撃、「瑞鶴」には岩本一等飛行兵曹も乗艦していた。ようするに日本艦隊は、ばらばらに別々の港から出港していた。しかし最大目標はポートモレスビー攻略で、決行予定日は五月一〇日だった。

まずツラギ攻略だが、日本軍上陸を察知したオーストラリア軍はさっさと撤退し、五月三日

昭和17年5月5日、珊瑚海海戦を直前にした空母「瑞鶴」艦上。手前から零戦、九九式艦爆、九七式艦攻と並ぶ。

に日本軍はほぼ無血で占領してしまった。

ところが翌日の四日、ツラギの日本軍基地はさっそく空襲を受けた。米空母「ヨークタウン」から発進した爆撃機と雷撃機四〇機が不意打ちをかけたのだ。攻撃は午前中、二回あった。駆逐艦「菊月」が大破放棄となり、特設駆潜艇一隻と掃海特務艇二隻が沈没、敷設艦「沖島」と駆逐艦「夕月」が小破するという損害をこうむった。米艦載機は午後からも攻撃をかけた。三回目の攻撃による日本の艦船への損害は軽微であったものの、多数の死傷者が出た。

ツラギ奇襲により、日本側は米空母接近を知った。モレスビー攻略に向かう船団を守らなければならない。MO機動部隊は急ぎ南下、珊瑚海に入ろうとする。ツラギ攻略部隊の上空直衛を終えた空母「祥鳳」と重巡四隻は、南下してくるモレスビー攻略部隊を援護する。

一方、ツラギ攻撃を終えた「ヨークタウン」は五日午前、ソロモン諸島ガダルカナル島南方六〇〇キロメートル海上で、北上してきた空母「レキシントン」と合流した。米艦隊は空母二隻のほかに重巡七隻、軽巡一隻、駆逐艦一三隻、給油艦二隻という陣容で、この中にはオーストラリア艦もいた。艦隊名称は第一七任務部隊といい、総司令官は「ヨークタウン」に座乗するフランク・フレッチャー少将だった。空母「ヨークタウン」は基準排水量約二万トン、全長二四七メートル、搭載機数九〇機で、同型艦に「エンタープライズ」と「ホーネット」があった。「レキシントン」は基準排水量三万六〇〇〇トン、全長二七一メートル、搭載機七八機とされ、同型艦に「サラトガ」があった。

五日と六日、米艦隊は給油艦「ネオショー」から燃料補給を受けた。六日午前、ツラギ基地を発進した九七式飛行艇一機が米艦隊を発見、およそ四時間にわたって米艦隊の位置と針路を報告し続けた。が、原少将は攻撃を決断しなかった。このとき米艦隊は燃料補給中で、日本艦隊から攻撃隊を飛ばせる距離にいた。米艦隊は、逆に日本艦隊の位置を把握していなかった。すなわち、絶好のチャンスを日本艦隊はのがしたわけだ。それは日本艦隊もまた燃料不十分であり、補給を終えてから万全の態勢で翌日に米艦隊を発見攻撃したほうがいいと日本側は判断したのだ。

給油艦「ネオショー」大破

五月七日午前六時（現地時間、以下、すべて現地時間とする）、「瑞鶴」と「翔鶴」は、九七艦攻をそれぞれ六機ずつ、計一二機を発艦させた。午前七時半、もっとも南を索敵していた「翔鶴」機が、

「敵空母部隊見ゆ」

を打電。「瑞鶴」艦橋はわき立った。原少将は、

「まず一刀で前の敵を倒し、返す刀で後者を切る」

と、勇ましくいいはなった。午前八時〇八分、「瑞鶴」から零戦九機、九九式艦上爆撃機一七機、九七式艦上攻撃機一一機が発艦開始。「翔鶴」からは零戦九機、九九艦爆一九機、九七艦攻一三機が発艦。計七八機の攻撃隊だ。攻撃隊総指揮官は艦爆三六機をひきいる「翔鶴」の高橋赫一少佐で、艦攻隊をひきいたのは「瑞鶴」の嶋崎重和少佐だった。零戦一八機の総指揮官は「瑞鶴」の岡嶋清熊大尉で、岩本徹三一飛曹は「瑞鶴」第三小隊三機の小隊長として飛んだ。

攻撃隊は南へ向かった。発艦約一時間後、米艦隊を発見、艦爆隊は急降下爆撃のために上昇し、艦攻隊は魚雷投下のため海面に向かって降下する。徹三ら戦闘機隊は上空を警戒する。だが、空母はいなかった。給油艦らしきフネ一隻、護衛の駆逐艦一隻の二隻が、群青色の珊瑚海

に二本の航跡を白く引いている。「翔鶴」機が発見した米空母ではない。日本の攻撃隊七八機は給油艦を無視し、一帯をさがした。天気はいい。

給油艦を「ネオショー」といった。「シマロン」級給油艦の一隻で全長一六九メートル、基準排水量七四七〇トン。形状がずんぐりしているので、高空からだと空母に見える。前日六日の夕刻、「ネオショー」と駆逐艦「シムス」は、第一七任務部隊本隊からはなれ南下していた。

攻撃隊は約一時間さがすも、米空母の姿はなかった。ひどく疲れる捜索だった。徹三はこのときのむだな努力を、「回想ノート」におおむね次のように書いている。

〈もし敵部隊がいるとすれば、当然、すでに敵戦が現われなければならぬはずである。攻撃本隊は、さらに扇形の索敵を続行した。我々戦斗機隊の見張警戒は、戦闘以上にエネルギーを消耗させた〉

敵空母はどこにもいない。「翔鶴」索敵機は、給油艦を空母と見誤ったのだ。それなら帰る前に、眼下の敵二隻を撃沈する。高橋少佐は艦爆隊だけで事足りると考え、艦攻隊全機を帰投させた。

視界は良好だった。昼の一二時過ぎ、九九艦爆は次々に急降下し、給油艦と駆逐艦に二五〇キロ爆弾を命中させた。駆逐艦「シムス」は真っ二つに折れて沈んだ。「ネオショー」にも立て続けに爆弾が命中していたが、船足はおとろえない。

このとき「瑞鶴」艦爆隊隊長の江間保大尉は、上空から様子を見ていて歯ぎしりしていた。徹甲爆弾は給油艦の薄い装甲をブスッ、ブスッと突き破って艦内にとどまり、炸裂していないように見えたのだ。しかもただの給油艦と思っていたら、機銃で旺盛に撃ち返してくる。投弾を終えて上方へのがれようとする艦爆一機が火をふいた。江間大尉は、

「やられたっ」

と叫んだ。火勢は強く、みるみる操縦席を包む。艦爆は意を決したように旋回、給油艦めがけて突入していく。火の玉となった自爆機は艦尾付近に衝突し、火の海は艦中央へ広がっていった。江間大尉は、自爆というものをはじめて目にした。その壮烈さに、強い感動を受けた。

「瑞鶴」艦爆パイロットの堀健二一飛曹も、同僚の自爆を目撃した。堀は戦後、雑誌『丸』（昭和四七年一月号）に、

〈その後も多くの航空戦に参加した私であるが、このような壮烈きわまる光景を目撃したのは、これが最初であり、最後であった〉

と書いている。また「翔鶴」戦闘機隊の安部安次郎少尉も、このときの印象を「零戦搭乗員会」の会報（平成五年五月一日号）に書いている。

〈体当たりして散華した光景を目の当たりにし、胸がジーンと引き締まる思いがした。いずれは我が身も、と思い、今もなお強烈に脳裡に焼き付いている〉

徹三も自爆を目撃していた。

〈武装せる油槽船よりは、必死の機銃の応戦である。降爆中の味方一機ついに被弾し、火の玉となりて油槽船に自爆したのである。敵船は自爆機のために大火災を起こし、ついに海底に姿を消す。目前に友機の悲壮なる自爆を目撃し、友の最期をいたみつつ帰途につく。艦攻隊は、

我々より一足早く全機帰投していた〉

徹三は「ネオショー」が沈んだように書いているが、実際はこのときは沈んでいない。

石塚二飛曹のラブ・ストーリー

「ネオショー」に体当たりした九九艦爆を操縦していたのは、石塚重男二等飛行兵曹だった。『予科練』（海原会機関紙）の二〇一六年一月・二月号に、石塚二飛曹のラブ・ストーリーが掲載されているので以下に紹介する。

石塚重男は一九二二年四月、新潟県生まれ。石塚が新潟の旧制中学校に通っていたころ、女子学生Mさんは女学校に通っていた。通学で利用する駅でいつも見かける三人組の男子学生が、いつの間にかふたりになっている。そのことに気づいたMさんは気にはなっていたが、何事もなく二年間が過ぎてしまう。消えた男子は目のくりっとした男前だった。そして昭和一五年の夏、駅でMさんは白い制服を着た男子を見かけ、それがいつの間にかいなくなったひとりで石塚だった。石塚は実は予科練に入っていたのだ。

それから半年が過ぎ、昭和一六年の正月、Mさんは友だちから「石塚さんが、あなたを好きなんだって」と伝えられ、石塚からの手紙も受けとった。話したこともないふたりだが、たがいに引かれ合うものがあったのだ。それから三ヵ月ほどが過ぎ、横須賀航空隊から手紙がとどくようになり、文通がはじまった。やりとりした手紙は数え切れない。

夏、「自分を信じて、追浜に面会に来てほしい」という手紙を受けとったＭさんは、追浜の横須賀航空隊に出かけた。ふたりは街中を歩き、石塚は結婚後の住居のこと、一〇年後には民間航空に移ることなどを、目を輝かせて話す。が、その後、異常なほどの猛訓練が続き、当時、石塚が乗り組んでいた空母「加賀」は外洋に出て、長い時間航海した。目的地はハワイで、昭和一六年一二月八日にパール・ハーバーを奇襲、石塚は九九艦爆を操縦して攻撃に参加した。

ハワイ空襲成功後の一月、休暇で新潟に帰った石塚はＭさんに会った。粉雪がはげしく舞う駅で、別れの朝、Ｍさんはいっしょに汽車に乗っていくといったが、石塚は断った。軍用機乗りに別れはつきものだからだ。

「瑞鶴」に転属になった石塚は珊瑚海で自爆、海戦が終わってからＭさんに石塚重男戦死の知らせがあった。これからも未来は続くと思っていたＭさんは、毎夜泣いた。一年が過ぎても悲しみは去らず、涙を流す。人生をやりなおすのに一五年かかったという。石塚戦死時の歳は、わずか二十歳だ。

「ネオショー」乗員の漂流地獄

石塚二飛曹に体当たりされた「ネオショー」にも別の悲劇が待っていた。眼前で「シムス」が真っ二つに折れて沈み、日本機の自殺行為でガソリン火災がぱっと広まり、乗員たちはパニックにおちいった。衝撃で救命筏《いかだ》が多数、海上に落ち、海に飛びこむ乗員たちもいた。艦長が特に「総員退艦」の命令を出していないのに、水兵たちは救命筏を投げ落とし、われ先に海に飛びおりた。自分だけが助かろうとし、上官をなぐる水兵もいた。「ネオショー」は結局沈まず漂流を続け、乗員たちは地獄を見る。

救命筏で脱出した者、海に飛びこんだ者の救助に、「ネオショー」艦長はエンジン付き救助艇二艘を送り出した。帰ってきた二艘は水兵を満載していた。が、筏は発見できなかった。波は高く、やがて日は暮れて漆黒の闇が海上をおおう。朝になるまで待つしかない。幸い火災は消えたが、爆弾の衝撃と浸水で甲板のねじ曲がりがしだいに大きくなっていく。船体が今にもふたつに折れそうなのだ。

二艘が帰ってきた時点で人数を勘定すると、士官一六名、下士官兵九四名、それに加えて「シムス」の生存者一五名がいた。判明している戦死者は士官一名、下士官兵一九名。戦闘前にいた人員数二八八名から戦死者数と生存者数を引くと、実に士官四名と下士官兵一五四名が行方不明、すなわち海に飛びこんだか、あるいは筏で流されたのだ。「シムス」にいたっては生存者一五名なので、乗員のほとんどが戦死あるいは行方不明と思われた。

八日朝、日米の空母が戦っているころ、「ネオショー」の傾斜は右舷側二六度に達し、甲板の端が海水につかっていた。エンジンは動かず、ただ海流に流されていた。一〇日正午過ぎにオーストラリアの哨戒機が飛来したが、乗員の期待に反しこの日救助船はあらわれない。船体がもうすぐねじ切れると乗員たちが覚悟した一一日午前一一時半にＰＢＹカタリナ飛行艇が飛来、その一時間半後に駆逐艦「ヘンリー」が来て生存者を救助し、「ネオショー」を魚雷と砲撃で処分した。「ヘンリー」は日が暮れるまで付近を捜索したが、筏、漂流者は発見できなかった。

その後、「ネオショー」が攻撃された位置報告の誤りが発覚し、別の駆逐艦「ヘルム」が正しい位置から捜索を開始、一六日に「ネオショー」の救助艇一艘を発見するも乗員はひとりも乗っていなかった。一七日、「ヘルム」は乗員が乗る筏をようやく発見、四人を救助するもひとりはすぐに死んでしまった。そして生存者三人は身の毛もよだつ恐ろしい話をする。

七日の脱出時、筏には六八人が集まっていたという。水と食料は皆無で、漂流中にある者は筏の上で死に、ある者は気がふれて海に飛びこんだ。そして最後に残ったのは、自分たち四人だけだったという。

空母「祥鳳」撃沈される

「ネオショー」が九九艦爆隊に襲われていたほぼ同時刻、珊瑚海の北方で別の海戦が戦われていた。五月七日、夜明けの光さすころ、第一七任務部隊空母「ヨークタウン」からドーントレス急降下爆撃機一〇機が飛び立った。ドーントレスはＳＢＤとも呼ばれ、スカウト（偵察）・ボマー（爆撃機）・ダグラス（航空機メーカー）の頭文字で、爆撃とは別に偵察任務にもついた。

午前九時前、「ヨークタウン」座乗のフレッチャー提督に、敵空母二隻、重巡二隻発見の報が伝わった。米艦隊北西に飛んだドーントレス一機が発見したもので、地点はルイジアード諸島北方海上だった。九時二五分、「レキシントン」が急降下爆撃機（SBDドーントレス）二八機、雷撃機（TBDデバステーター）一二機、戦闘機（グラマンF4Fワイルドキャット）一〇機、計五〇機の発艦をはじめる。二〇分後に「ヨークタウン」がドーントレス二四機、ワイルドキャット八機、デバステーター一〇機を発進させる。米攻撃隊は九二機。北西、ルイジアード諸島のミシマ島方向へ飛ぶ。

午前一一時過ぎ、日本の空母を発見。しかし米攻撃隊がめざしていたはずの日本の機動部隊ではなかった。空母は小型で、飛行甲板に艦橋がない。「祥鳳」と呼ばれていた改造空母で、しかも艦隊に空母は一隻しか見えない。あとは重巡四隻（「古鷹」「衣笠」「加古」「青葉」）と駆逐艦一隻だけだ。艦隊はツラギとポートモレスビー攻略部隊を支援する部隊だった。五月三日にツラギ攻略支援を終えて西進、続いてポートモレスビー攻略部隊に合流する予定になっていた艦隊だ。「祥鳳」は潜水母艦「剣崎」を改造した空母で、基準排水量一万一二〇〇トン、全長二〇五・五メートル、搭載機二八機。

七日午前、日本側は「ネオショー」を空母とまちがえ米機動部隊を捕捉できなかったが、ミスは米側にも発生していた。先に「敵空母二隻、重巡二隻発見」の報が米機動部隊に入り、その情報にもとづいて攻撃隊は発進した。この発見報告が無電操作上のミスだったのだ。ようするに、米攻撃隊が向かう箇所にMO機動部隊はいなかった。「瑞鶴」「翔鶴」は、実はこのとき米攻撃隊が向かっていた方向とは逆の東方向にいたのだ。

七日の午前八時前、オーストラリアから飛び立ったB－17爆撃機が、日本の空母一隻、艦艇と輸送船多数を発見していた。この空母はまさに「祥鳳」であり、その後、発見情報は第一七任務部隊にも伝えられ、飛行中の米攻撃隊にも無電連絡された。米攻撃隊は新たな連絡で針路を変更、出くわしたのが「祥鳳」だった。

「祥鳳」は船団護衛のため、早朝から艦上戦闘機四機、艦上攻撃機一機を飛ばした。その後、重巡「青葉」偵察機から米機動部隊発見の通報があり、艦攻の準備をはじめる。さらに「衣笠」偵察機より米艦載機発進の報があり、「祥鳳」の飛行甲板は上空直衛機の収容補給と艦戦発艦とでおおわらわとなった。そこへ午前一一時ごろ、米攻撃隊があらわれたのだ。まずドーントレスが次々に投弾するも、「祥鳳」はたくみな転舵で全弾をかわす。次いで爆撃機に加え、雷撃機も多数あらわれた。一一時二〇分に飛行甲板後部に爆弾が命中、直後に右舷後部に魚雷が命中、操舵不能となった。後は魚雷と爆弾が次々に命中、最初の爆弾が命中してから一五分後の一一時三五分に「祥鳳」は海中に没した。

「祥鳳」は大型空母にまちがえられ沈められた。ほぼ同時刻に空母とまちがえられた「ネオショー」が大破、「シムス」は撃沈されている。このように珊瑚海海戦ではほぼ同時刻に日米両軍が似たような戦闘をおこない、似たようなミスをおかすことが多い。

薄暮出撃の大失敗

「瑞鶴」と「翔鶴」は帰ってくる攻撃隊を収容しつつ、珊瑚海を北西に進んでいた。全機がようやく帰ってきたときは、午後三時を過ぎていた。

一方、米側は日本の機動部隊の位置をつかんでいない。日本の主力空母はモレスビー攻略部隊付近にいて、南下しているのではないか。米側はそんなふうに考えていたが、実際は日本の機動部隊は第一七任務部隊の東にいた。敵機動部隊はたぶん北にいると誤解していたフレッチャー少将は、日本機の急襲を避けるため南東に針路をとる。

こうして日米の艦隊の距離は七日午後、せばまりつつあった。原忠一少将のもとには、不正確ではあったが米機動部隊の位置報告が別働隊からもたらされていた。

原少将ら首脳部はひとつの結論にいたる。米機動部隊は西にいる。これを攻撃すべきだ。しかし日暮時、発艦させるとして、日没後に攻撃隊は敵艦隊を発見できるだろうか。攻撃を終え帰ってきて、夜間着艦が無事にできるだろうか。そういう心配があったので、ベテラン搭乗員のみで攻撃隊を編制することになった。戦闘機の護衛はつけない。第五航空戦隊の戦闘機パイロットは、夜間の発着艦にまだ習熟していない。それに戦闘機は、空母まで帰れる性能のいい帰投装置を装備していない。で、彼らがいたった結論は、零戦の護衛は不必要であろう、だった。

「瑞鶴」艦上では航空参謀の三重野武少佐が不安を感じ、艦攻の嶋崎少佐に意見を求めた。

「薄暮攻撃、やりましょう」

と、嶋崎少佐は賛成する。そばにいた坪田義明大尉（艦攻）は、

「すぐ攻撃すべきです」

と、強気を見せる。

「戦闘機の援護なしで攻撃隊を出すんですすか」

と、村上喜人大尉（艦攻）は不安をもらした。それにしても猪突猛進の現場の人間に、やるかやらないか、をきくのは愚かだった。やる、と答えるに決まっているのだ。

日本艦隊は艦爆一二、艦攻一五、計二七機を、陽が西にかたむくころに出撃させた。総指揮官は「翔鶴」艦爆隊の高橋赫一少佐。「瑞鶴」艦爆隊長の江間大尉、艦攻隊長の嶋崎少佐らが参加した。発艦からおよそ二時間、午後六時をまわった。海上は暗くなり、雨がザーッと降ったかと思うと霧が流れ散る。目を皿のようにして米艦隊をさがすも見つからない。そこへグラマン・ワイルドキャット戦闘機が襲ってきた。

午後五時四七分、第一七任務部隊はレーダー上に接近中の編隊をとらえていた。距離は一八マイル、一四五度方向と出た。空母二隻はグラマン一〇数機を緊急発進させていた。

このときの様子を、戦後、江間保は「われ突入す」（『太平洋戦争ドキュメンタリー第二巻』）と題した文の中で以下のような内容で伝えている。

雨は降ったりやんだりで、視界はよくなかった。雲の柱を縫うように飛んでいると敵戦闘機が背後から襲ってきた。

「敵の戦闘機、艦攻にかかってきます」

九九艦爆は複座機で、江間大尉機の後部座席の東藤一飛曹長が叫んだ。後方をゆく九七艦攻隊が、ワイルドキャットに食われていた。重い魚雷をかかえる九七艦攻は動きがにぶい。零戦の護衛なしがくやまれた。

東飛曹長の悲痛な声が、伝声管から江間大尉に次々に伝わる。

「一機、火をふいています」「また一機、やられました」「また一機、火をふきました」

なすすべもなく、艦攻七機が暗い海に落ちていった。「戦闘機の援護なしで攻撃隊を出すんですか」と不安を口にした村上大尉機も撃墜された。艦爆隊に被害はなかった。米機は艦攻だけを攻撃すると、早々に引きあげていった。六時二〇分、高橋少佐は帰投を決め、全機に爆弾を捨てさせた。

珍事、米空母に着艦？

大失敗に終わった攻撃隊は、むなしくMO機動部隊をめざし帰投する。その途中、珍事が発生した。味方艦隊に向かっておよそ三〇〇キロメートル飛んだところで、眼下に母艦二隻を認めた。飛行甲板上をあかあかと照らしている。誘導コースを旋回しながら飛ぶ機、着艦の順番を待つ機がいる。高橋少佐機が点滅信号で、

「着艦、よろしいか」

とたずねると、「着艦、よし」と空母も点滅信号で応じたように高橋少佐は思った。高橋機は誘導コースに入り、それを見た江間機ももう一隻の空母におりようとする。と、江間機後席

の東飛曹長が、

「あっ、籠マストだっ」

と叫んだ。籠マストは文字通り籠状のマストで、アメリカの戦艦に見られる。江間保の陳述によると江間機は「ヨークタウン」に着艦しようとしていたらしく、同空母の背の高いマストあるいは横に広がった煙突をちらっと見た東飛曹長は思わず「籠マスト」と表現してしまったのかもしれない。

江間大尉は即座に機首を上げ、首を後ろにめぐらす。敵空母から、機銃弾が花火のように光の尾を引いて乱れ飛んでくる。着艦しようとしていたワイルドキャットも、日本機を追いはじめる。江間大尉は死にもの狂いで逃げた。

以下は、「レキシントン」艦長の報告書や米海軍情報局が公表した「珊瑚海海戦・戦闘談話」などに触れられている珍事件の内容だ。

「レキシントン」と「ヨークタウン」は、午後六時半ごろから帰ってくる戦闘機の収容をはじめていた。その最中に敵味方不明の編隊視認の報が、複数の護衛艦からもたらされた。やがてそのうちの一機が「レキシントン」に接近してきて、暗号文字「F」を意味する信号を点滅させた。「F」は「太平洋艦隊通信規則」で「フレンドリー」すなわち「味方」を意味する。そこで「レキシントン」の信号班はその時間に使われていた「着艦、よし」の一文字を意味する文字を光らせ、日本機はその通りに受けとったようなのだ。それで続く八、九機も航空灯を輝かせ、ほぼ正しい着艦旋回コースに入ろうとした。そのときようやく護衛艦群が気づいたらしく、射撃を開始する。先頭の機は航空灯を消し、機体をひるがえして飛び去る。その後のことだが、米艦隊のレーダーに、わずか三〇マイル東で航空機が旋回し着艦しているようなブリップがあらわれた。また米空母乗員の中には、日本軍が切り込みを意図して着艦を試みたのではないかと思った者もいたという。

米艦隊のレーダーに、着艦作業中の日本機と空母があらわれたようだ。「回想ノート」の中の五月七日薄暮出撃について書かれているくだりで、徹三はアメリカの科学技術についてふれている。

〈敵艦船は当時すでにレーダーを有し、我々の攻撃部隊をレーダーにより発見、戦闘機の網を張っていたわけで、その中に攻撃隊は突入した。敵は我々の具備せぬ科学力で作戦しているのである。わが国のような神物を唯一の武器としている国と、すべてを科学利用の戦でおこなう米国とではすでに戦う前より相当のハンデーキャップがついているわけで、軍部は我々の犠牲をかえりみぬ勝戦に早く目ざめることである〉

午後八時ごろ、日本の攻撃隊は相次いで着艦した。江間大尉ら艦爆隊は、爆弾を捨てたことをくやんだ。米機動部隊上空で、艦爆一機が撃墜された。ワイルドキャットに撃たれた「翔鶴」艦攻の萩原努大尉機はパイロットが戦死し、偵察員だった萩原が機を操縦し帰ってきた様子だった。しかし母艦はサーチライトで海面を照射せず、萩原機はどこに不時着水したのかわからない。近くにいる敵に灯火を発見されるのを恐れたからで、萩原機は自爆とされた。

夕暮れ時の索敵で敵を発見できず、見つけたときには爆弾を捨てていて、逆に九七艦攻八機、九九艦爆一機を失った。しかも戦死した搭乗員二六名は、技量抜群のベテランばかりだ。原少将にとって、五月七日は実り少ない消耗の一日だった。

そして翌八日、いよいよ人類史上初の空母対空母の戦いが珊瑚海で発生する。

第5章　「全軍突撃せよ」

全軍突撃せよ

　昭和一七（一九四二）年五月八日、珊瑚海における最終決戦日。空母「瑞鶴」から九七艦攻三機、「翔鶴」から同四機が、朝六時半に米第一七任務部隊を発見すべく飛び立った。約二時間後、敵艦隊発見を通報してきたのは、「翔鶴」の菅野兼蔵飛曹長機だった。

「敵空母の位置、味方より方位二〇五度、二三五カイリ、針路一七〇度、敵の速力一六ノット、付近天候晴れ、視界一五キロ」

　米機動部隊は南西方向、四三五キロ先にいた。午前九時、発艦開始。「瑞鶴」から九九艦爆一四機、九七艦攻八機、零戦九機、「翔鶴」から九九艦爆一九機、九七艦攻一〇機、零戦九機、計六九機の攻撃隊だ。総指揮官は「翔鶴」九九艦爆に乗る高橋赫一少佐。九七艦攻の隊長は「瑞鶴」の嶋崎重和少佐。零戦は「瑞鶴」の塚本祐造大尉と、「翔鶴」の帆足工大尉がそれ

母艦を発進せんとする零式艦上戦闘機二一型。

ぞれひきいる。

岩本一等飛行兵曹だが、攻撃隊が発艦する直前に、艦隊上空警戒隊として「瑞鶴」から発艦した零戦第三小隊三機の小隊長だった。なお八日は午前一一時前に「瑞鶴」零戦第一小隊四機が発艦、一二時に第二小隊三機が発艦している。計一〇機で、「瑞鶴」上空警戒隊の指揮官は岡嶋清熊大尉だった。僚艦の「翔鶴」だが、上空警戒零戦九機を午前一〇時から順次発艦させている。

攻撃隊は発艦してから一時間四五分飛んだところで、菅野機と出会った。菅野機は敵機動部隊を発見し、引き続き米艦隊の動向を伝え、燃料が少なくなったので帰投するところだった。その菅野機が、

「われ帰還をやめ、味方攻撃隊を誘導す」

と申し出た。そうすれば、攻撃隊は敵をさがして飛びまわらなくてすむ。しかしそ

れは燃料不十分の菅野機にとって自殺行為になる。実際、殊勲の菅野機はもどってこなかった。午前一一時〇五分、高橋少佐ひきいる攻撃隊は米機動部隊を発見した。一一時一〇分、「瑞鶴」嶋崎少佐機、続いて「翔鶴」高橋少佐機は、「全軍突撃せよ」を意味する「トトト……」を発信する。

上空ですれ違った日米の攻撃隊

午前六時二五分、空母「レキシントン」からSBDドーントレス急降下爆撃機一八機が、日本艦隊を求めて発艦した。日本艦隊も六時半に索敵機を発艦させているので、両艦隊とも同時刻に最初の一手を打ったことになる。このように珊瑚海海戦では、日米両軍がほぼ同時刻に同じような行動をとるという偶然が多い。

「レキシントン」索敵機一機が空母二隻をふくむ日本の機動部隊を発見、位置は米艦隊の北東一八〇マイル付近だった。この報を米艦隊首脳部が確認したのは午前八時三〇分。同時刻に菅野機が米空母発見を通報している。

午前九時から第一七任務部隊は攻撃隊を出撃させた。空母「ヨークタウン」からW・O・バーチ少佐ひきいるSBDドーントレス急降下爆撃機二四機、J・テイラー少佐ひきいるTBDデバステーター雷撃機九機、C・R・フェントン少佐ひきいるグラマンF4Fワイルドキャット戦闘機六機、計三九機が発艦。「レキシントン」からはドーントレス一五機（W・B・オールト中佐指揮）、デバステーター一二機（J・H・ブレット少佐指揮）、ワイルドキャット九機（N・ゲイラー大尉指揮）、計三六機。米攻撃隊は総数七五機だ。しかし米攻撃隊は、全機が攻撃に参加できたわけではない。雲と悪天候が日本艦隊を隠したのだ。「レキシントン」のW・L・ハミルトン少佐隊ドーントレス一一機とワイルドキャット三機は日本艦隊をさがしまわったあげくに発見できず帰投し、デバステーター一機がエンジン不調で引き返した。

同時刻に発艦した日米の攻撃隊は、途中ですれちがっている。「翔鶴」艦爆パイロットだった鈴木敏夫が、雑誌『丸』（平成二六年一二月号）に次のように書いている。

〈われわれの右側一〇〇〇メートル位を北方の味方母艦を爆撃に行く敵大編隊を発見した。私はつぶやいた「ああ、やっぱり彼らも行くか、お相子さんだ」〉

逆方向へ飛んでいく日本の攻撃隊を、米の搭乗員も視認している。しかし、おたがいやり過ごした。両攻撃隊とも空母撃沈を目的に飛んでいたので、おたがい無視したのだ。

岩本小隊、艦爆隊を迎撃

午前一〇時三二分、「ヨークタウン」のドーントレスが日本の機動部隊を発見した。空母二隻は大きくはなれているように見えた。戦艦もしくは大型巡洋艦が一隻、重巡三隻、駆逐艦四隻が南下している様子だ。天気は悪い。低い断雲が六〇〇メートルから九〇〇メートルあたりを流れる。ときおりスコールが、濃灰色のカーテンとなって海上をおおう。一〇時四九分、急降下爆撃隊は攻撃開始点に達し、旋回する。同時攻撃をしかけるために、まだやってこない雷撃隊を待つ。と、ようやく雷撃隊をひきいるテイラー少佐から、日本艦隊発見、攻撃開始、の連絡が爆撃隊にあった。

このとき「瑞鶴」は運良くスコールの中に姿を隠した。「翔鶴」は「瑞鶴」の左舷後方八キロほどもはなれたところにいる。発着艦作業で、空母二隻の距離がはなれてしまったのだ。「翔鶴」は運悪く、隠れるスコールが周囲にない。「瑞鶴」から岡嶋清熊大尉ひきいる零戦第一小隊四機が一〇時五七分に発進した。直後に第二小隊三機が上がろうとするも、先頭の零戦が故障で発艦できず、あとの二機も甲板上で立ち往生してしまった。岩本小隊三機は上空にいるので、「瑞鶴」零戦隊は七機が迎撃に加わる。戦後、岡嶋清熊は雑誌『丸』(昭和四五年一〇月号)に次のように書いている。

〈私たちの零戦が飛行甲板を離れてまもなく、グワンと発砲の音が聞こえた。「変なことをするな」と思ったが、あとで聞くと上空直衛の零戦がまだ敵機を発見していなかったので、これを知らせるためだったとのことであった。上空直衛の三機は、この高角砲の一連の弾着を見て、すぐに敵機の位置を知り、すかさず敵機の方向にむかって攻撃にうつっていった〉

日本艦隊の南から接近したバーチ少佐ひきいる「ヨークタウン」ドーントレス急降下爆撃隊七機は、高度五五〇〇メートルから急角度で降下する。バーチ隊を護衛していたのはグラマンF4Fワイルドキャットたったの二機だ。

艦隊上空にあった岩本一飛曹は目をこらし、雲霞《うんか》のような敵編隊を認めた。敵編隊はふたつに分裂していく。伊藤純二郎一飛曹、前七次郎一飛の僚機二機と急行する。

バーチ隊は高度およそ七〇〇メートルで投弾した。爆弾の重さは一〇〇〇ポンド（四五四キロ）。「ヨークタウン」攻撃隊による攻撃開始は一〇時五七分だった。

ジョン・ランドストロムという戦記作家が"The First Team-Pacific Naval Air Combat from Pearl Harbor to Midway"という本に、興味深い話を書いている。ランドストロムは『零戦撃墜王』（岩本徹三著）を読み、その内容をほぼ真実ととらえてランドストロム自身の説ともいえる話を組み立てている。筆者はランドストロムが語る五月八日の空戦劇を肯定的にとらえ、以下に物語りたい。

まず徹三は「回想ノート」に次のように書いている。

〈敵の高度はだいたい五五〇〇～六〇〇〇メートルくらいの、その上空二〇〇～三〇〇メートルのところに約二ケ中隊は敵の戦斗機であろう。彼我の距離二〇哩。敵の第一陣は降爆隊である。前方の約二ケ中隊の降爆隊は編隊をとき、単縦陣の爆撃接敵隊形となる。我々は上空の戦斗機に対して第二中隊を向わせ、小生の中隊は、単縦陣にて接敵開始せんとする一番機に対して火ぶたを切った。敵の戦斗機はグラマンＦ４Ｆ、爆撃隊はＳＢＤ型である。一機また一機、火をふくものあるいは白煙を、ガソリンをと種々さまざまな状態で墜落していく。しかしいかに一騎当千の搭乗員でも、次々と来襲する敵機には勝てない。我々の攻撃の間をぬって、次々と敵機はダイブに入る。空母よりは対空砲火にて応戦しているのであるが、ダイブ中の敵の三分の一でも墜とせたら上々なほうである〉

このとき岩本隊は第三小隊だった。文中、第二中隊という言葉が出てくるが、これは第一小隊もしくは第二小隊を指すと思われ、敵第一波来襲時、「瑞鶴」第二小隊は飛行甲板にいて空中にはいない。徹三の描写にもとづくと、徹三がまずバーチ少佐のSBDを撃ち、列機の伊藤一飛曹と前一飛はバーチ急降下爆撃隊の二番機、三番機あたりを撃ったと想像できる。二番機のヨーゲンソン少尉機は、零戦に七・七ミリ機銃でさんざん撃たれ蜂の巣状態になった。ヨーゲンソン自身も重傷を負い、機はふらふら飛びながら第一七任務部隊まで帰り着いた。投弾後、バーチ隊は全機が北西にあった密雲へ逃げこんだ。つまり徹三の描写では何機かのドーントレスが撃墜されたような印象を受けるが、実際はバーチ隊は全機が無事に戦闘現場からはなれている。

バーチ隊は爆弾七発を落としたが、一発も命中しなかった。巨大な水柱七つが「翔鶴」の艦橋より高く立ちのぼり、飛行甲板をザザーッと襲い、艦体をふるわせた。

「翔鶴」に爆弾命中

バーチ隊の攻撃後、少し遅れて「ヨークタウン」のもうひとつの艦爆隊W・C・ショート大尉隊一七機が突撃位置についた。ショート隊は一一時過ぎに高空からダイブに入る。「翔鶴」は三〇ノットをこえる猛スピードで右に左に艦体をうねらせ、爆弾をよけようとする。「翔鶴」の零戦隊が上昇し、ドーントレス隊の後尾について銃弾をあびせる。が、投弾を阻止できなかった。最初の一発が、「翔鶴」の左舷側、艦首付近に命中した。両方の錨がふき飛ばされ、飛行甲板の先端がまくれ上がり飛行機の発艦が不可能となる。前部飛行機エレベーターが陥没し使用不能となる。直後に二発目が後甲板に命中、機銃員、整備員がふき飛ばされ死傷者が多数出た。

二発目を命中させたのはＪ・パワーズ大尉機だった。パワーズはダイブ中に零戦から銃弾をあび、炎を引きながら「翔鶴」のすぐ近くまで接近して投弾し、そのまま海上に墜落した。ショート隊では、もう一機撃墜されている。デイビス・チャフィー少尉機で、避退時に撃墜されたようだ。二機を失ったショート隊は、バーチ隊同様、北西をおおっていた雲の中に逃げこんだ。

「翔鶴」に攻撃が集中していたとき、「瑞鶴」から岡嶋大尉の第一小隊四機が発艦した。「軍艦瑞鶴戦闘詳報」に以下のような記述がある。なお（　）内は筆者による説明である。

〈〇七〇〇（現地時間〇九時〇〇分）より上空直衛中３Ｄ（岩本小隊のこと）は、〇八五五（現地時間一〇時五五分）敵艦爆約二十の高度三五〇〇米にて解列断雲中より攻撃に移らんとせるを発見、之に突進攻撃を加へ、１Ｄ（岡嶋小隊）は〇八五七（現地一〇五七）発進、此の敵に対し３Ｄと共に降爆を阻止し、掩護中の敵戦斗機一〇機と交戦、戦斗機五、艦爆六を撃墜……〉

飛び上がった岡嶋大尉は、断雲の陰からドーントレスが「翔鶴」めがけてダイブしているのを見た。高度三〇〇〇ほどか。爆弾一発が左艦首付近で炸裂した。

「生かして帰すものか」

岡嶋ははげしい怒りを感じ、敵艦爆を追う。本来、攻撃前の敵機をねらうべきだが、逆上していた岡嶋はつい追いかけてしまった。二〇ミリと七・七ミリ機銃弾を撃ちまくる。が、なかなか命中しない。射撃練習のときはもっと当たっていたのだが。そのうちに、ドーントレスは後席旋回銃で反撃をはじめた。岡嶋機のまわりを、ピンク色の曳光弾がかすめ飛ぶ。気がつくと海面近くで、敵機は海に突っこんだ。敵搭乗員が海に飛びおりた。泳ぎながら手を振っている。岡嶋大尉の憎しみは早くも消えていた。かわいそうにと思い、敵搭乗員の忠勇を惜しみながら母艦方向にもどっていった。こういう話を雑誌『丸』に岡嶋は書いている。

岡嶋大尉が落とした敵機は、チャフィー機ではないだろうか。パワーズ機は投弾直後に墜落している。また「ヨークタウン」のドーントレスで、この二機以外は無事に戦闘現場をはなれているのだ。護衛駆逐艦「ラッデロウ」級の一艦に「チャフィー」（DE230）というのがある。この「チャフィー」は珊瑚海海戦で戦死したチャフィー少尉にちなんで名づけられた。同じく戦死したパワーズ大尉だが、こちらも護衛駆逐艦「ジョン・J・パワーズ」（DE528）がある。

「ヨークタウン」艦爆隊には、グラマン・ワイルドキャット戦闘機二機が護衛としてついていた。艦爆隊が爆弾投下中、二機はどこで何をしていたのか。日本艦隊上空には「瑞鶴」と「翔鶴」から零戦一六機が上がり、彼らの目標は「翔鶴」に襲いかかるドーントレスだった。つまり零戦は艦爆を落とすことに集中しており、グラマンは二の次であっただろう。グラマン二機はフェントン少佐とその僚機であり、二機は悪天候で艦爆隊を一瞬見失い、戦闘現場をさまよっている間に爆撃は終わってしまった。そしてショート隊が飛びこんだ雲海に同じように飛びこんだ。

「ヨークタウン」戦闘機隊と空戦

テイラー少佐ひきいる「ヨークタウン」のデバステーター雷撃隊九機は、南東から空母「翔鶴」に接近した。海上近くを飛び、その上空でグラマン・ワイルドキャット四機がテイラー隊を護衛する。ショート隊が爆撃をはじめたころ、雷撃隊は散開し「翔鶴」に向かって突撃する。と、高空から零戦隊が飛んできた。グラマン四機は立ち向かう。「翔鶴飛行機隊編制調書」を見ると、南義美一飛曹、川西仁一郎一飛曹、小町定三飛曹らが被弾し、一ノ瀬壽二飛曹が撃墜されたむね記録されている。かなり激しい空戦がくり広げられたようだ。

バーチ爆撃隊を雲中に追い払った岩本小隊三機は、高度を上げ次の敵機来襲にそなえていた。すると、はるか彼方で空中戦が展開されているようだった。岩本小隊はかけつける。〈その上空に来てみれば、グラマンＦ４Ｆ四機が下方の零戦二機に対して攻撃中である。味方一機は被弾、白煙を引いている。あとの一機は味方の傷ついた機を掩護しながら、四機相手に苦戦中である。ただちに全速にて四機の敵に攻撃を開始したのである。敵は上方より攻撃してくる我々を発見するや空戦をやめ、全速にて避退せんとするのであるが、二機はいち早く下方に機首を向け逃走開始、あとの二機は逃げんとするときすでに小生の機は後尾の敵機を捕捉、照準中である。距離は一〇〇メートルくらい。はやる心をおさえながら、約五〇メートルにて攻撃開始。弾は翼に胴体にすいこまれるように当たるがなかなか墜ちようとせず、そのまま追尾の態勢で連続射撃中、ついに翼根より黒い大きいものが飛ぶと同時に空中分解にて散り、胴体と共、搭乗員は海中に墜ちたのである。このときすでに小生の二番機は敵機に攻撃を加え、小生より早く敵機を海中にたたきこんでいた。前の二機は雲を霞みと一散に逃げ、影も姿も見えず〉

というのが徹三の「回想ノート」にある描写だが、実際はグラマンは一機も撃墜されていない。グラマン四機は多数銃弾を食らったものの防弾装備が充実していたので墜落せず、四機とも帰投できたということだろう。

眼前でショート隊による爆弾投下が終わるころ、テイラー雷撃隊九機は魚雷九本をはなった。「翔鶴」は右に左に舵を切り、爆弾と魚雷をよけようとした。後に全機帰投したテイラー隊は、魚雷三本が空母に命中したと報告した。だが実際は、ただの一本も命中していない。魚雷投下の場所が空母から遠すぎ、駛走《しそう》性がよくなかったからだ。テイラー隊は爆弾命中による火災と「翔鶴」周辺で立ちのぼるニアミス爆弾の水柱を見て、魚雷が命中したと勘違いしたのだ。雷撃を終えたテイラー隊は一一時二〇分ごろ、これも近くの雲海に飛びこみ遁走していった。

「レキシントン」攻撃隊はまだ到着しない。つかの間の静寂時、岩本小隊は「瑞鶴」に燃料補給のため着艦した。そのとき「瑞鶴」はスコールの中をジグザグに走っており、そうかといって燃料がなくなって不時着水するわけにもいかないので徹三は強行着艦した。

「レキシントン」艦爆隊を迎撃

午前一一時半ごろ、「レキシントン」攻撃隊は雲の切れ間に日本の機動部隊を発見した。上空に黒煙がたなびいているので、「ヨークタウン」隊が攻撃した後だ。オールト中佐はハミルトン少佐指揮の爆撃隊一一機を呼ぶも、応答がない。ハミルトン隊と戦闘機三機は、悪天候ではぐれてしまったのだ。そこでオールト中佐はドーントレス爆撃機四機とデバステーター雷撃機一一機で攻撃をかけることにした。護衛のグラマン・ワイルドキャット戦闘機は六機。デバステーターは発艦時一二機だったが、一機が途中で引き返し一一機に減った。

ドーントレス四機にグラマン二機がついた。「翔鶴」の南方では、雷撃隊が旋回中だ。日本艦隊も第二波の敵編隊を発見している。「瑞鶴」はまたしてもスコールに隠れているので、第二波も「翔鶴」を襲った。岩本小隊三機はすでに空中にある。徹三は敵編隊が二群に分かれるのを見た。敵機の数は、第一波より少ないように徹三は思った。オールト隊四機は急降下爆撃に入る。グラマン二機はオールト隊の後方上空を警戒している。岩本小隊はその上空から降るように襲いかかった。奇襲だった。岩本小隊はまずグラマン二機に機銃弾をあびせかけ、次に急降下爆撃機をねらった。

〈掩護戦斗機を排除しつつ、SBD急降下爆撃機に攻撃を加えた。列機も先の戦斗で自信を得たらしく、我々の攻撃は一刻の猶予も敵に与えぬ猛襲であった。味方戦斗機はすでに三分の一の敵を墜とし、残る敵機はほとんど戦意のない状態でダイブに入ったのである〉

ドーントレス四機は、グラマン二機が零戦を引きつけてくれたので投弾が容易になった。先頭のオールト中佐が落とした爆弾が「翔鶴」の艦橋後方に命中し、多くの乗員を殺傷あるいは海へふき飛ばした。投弾直後、ドーントレス一機が他機の呼びかけに応じなくなった。零戦による銃撃あるいは「翔鶴」の対空砲火で撃墜されたと思われる。

オールト中佐ら三機は、雲海に飛びこんだ。護衛のグラマン二機も後を追う。が、このときにグラマン一機とのコンタクトが途絶え、零戦に撃墜された可能性があった。オールト隊攻撃時に墜落した米機は、ドーントレスとグラマンそれぞれ一機ずつだ。空戦には「瑞鶴」から岡嶋小隊四機、「翔鶴」からも零戦数機が加わっていた。すでに空戦の場数を踏んでいる徹三のことだから、敵機に相当数の銃弾を命中させたはずだ。しかし実際は、墜落した米機は二機だった。

「レキシントン」雷撃隊を迎撃

ブレット少佐指揮のデバステーター雷撃隊一一機は、「翔鶴」の南方向からしだいに高度を下げていった。ゲイラー大尉ひきいる護衛のグラマン・ワイルドキャットは四機だ。「翔鶴」までの途上、零戦隊が上空から攻撃をかけてきた。グラマン戦闘機四機は雷撃隊の盾となって零戦隊と戦い、二機が撃墜され一機は不時着し行方不明となった。

　ゲイラー隊が三機の犠牲を出している間に、ブレット隊は「翔鶴」に接近し魚雷を投下した。「翔鶴」は高速でターンする。ブレットらは、空母の艦橋から黒煙がのぼるのを目撃した。

「軍艦瑞鶴戦闘詳報」に以下の記述がある。

〈〇九四五（現地時間一一時四五分）頃、高度五〇〇米に敵攻撃機三十二、戦斗機十二を発見、翔鶴戦斗機と共に之を攻撃し一〇〇〇（一二時）発進せる２Ｄを加えて勇戦奮闘、敵攻撃機五、戦斗機八を撃墜、其の他の敵機に損害を与え、一一〇〇（午後一時）頃、敵機を撃退せり〉

　また「瑞鶴飛行機隊戦闘行動調書」に、

〈一〇〇〇、２Ｄ発進、３Ｄ、１Ｄ及翔鶴機と共に敵飛行機群と交戦、敵艦攻機五機、戦斗機八機を撃墜、其他二機に損害を与え、撃退す〉

と書いてある。現地時間は一二時、３Ｄは岩本第三小隊、１Ｄは岡嶋第一小隊、２Ｄは住田剛飛曹長ひきいる三機のことだ。これに「翔鶴」機数機が加わってブレット隊を襲い、実際は戦闘機八機ではなく、三機を落としたわけだ。

　魚雷投下を終えたブレット隊は付近の雲に避退していき、その間にも零戦に撃たれた。ワイルドキャット唯一の生還者はゲイラー大尉で、彼もブレット隊について雲中にのがれた。「回想ノート」に徹三は次のように書く。

〈小生が反航接敵にて攻撃開始した時はまだ味方の艦より七〇〇〇～八〇〇〇メートルはなれ

ていたので、敵が魚雷投下する距離までに数回の反復攻撃ができ、その大半を撃墜したのである〉

実際は、ブレット雷撃隊一一機の中で、海戦現場で撃墜された機は一機もない。空中戦はすさまじいものであり、米機の多くが損傷しガソリンや煙を引いた機もいたであろう。徹三の目からすると、それらは一瞬、墜落していったように見えたかもしれない。しかしすぐれた防弾装備を持つアメリカ機は撃たれ強かったのだ。それでブレット隊がはなった魚雷だが、一発も命中しなかった。

「瑞鶴」の「飛行機隊戦闘行動調書」によると、八日、岡嶋大尉指揮の上空警戒隊は約六〇機の敵機と交戦、「翔鶴」隊と協同で撃墜二四機（このうち不確実二機）と報じている。「翔鶴」のほうだが、こちらは約七〇機と交戦、撃墜二一機（不確実四機）とのこと。実際は、日本艦隊上空で撃墜されたと思われる米機はドーントレス爆撃機三機、ワイルドキャット戦闘機四機のみだ。ただ「飛行機隊編制調書」によると日本機は多数の機銃弾を消費しており、米機は大破・中破しながらも味方艦隊に帰り着いたということだ。

第一七任務部隊へ帰投できず、行方不明・戦死と判断された機もある。「レキシントン」攻撃隊隊長のオールト中佐機で、オールトと後席搭乗員のふたりは負傷し、不時着水して行方不明となった。米艦隊はオールト機からの無電を受信できたが、レーダー上でとらえることはできず誘導できなかった。オールト中佐からの最後の通信は、

「それじゃ、みなさん、またな。空母に一〇〇〇ポンド爆弾一発を命中させた。それを忘れな

いでくれよ」

だった。広い海で位置がわからずに救出されることはまずない。なおオールト隊では、艦爆もう一機がどこを飛んでいるのかわからなくなり行方不明になっている。

日本側の上空警戒機の損害だが、「翔鶴」の零戦九機のうち二機が自爆しパイロットは戦死、三機が不時着、三機が被弾となっている。「瑞鶴」の零戦は被弾四機で、撃墜された機はなかった。爆弾三発を食らった「翔鶴」は発着艦不能となり、北へ退却していった。その間、帰ってきた「翔鶴」攻撃隊は、無傷の「瑞鶴」に着艦した。

空母「レキシントン」撃沈

以上、米攻撃隊と徹三ら上空警戒隊の戦いを書いたが、日本側攻撃の戦果はどうだったのか。日本の攻撃隊六九機が第一七任務部隊を発見したのは午前一一時五分。ちょうど「ヨークタウン」の艦爆隊が「翔鶴」に対し投弾していたころだ。攻撃隊は二手に分かれ、米空母をはさみ撃ちにするかっこうで殺到した。米艦隊はレーダーで攻撃隊接近をキャッチしたものの有効な迎撃ができず、日本機の侵入を許してしまった。日本側にとって好運だったのは、米艦隊上空は晴れていて雲がなく空母が丸見えだったことだ。一一時一五分、九七艦攻による雷撃で攻撃ははじまり、約一五分間の攻撃で「レキシントン」に二五〇キロ爆弾と魚雷それぞれ二発ずつが命中、「ヨークタウン」には爆弾一発が命中した。

日本の攻撃隊の被害だが、無傷の「瑞鶴」に着艦したのは九九艦爆一九機、九七艦攻一〇機、零戦一七機の計四六機だった。出撃したのは六九機だったので、二三機が墜落したことになる。

「レキシントン」は復旧作業実らず、八日午後七時五二分、駆逐艦「フェルプス」の雷撃により処分された。損傷した「ヨークタウン」と第一七任務部隊は、戦場から南へ離脱していった。日本の機動部隊も攻撃隊収容後、敵に対する再攻撃は不可能と判断し午後三時に北への退却を決定する。だがその後、連合艦隊司令部が敵艦隊追撃の命令を発し、やむなく機動部隊はふたたび南下、珊瑚海をむだに索敵する。そして作戦を打ち切り、再度北へ針路を向けたのは一〇日のことだった。

ポート・モレスビー攻略だが、MO機動部隊が多くの航空機を失ったので支援困難になり延期となった。上陸軍兵士を乗せたMO攻略部隊も北へ反転、撤退していった。世界最初の空母対空母の海戦の結末は、日本側は小型空母「祥鳳」を沈められ、米側は大型空母「レキシントン」を失った。どちらかというと日本の勝利のように思えるが、ポート・モレスビーは攻略されず、太平洋戦争を通じて日本軍はこのニューギニアの軍事拠点を攻略できなかった。そういう意味で、珊瑚海海戦は戦略的に日本の敗北であったといえる。

徹三の頑固な正義感

戦い終わった後の心境を、徹三は次のように書いている。

〈開戦以来、苦労を共にした戦友の大部分は、本日の攻撃で永久に還らざる友となった。戦隊は一路トラックに向い、大戦果を上げて帰投中であるが、その晩からの搭乗員室のひっそりとした様は何にたとえようもないやるせないさびしさである。昨日までここで笑いながら話していた戦友の面影がありありと浮かんできて、ただ涙が出る〉

徹三は生涯を通じて友だち思いだった。

昭和一九年秋、特攻という体当たり攻撃が採用され、当時の風潮として特攻拒否はほぼ不可能だった。パイロットたちは特攻をやるかどうか、「熱望、望、否」で答えるよう要求された。全員が熱望と答える中、徹三は否と答えた。

「死んでは、戦争は負けだ。戦闘機乗りはどこまでも戦いぬき、敵を一機でも多く落とすのが任務だ。一回の命中で死んでたまるか。おれは否だ」

戦争末期、岩本徹三の名前は海軍航空隊中に広まっていた。希代《きだい》の戦闘機パイロット・岩本がいうからこそ、周囲の人間は黙っているしかなかった。

徹三は、生来、自分のいいたいことをはっきりいう性格の人物だった。

「亡夫岩本徹三の思い出」の中で妻岩本幸子は、

〈頑固な正義感をもっていて、先生をやりこめるようなこともたびたびあり、そのために憎まれることもあったそうです。この気性は一生つづき、軍隊時代も上官に向って、自分の意志を押しとおしたと言っております〉

と、徹三の性格について触れている。そういう性格だから、「おれは否だ」と搭乗員たちを前にいいはなったのだろう。特攻拒否の考え方を、上官に向かって長々と弁舌をふるったことだろう。

「瑞鶴」を降りて教員生活に入る

空母「瑞鶴」はトラック島経由で五月二一日、呉軍港に帰った。大破した「翔鶴」はトラック島を経由せず、一七日、一足先に呉に帰投していた。

「瑞鶴」の次期作戦は、アリューシャン列島南方洋上への出撃だった。米国アラスカ州からロシアのカムチャツカ半島にかけて島々が逆アーチ状に並ぶ。昭和一七年六月八日、日本の陸軍部隊は列島西部にあるアッツ島とキスカ島の占領に成功しており、二島はアメリカ領であるので米機動部隊の来襲を日本側は予想した。

「瑞鶴」は六月一五日、呉の柱島泊地を出港、北上した。途中、青森県大湊港に寄り、アリューシャンに向かう。が、キスカ島南の洋上を円を描くようにぐるぐるまわって警戒するも、とうとう米艦隊はあらわれなかった。その間の天気は悪く、濃霧と雨のうっとうしい日が毎日続いた。「瑞鶴」に乗っていた徹三は「回想ノート」に書いている。

〈アリューシャン群島水域の兇暴なる独特の低気圧による荒れ狂う北海の怒濤の連続的な風波は、さしもの大型空母をしても気味の悪いものであった。からりと晴れわたったかと思えば数分にして濃霧が来襲し、一寸先も見えぬ状態となり、毎日狂い立つ怒濤と寒気のため我々は戦斗以上の苦労をしたのであるが、ついにこの方面の作戦も一段ついたらしく七月上旬、アリューシャン待機地区より内地へ向ったのである〉

七月一二日、「瑞鶴」は大分県別府沖に帰着、飛行機隊は佐伯基地に飛び、「瑞鶴」は翌日、呉へ移動した。帰国した徹三には、新米パイロットを教える教員生活が待っていた。

第6章 〝虎徹〟のニックネーム

二八一空に配属

徹三は「瑞鶴」を去り、昭和一七（一九四二）年八月一日から長崎県の大村海軍航空隊にて教員となった。さかのぼること約二ヵ月前の六月初旬、日本海軍はミッドウェー海戦で主力空母四隻を一度に沈められ、同時に経験豊富な飛行機搭乗員も失った。そうなると搭乗員の育成が急務だ。そこで教員としてベテラン・パイロットの招集となったのだが、徹三は先生生活はいやだったようだ。日華事変、パール・ハーバー攻撃、インド洋作戦、珊瑚海海戦を戦ってきた徹三は、いつも最前線に身を置きたかった。「回想ノート」には、次のようにしるしてある。

〈一一月二日、横須賀航空隊実験部に転勤となり勤務もずっと楽となり、最前線にて活躍しつつある先輩同僚にすまない。次期作戦に対する体の休養に専念し、そのチャンスを待つ〉

大村空における教員生活は、昭和一七年一一月初旬まで続いた。その後は横須賀にある追浜航空隊に転勤になり、翌年二月末まで教員生活は続いた。この間、徹三は上等飛行兵曹に昇進している。

昭和一八年三月一日より、徹三は新設の第二八一海軍航空隊所属となった。赴任地は千葉県の館山基地。司令は所茂八郎中佐、飛行隊長は蓮尾隆市大尉、分隊長に春田虎二郎、今村一郎、望月勇の各中尉が配属された。隊員は、岩本上飛曹ら分隊士以外は実戦経験のない者が多かった。

幌筵島に赴任

二八一空に所属する零戦一五機は五月二三日、千島列島の幌筵《パラムシル》島に進出した。派遣隊の中には、四月一日に飛行兵曹長（飛曹長）に昇進したばかりの岩本徹三の姿もあった。

昭和一七年六月、日本軍はアリューシャン列島のアッツ島とキスカ島を占領した。目的はミッドウェー島攻略のさいの陽動作戦であったが、もうひとつの理由として、両島が米軍による日本攻撃のさいの基地になる可能性があったことだ。しかし現実は、両島は太平洋戦争を通じて、南方方面ほど戦略的に意味をなさなかった。そんな価値の低い島々であったが、一応、アメリカ領であり米軍は奪還を画策する。潜水艦による日本艦雷撃、軍艦による日本軍基地砲撃をおこない、日本軍は米軍上陸が近いことを察知した。

幌筵島は、かつて日本の領土だった千島列島の北東端にある。すぐ北に占守《シュムシュ》島があり、カムチャツカ半島は占守島からすぐ近くに見える距離にある。幌筵島とアッツ、キスカ両島間は陸上攻撃機を往復させることができ、両島に上陸した陸軍に対する支援、日本からの補給ルート対潜哨戒が幌筵島の航空部隊の任務だった。幌筵島には二八一空のみならず、二〇一空の零戦、他の航空隊の一式陸上攻撃機、九九式艦上爆撃機、九七式飛行艇なども進出していた。

幌筵島は面積約二〇〇〇平方キロメートルで、千島列島では択捉島《エトロフ》に次ぐ大きな島だ。火山島で中央部に一〇〇〇メートルをこえる山々が連なり、噴火をくり返す山もある。島の南端、武蔵湾に面して武蔵基地が建設され、飛行場ができていた。

二八一空が武蔵基地に到着した五月下旬、雪どけの山々は緑の植物を露出し、それなのにまだ雪がちらついていた。一年を通じて風が強いので、背の高い木はない。低木ばかりで、山は遠目には雑草でおおわれているように見える。高山植物が色とりどりに咲き乱れ、お花畑が広がっているようだ。夜は九時を過ぎても、日は沈まない。徹三は「回想ノート」に、次のように書く。

〈五月下旬というのに山々にはいまだ雪がある。天候は北方特有の霧が多く、晴れたと思えば五分もたたぬ内に一寸先も見えぬ濃霧となり、飛行機の行動は妨げられるのである〉

二八一空が武蔵基地に到着する以前の五月一二日、米軍はアッツ島に上陸した。激戦の末、日本軍守備隊が玉砕したのは同月二九日。残るキスカ島だが、五月二七日より守備隊員の隠密撤収がはじまっていた。

五月三〇日、岩本飛曹長は幌筵島・武蔵基地に来てはじめて飛んだ。早朝、駆逐艦「島風」

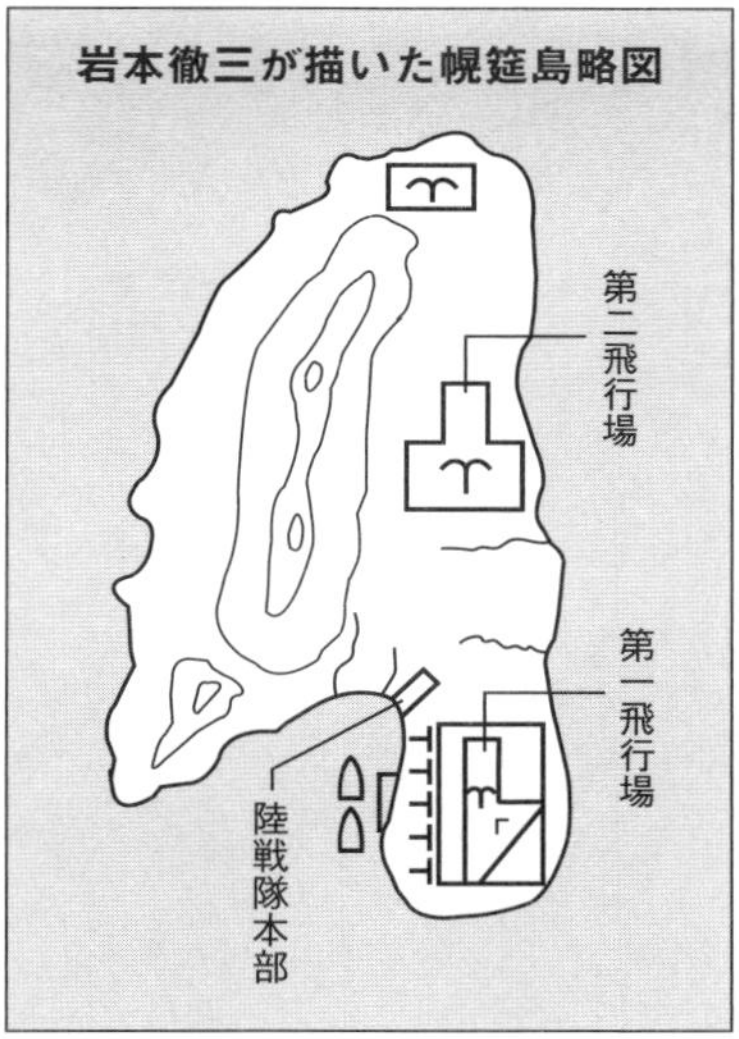

が対潜警戒に従事し、今村一郎中尉が一時間、岩本飛曹長が二時間、「島風」の上空直衛任務についた。徹三は午後からは二時間半、僚機一機をひきいて武蔵基地上空の哨戒と対潜警戒任務についた。以後、徹三の任務、というか二八一空の任務は、徹三が九月下旬に日本本土に帰るまでほぼ同じことのくり返しだった。約四ヵ月間、武蔵基地上空の警戒飛行と、基地周辺の海域における敵潜水艦警戒任務に限られていたのだ。

二八一空「飛行機隊戦闘行動調書」（アジア歴史資料センター）にもとづくと、この間、徹三は二八回飛び、一回の飛行時間は三〇分から二時間程度で、総飛行時間は四二時間二五分だった。それで敵に遭遇する機会は一度もなく、当然、空中戦も皆無だ。

徹三らが幌筵島にいた時期、となりのアリューシャン列島では歴史に残る海軍作戦がくり広げられていた。キスカ島にいる守備隊を撤収させる作戦で、「ケ号作戦」と呼ばれていた。アッツ島の守備隊全滅の後、日本軍はキスカ島の約六〇〇〇名を五月末から七月末にかけて救出し、特に七月二九日には軽巡洋艦二隻、駆逐艦六隻でキスカ湾に侵入し、五一八三名を一挙に救出し幌筵島に運んだ。この日、キスカ湾突入時、濃霧におおわれており、米軍は気づかなかったのだ。そしてもぬけの殻になっているとは知らず米軍は八月一五日、猛烈な艦砲射撃の後、三万四〇〇〇名を上陸させ、同士討ちや駆逐艦「アブナー・リード」の触雷などで三〇〇名以上の死傷者を出した。

撤収作戦は当初、潜水艦でおこなわれていた。しかし潜水艦三隻が沈められるにいたり、七月二九日の大規模救出作戦となった。アッツ島玉砕後、米航空部隊は占守島あるいは幌筵島北部まで偵察・空襲にやってきた。むかえ撃ったのは周辺の日本軍基地で、二八一空は約一〇〇キロはなれている島北端まで出動しなかった。

わりあい平穏だった武蔵基地で、それでは徹三たちは何をしていたのか。魚とりだ。「回想ノート」に次のような記述がある。

〈工作科に行き、ホコを数十本とタモを作り、非番搭乗員全員にて小生の指揮のもとに、自給自足の名のもとに、魚取りに出発したのである。主計科より醤油の空樽をもらい、とった鮭、鱒は塩づけにし、スズ子は別の樽につける。川に着いてみると鮭鱒の大群である。ホコ、網く、次々とカワラに上げ、魚の山である。面白くて帰る頃には四~五〇〇〇匹以上とれ、スズ子だけでも一斗樽に二つとれた。八月下旬から九月中旬迄ほとんど毎日鮭とりでたいくつな日も面白くすごした。アッツ島玉砕後、八月一二日、一回の空襲あっただけで、のんきな戦線生活を過したのである〉

北の島ではあったが、動物はかなりいた。熊、キツネ、イタチなどだ。鳥では鴨《かも》が多かった。徹三がいた春から夏は、冬眠から目ざめた熊が川辺に大きな足跡を残していた。熊も鮭鱒をとりにきていたのだ。当時は島に漁師が住み、熊は干した魚を盗みにくることもあった。

徹三が書いているように、八月一二日、確かに空襲があった。早朝、アリューシャン方面から米爆撃機九機が幌筵と占守両島の海峡に飛来、周辺の飛行場から陸軍の「隼」戦闘機隊がむかえ撃った。米爆撃機は港湾に投弾し、去っていった。

幌筵島北方で空戦が展開されているころ、南の武蔵基地では今村中尉ひきいる零戦一一機が上がり、岩本飛曹長も飛んだ。ただし基地上空四〇〇〇メートルを哨戒しただけで、敵機との遭遇はない。それから一ヵ月後の九月一二日朝、米爆撃機約二〇機が幌筵島北の施設空襲をもくろみ、当地の「隼」戦闘機隊とすさまじい空戦を演じた。二八一空も、この日三度にわたり相当数の零戦を発進させた。岩本飛曹長も三度上がった。が、やはり武蔵基地上空を哨戒しただけで、敵機に出会うことはなかった。

短い夏は終わった。「回想ノート」に次のようにある。

〈九月一〇日頃よりはあれだけ川に上った鮭鱒も産卵時期をすぎたのであろう一匹も姿を見せぬ様になったのである。同時に気候は急に寒くなり雨にも白い物が混ざる様になり、山々も白い衣を着けだした〉

二八一空「行動調書」、同「戦闘詳報」、同「戦時日誌」を見ると、今村一郎中尉を隊長とする零戦七機が、九月二四日に幌筵島を去り、北海道の美幌基地に着いたことがわかる。同じ日に岩本飛曹長も帰っている。

翌二五日、今村・岩本らは二八一空の根拠地である千葉県の館山基地に着いた。春田虎二郎中尉ひきいる零戦九機だが、こちらのグループは一〇月になってから館山に帰った。

軍事拠点ラバウル

パール・ハーバー奇襲で大戦果をあげ、インドネシアの油田地帯に進攻し、フィリピンの米軍を破り、インド洋でイギリス東洋艦隊を退散させた日本軍。しかし開戦半年後には、ミッドウェー海戦で四大空母を失った。陸軍はソロモン諸島の制空権を拡大すべくガダルカナル島に上陸するも、激戦の末、昭和一八年二月には全面撤退を余儀なくされた。

ラバウルはオーストラリア北東、ビスマルク諸島のニューブリテン島北東端に立地する。アメリカ空母艦隊の行動域とオーストラリアの中間にラバウルはあり、日本海軍の一大拠点だったトラック島の真南、約一三〇〇キロメートルに位置する。だから米豪の関係を断つという意味で重要な場所だった。またラバウルは、トラック島の日本海軍基地の安全をはかる意味でも重要だった。陸軍が苦戦したガダルカナル島は、ラバウルの南東一〇〇〇キロ。ニューギニア島東部も近い距離にあった。

ニューブリテン島自体、弓なりに東西約四〇〇キロ、面積は九州とほぼ同じだ。ラバウルは赤道より約五〇〇キロ、南緯わずか四度のところにあって年中暑い。火山活動の盛んな島で、今なお噴火をくり返す山々が連なる。ラバウル市街の南東わずか五キロにある花吹山（タブルブル山）は戦時中、煙をはいていた。ラバウル湾（シンプソン湾）の南にある西吹山（バルカ

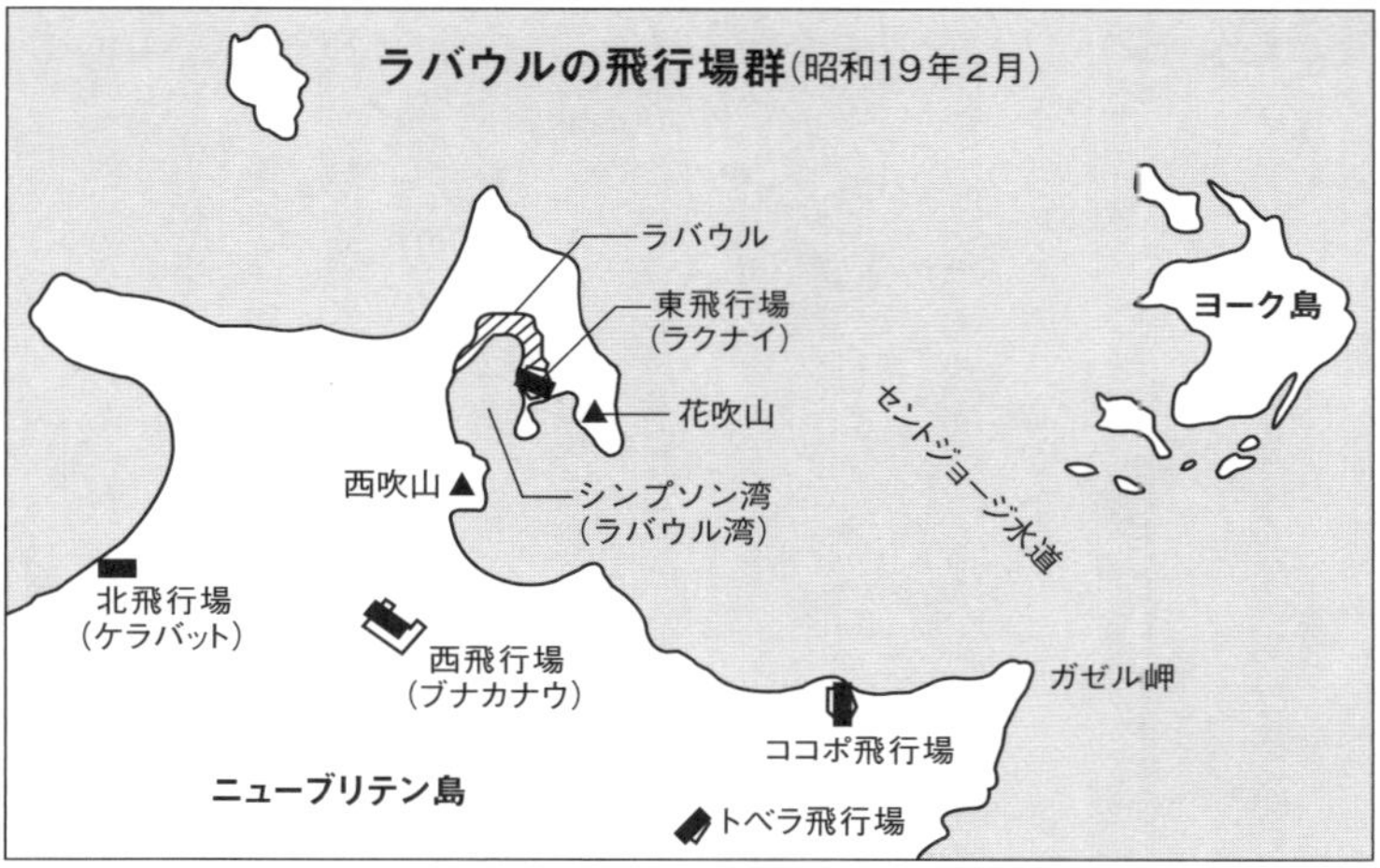

ン・クレーター）は花吹山といっしょに一九九四年に噴火し、ラバウル市街に大量の火山灰を降らせた。

日本軍上陸の前はオーストラリアが支配していたので、ラバウル市街には西洋風のおしゃれな建物が並んでいた。並木道は舗装され、縦横に規則正しく走っていた。レスと呼ばれていた軍人用のレストラン、料亭もあり、文明的とも呼べるまちだった。熱帯なので、島全体にヤシ林が見られ、赤いブーゲンビリアの花が咲き乱れ、ゴムの木、ガジュマル、カポックが群生していた。

原住民はパプア系が多く、腰蓑ではなく膝までの長さの布を腰に巻きつけていた。布は赤黄緑と原色豊かだった。言語は土着の言葉に加え、英語が通じた。白人は日本軍の到着と同時にオーストラリアなどへ逃げてしまったが、中国人の多くは島に残った。原住民はバナナ、パパイア、タロイモ、タピオカなどを食べていた。熱帯だけに風土病は多い。マラリア、アメーバ赤痢、デング熱などで、多くの日本兵を悩ませた。

飛行場は五ヵ所あった。ラバウル市街のすぐ近くにあるラクナイ飛行場は第一飛行場あるいは東飛行場と呼ばれ、高原にあったブナカナウ飛行場との対比で「下の飛行場」とも呼ばれた。ラクナイはラバウル湾に面し、南に花吹山が噴煙を上げていた。駐留していた機種は、戦闘機や艦上爆撃機のような小型機が多かった。滑走路一本の両側に、第二〇一海軍航空隊と第二〇四海軍航空隊の搭乗員待機所があった。

ブナカナウ飛行場はラバウル湾南、高地に立地し、「山の飛行場」あるいは第二飛行場、西飛行場、「上の飛行場」という別名があった。滑走路は長く、陸上攻撃機のような大型機に向いていた。西高東低で傾斜していたので強風以外は東に向かって離陸し、着陸は西向きとなった。山の中にあり、周囲にはヤシがうっそうと広がっていた。

トベラ飛行場は第三飛行場と呼ばれ、ブナカナウから南東約一五キロのところにあった。滑走路はヤシ林の中を東西にのび、第二五三海軍航空隊などの根拠地になった。

ブナカナウの東方向、ラバウル湾の南東方向にココポ飛行場があった。南飛行場とも呼ばれ、主に陸軍航空隊が使用していた。さらにラバウル市街の西、富士見湾と呼ばれていた海に面してケラバット飛行場があった。北飛行場とも呼ばれ、ここも陸軍が使用していた。

赴任前のラバウルにおける激戦

昭和一七年一月二三日、日本軍はラバウルに上陸、少数のオーストラリア軍は逃げ去り簡単に日本軍の支配下に入った。翌二四日、ラバウルにさっそく水上機基地が開設され、一月末には千歳航空隊の九六式艦上戦闘機の配備がととのった。二月中には零戦と陸上攻撃機隊も進出した。二月二〇日、敵空母部隊発見の報を受けて一式陸上攻撃機一七機がラバウルから出撃、帰還できたのは二機のみという大失態があった。戦闘機の護衛をつけず、敵戦闘機に食われてしまったのだ。二月後半以降、ニューギニア東南のポート・モレスビー攻略支援のため、ラバウルからもひんぱんに戦爆連合が出撃するようになった。

四月一日、日本海軍は基地航空部隊の編制替えを大規模におこない、ラバウル方面の担当は第二五航空戦隊になった。その二五航戦・戦闘機隊には、台南航空隊がくわわった。台南空といえば緒戦で台湾からフィリピンへ飛び、インドネシアで戦った実戦経験豊かな顔ぶれがそろっていた。その猛者たちの中には、撃墜王坂井三郎もいた。

五月七日と八日、珊瑚海で日米機動部隊が衝突、大海戦を演じた。このとき日本の船団は五月四日にラバウルから出港、モレスビー上陸部隊と空母機動部隊を指揮する司令部がラバウルに置かれた。七日にはラバウルのブナカナウ基地から陸攻三〇機以上が護衛零戦隊とともに米艦隊を求めて出撃、戦果はなかったが被害も少なかった。しかし珊瑚海で日米両海軍が激突した余波で、ポート・モレスビー攻略はキャンセルになってしまった。

昭和一七年六月には、太平洋戦争の命運を決したともいえるミッドウェー海戦があった。日本海軍は大型空母四隻を一度に失い、ミッドウェー島攻略も挫折してしまった。

同じ六月ごろ、第二五航空戦隊はガダルカナル島に飛行場に適した土地があることに気づいた。二五航戦はガ島すぐ北のフロリダ諸島ツラギにすでに水上機基地を建設していたが、将来的にフィジー・サモア方面、さらには南に下ってニューヘブリデス諸島（現在のバヌアツ）、ニューカレドニアを攻略するためガダルカナル島に零戦と陸攻を進出させたかった。それで七月にガ島に飛行場建設をはじめたが、連合軍はそれを見のがさなかった。

八月七日、連合軍はガ島に上陸した。敵の大軍、ガ島上陸の報を受け、在ラバウルの航空部隊に出撃命令が下った。陸攻二七機、艦爆九機、零戦一八機という編制だ。敵空母を第一目標に飛び立った日本の攻撃隊だったが、空母は見つからず敵上陸部隊の艦船を襲った。これに対し連合軍は空母戦闘機約六〇機で立ち向かい、日本の爆撃機の多くが墜落あるいは被弾の憂き目にあったものの、零戦隊の腕前はさえていた。多勢に無勢であったが、F4Fワイルドキャット戦闘機一一機を撃墜、これに対し零戦の墜落は二機のみだった。

その後もラバウルからガダルカナル島空襲はくり返されたが、効果はなかった。逆に日本の航空部隊は、戦力を消耗していった。そこでガ島空襲を容易にするために、ラバウルとガ島の中間にあるブイン、バラレ、ムンダといった場所に基地が建設された。一二月には、陸軍の一式戦闘機「隼」がラバウルに配備された。しかしガ島にいる日本陸軍は敗退を重ねる。それでガ島からの全軍撤退が決まり、昭和一八年二月初旬に陸軍は撤退を終えた。

ガダルカナル島の陸軍が苦戦している間、付近の海では海戦があった。昭和一七年一〇月の南太平洋海戦、第一次から第三次まであったソロモン海戦その他だが、連合軍は空母「ホーネット」と「ワスプ」を失い、巡洋艦と駆逐艦多数を沈められている。これに対し、日本側は戦艦「比叡」「霧島」、空母「龍驤」を撃沈されるという展開があった。

第三次ソロモン海戦では軍艦同士の砲撃戦以外に、日本の輸送船一一隻が撃沈されている。昭和一八年三月三日、ダンピール海峡で日本の輸送船団が空襲にあい、輸送船八隻、駆逐艦四隻が沈没、乗っていた陸軍兵士三〇〇〇人以上が死ぬという悲劇もあった。

前年の昭和一七年後半、艦隊によるポート・モレスビー攻略支援は頓挫していた。それで陸路すなわちニューギニア東部を背骨のように走るオーエン・スタンレー山脈をこえてモレスビーに達する作戦が立てられたが、作戦は計画どおりに進まない。陸軍は山脈で敗退し、再度攻勢に転じるために、ニューギニア北東ラエに上陸させる陸兵部隊をラバウルから出港させた。ダンピールの惨劇は、その途上に発生したものだ。ソロモン海戦にしろダンピールにしろ、輸送船の喪失は敵航空機による空襲の結果だ。ニューギニアからソロモン諸島方面の敵航空部隊を撃滅しなければならない。

そこで日本海軍は「い号作戦」を発動した。作戦目的の達成は四月前半とされた。ラバウルから三回にわけて、攻撃隊がニューギニア北東にいる敵艦船とポート・モレスビーの敵飛行場を空襲すべく飛び立った。ガダルカナル島へも、ブーゲンビル島ブイン基地から攻撃隊が発進した。いずれの攻撃においても敵艦船と飛行場に相当な損害を与え、迎撃に出た敵機多数を撃墜したと日本側は判定した。が、現実は日本側が思ったほど戦果は上がっていなかった。逆に日本側の飛行機および搭乗員の消耗と、質の低下が見受けられた。

「い号作戦」で特筆すべきは山本五十六大将がラバウルまでやってきて、陣頭指揮をとったことだ。結果的に山本大将は四月一八日に搭乗機を撃墜され、戦死するという別の損失を日本側はこうむった。

六月末になると連合軍はソロモン諸島中部にあるレンドバ島に上陸し、軍事拠点の北上をはじめた。対する日本海軍はブイン基地などの防戦に追われるだけで、積極攻勢に出られない。そして九月には、日本軍はついにコロンバンガラ島とその周辺から撤退を開始する。昭和一八年七月以降、日本軍は中部ソロモンから撤退に次ぐ撤退をくり返し、戦況の悪さはニューギニア東部でも同様だった。この間、ブイン基地を中心とする基地航空隊は、文字通り死闘を演じた。

空戦においては日本のパイロットは勝利していたが、それでも経験豊富な搭乗員の戦死は避けられない。たとえば二〇四空飛行隊長だった宮野善治郎大尉が、六月一六日にガダルカナル島上空で戦死している。一一月八日には、納富健次郎「瑞鶴」飛行隊長が帰らぬ人となった。ベテランはじょじょにいなくなった。新米がとってかわろうにも、パイロット養成には多大の時間を要した。

一〇月中旬、ラバウルへの空襲がはげしくなった。爆撃機と戦闘機一〇〇機以上が襲ってくる日もたびたびあった。一〇月二七日、連合軍はブインとショートランド島のすぐ南にあるモノ島に上陸する。その四日後、一一月一日にはブイン基地のあるブーゲンビル島タロキナ付近に上陸。これでブーゲンビル島にいる日本の陸海軍は、壊滅の危機にひんした。

連合艦隊司令部は、トラック島にいた飛行機隊をソロモン諸島に投入した。空母「瑞鶴」「翔鶴」「瑞鳳」の飛行機隊も、ほぼ全機をラバウルとニューアイルランド島カビエンに進出させた。海軍航空部隊の第一線兵力ほぼ全部がソロモン方面に投入された、といっても過言ではない状況となった。

タロキナに上陸した連合軍は、飛行場建設をはじめた。ラバウルを攻撃し無力化しようというのだ。一一月前半、毎日のように付近で海空戦がくり広げられた。日本陸軍はこれに対し七日にタロキナに逆上陸。付近にいた味方と合同で連合軍を攻撃するも、飛行場建設を阻止できなかった。

海軍はこのときの作戦を、特に「ろ号作戦」と呼んだ。一般向けには「ボーゲンビル島沖航空戦」と名づけて国民に広く宣伝した。大本営は航空部隊による大戦果を報じたがフェイクニュースともいえるほど過大で、現実は優秀な搭乗員が毎日、姿を消していった。たとえば「瑞鶴」「翔鶴」「瑞鳳」の三空母から陸上基地に派遣された航空機一七三機のうち、一一月前半に一二一機すなわち約七〇パーセントが失われ、搭乗員の損耗率は約五〇パーセントに達した。

以上、岩本徹三飛曹長がラバウルに赴任する前の、ソロモン諸島方面の激戦をおおまかに書いた。

「虎徹」の由来

春田虎二郎中尉ひきいる第二八一航空隊の派遣隊一六機は、トラック島経由で昭和一八年一一月一四日、ラバウルのラクナイ飛行場に着いた。この日付は、徹三自身が「航空経歴」にしるしている。「航空経歴」は、徹三が戦後廃棄せず自宅に残していた記録だ。

ビスマルク海は青いカーペットのように静かに広がり、水平線に近くなるほど濃紺さは増す。ニューブリテン島は緑濃い。が、ラバウルに近づくにつれ、ところどころ茶色く見える。爆弾がえぐった穴だ。ラバウル市街には、赤い屋根が目を引く。市街のすぐ南にラクナイ飛行場があり、その南東に活火山の花吹山がある。山に草木は見えず、茶色の地肌がむき出しだ。

一六機が着陸するさい砂塵が猛烈にまき上がり、視界をさえぎった。これでは離着陸がたいへんだ。飛行機の整備も、火山灰との戦いであろう。赤道に近いので、くそ暑いのはいうまでもない。しかしとにかく、ビスマルク諸島とブーゲンビル島を守らなければならない。その中心となるのがラバウルだ。徹三はそんなふうに思った。

到着直後、一六名は第二〇一航空隊に転属となった。当時、ラバウルには五〇機あまりの零戦がいた。戦闘機隊として二〇一空、二〇四空、二五三空がいて、三空母の飛行機隊は多大の損害を出し、一部を除き一一月一三日にトラック島へ引きあげた。

ラバウルの最高指揮官は、南東方面艦隊司令長官の草鹿任一中将だった。草鹿中将は終戦までラバウルにとどまり、同方面の指揮をとった。第二〇四航空隊司令として、生粋の戦闘機乗りだった柴田武雄中佐がいた。

徹三がラバウルではじめて空戦を演じたのは赴任三日目、一一月一七日だった。この後、徹三は昭和一九年二月二〇日にラバウルを去るまで、相当数の空戦を経験している。当時、ラバウルは搭乗員の墓場といわれていた。しかし徹三は死ななかった。死なないどころか、相当数の敵機撃墜・撃破を記録している。

岩本徹三には「虎徹」という別の呼び名があった。この名前はおそらく本人が自称し、ライフジャケットの背に書いたことで知られるようになった。背中には本名、階級などを書くのが普通だ。が、徹三は「虎徹」と、場合によってはふざけていると思われかねない別名を書いていた。

瀧澤謙司という戦闘機パイロットは、昭和一九年夏、館山基地で徹三を見かけている。

〈館山基地は和気藹々《あいあい》、たのしい訓練がつづいた。そんなあるとき、ライフジャケットの背中に「零戦虎徹」と書いてある特務士官が、「しっかりがんばれよ」といって、私たちのなかに割り込んできた。ふつうは官氏名を書くのに、「零戦虎徹」とは驚きだ。しかも、あの名刀「虎徹」を名のっているのだ〉（雑誌『丸』昭和五九年一二月号）

土方敏夫という戦闘機パイロットは昭和二〇年四月、二〇三航空隊・戦闘三〇三飛行隊に転勤になったときに徹三に出会っている。土方は自著『海軍予備学生零戦空戦記』の中に、

〈岩本徹三少尉は、ライフジャケットに「天下の浪人虎徹」と書いてあるからすぐにわかる、海軍古参の撃墜王である〉

と書いている。戦後、徹三が天雷特攻隊員の生き残りに送った手紙のコピーが、筆者の手元に三通ある。それらには「虎徹」「浪人虎徹」「浪人者虎徹」と、それぞれの手紙の最後にサイ

ンしている。種村芳雄という元天雷隊員が徹三の死後、妻の岩本幸子に出した手紙には、
〈岩本少尉殿いや虎徹さんと言わせていただきます。そのほうが強く思い出に残っています〉
という言葉が出てくる。戦争末期、徹三が茂原基地にいたころ通っていた武田屋の長女・真理が、戦後、幸子に出した手紙には、
〈御主人様は御自分で号を虎徹と仰って居られた〉
という文言がある。
徹三が「虎徹」と名乗るようになったのは、新選組組長の近藤勇が同じ名前の切れ味のいい刀を持っていて、それから来ていると一般にいわれている。が、もうひとつ、いわば新説を紹介したい。武田屋の次女・市子が、次のように筆者におっしゃるのだ。
「虎徹ってずいぶん変な名前じゃない。どうしてってきいたら親分が虎二郎で、ぼくが徹三だから親分の一字をとって虎徹って名前にしたんだって岩本さんがおっしゃったんです。これ
（『零戦撃墜王』のこと：筆者）によると零戦虎徹っていうけど、いつから名乗ってらしたかは知からないです。春田さんって方は兵学校を出て、ぼくが館山で春田さんに飛行機の乗り方やなんか教えたんだって、岩本さんがおっしゃいました。近藤勇の刀だとおっしゃったんですけど、一三歳の子供に刀の話などわかりませんでした」
とすると岩本徹三は、春田虎二郎の「虎」と徹三の「徹」をくっつけて「虎徹」と名乗るようになったとも考えられる。しかし「虎徹」は近藤勇の刀の名前でもあるので、両方の説が正しい、でいいのだろう。市子は、徹三が背中に「虎徹」と書いているのは見たことがないとい

う。

「いろんな服装でいらっしゃいました。海軍准士官の服。そんな服にマントをはおったりして。薄いグリーンっぽい服とかに、帽子をかぶっていらっしゃいました」

つまり徹三は、飛行服を着て武田屋に通っていたわけではないのだ。

春田虎二郎と岩本徹三の付き合いは長い。春田は昭和一六年三月に海軍兵学校（第六九期）を卒業、年齢は徹三より五歳ほど若かったと思われる。

ふたりの出会いは昭和一八年三月、館山基地だ。当時、春田は中尉で、開隊したばかりの第二八一航空隊の分隊長だった。一方、徹三は分隊士としてやってきた。春田は海兵卒のエリート、徹三は下士官だった。が、春田に実戦経験はなかった。徹三は日華事変、インド洋作戦、珊瑚海海戦とすでに空戦の場数を踏み、敵機撃墜を経験していた。

徹三が通っていた料理店「武田屋」の次女・市子氏

二八一空は幌筵島へ進出するのだが、ふたりもいっしょにこの北の島へおもむいている。それからふたりはいっしょに本土に帰り、またいっしょにラバウルに赴任する。ラバウルではふたりとも「奇跡的に」といってもいいくらい戦死せず、昭和一九年二月下旬に搭乗員のほとんどがラバウルから引き上げたさいに、そろってトラック島へ移動している。

ふたりはトラック島でわかれた。春田は二〇一空の戦闘三〇六飛行隊隊長として昭和一九年春にフィリピンにおもむき、徹三は六月にトラック島から帰国した。

しばらくはなればなれになったが、ふたりは九月から茂原基地で、フィリピン、台湾方面を防衛する作戦、いわゆる捷号作戦に向けて訓練を開始する。しかし春田は一一月五日にフィリピンで戦死、「零戦虎徹」こと徹三は太平洋戦争を生きのびることになる。

岩本徹三と春田虎二郎の接触は、昭和一八年三月にはじまった。それから幌筵島、ラバウルと続き、昭和一九年秋まで、およそ一年半におよぶ。腕のいい徹三を、春田は頼りにしていたであろう。だから「虎徹」は虎二郎の「虎」と徹三の「徹」だという岩本徹三自身の言葉には、このニックネームの由来が見え隠れしているように思われる。

第7章　激戦地ラバウル進出

ラバウルでの初空戦

昭和一八年一一月一四日、ラバウルのラクナイ飛行場に着いた岩本飛行兵曹長ら一六名は、第二〇一と第二〇四の両海軍航空隊に配属された。

徹三が大規模な空戦に参加したのは、ラバウル着任三日後の一一月一七日だ。午前六時二五分（現地時間）、爆撃機一〇機と零戦五五機（第二〇一航空隊二四機、第二〇四航空隊三一機）が、ラバウルからブーゲンビル島タロキナ沖の連合軍船団攻撃に向かった。戦闘機隊を指揮するのは、二〇一空の大庭良夫中尉。岩本飛曹長は二〇一空の一小隊長として列機三機をひきい、編隊のしんがりを飛んだ。一時間半後の午前七時五五分、エンプレス・オーガスタ湾上空に到達。タロキナはこの湾に面している。天気は上々、視界もいい。艦爆隊は連合軍の輸送船と駆逐艦に投弾、艦船に火災が起こった。

湾上空では、アメリカ海軍第一七戦闘飛行隊（ＶＦ－17）のＦ４Ｕコルセア戦闘機八機が哨戒飛行中だった。ＶＦ－17は、ニュージョージア島オンドンゴ基地から発進したものだ。

ＶＦ－17の勇名は戦時中、広く知れわたった。隊の別名を「ジョリー・ロジャース」といい、「海賊旗」の意味だ。エンジンカバーに描いたマークは髑髏《どくろ》。そして髑髏の下に骨二本がクロスしている。隊長はトム・ブラックバーン少佐で、カリスマ性があった。ブラックバーンは戦後、"The Jolly Rogers" という本を出版しており、ＶＦ－17の勇戦ぶりを後世に伝えている。ソロモン方面で同隊が撃墜した敵機は一五四機。ブラックバーン自身も一一機を撃墜したとのことだ。

ＶＦ－17が使用した戦闘機は、Ｆ４Ｕコルセアだ。チャンス・ボート社製で二〇〇〇馬力のエンジンを搭載しこれは零戦の倍の大きさで、時速六〇〇キロをこえて零戦をしのいだ。一二・七ミリ機銃六丁という武装は弾丸を雨のように敵機にあびせかけられ、その弾幕の中に目標を捕捉できた。総じてコルセアはラバウルで一般的だった零戦二一型を性能的に上まわっていたが、これに対し日本機はパイロットの技量で対抗せざるをえなかった。

この日、コルセア八機のリーダーはロジャー・ヘドリック少佐だった。ＶＦ－17の「戦時日誌（ウォー・ダイアリー）」に、〈午前八時、ケイト八機、ジーク一二機、トニー九機をインターセプトした〉との記述がある。ケイトとは九七式艦上攻撃機、ジークは零戦、トニーは戦闘機「飛燕」のことだ。

ブラックバーンが書いた"The Jolly Rogers" に、次のような内容の記述がある。

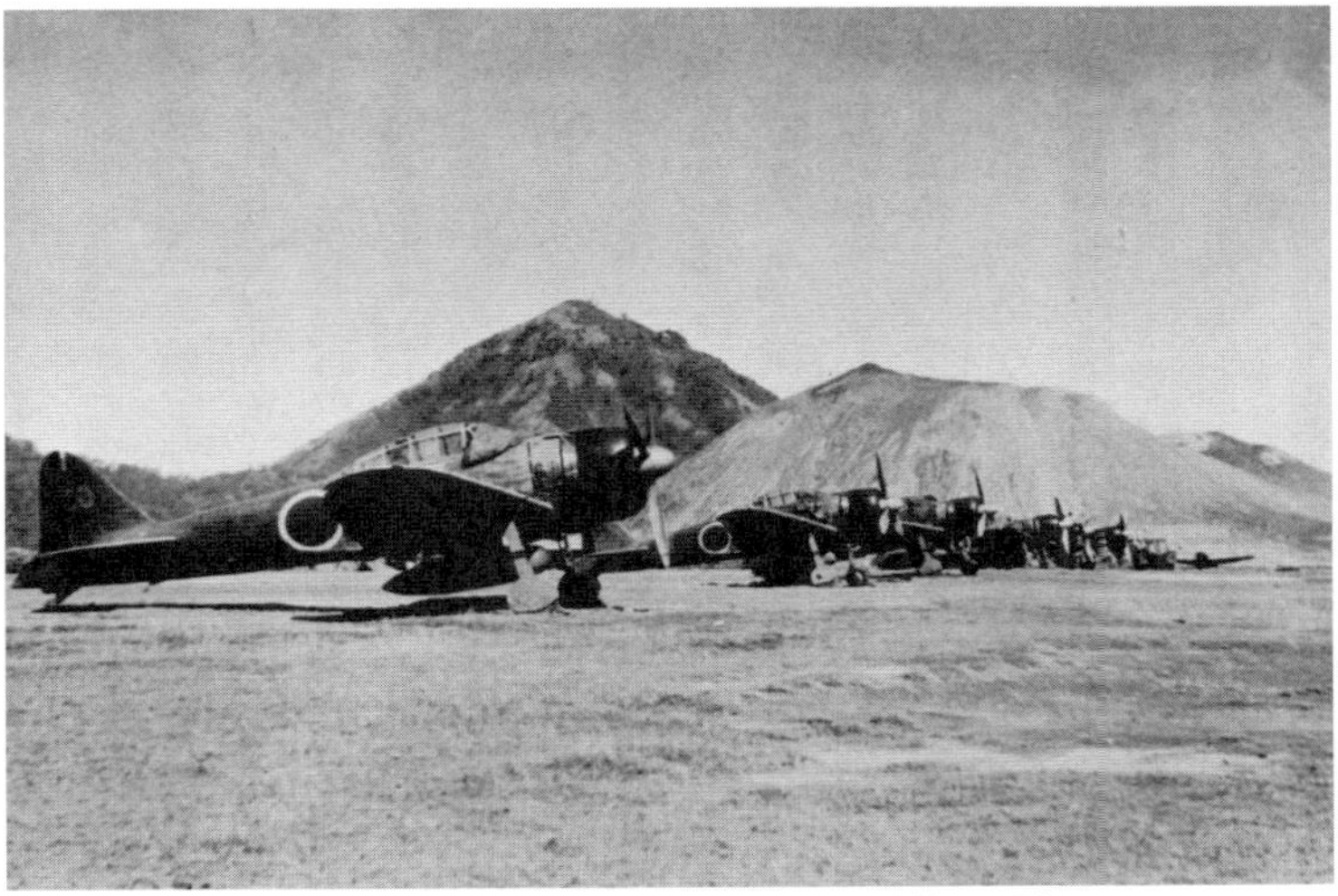

ラバウル東飛行場に展開する二〇四空の零戦二二型。

オーガスタ湾上空七六〇〇メートルを哨戒中のヘドリック少佐は、タロキナ岬西南西から敵機多数が接近中という無電を戦闘機管制官から受けた。敵機群を発見したヘドリックはコルセア隊に攻撃を命じ、ダイブに入った。零戦は気づいていない。ヘドリックは先頭をいく敵機に弾の雨をあびせ、火をふかせた。続いてミルズ・シャニュエル中尉機が、火をふいた敵機の僚機を撃った。それからコルセア二機は急上昇し、太陽を背にした。

ロバート・アンダーソン中尉機は、ヘドリック機とシャニュエル機の空戦域を避け、別の戦闘機をとらえて撃った。敵機は左へ降下していく。アンダーソン機に、旋回しながら距離をつめてくる零戦二機がいた。二機のパイロットは経験豊かだった。一機が不意にはなれていったかと思うとすぐにもどってきて、アンダーソン機の背後についてしまった。アンダーソンは身のすくむような命中音をきいた。左翼から火が出た。コックピットに煙が充満する。コルセアを減速させて脱出、パラシュート降下した。

徹三はこの日のコルセアとの空戦模様を、「回想ノート」に次のように書いている。

〈敵第一飛行場手前、高度四〇〇〇メートルくらいのところで味方機数機と空戦なるを認め、ただちにこの下方の敵機に突入した。〇《マ》式《マ》二一型は、高度四〇〇〇メートルくらいでは空戦性能は優秀なのである。敵は新型のF4Uシコルスキーである。列機も初陣ながら日頃の訓練を生かし、よく各機と連絡しつつ後上方よりの反復攻撃を実施した。約一二機からなる敵は最初は反撃にでたのであるが一機一機と撃墜されるや戦意なくなったのか、ついに下方の飛行場方向へのがれた。小生は最初の一撃でF4U×1、ついでこの後方について来るやつに、いったん引き上げ後、反復攻撃にてさらに一機を撃墜したのである〉

読むと、徹三はコルセアを二機撃墜、零戦隊はほかにも一機一機と撃墜し、多数撃墜したように書いてある。が、二〇一空と二〇四空の「飛行機隊戦闘行動調書」を見ると、両隊それぞれ一機ずつ二機撃墜としかしるしていず、だれが撃墜したかも書いていない。またVF－17はアンダーソン機のほかにブラッド・ベイカー少尉機を失っており、コルセアの喪失は二機。すなわち日本側の記録と一致している。とはいうものの徹三はこの空戦で確かにコルセアを撃ち「回想ノート」にその手ごたえを書いているので、手強いコルセアを一機撃墜したのかもしれない。

ちなみに徹三は、コルセアのことをシコルスキーと書いている。これは当時、日本海軍では

コルセアのことをシコルスキーと呼んでいたからで、製造メーカー名にシコルスキーの名が一時期入っていたことによる。

磯崎小隊を救った岩本隊

二〇四空の磯崎千利少尉が雑誌『丸』（昭和五三年一月号）に、この日の空戦模様を次のような内容で書いている。

爆撃を終えて帰投針路をとったころ、はるか下方に敵戦闘機群がいた。磯崎機は指揮官機の前へ出て、機銃を発射しバンクを振った。敵機発見を知らせると同時に、磯崎は敵に向かう。ところがついてきたのは磯崎小隊の三機だけで、あとの編隊は上空をゆうゆうと引き上げていく。そこへ敵機一六機が襲ってきた。交互に連続攻撃をかけてくる。指揮官機は敵機に気づいていず、早まった行動をとったことを磯崎は後悔した。もうこれまでだ、と思った。が、そこへ突入してくる味方機があった。岩本隊で、磯崎自身、虎口を脱して被弾しながらも帰投できた。しかし磯崎小隊の三番機は帰還せず、四番機は着陸時に大破、二番機の渡辺英亀一飛曹がF4Uを一機撃墜したとの記録が「行動調書」にのっている。磯崎小隊の苦戦は、徹三の「回想ノート」にも書かれている。

〈飛行場沖合、高度三〇〇〇メートルくらいで味方機四機と敵約一六機と苦戦中なるを認め、意を決して敵群に突入、下方に避退せんとするやつに真うしろより距離約五〇メートルより射撃。敵はぐらっとした様子で降下す。列機は上昇してくるやつに次々と反復攻撃を加え、小生が目撃しただけでも四機が海中に突入した〉

この後、ラバウルへ帰った徹三らは指揮所で戦果報告をおこない、苦戦していた零戦四機が磯崎小隊であったことを知る。

〈我々より一〇分くらい前に磯崎小隊四機が帰って今、司令に報告中である。我々が帰投せんとした時、四機の苦戦中の戦斗機は磯崎小隊なのであった〉

との記述が「回想ノート」にある。磯崎はさらに『丸』記事に、

〈救援は岩本飛曹長の中隊であった。彼は友部分遣隊（当時、霞ヶ浦航空隊の分遣隊）で教えた三十四期操練の卒業生で、教え子に助けられて感無量であった〉

と書き添えている。さて、徹三が昭和一八年一一月一七日の空戦でコルセアを撃墜したとすると、ラバウル赴任後の初撃墜となる。

パラシュート降下したアンダーソン中尉は翌朝、救助艇に救出された。このときのエピソー

ドを、同隊「戦時日誌」とブラックバーンの既述の著作を参考にして以下に書く。

一八日早朝、ＶＦ－17のダベンポート大尉以下八機のコルセアは、ブーゲンビル島西岸を哨戒飛行していた。すると、真っ暗な海上に光が見える。未帰還者だと思ったダベンポートは救助を要請し、夜が明けて救助艇が来るまで六時間四五分もの間見守った。ところが救出されたアンダーソンは、

「懐中電灯をつけてたんで、おまえはラッキーだったって？　何いってんだ？　おれは懐中電灯なんか持っていなかったよ」

と答え、光を発していたのはもうひとりの未帰還者ベイカー少尉ではなかったかという話になった。結局ベイカーは見つからず死亡、人間の運命の不可解さを思わざるをえない。

米側被害だが、ＶＦ－17のコルセア二機のほかに海兵隊第二一五戦闘飛行隊（ＶＭＦ－２１５）のコルセア一機がオーガスタ湾に不時着している。スナイダー少尉機で、零戦四機が撤退していくのを発見、ブーゲンビル島北部ブカ付近まで追跡したが逃げられ、タロキナ岬までもどったところで燃料が足りず着水した。スナイダーはすぐに救助され、この話は同隊「航空機戦闘報告書（エアクラフト・アクション・レポート）」に記載されている。

日本側損害だが、二〇一空、二〇四空それぞれ零戦三機ずつを失った。爆撃隊では「彗星」三機と九九艦爆三機が自爆した。ちなみにＶＦ－17の「戦時日誌」には、撃墜は零戦七機、九七艦攻一機、「飛燕」二機という数字が記載されている。日本の攻撃隊による戦果だが、輸送船と駆逐艦を撃沈破したと報じられた。

一一月二二日、タロキナ上空・P－40との空戦

岩本飛曹長のソロモン諸島における二度目の空中戦は、一一月二二日にあった。朝六時過ぎ、二〇一空と二〇四空の零戦四六機はラクナイを発進、連合軍が上陸したブーゲンビル島タロキナに向かった。任務名を「タロキナ方面敵航空機撃滅」という。敵戦闘機隊と対戦し、殲滅しようというのだ。従って零戦のみで、空戦の足手まといになる爆撃機はいない。隊長は二〇一空の大庭良夫中尉だ。

途中で磯崎小隊などの五機が、エンジン不調を理由に引き返した。それで敵地に突入したのは四〇機あまりとなった。

岩本小隊四機のいる二〇一空「飛行機隊戦闘行動調書」によると、午前七時三五分に戦場に突入し、敵を発見し、一部これと交戦したとなっている。

一方、二〇四空「行動調書」には、午前八時一〇分にＦ４Ｕ約二〇機と交戦としるしてある。しかし当日、零戦隊をむかえ撃ったのはＦ４Ｕコルセアではなく、ニュージーランド空軍（ＲＮＺＡＦ）第一八飛行隊のカーチスＰ－40キティホーク戦闘機だった。

Ｐ－40には愛称が三種類あり、ニュージーランド空軍ではキティホークと呼んだ。Ｐ－40は太平洋戦争がはじまった当初、すでに古いと思われていた。特に米軍は零戦に立ち向かえないと判断し、Ｆ４ＵコルセアとＦ６Ｆヘルキャットなどの導入を急いだ。しかしソロモン諸島方

面におけるキティホークの活躍を見て、米軍はＰ－40の有用性を再認識するという場面もあった。

キティホーク八機はニュージョージア島オンドンゴ基地を発進し、途中一機が海上に不時着、行方不明となり、七機がブーゲンビル島哨戒の任務についた。隊長は大戦を通じて四機撃墜、一機協同撃墜したＲ・Ｈ・バルフォア大尉だ。敵機来襲の報で高度七三〇〇メートルを飛んでいたバルフォア隊は、午前八時一五分に島の中央部を飛ぶ零戦三〇機から四〇機を発見。零戦隊は、バルフォア隊より約六〇〇メートル下を飛んでいた。キティホーク隊は零戦隊の背後にまわり、猛然とダイブした。零戦隊は主隊がひとかたまりで飛び、あといくつかの小隊が分散して飛んでいた。

バルフォアは目の前の零戦を短く撃った。零戦は即座に炎に包まれた。バルフォアの二番機、三番機が零戦一機に接近し射撃、これも炎と煙を引きながら落ちていった。見事な一撃離脱だった。

「回想ノート」によると、編隊の最後尾にいた徹三は、上空一万メートル付近にいるＰ－38の群れを発見したという。うっすら見えているだけだが、八機が単縦陣で旋回しているようだった。ただちに徹三は前に出て大庭隊長に「敵機上空」を知らせようとしたが、大庭は気づかない。編隊は、縦に長くのび切った状態のまま飛び続ける。「回想ノート」には、以下のように書かれている。

〈本日の指揮官は経験が浅いせいか、敵上空におけるスピードが大きすぎて後方中隊は遅れがちの隊形であった。小生が後方見張中、ピカッと光ったと思った時は、Ｐ－38の第一撃を受け、瞬時に小林機は火ダルマとなり墜落していったのである〉

徹三の「回想ノート」には記憶の錯綜が見受けられ、思いちがいが書かれている。二〇四空「飛行機隊戦闘行動調書」によると、小林頼久一等飛行兵曹が戦死した空戦は一一月二二日にあった。ところが「回想ノート」とそれの出版本である『零戦撃墜王』の中で、徹三は小林一飛曹の戦死を一一月一七日の空戦の一部として描いている。すなわち徹三は一一月一七日にあった空戦と、五日後の二二日にあった空戦をいっしょにして書いている。しかも実際の敵機はＰ－38ではなく、Ｐ－40キティホークだ。

そして二二日の「行動調書」にも、まちがいが記載されている。二〇一空の「行動調書」には、「交戦せる敵種機数」の欄に〈Ｆ４Ｕ×15、Ｐ－38×２、Ｐ－39×３〉と記載され、「戦果」欄には〈撃墜Ｆ４Ｕ×２（内１機不確実）、別に２０４空と合同にてＦ４Ｕ×２（１）を撃墜〉と記載されている。また二〇四空の「行動調書」にも交戦〈Ｆ４Ｕ×約20〉、戦果〈Ｆ４Ｕ×４撃墜（内不確実２機）〉の記述がある。

二二日、二〇一空では岩本小隊の二機が未帰還となった。二〇四空では、伊藤鈴男少尉中隊の小林一飛曹と山口庄徳一飛曹が戦死した。すなわち岩本小隊はバルフォア隊と空戦をまじえ、犠牲者を出したと想像できるのだ。

それならなぜ大庭隊は対戦相手をキティホークではなく、Ｆ４Ｕコルセアと報告したのか。両機の形状は似ていず、塗装もかなり異なっていたはずだ。この日、空戦のあった時刻に、空戦のあった空域を飛んだコルセア隊がいる。米海兵隊第二一五戦闘飛行隊（ＶＭＦ－２１５）のウィリアムソン中佐が指揮するコルセア隊だ。ウィリアムソン隊は午前四時二五分にベララベラ島バラコマ飛行場を離陸、オーガスタ湾を哨戒後、午前八時半に基地に帰着した。オーガスタ湾からバラコマまでおよそ三〇分かかるとして、ウィリアムソン隊は八時ごろまで湾上空にいたことになり、そうすると大庭零戦隊はこのコルセア隊を目撃していたかもしれない。しかしＶＭＦ－２１５のこの日の「戦時日誌」を見ると〈戦闘はなかった〉と報告しており、コルセア隊は大庭隊とまったく交戦していない。

もしかすると大庭中尉らは、去っていくコルセア隊を見つけ追跡したかもしれない。しかし追いつけなかった。で、最後尾にいた岩本隊がバルフォア隊に襲われ、被害が出た。実はこの推理は『海軍零戦隊撃墜戦記２』（梅本弘著）に書かれているものだが、この本はいきとどいた事実調べと鋭い推理に満ちた好著だ。ラバウルにおける空戦を描くにあたり、筆者は多くのヒントを梅本の著作から得た。

二〇一空「行動調書」に敵機撃墜一機、不確実一機の記載と、岩本小隊で二機の未帰還機があったという内容の記述がある。二〇一空で被害を受けた隊は岩本隊だけなので岩本隊がバルフォア隊と交戦したと想像できるのだが、しかしバルフォア隊は全機帰還しており、撃墜されたキティホークは一機もなかった。徹三自身、機銃を撃ち、命中の手ごたえを感じ、敵機は下降していったであろう。

帰投したバルフォア機には実際、被弾の跡があった。しかし現実は、敵は一機も墜落していなかった。敵航空機撃滅をねらって零戦のみで打って出た作戦は、逆に零戦四機と搭乗員四名を失うという結果に終わったのだ。

一二月二三日、ラバウル上空迎撃戦

一二月二三日、岩本飛曹長は一ヵ月ぶりに空戦にかかわった。このブランクの間、「行動調書」によると徹三は六回飛んでいる。が、いずれも敵機との撃ち合いはない。

連合軍の進撃状況はどうだったのか。ブーゲンビル島タロキナに上陸した連合軍は、海岸に物資を集積し飛行場の拡充につとめた。一二月一五日には、連合軍はラバウルのあるニューブリテン島西南マーカス岬に上陸。マーカス岬はニューブリテン島とニューギニアの間にあるダンピール海峡に近く、日本の艦船の海峡通過を妨害できる戦略的要衝だった。

一二月一七日には、タロキナ基地から離陸した戦闘機群がはじめてラバウルを襲った。タロキナからなら戦闘機は燃料を途中補給せず、ラバウルまで飛んで帰ることができる。タロキナに飛行場を建設してこそ、この作戦が可能になったのだ。

連合軍の次回攻略は、ダンピール海峡の目と鼻の先にあるツルブ（グロスター岬）だった。上陸予定日は一二月二六日。その三日前の二三日にあったラバウル空襲はツルブ上陸を容易にする目的があり、岩本飛曹長は久しぶりに空戦に参加する。

二三日の米空襲部隊は多彩だ。ラバウルのラクナイ飛行場とラバウル港（シンプソン港）を爆撃するB－24リベレーター一八機。爆撃機隊を護衛したのは、VMF－214、VMF－216、VMF－222、VMF－223の海兵隊戦闘飛行隊、VF－33とVF－40の海軍戦闘飛行隊、第四四戦闘飛行隊の戦闘機だ。

戦闘機隊と爆撃機隊の集合地点は、ブーゲンビル島タロキナ上空だった。ソロモン諸島の各基地から飛来した戦闘機隊は、タロキナで満タンにした。米航空部隊はふたつにわかれていた。爆撃機をふくむ爆撃隊と、戦闘機のみで敵航空部隊の掃滅をねらう戦闘機掃討隊だ。当初予定では、爆撃隊によるラバウル空爆七五分後に戦闘機掃討隊がラバウルに突入することになっていた。が、実際は爆撃隊による空爆に三〇分の遅れが生じ、爆撃終了一五分後に戦闘機掃討隊が現場に到着してしまう。

正午ごろ、爆撃隊はタロキナからラバウルに向け針路をとった。B－24を中心に、高空にVMF－216のF4Uコルセア八機、中高空にVF－40のF6Fヘルキャット七機、中空にVF－33のヘルキャット一六機、低空にVMF－214のコルセア八機、VMF－222のコルセア七機は爆撃機隊のそばを飛んで警戒にあたった。

約一時間後に、戦闘機掃討隊がラバウルに向かうコースに乗った。第四四戦闘飛行隊のP－38ライトニング二七機が、中空以上の高度を担当する。VMF－214のコルセア八機とVMF－223のコルセア一一機は、中空以下を飛ぶ。この日のラバウル空襲部隊の総勢は約一〇〇機だ。

グラマンF6Fヘルキャット戦闘機は米海軍におけるF4Fワイルドキャットの後継機でエ

ンジンはＦ４Ｕと同じ二〇〇〇馬力、速度的に零戦をしのぎ、多くの零戦パイロットがＦ６Ｆを撃墜するのはむずかしかったと証言している。一二・七ミリ機銃六丁は強力で、操縦席と燃料タンク周囲の防弾装備は充実していた。

ロッキードＰ－38ライトニングは、高高度における空戦に有利になるように排気タービン過給器を装備していた。エンジン二基で航続距離が長く、双胴の外観は異彩をはなっていた。

Ｂ－24爆撃隊はワイド湾からニューブリテン島上空に入って島を横切り、ランバート岬をこえて西からラバウルに迫った。午後一時過ぎ、投弾コースに入りラクナイ飛行場とラバウル港を爆撃する。

これより前の一二時五〇分、二〇一空の零戦三〇機と二五三空の零戦三一機が、空襲警報を受けてそれぞれラクナイとトベラ飛行場から発進していた。岩本飛曹長のいる二〇四空は、午後一時五分にラクナイから三八機発進している。すべて「行動調書」にある時刻と機数だが、徹三はこの一二月に二〇一空から二〇四空へ転属になった。

Ｂ－24爆撃隊は前後二隊にわかれて侵入、ラクナイ滑走路、港湾施設、艦船に投弾した。天気は良好、雲片が散在するが視界はいい。低空を飛ぶＶＭＦ－２１４とＶＭＦ－２２２のパイロットには、ボカッボカッと爆弾の炸裂する光景がよく見えた。大口径の高射砲弾が空中で爆発する。猛烈に撃ってくるが、命中はしない。黄燐爆弾（三号爆弾もしくはタコ爆弾）も空中で炸裂するが、たいしたことはない。

ＶＭＦ－２２２のウィリアムス中尉小隊は、Ｂ－24の後方グループを護衛していた。前方に零戦三五機ほどが待ちかまえていた。三機ほどがB－24に向かってダイブしてくる。ウィリアムス中尉のコルセアもダイブし、たちまち追いついて二機を連続で撃墜。さらにもう一機撃ったがこのときウィリアムス機の機銃は二丁しか作動せず、撃墜はできなかったようだ。

ウィリアムス小隊のリード中尉はトニー（「飛燕」）を一機撃墜、零戦一機を撃破した。また同小隊のリーチ中尉は、正面から飛んできた零戦一機に命中弾を与えた。以上、VMF－222「戦時日誌」に書いてある同隊の空戦模様である。

VF－40のヘルキャット隊はラバウル直前で四機が引き返したとの記述がVF－40「戦時日誌」にあり、残る三機しか空襲に参加しなかった。「戦時日誌」によると、爆撃隊の前方グループが爆撃進路に入ってすぐにトニーあるいはハンプ（零戦）の六機が姿をあらわしたという。そしてカールソン少尉機が、トニー一機に命中弾を与えた話が「戦時日誌」に書かれている。

爆撃機隊を低空で護衛していたVMF－214コルセア隊だが、同隊「戦時日誌」と「航空機戦闘報告書」を見ると、中空以上を飛んでいたVF－33とVF－40のヘルキャット隊に対するうらみ節が並んでいる。いわく、中空をカバーするF6Fはわずかに四、五機しか配置についていなかった、零戦が前方の爆撃隊を襲ったさいに上空にとどまっていた、中間空域をカバーする予定のF6F一二機は空戦のない前方グループの爆撃隊の四五〇メートル上空でシザー運動をしていた、などなど。実際、VMF－214のコルセア隊は爆撃機をねらう零戦隊と戦い、カーネギー少佐、ブルベイカー中尉、戦闘機掃討隊のフォークス中尉の三名の犠牲者を出した。これではヘルキャット隊を批判したくなるだろう。

しかしＶＦ－33のウォーレン少尉が自分の編隊からはなれて行方不明になったとの記録が、海兵隊第二航空団・第一四航空群司令部「戦時日誌」にある。また同日誌にはＦ６Ｆ部隊はハンプ三機を撃墜し、一機に煙をはかせたとの記録もある。だからヘルキャット隊はまったく何もしなかったとはいえないのではないか。高空担当のＶＭＦ－２１６だが、同隊「戦時日誌」を読むとコルセア八機は高度八八〇〇メートルを飛び、迎撃なし、接触なし、対空射撃は中程度以下で不正確、と書いてある。高見の見物だったのだろうか。

爆撃機の被害は、一機が被弾しただけで墜落機はない。その機はエンジン一基から煙をはいたが帰投できた。

大酒飲みのボイントン

それでは爆撃終了一五分後に現場到着した、米戦闘機掃討隊と日本機との空戦はどうだったのか。コルセアとＰ－38からなる掃討隊四〇数機は、投弾を終えたばかりのＢ－24爆撃隊にセントジョージ岬付近で出会った。日本の戦闘機多数が爆撃機を追っていた。日本機隊は爆撃隊との戦闘でばらばらになり、無線機を使っていない様子で掃討隊の侵入を予期していなかった。

掃討隊ＶＭＦ－２１４の中に、グレゴリー・ボイントン少佐が乗るコルセアがいた。ＶＭＦ－２１４はあだ名を「ブラックシープ」（やっかい者）といい、ボイントンはこの海兵隊戦闘

南太平洋戦線の名物男だったボイントン少佐

飛行隊の隊長だった。ボイントンは「フライング・タイガース」の一員として、中国戦線で六機撃墜という記録を持っていた。この一二月二三日に、ボイントンは四機撃墜して合計二四機撃墜になった、という文章がＶＭＦ－２１４「戦時日誌」に記載されている。

ボイントン少佐はセントジョージ海峡上空で敵編隊を発見した。ラバウルへもどっていく零戦一機を追いかける。わずか一五メートルまで迫って、短く撃つ。零戦はすぐに炎を出して海峡に落ち、パイロットのパラシュートが見えた。ボイントンのコルセアは上昇。すると三〇〇メートル下に零戦二機がいる。一機はまっすぐ水平飛行し、一機は相方の周囲で放物線を描いている。

ボイントンは下降、真後ろ水平に接近し三〇メートルの距離から射撃、海に墜落させた。すぐさま上昇し、太陽を背にして見おろす。仲間が墜落したあたりを、もう一機の零戦が周回している。ボイントンは陽光を背に忍び寄り、これも真後ろ三〇メートルから射撃、零戦は燃えながら上下引っくり返って海に落ちた。ボイントンは高度五〇〇〇メートルにもどり、ラバウル港上空を周回。と、高度三〇〇〇メートルに零戦九機が編隊を組んでいる。ボイントンは日の光から出て一機の後方上から撃ち、下降していって横方向へ退避していった。零戦のエンジンカバーから破片が飛び散り、機体は炎に包まれて落ちていった。ボイントンはフルスロットルで遁走する。残りの零戦が追いかけてくる。が、コルセアは時速三三〇キロで上昇を開始、零戦を振り切ってしまった。

以上、ＶＭＦ－２１４「航空機戦闘報告書」に書いてあるボイントンの武勇伝だ。

ボイントン少佐はとにかく南太平洋戦線の名物男だった。レスラーのようなたくましい体格をし、腕っぷしは強かった。アルコール依存症で、生涯にわたり酒が原因のトラブルを起こした。

ボイントンは昭和一九年一月三日の空戦で撃墜され日本軍の捕虜となるのだが、ボイントンの回想記『海兵隊コルセア空戦記』（光人社文庫）を読むと、捕虜になってよかったことは禁酒できたことだという言葉が何度か出てくる。面がまえはコワモテだが茫洋とし、どこか愛嬌がある。人のいいところがあり、収容所生活中に親切にしてもらった日本人のオバサンとの交流を、回想記にユーモラスに書いている。

酒に酔うほどに、ボイントンの撃墜話は大きくなった。しかも人をまどわせるのは、いやあ、おれはホラふきなんだよ、とみずから認める妙に正直な性格だ。戦闘後の調書をつくる情報士官も、酔ったボイントンが話をふくらませていくことに気づき、疑念を感じながらも撃墜を公認したものだ。

自分の撃墜数を信じ切る

それでは徹三の戦果報告はどうだったのか。一二月二三日の二〇四空「行動調書」の岩本徹三の名前の欄に〈Ｆ６Ｆ×２撃墜〉としるされている。これは徹三がヘルキャット二機を撃墜したと報告し、判定官がそれを信じてしるしたものだ。

空戦とは一瞬のうちに結果が出る、生死をかけた死にもの狂いのゲームであっただろう。その地獄の空に、徹三は数え切れないほど身を置いた。徹三は周囲が困惑する正義感を振りまわす、妙なまじめさのある男だった。しかも弁舌達者だった。徹三の場合、自分はまちがいなく撃墜したと信じて報告していたのではないか。

一二月二三日のラバウル上空空戦における両軍戦果だが、二〇四空「行動調書」によると、撃墜ヘルキャット四機、コルセア三機（このうち一機不確実）、Ｂ－24二機（このうち一機不確実）とのこと。二〇一空と二五三空の戦果もそれぞれの「行動調書」にしるしてあるが、数字はやはりおおげさだ。現実は、コルセア三機とヘルキャット一機、偵察機護衛任務についていたＰ－38一機が撃墜されただけなのだ。

米各飛行隊と司令部の「戦時日誌」「航空機戦闘報告書」を見ると、米側は日本の戦闘機約三〇機を撃墜したと判断している。しかし現実は、零戦六機が行方不明、不時着一機、大破一機、被弾九機だけだ。

それでは一二月二三日の空戦は、徹三の「回想ノート」にどう描かれているのか。実は、該当する空戦を「回想ノート」の中に見いだすのはむずかしい。徹三は病欠期間を除き、翌年の二月一九日までほぼ毎日のように空戦に参加している。

徹三の頭の中には、ラバウルにおける個々の空戦が確かな記憶としてこびりついていたであろう。が、それらに日時というレッテルをはるのはむずかしいのである。

第8章　零戦隊の大戦果

昭和一八年一二月二四日、連合軍機第一次来襲

クリスマス・イブの日、ラバウルは前日二三日に続き空爆にあった。ラバウル航空隊はなおブーゲンビル島タロキナ基地の脅威であり、つぶす必要がある。もうひとつの理由は、二日後にひかえたマッカーサー軍のニューブリテン島ツルブ（グロスター岬）上陸を支援するためだった。連合軍の来襲は、二グループにわかれていた。まず先に、戦闘機のみでラバウル航空隊の掃滅をねらう戦闘機掃討隊がラバウルに侵入する。その後、時間をおいてから爆撃機隊が空爆する。

戦闘機掃討隊にはニュージーランド空軍（ＲＮＺＡＦ）第一六飛行隊と第一七飛行隊のカーチスＰ－40キティホーク二四機、米海軍第三三戦闘飛行隊（ＶＦ－33）と第四〇戦闘飛行隊（ＶＦ－40）のグラマンＦ６Ｆヘルキャット二四機、計四八機が参加予定だった。掃討隊は午

前一〇時前後にタロキナを離陸、ラバウルに針路をとった。ラバウル上空に到達したのは、午前一一時二〇分ごろだ。

敵機来襲の報を受けた第二〇一海軍航空隊の零戦二七機と、第二〇四海軍航空隊の零戦二九機が、ラクナイ飛行場より午前一一時から発進。第二五三海軍航空隊の零戦四一機が、トベラ飛行場から午前一一時二〇分に発進。岩本徹三飛曹長は二〇四空に属していた。

この日の空戦で特筆すべきは、ニュージーランド空軍の積極参加だ。キティホーク隊は六機を失い、戦死五名。しかし撃墜一二機、多数の撃墜不確実を報じたのだ。

RNZAF隊がラバウルに接近中、トベラ飛行場から土煙が舞い上がっていた。日本機隊の離陸だ。南東からラバウル港に迫る。ブランチ湾上空で、日本機四〇機以上が上昇する。キティホーク隊は、上からおおいかぶさるように奇襲をかける。高度五五〇〇メートルから海面すれすれまでの間で格闘戦があった。奇襲ゆえに、RNZAF隊は多くの敵機を撃墜した。帰投集合点のセントジョージ岬方向に逃げる。しかし態勢を立てなおした零戦隊は反撃に転じ、キティホーク隊にも大きな損害が出た。

F6Fヘルキャット掃討隊は、二〇数機がラバウル上空に到達できた。このうち撃墜されたのは、VF－33のデビッド・スコット中尉機だけだった。

スコット中尉の漂流

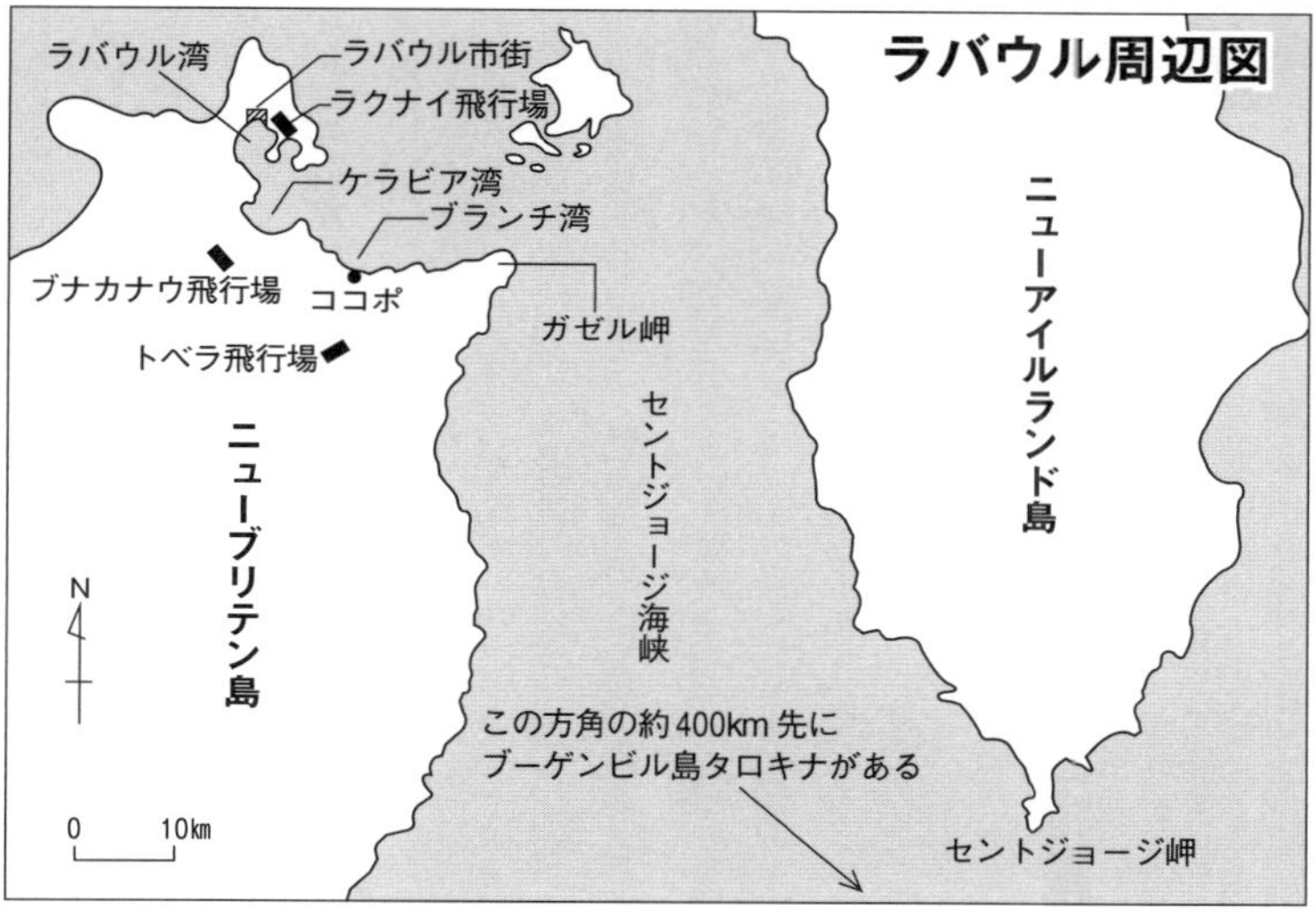

スコット中尉は、セントジョージ海峡に墜落してすぐに救命ゴムボートをふくらませた。ジャングルキットと呼ばれていたバックパックを持ち出せたので、その後の漂流に役立った。キットにはクッキー、保存食、やけど用軟膏、その他不時着のさいに必要な物品がつまっていた。

一時間ほどたってから、Ｐ－38ライトニング隊と零戦の大空戦がはじまった。空戦が終わると、ＰＶ－１ベンチュラ哨戒爆撃機二機が飛来した。不時着したパイロットを発見しようというのだ。が、零戦が来て、ベンチュラは逃げ去ってしまった。救助機は来ないと思ったスコットは連合軍が上陸しているブーゲンビル島をめざそうとするが、海流に押しもどされセントジョージ岬をこえられない。上空を、連合軍の航空機が行ったり来たりする。ラバウルを攻撃しているのだ。スコットは海水染色マーカーをまいたり、曳光弾を撃ったり、黄色い帆布を広げたりするが味方はボートに気づかない。

漂流三日目、二七日の早朝、零式水偵に見つかった。水上機はスコットの頭上わずか五〇メートルの高さを通り過ぎ、もどってきた。スコットは帆布をかぶり隠れた。零式水偵の通り過ぎる騒音が、何度かスコットの耳をつんざく。海にはサメがいるので、飛びこまない。幸い日本機は機銃掃射せず、去っていった。

サメには何度も襲われた。拳銃を撃って追い払うが、ボートにいくつか穴をあけられた。穴には布をつめて浸水を防いだ。

三一日、ニューブリテン島は遠のきタロキナ方向に進んでいるときにようやくベンチュラ二機がスコットを見つけ、食料、水、発煙弾を落として飛び去った。それでも大海の漂流者を発見するのはむずかしく、必死に自分の存在を知らせるスコットをダンボ（カタリナ飛行艇）が発見救出したのは一月一日朝のことだった。このスコットの漂流報告書は「ＶＦ－33戦史」に九ページにわたってつづられている。

昭和一八年一二月二四日、連合軍機第二次来襲

一二月二四日、戦闘機掃討隊が去るころに、Ｂ－24リベレーター爆撃機二〇数機と、第四四戦闘飛行隊のＰ－38が一七機、米海兵隊第二一四戦闘飛行隊（ＶＭＦ－２１４）とＶＭＦ－

223のF4Uコルセア約二〇機がラバウル上空に入った。日本側はこれを第二次来襲と呼び、連合軍戦闘機隊による掃討を第一次来襲と呼んで区別している。空爆目標はブナカナウ飛行場だ。これより前、一二時四〇分に二〇四空の二六機と、二五三空の三四機が警報により再発進。二〇一空の二四機も一二時四五分に再発進していた。

投弾後、B－24爆撃隊はセントジョージ岬からタロキナ方向へ離脱していった。P－38戦闘機隊は爆撃隊を見送った後、ラバウル方向にもどった。零戦隊と対決するためだ。撃墜されたスコット中尉が観戦したのはこの空中戦だ。結局、第四四戦闘飛行隊は零戦撃墜八機を報じるのだが、次のようなエピソードもつけ加えている。

パーカー中尉機は真正面から来た零戦を撃って爆発させ、もう一機に煙をはかせた。その後、パーカー機は零戦一五機の中に飛びこんでしまい、そのうちの一機がパーカー機の左エンジンに二〇ミリ弾を命中させた。そしてその零戦はパーカー機に近寄ってきて、パイロットがパーカー中尉に向かってにやっと笑ったというのだ。パーカー機は積雲の中に逃げこみ、エンジン一基で帰投する。この日の日本側各航空隊「飛行機隊戦闘行動調書」を見ると、P－38撃墜を報告しているのは二〇一空の田中信策一飛曹だけだ。だからパーカー中尉に勝ち誇ったような笑いを見せたのは、田中一飛曹だったかもしれない。

連合軍側は相当な戦果を報じたが、現実はどうだったのか。日本側各航空隊の「行動調書」に記載されている数字を合計すると、零戦の行方不明六機、落下傘降下一機、不時着二機、被弾一七機だ。連合軍機は多数の零戦に命中弾を与えたであろうが、その多くは被弾機で、墜落せずに帰れたということだ。

一方、日本側の戦果報告も誇大だ。合計すると戦闘機六〇機以上を撃墜破、爆撃機は一機撃墜し二機に煙をはかせたとある。特に二五三空「行動調書」にはP－39（P－38ではない）三一機撃墜、このうち四機不確実との記述があり、とても誇大だ。現実は被弾機多数があったものの、キティホーク六機とヘルキャット一機が失われただけなのだ。

「行動調書」を見ると、岩本飛曹長はこの日、連合軍機の第一次来襲時のみに出撃し、コルセア一機を撃墜している。だが現実は、コルセアは一機も撃墜されていないし、第一次来襲時にコルセアは出撃してもいない。しかも第二次来襲で爆撃機を護衛してきたＶＭＦ－２１４とＶＭＦ－２２３の「戦時日誌（ウォー・ダイアリー）」を読むと、迎撃なし、接触なしとある。つまり零戦とコルセアとの空戦はなかったわけで、徹三が撃墜したと主張する敵機はキティホークもしくはヘルキャットということになる。

徹三、マラリアとデング熱にかかる

岩本飛曹長が連続してまったく飛ばなかった日は、「行動調書」によると、一一月二四日〜一一月二九日（六日間）、一二月三日〜一四日（一二日間）、一二月一六日〜二一日（六日間）、一二月二五日〜翌昭和一九年一月一三日（一九日間）だ。徹三は「回想ノート」に、マラリアとデング熱にかかった話を次のようにつづっている。

〈気持ちが悪く頭が重いので軍医にみてもらったところ、マラリヤと天狗熱にやられているとのことで、当分休むようにいわれた。搭乗員は毎日元気に飛行場へ朝早くから自動車で出かけるのであるが、その中の何名かは夕刻にはいなくなるかと思えばじっと休む気になれぬ。休んでより二日目くらいより腰の骨がいたみだし食事も進まず、しまいには動くのも大義になり、空襲があっても防空壕に行く元気もなく、敵が頭上に来てもどうにでもなれといった気持ちで、熱のためにまいってしまった。マラリヤ、天狗熱は日がたたねばどうにもならぬ病気なのである。小生が休んでより三日目であったろうか、敵はついにマーカスに上陸を敢行した〉

連合軍がマーカス岬に上陸したのは昭和一八年一二月一五日。徹三はこのころひんぱんに長期療養している。中でも一二月二五日から翌昭和一九年一月一三日までの一九日間、「行動調書」に岩本飛曹長が飛んだ記録はない。もちろんこのころ、ラバウル航空隊の出撃はほぼ毎日あった。

ポイントン少佐、撃墜される

昭和一九年一月三日、米海兵隊第二一四戦闘飛行隊（ＶＭＦ－２１４「ブラックシープ」）隊長のグレゴリー・ボイントン少佐が撃墜された。ＶＭＦ－２１１、ＶＭＦ－２１４、ＶＭＦ－２２３、ＶＭＦ－３２１のコルセアとＶＦ－33のヘルキャット、合計四〇機ほどの戦闘機がラバウル上空掃討戦に参加した。ＶＭＦ－２１４では八機がタロキナ離陸、機体のトラブルで四機が引き返し、ラバウル上空に到達したのは四機だけだった。

午前八時、ボイントン少佐は四機編隊を大きく右にターンさせ、ラバウル上空に入った。僚機はアシュマン大尉機で、第二隊はマセスン中尉機とチャサム中尉機だ。ココポ沖、高度五八〇〇メートルで零戦一二機を認めるや、マセスン隊二機はさっとはなれていく。ボイントン機は高度六七〇〇メートルから下降、零戦一機を真後ろから射撃し火をふかせる。この撃墜をＶＭＦ－２２３のパイロットたちが確認し、これがボイントンの二六機目の撃墜となった、という記述がＶＭＦ－２１４「戦時日誌」に書いてある。

二六という数字は重要だった。なぜなら第一次大戦中にエディ・リッケンバッカーが二六機という米軍撃墜記録を打ち立てており、それとタイになるからだ。この日、ボイントンはタイ記録あるいは新記録を達成するのではないか。そう予想した記者たちは、基地で待ちかまえていたものだ。が、ボイントンは帰らなかった。

二六機目を撃墜したボイントンに続いて、アシュマンも一機撃墜した。ボイントンの回想記『海兵隊コルセア空戦記』（光人社ＮＦ文庫）によると、アシュマン機の後方に零戦が何機かいた。アシュマンが危ない。ボイントンは方向舵で機首を左右に振りながら撃ちまくる。が、アシュマン機は炎に包まれ落ちていった。その直後、ボイントンは背後の防弾板に命中弾を感じた。そしてメインタンクに引火、熱風に襲われる。海面が近すぎる。パラシュート降下はむずかしい。操縦桿をけり、急激な機首上げの遠心力でコルセアから飛び出す。パラシュートが開いたのとほぼ同時に、ボイントンは海面に打ちつけられた。

川戸機、ボイントン機を撃墜？

川戸正治郎という零戦パイロットがいた。川戸は戦後、アメリカに住み、ボイントンを撃墜したのは自分ではないかといい出した。ボイントンと面会もし、仇敵同士の対面としてドラマチックにマスコミに報じられもした。が、川戸の話は疑わしい。

この日、川戸上等飛行兵は二五三空隊員として、米掃討隊の迎撃に上がったことが「行動調書」にしるされている。またこの日、二五三空がコルセア七機を撃墜破したこともしるしてある。しかし「行動調書」にはだれが撃墜したかは書いておらず、だから川戸上飛の手柄とはいえない。

川戸は『零戦ラバウルに在り』という冊子を一九五六年に出版しているが、冊子にはこの一月三日、コルセアを撃墜した話はまったく書かれていない。川戸はまた、一九九五年に『体当たり空戦記』という本を出している。この本で川戸ははじめて一月三日の空戦の様子を紹介し、それがボイントンの回想記の内容に似ているのだ。というか、以下のような内容で、似せて書いたといったほうがいいだろう。

コルセアが零戦を追い、そのコルセアを後ろから別の零戦が追っていた。さらにコルセアがもう一機いる。先頭の零戦が炎に包まれる。背後のコルセアが被弾する。それを眼下に見た川戸は四番目の機であるコルセアを射撃。弾は座席付近に命中した。さらに追尾する川戸機。コルセアは左右に動き、あるいはロールを打ちながら海面近くまで落ちていく。キャノピーがあいたかと思うと、パイロットが飛び出た。これが『体当たり空戦記』に書かれている情景だが、ボイントンの説明に似ている。本書の巻末に、川戸が撃墜したという一九機の機種と日付が列挙されている。

しかし二五三空は戦果を「行動調書」の個人名欄に記述していないし、川戸が撃墜したと主張する日に川戸は出撃していない事例も多く、「行動調書」で証明できるものはひとつもない。川戸はボイントンの書いたものを読んだか、ボイントン被撃墜の話を耳にし、自分が撃墜したかのように話をつくり上げたのではないか。

筆者は川戸正治郎をけっして嫌いではない。多くの空戦に参加し、何度かパラシュートで飛び下りている。故意に敵機に体当たりしたこともあったようで、撃墜王の杉野計雄は自著『撃墜王の素顔』（光人社ＮＦ文庫）の中で、川戸の剽悍《ひょうかん》な活躍ぶりを描き、向こうみず、不死身と評している。

昭和一九年二月二〇日、ラバウル戦闘機隊はトラック島に後退し、このとき岩本飛曹長もラバウルを去るのだが、重傷を負っていた川戸はラバウルに残された。機材補充が途絶えたラバウルでは、残存機を集めて零戦を組み立てた。昭和二〇年三月九日、川戸は複座の再生零戦に乗り、ニューブリテン島ジャキノット湾でオーストラリアの小型艇を攻撃、機銃で撃墜され後席搭乗員は戦死し、川戸は捕虜となる。

戦後、フィリピンの捕虜収容所から故郷に帰ると自分の墓ができていて、両親兄弟と、涙と感動の再会をはたす。幽霊ではないかと思った近所の人々も集まってきて、大騒ぎになったという。

川戸は戦後、航空自衛隊に入り、ジェット戦闘機に乗った。退官後は民間航空会社で働き、一九七六年に軽飛行機で太平洋無着陸横断を成功させている。また同年よりアメリカに定住し、二〇〇一年にアメリカで死亡した。ほら吹きではあるが、川戸は零戦パイロットとしてそれなりの活躍をし、古き良き時代の冒険談にちりばめられた人生を送ったのである。

徹三、久しぶりの空戦

年明けて昭和一九年一月一四日、ＳＢＤドーントレス急降下爆撃機とＴＢＦアベンジャー雷撃機の約五〇機と、護衛戦闘機約七〇機が午後一二時半、ラバウルに突入した。目標は当初ラクナイ飛行場だったが、上空が雲におおわれていたためにラバウル湾、ケラビア湾の艦船に投弾先を変えた。小型艦上機が陸上から離陸し、ラバウルを大規模空襲したのはこの日が最初だ。

空戦による損失は、米側が日本側を上まわった。ラバウル上空でＳＢＤ二機、ＴＢＦ一機、コルセア三機が失われた。別にコルセア二機のパイロット二名がタロキナ上空まで帰ってきてからパラシュート脱出し、ヘルキャット二機の二名がタロキナ沖で着水、この四名は救助された。

一方、迎撃に上がった二〇四空と二五三空の零戦の損害は、二機行方不明、一機着水、被弾七機、戦死二名だった。なお二〇一空は戦力の消耗により一月四日にサイパン島へ後退しており、すでにラバウルにはいない。

岩本飛曹長だが、二〇四空「飛行機隊戦闘行動調書」を見ると、この日、列機三機をひきいて迎撃に上がっている。しかし同航空隊の零戦四〇機が敵機撃墜三二機（このうち不確実九機）の大戦果を報告し、各隊員の名前欄に戦果が詳述されているにもかかわらず、岩本飛曹長の名前欄には撃墜・撃破の記述はない。また列機三機にも撃墜破の記述はない。徹三の「回想ノート」と『零戦撃墜王』（岩本徹三著）の中でこの日の空戦に該当する部分を見つけるのはむずかしく、岩本隊には空戦のチャンスはなかったということか。ちなみに二五三空は三七機撃墜、このうち九機不確実を報じた。もちろんこちらも、あまりにも誇大だ。

一九日ぶりに飛んだ徹三だったが、昭和一九年に入ってからもほぼ毎日、ラバウルには空襲があった。ブーゲンビル島タロキナ基地は整備され、ニューブリテン島ツルブとマーカス岬に連合軍は上陸し、ラバウル包囲網はせばまっていた。前進基地としてラバウルはなお強力と連合軍は考え、これをつぶしにかかっていたのだ。が、やがてその矛先をニューブリテン島北西のアドミラルティ諸島に変えてしまう。ラバウルは攻略せず無視し、日本本土に向かって進攻していくという戦略だ。しかしそれは少し後のことで、昭和一九年一月、連合軍はなお連日、ラバウル航空隊との死闘を演じていた。

ラバウル航空隊が圧勝した日

一月一七日、米軍は大部隊でラバウル湾の艦船を襲った。ＳＢＤドーントレスとＴＢＦアベンジャーの爆撃機およそ五〇機がラバウル上空に到達。護衛機は中空と高空をＰ－38ライトニング一九機が担当、あと低空と爆撃隊近接護衛のＦ４ＵコルセアとＦ６Ｆヘルキャットが約四〇機いた。午後一時ごろ、ラバウル上空突入時の天気よく視界良好。ところどころに雲のかたまりが立つ。

米空襲部隊はニューアイルランド島を横切り、北東からラバウル湾に入った。爆撃機は高度約二四〇〇メートルで次々に投弾ダイブに入る。高度五五〇メートルで爆弾を切りはなし、海上一五〇メートルから二五〇メートルで上昇に転じる。

『ラバウル空戦記』（第二〇四海軍航空隊編）という本がある。隊員たちの証言をまとめて本に仕上げたもので、本書のいちばん最初の話がこの一月一七日の大空戦になっている。隊員たちにとって、よほど印象深い戦いだったのだろう。以下の描写のところどころには本書の内容と、米軍各航空隊の「航空機戦闘報告書（エアクラフト・アクション・レポート）」「戦時日誌」などの報告内容も引用している。

南緯四度の熱帯では昼前になるとすべてが高熱を帯び、原住民はのろのろとしか動かない。搭乗員待機所では零戦パイロットたちが腰を下ろしている。きょうも敵機は来るであろう。上がれば、何機かは帰ってこない。緊張のあまり、朝食を食べられない者もいる。敵機全機撃墜の決意を、心の中で何度もくり返す。パイロットたちの表情を、徹三は「回想ノート」に書いている。

〈顔つきといおうか、目つきといおうか、このラバウル地区でなければ見られないであろう。目ばかりがギョロッと、何か目の奥にはっきりと見えぬものがあるような、同じ笑っても目だけは別のように見えるのである〉

目つきについては、この日徹三とともに出撃した小高登貫飛長が、自著『あゝ青春零戦隊』の中に書いた以下の内容が興味深い。

〈私は終戦後、郷里に帰ってからも父に、「お前のその目だけは早くなおせよ」と、よくいわれたものだったが、大空で一瞬を争う空戦をやれば、自然目つきも鷹や鷲のように鋭くなってくるのだ。それで私はしばしば刑事とまちがえられたりして、父はそれをしきりに心配した〉

午後一二時一五分、ラクナイ飛行場に警報がとどいた。指揮所わきのポールに、Z旗がするすると上がる。サイレン、鐘の音がけたたましい。パイロットたちが愛機に向かって走る。四〇機以上の零戦のエンジン音と、プロペラのくり出す熱風が基地内をめぐる。次々に間断なく離陸していく。火山灰が巻き上がり、前も後ろもよく見えない。瞬間的に土煙が薄れ、前を行く尾翼が見えたり、側面に他機があらわれたりする。接触事故が起きないのが不思議なくらいだ。

隊長の山口定夫大尉以下二〇四空零戦四三機は発進した。岩本飛曹長は小隊長として列機三

機の迎撃零戦隊だ。

合計七九機をひきいる。この日飛んだ猛者パイロットで敵機三、四機撃墜・撃破を報告した者は士官ではなく、徹三のような下士官だ。二五三空はトベラ飛行場から三六機を離陸させた。合計七九機の迎撃零戦隊だ。

ぐんぐん高度を上げていく。藍色の海上に、白い航跡が幾本か筋を引く。艦艇が空襲を避けて、湾外にのがれようとしているのだ。米大編隊が、下方に姿をあらわした。零戦四機の各小隊が敵の後ろ上方につくべく、まわりこんでいく。徹三は、僚機三機が犠牲にならないよう目配せする。高度六〇〇〇メートル付近で待ちかまえる。

ＳＢＤドーントレスとＴＢＦアベンジャーがラバウル湾内の艦船に投弾中、零戦の姿はなかった。零戦隊が上から降ってきたのは、爆撃機が身軽になって上昇に転じるころだ。このときコルセアとヘルキャット約四〇機が、爆撃隊の近接および低空にいた。この艦上戦闘機隊はよく爆撃隊を守り、ガゼル岬とニューアイルランド島の中間海上の集合地点までつきそった。ヘルキャット隊はＶＦ‐40の一機が撃墜されるも、爆撃隊の周囲をよくカバーした。海兵隊機（ＶＭＦ各隊）のコルセアも爆撃隊の近接と低空を飛び、集合地点からタロキナまでの護衛任務をはたしたといえる。

なぜなら爆撃機の損害は被弾機が多数あったものの、墜落は三機ですんだからだ。一機はドーントレスで、ガゼル岬沖に墜落するのを目撃したコルセア・パイロットがいた。あと二機はアベンジャーで、一機は空戦で撃墜され、もう一機はラバウル湾の日本船を攻撃、避退中に船のマストに衝突したか、あるいは負荷がかかりすぎて両翼がこわれ、墜落したものだ。

爆撃機を護衛しブランチ湾から集合地点へ向かうまで、ヘルキャット隊とコルセア隊の一部は奮戦している。なぜならこの空域における戦果として、両隊は撃墜一二機、不確実三機、撃破七機を報じているからだ。特にＶＭＦ－２１１コルセア隊の活躍はめざましく、同隊「航空機戦闘報告書」を読むと、大空中活劇が目の前にありありと浮かんでくる。奮戦の末、同隊だけで撃墜四機、撃破六機の戦果を報告しているのだ。が、現実はこの日、撃墜された日本機はただの一機もない。

この日、いちばん被害をこうむったのは第四四戦闘飛行隊と第三三九戦闘飛行隊のＰ－38だ。爆撃隊の上空一万七〇〇〇フィート（五一八五メートル）と一万五〇〇〇フィート（四五七五メートル）を八機ずつ計一六機が飛んでいた。Ｐ－38隊が頭上に零戦がいるのに気づいたのは、爆撃機が急降下に入ったときだ。Ｐ－38はシザー運動すなわち左右ターンをくり返し、警戒した。しかしあっという間だった。上空から降ってくる零戦には勢いがあった。しかも四〇機以上に見えた。見下ろすと、爆撃隊を護衛するはずのコルセアとヘルキャットがいないように、第四四飛行隊長には見えた。飛行隊長は高空担当のＰ－38隊に対し、降下して爆撃隊をカバーするよう命じた。

Ｐ－38の印象として徹三は「回想ノート」に次のように書いている。ただしこれらの記述は、一月一七日の空戦ではない。

〈四〇〇〇メートルくらいでこちらは空戦性能の一番よい高度で立ち上がって楽に敵機の追尾体勢がとれ、単胴とちがって双胴の目標物は大きく照準が易く、小生は第一撃で血祭りに上

げ、六機をみるみる墜としたのであるが、あとの二機は雲中に突入した〉
〈敵はタコのように双胴でふわりふわりと飛びまわる中へ、われわれのｆｃ（戦闘機）は突入、二分くらい空戦したであろうか、小生と列機の五機で計六機を撃墜した〉
高空ではなく低空を飛ぶ双胴の戦闘機Ｐ－38は、零戦にとってくみしやすい相手だったのだろう。
零戦に上からかぶさられたこの日のＰ－38隊は悲劇だった。零戦は四機一組で執拗に襲った。Ｐ－38の編隊はくずされた。多勢に無勢だった。しかも低空における零戦は機敏に動く。Ｐ－38は高空にいてこそ手強い。Ｐ－38八機が犠牲になった。それでも奮戦したのか、零戦六機撃墜確実、五機不確実を報告している。しかし現実はすでに述べたように、日本側に墜落した機はない。
Ｐ－38隊は、敗因を次のようにいう。ブリーフィングでは、コルセア隊は集合地点まで爆撃隊の近接と低空を護衛することになっていた。それなのにコルセア隊はあまりにも広がりすぎて、爆撃隊についていかなかった。それをカバーするためにＰ－38隊は降りてきてやられたのだ、と。
一方、コルセア隊は、ＶＭＦ－３２１「戦闘報告書」と「戦時日誌」を見ると、
〈集合地点に向かうとき、中高空のカバーはすぐには降りてこなかった。しかも中高空隊は集合するとすぐにＳＢＤ隊のことを忘れ、帰途についた。低空と近接カバー隊はタロキナまで爆撃隊につきそい、爆撃隊にとってはその間も危険だったのだ〉

と書いてある。P－38隊の失敗の責任を、なすりつけ合っているようなのだ。この日の米側損害はP－38八機以外に、TBF二機、F4U、F6F、SBDがそれぞれ一機ずつ、合計一三機がラバウル付近で犠牲になった。

一方、日本側だが、被弾機が二〇四空で八機、二五三空で四機あったものの、一機も撃墜されず負傷者もなしだ。しかも戦果は二〇四空が撃墜総数七〇機（このうち不確実一七機、協同二機）、二五三空が撃墜総数一八機と、とんでもない大漁を報告している。

この日の「行動調書」をながめると、各隊員氏名欄にそれぞれ何を何機落としたかがびっしり書きこまれている。岩本徹三飛曹長の欄にも〈P－38×1、F4U×4撃墜〉としるされている。

撮影された大空戦

この日の零戦パイロットたちのがんばりには理由があった。映画撮影だ。最前線における日本軍の活躍を国民に見せるために、撮影隊が日本から来ていたのだ。

「日本ニュース、第194号、南海決戦場」と打てば、インターネットでまさにその映画を見ることができる。空襲警報発令、愛機に駆けていくパイロットたち、あわただしく動く整備員たち、零戦隊の離陸、敵編隊の間で炸裂する対空砲火、炎に包まれて墜落する飛行機、煙をはく飛行機、零戦隊の着陸などなど、実に雄壮なスペクタクル映像が流れる。映画の最後にこの日の戦果を黒板に書くシーンがあり、司令官賞として清酒三本がとどき、その酒瓶をかかえる小高登貫飛長とむじゃきな笑顔のパイロットたちが映って映画は終わりとなる。黒板には「ラバウル上空邀撃戦、撃墜計69機、全機帰着、被弾8機」と書かれている。アナウンサーの画像説明では、Ｂ−24、Ｂ−25が来襲したようにいっている。が、この日、大型爆撃機は来ていない。

司令官賞として頂戴した清酒３本を笑顔でかかえる小高登貫飛長

徹三の「回想ノート」にも、映画撮影のあった日の話が書かれている。

〈今日の戦斗では少なくとも四〜五機は味方もやられると思っていたのであるが、全機無事帰った。戦果も六八《ママ》機撃墜の輝かしい記録を上げたのである。地上のカメラマンは、火をふきながら墜落するさまを思うように撮影できたとのことであった。航戦司令部よりお祝いの酒をいただき、また司令、飛行長よりも数本の酒をもらい、その晩は久方ぶりに総員で飲み明かしたのである〉

ただし「回想ノート」には、映画撮影のあった日が昭和一八年一二月一〇日になっている。「回想ノート」に述べられているこの日の空戦の詳細も実際とは異なっており、徹三の記憶の錯綜が読みとれるのである。

第9章　被弾、燃料ゼロ

ラバウルの消耗と助っ人航空隊

昭和一九年一月一八日と一九日、空襲警報を受けて岩本飛曹長ら零戦隊は発進するも、敵機との遭遇はなかった。

二〇日、米・ニュージーランド連合軍がラバウルを空襲、第二〇四海軍航空隊「飛行機隊戦闘行動調書」を見ると一一機撃墜との戦果がしるされているが、岩本飛曹長の名前欄は空欄、すなわち撃墜も撃破も報告していない。翌二一日、この日も警報を受け、徹三らは飛ぶが敵機との遭遇はない。二二日のラバウル上空邀撃戦で二〇四空は撃墜破約四〇機を報告、岩本飛曹長の名前欄にはB－25とP－38をそれぞれ二機ずつ撃墜、F4U二機不確実撃墜の記述が「行動調書」にある。

一月二三日、二四日も「行動調書」を見ると、ラバウル上空での大空戦の中、徹三の活躍が想像できる。二三日、徹三はＦ４Ｕ一機撃墜、一機不確実、Ｆ６Ｆを一機撃墜。二四日はＰ－38一機不確実、Ｆ４Ｕ一機不確実、Ｆ４Ｕ一機協同撃墜を報告している。

一月二五日、二〇四空から八名の零戦パイロットが、ラバウルからトラック島へ後退した。その中には小高登貫飛長もいた。一月一七日の大空戦でラバウル航空隊は圧勝し、その褒美としていただいた清酒をかかえる姿がニュース映画「南海決戦場」に映っていた小高だ。別の異動として、岩本飛曹長らが二〇四空から二五三空（トベラ飛行場）へ所属変更になった。二五日の大きな出来事といえば、第二航空戦隊の空母「隼鷹」「飛鷹」「龍鳳」の艦隊航空隊がラバウル・ラクナイ飛行場に派遣されてきたことだ。その数、零戦六二機、艦上爆撃機と艦上攻撃機がそれぞれ一八機という大部隊だ。

ラバウルは連日、連合軍大編隊による空襲を受けていた。飛ばせる飛行機、搭乗員は日々減っていた。病気にかかる者も少なくなかった。で、助っ人として艦隊航空隊が駆けつけたわけだが、その前に当時、第二航空戦隊参謀というエリート職にある奥宮正武少佐がラバウルを視察した。そのときの奥宮少佐が受けたラバウル航空隊の印象は、特筆に値する。奥宮は自著『ラバウル海軍航空隊』に、以下のような内容を書いている。

奥宮少佐は一月二〇日にラバウルに着いた。自動車に乗せられ、司令部になっている贅沢な建物の前でおり、階段を駆けのぼった。数ヵ月前におとずれたとき同様、活気に満ちた明るい人々の表情が奥宮をむかえるであろう。と、期待していたら、ちがっていた。人々の表情からなごやかさが消え、言葉は荒々しく気短かで、闘志の痕跡すら認められない。厭戦、戦闘恐怖といおうか、一日でも早くラバウルからはなれたいという気持ちが人々の言動から読みとれた。司令部の人間は飛行機の専門家であり、歴戦の勇士だ。彼らが目にする米軍機の優秀さ、機数の圧倒的な差、日々戦死していく搭乗員たち。司令部では、戦争の前途に見切りをつけているようにも感じられた。海軍上層部から来た奥宮少佐に、ラバウル航空隊幹部たちは不平不満を並べた。数日後に艦隊搭乗員たちが、張り切ってラバウルにおり立つ。特に初陣の若者たちに、ラバウルの異様な厭戦気分を伝染させてはならない。そんなふうに奥宮は考えた。

徹三は戦後書いた「回想ノート」に、新たにラバウルに進出してきた艦隊搭乗員たちの印象を次のように書いている。

〈我々がトベラ基地に移ってより三日ほどして、航空母艦の艦載機0fc《零戦》約八〇機、ラバウルに進出して来た。指揮官は進藤少佐で、搭乗員も皆張り切って敵の二〇〇、三〇〇くらい何恐るることありやとものすごい鼻息、我々も三〇機足らずで心細く思っていたところ、夢を見ているような気がするのである。ただ心配なのは、今の敵の戦法、勝ちに乗じた勢い、飛行機の性能などをよく知っていないことには、八〇機の兵力があっても一回の邀撃戦で大敗を喫する恐れがある。進藤少佐はたいした人物でなく、我々の岡本少佐に比すれば、指導力においても空戦度胸にしても、子供くらいの差があるのである。しかし現在は八〇機からなる大兵力の指揮官で、いばったものである〉

進藤三郎は徹三より五歳年上で、海軍兵学校を卒業したエリート士官だ。それに対し、徹三は下士官。軍においては士官と下士官では、大きなちがいがある。もっとも戦闘機パイロット

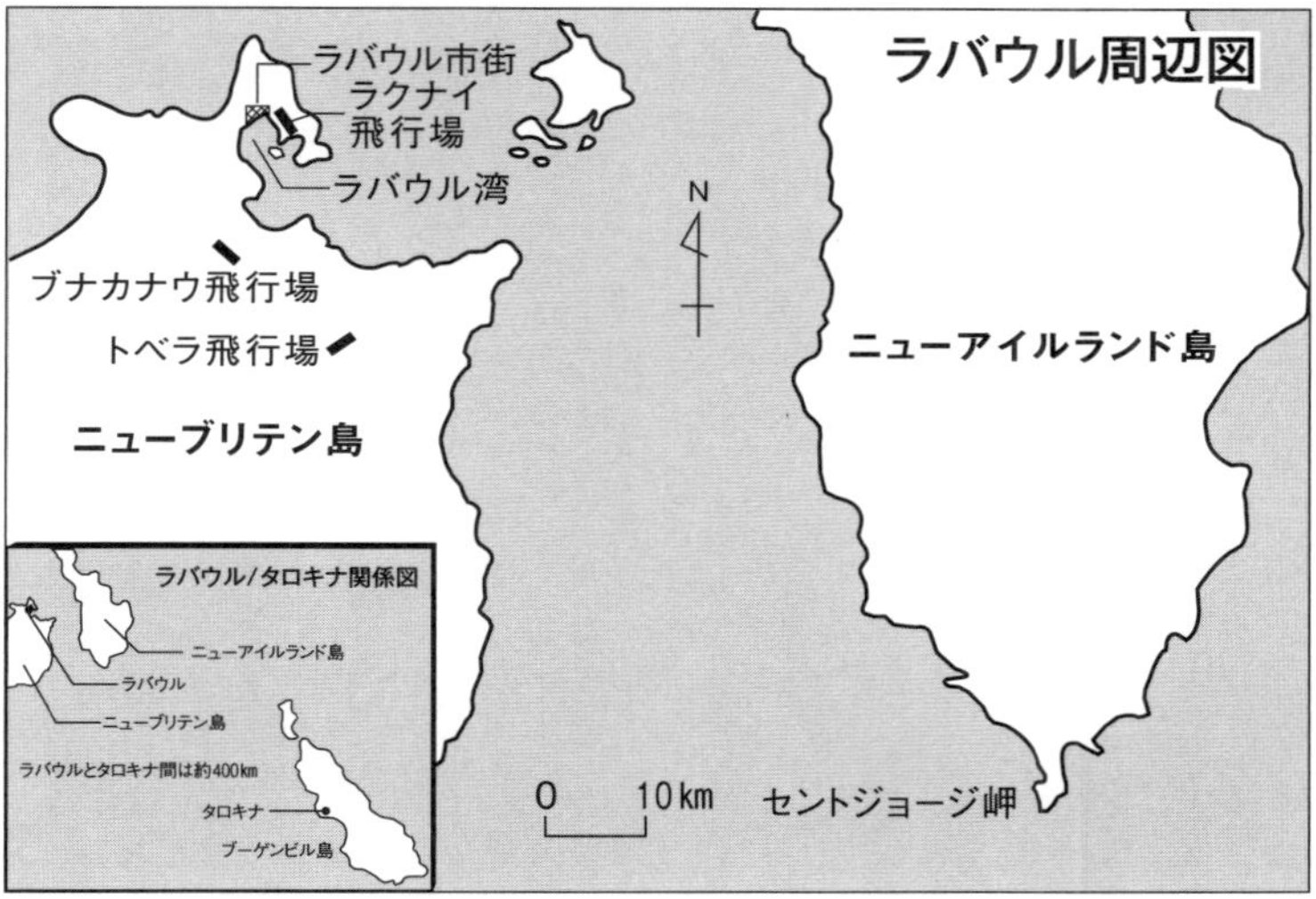

はエリート中のエリートで、徹三も優秀だったが海兵卒にはおよばない。その進藤のことを、徹三は「回想ノート」に悪く書いている。ただし「回想ノート」の出版本である『零戦撃墜王』では、これらの部分の進藤少佐は「S少佐」となっており実名は隠してある。

　進藤三郎といえば昭和一五年九月一三日、零戦一三機をひきい重慶上空で敵機二七機撃墜、味方の損害なしと大々的に報道され、日本国内で一躍ヒーローになった。その後の進藤は空母「赤城」分隊長としてパール・ハーバー攻撃に参加し、以後ソロモン方面で空戦を経験しておりけっして並みのパイロットではない。進藤は太平洋戦争を生きぬき、戦後は価値観の激変で一時、精神的にふさぎこんでいたが、東洋工業（マツダ）に責任ある職を得て、二〇〇〇年に天寿をまっとうして他界している。

　進藤は特攻隊という自爆攻撃には否定的だっ

た。このあたり徹三に似ている。が、徹三の進藤少佐に対する評価は、たいした人物ではなく、いばっていた、だった。

徹三、戦闘方針を進言する

徹三は「回想ノート」に次のように書く。

〈我々には我々の誇りがある。何十何百の戦友が屍となって立てたラバウル航空隊の勲は、いかなる新鋭部隊をもって来たところで問題にならぬのである。飛行長の話しでは邀撃戦の場合、ラバウル基地の飛行隊と一緒に戦闘するか、それとも二五三空のみ別に戦闘をするかどちらがよいかとの話しであったが、小生としては、我々の戦法は尊い戦友の犠牲によってつくられ研究した実戦の経験による戦法で、来たばかりの部隊には理解のできないところがあるので、二五三空独自の立場でやるべきと主張し、ついに今までどおり我々だけで自由なる戦闘をすることになった〉

飛行隊長に戦闘方針をきかれた徹三は二五三空独自で戦うべきと答えているが、言葉の裏に徹三の競争心を感じさせなくもない。おそらく進藤少佐は、下士官に対しかなり高慢にふるまう人物であったのかもしれない。「回想ノート」＝『零戦撃墜王』に出てくる徹三の言葉の中に、士官に対する競争心がむき出しになっているものがところどころ見受けられる。

また奥宮正武が自著に書いているような厭戦気分が、下士官兵の間にもあったようだ。徹三は「回想ノート」に書いている。

〈トベラ基地の二五三空も兵力がへったので、最近はほとんど戦果ない状態で、内地より年明けて数名の若年搭乗員補充されて来たのであるが、経験があまりにも未熟で、まるで死にに来たようなものである。昭和一八年前半の勝戦も、一年足らずで敵の本格的な反撃で次々と攻略され、我々は負け戦の最前線にいる〉

〈戦争の勝負を一番よく認識している者は首脳部でもなければ司令官でもなく、毎日敵と食うか食われるかの戦斗をしている我々なのである。昨年初めまでは希望のある、やりがいのある戦争であった。しかし今の戦は希望もなにもない。ただ武人として卑怯者といわれたくない気持ちと、今の戦争は航空戦の如何が戦局を左右する鍵であるという認識のもとに、数多くない搭乗員にその責任がかかっているからこそやっている。戦闘員は遅かれ早かれ戦死するということは、のがれえぬ運命なのである〉

「回想ノート」は、徹三が戦後書いたものだ。だから後講釈も入っているだろうが、奥宮のいうように現場ラバウルの空気はとげとげしく悲観的だった。

徹三、被弾する

艦隊航空隊の零戦六二機が到着した翌日の二六日、米軍は大挙してラクナイ飛行場の滑走路、掩体壕を攻撃した。ＳＢＤドーントレスとＴＢＦアベンジャーの爆撃機約六〇機を戦闘機約八〇機が護衛し、ラバウル上空に突入する。なお連合軍側の機数について断っておきたいのだが、この二六日、当初参加予定機数、実際離陸機数、途中リタイア機数が各航空隊報告書、各司令部日誌によって異なる。したがって筆者は、たぶんこれくらいであろうという数字を書いた。

この日の空襲で興味深いのは、VF－17「ジョリー・ロジャース（海賊旗）」隊長のトム・ブラックバーン少佐が受けた印象だ。VF－17のF4Uコルセア戦闘機隊は、同隊「戦時日誌」によると高空と中空を担当し、三〇機を配置した。“The Jolly Rogers”（ブラックバーン著）の内容の大筋を以下に書く。

二六日、ブラックバーンは新たな危険を感じとった。それは、日本機隊は味方の対空砲弾にあたる危険性をものともせず、急降下する爆撃機・戦闘機を攻撃してくることだ。これはつまりラバウルに補充されてくる新部隊が、うまく組織化されているからではないか。新部隊によってはよく訓練ができていて、より積極的で、士気はそれほど低下していないのだ。

前日二五日、進藤少佐ひきいる艦隊航空隊がラバウルに着いた。進藤らの士気は高く、鼻息荒く、徹三は不快感をいだいたものだ。その新部隊の到着に、ブラックバーンは気づいたのだ。しかし徹三が思ったとおり、進藤指揮下の零戦隊は一月末までの六日間で可動機が半減してしまう。

二六日午前一一時前、警報を受け、艦隊航空隊の零戦五四機はラクナイ飛行場を発進した。同時刻に、第二五三航空隊の三八機がトベラ飛行場から飛び立つ。ラバウル上空における空戦がはじまったのは一二時一五分ごろ。岩本飛曹長の所属する二五三空は、戦闘機一五機撃墜（このうち五機不確実）、TBF五機撃墜を報告。しかし二五三空では「行動調書」の個人名欄に戦果を記入しないので、徹三の戦果はわからない。一方、艦隊航空隊の戦果だが、戦闘機二六機撃墜（このうち九機不確実）、TBF二機撃墜を報じている。もはやいうまでもないが日本側「行動調書」に記載されている戦果は誇大で、連合軍が実際にこうむった損害ははるかに小さい。

日本側損害だが、二五三空は行方不明一機、不時着水一機、被弾三機、重傷者一名。これに対し艦隊航空隊は行方不明機四機と落下傘降下一名、被弾機もあったようだが実数は判然としない。損害を見ると、艦隊航空隊のほうがはげしく戦ったようだ。

岩本飛曹長に関して、めずらしい記述を「行動調書」に見つけることができる。それは被弾だ。徹三がラバウルで被弾したのは、この一月二六日と二月一二日の二回だけだ。被弾したときの様子を、徹三はかなりリアルに「回想ノート」に書いている。

この日、徹三の搭乗機はエンジン不調で出遅れた。後ろから撃たれたのは、単機で本隊に追いつこうとしていたときだ。ガガンという命中音がした。水鉄砲の水状態で飛んできた敵弾で、風防の前方が真っ赤に見えた。コルセアが四機いた。「やられた」と思い、全速で降下する。機体をすべらせ、回転しながら海面すれすれまで降下する。零戦は墜落したと敵機は判断したのか、追ってこない。ガソリンが左タンクからふき出ている。座席後ろに無数の穴、座席わきの電話器にも命中弾、両翼にも数十の穴が見える。弾は自分の体だけをよけたようで、徹三には不思議に思えた。飛行にはさしつかえなかった。ぼーっとした頭をたたき、平常心をとりもどし高度を上げる。すると、敵に対する憎しみがむらむらとわいてきた。敵機はココポ沖から、低高度で帰投しようとしている。

この後、徹三はダイブし、コルセアを二機撃墜する。さらに、ずんぐりした胴体の敵機四機をたたき落とす。と、エンジンが止まってしまった。燃圧計がゼロをさしている。滑空でトベラ飛行場に着陸する。整備員たちは、穴だらけの岩本機を見てびっくりした。徹三は二五三空の指揮所に行き、経過を報告。昼食をいただいてから、ラクナイ飛行場へ向かった。

ラクナイ着陸後、機を指揮所前まで持ってきてエンジンを止め地上におりると、司令と飛行長が飛び出てきて、

「生きていたか、よかった、よかった」

と喜んでいた。きけば、岩本機は撃墜されたと判断し捜索隊まで出したが発見できず、戦死後の特進手続きをはじめていたという。

岩本機にあたった命中弾は、一六七発もあった。すべて一二・七ミリ弾で、座席内には六発。そのうち二発は、座席背後の金板にとまっていた。

以上、徹三は長文で被弾模様を描写している。ただし被弾した日は、「回想ノート」ではニュース映画撮影のあった日の翌日の昭和一八年一二月一一日となっている。映画撮影のあった日は、実際は翌昭和一九年一月一七日だから、これは徹三の記憶ちがいだ。ただ「行動調書」によると徹三の被弾日は映画撮影があった日から九日後の一月二六日なので、日付の順番とし

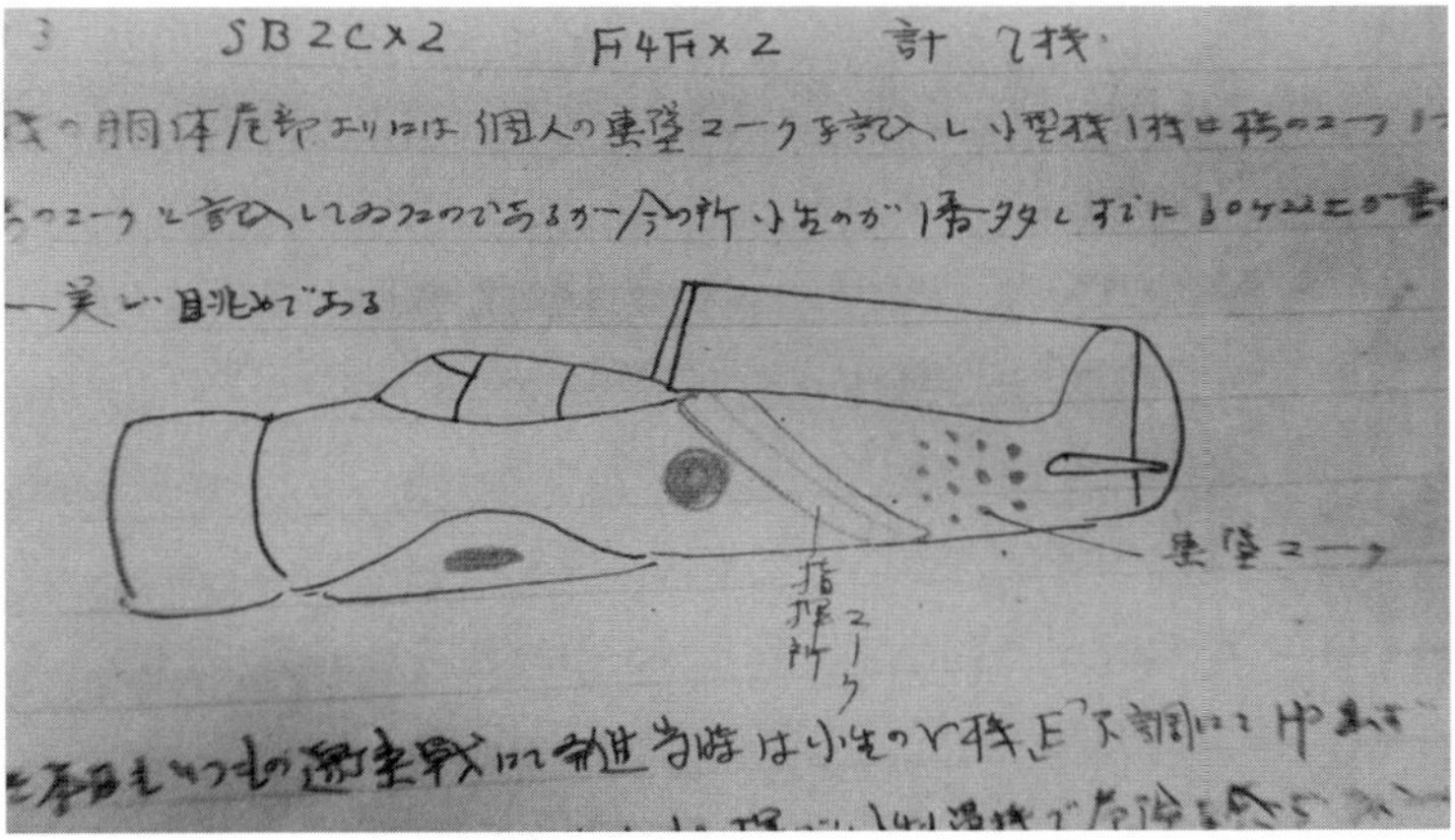

「回想ノート」にある愛機の絵。胴体には指揮官マークと13個の撃墜マークが描かれている

ては正しい。従って「回想ノート」にある被弾模様は、この二六日のように思えるが断定はできない。さらにいうと、一月二六日、徹三はすでに二五三空に転勤になっていて、駐屯基地はラクナイではなくトベラだった。

エース岩本飛曹長の撃墜マーク

岩本徹三搭乗機の零戦プラモデルでは、機体に六〇個の撃墜マークを描いたものをよく見かける。尾翼番号は「53－１０２」と「53－１０４」の二種類で、型も零戦二一型と五二型の二種類ある。実は徹三自身が描いた搭乗機の絵が、「回想ノート」にある。胴体には赤鉛筆であろうか、赤い撃墜マークが一三個描かれている。六〇個はたくさんすぎて描けないので、一三個にしたのだろう。

撃墜マーク入り零戦の絵が挿入されているページに、次のような説明がついている。

〈各自の飛行機の胴体には個人の撃墜マークを記入し、小型機一機は桜のマーク一つ、大型機は八重桜のマークを記入していたのであるが、小生のが一番多く、すでに六〇ケ以上が書かれ、遠くから見るとなかなか美しい眺めである〉

徹三について、大本営海軍参謀という高い地位にもついたことのある奥宮正武が自著『ラバウル海軍航空隊』の中で、

〈わが海軍トップ・クラスのエースとして自他ともに許していた岩本徹三飛曹長〉

という表現を使っている。奥宮の心にきざみこまれていた岩本徹三に関する評価。下士官の徹三にとって、奥宮は雲の上の存在であっただろう。その一下士官の名前が、海軍上層部にまでとどいていたのだ。

戦争末期、徹三が茂原基地にいたころ通っていた武田屋料理部の子息（武田屋次女・市子の弟）が、久しぶりに来店した徹三に、外出禁止にでもなったのときくと、徹三は、

「たとえ司令でも隊長でも、ぼくにそんなことはいえないよ」

といったという。ちなみに市子によると、徹三は自分をさす一人称にいつも「ぼく」を使い、「おれ」とはいっていなかったとのこと。

「行動調書」によると一月二七日から三〇日まで連合軍は大編隊で連日ラバウルを襲い、大空中戦が展開され、岩本飛曹長はすべてに参加している。そして例によって連日大戦果が報じられるも、どの個人の手柄かわからないし、戦果も誇大すぎる。三一日は、空戦はあったが徹三は飛んでいない。

撃墜王ハンソン中尉の戦死

二月一日と二日はブーゲンビル島タロキナ基地が豪雨にみまわれ、連合軍はこの二日間だけはラバウル猛攻をかんべんしてくれた。三日、天候回復とともに連合軍はさっそく大編隊でラバウルを猛爆。この日、二五三空は春田虎二郎中尉を隊長に三五機を離陸させたが、岩本飛曹長は飛んでいない。

三日、勇名をはせていた撃墜王Ｒ・Ｍ・ハンソン中尉が、ラバウル付近で戦死した。

ハンソンの搭乗機はコルセアで、戦死するまでに二五機撃墜を主張していた。米海兵隊第二一五戦闘飛行隊（ＶＭＦ－２１５）は三日、コルセア八機をアベンジャー爆撃機隊に配置し、その中にハンソン中尉がいた。ＶＭＦ－２１５「戦時日誌」によると、ハンソン機はセントジョージ岬で機銃掃射をおこなった後、海上に墜落し未帰還になったとのこと。ハンソンについては"Target Rabaul"（B.Gamble）という洋書に、以下のような話が書かれている。

二月三日、ハンソン中尉は爆撃後、いつものように合流地点からラバウル方向へ引き返していった。他の部隊はタロキナ方向へ帰投していく。ハンソンは単機で引き返し、ラバウル南の飛行場あたりで空戦を終えた零戦をねらって撃墜するのだ。そのあたりにはいつも密雲が立っていて、雲に出たり入ったりして零戦を落とすという方法だ。が、この日は僚機がしつこくハンソン機にくっついていった。実はこの日にかぎって、僚機パイロットは上官から、ハンソン機からぜったいに目をはなすなと命じられていたのだ。帰投しない僚機を、ハンソンは何度か衝突寸前まで接近してきて追い返そうとした。

僚機パイロットは思った。ハンソン中尉の撃墜報告は怪しい。その後、その僚機は被弾し、ヘルキャット二機に見守られながら帰着できた。そしてハンソンが未帰還になっていることを知る。

以前にハンソンの僚機だったパイロットも、同様の証言をした。ハンソンは単独でラバウル方向へもどっていき、ついていこうとすると追い払われる、と。そして帰投後、ハンソンは何機撃墜と報告するのだが、それを見た者はいないし、否定もできない。自己申告制度が採用されており、情報士官はパイロットの報告を尊重する習わしがあったのだ。

ハンソンはもともと性格が粗暴で、一匹オオカミだった。仲間を危険にさらしてまで、単独行動をしようとした。ヒーローとして雑誌にとり上げられ、有名になって勲章をもらいたかったのではないか。実際、ハンソンは戦死後、勲章をさずけられ遺族が受けとるのだが、戦友たちは口をつぐんでいた。ハンソンが挙げた戦果にけちをつけて、遺族をがっかりさせたくなかったのだ。

二月五日の空戦

五日間のブランクがあり、二月五日、岩本飛曹長は飛んだ。「回想ノート」におおむね次のような記述がある。

〈月かわりて、二月である。一月もどうやら生き延びたわけである。二月に入ってから一時、敵の来襲もなく、ゆっくり休養した。二、三日敵が来ないせいか、搭乗員らもほがらかになり、明るい感がしだした。人間の本能であろう、生に対して少しでも安心感があれば、人間らしい気持ちになるのであろう。二月五日、久しぶりの敵襲で、皆も非常な張り切り方で飛び上がったのである〉

実際は二月に入ってから敵襲がなかったのは一日と二日だけで、徹三が迎撃に上がったのは五日からだった。当時の軍人の多くは死を恐れなかったであろうが、敵襲が途絶えるとほっとし、気持ちも明るくなる。これは人間ならあたり前の感情だ。徹三は別の箇所で、次のようにも書いている。

〈搭乗員は、一種かわった人間になりつつある。日に何回と、毎日毎日の死斗戦に従事すれば気も変になるのは当然で、無我の変人グループなのである。冷たい笑い。同僚の戦死もさして気にもならず、機械的に、敵のくるたびに飛び上がり、去れば降りる以外にはなんの娯楽もない。頭にある事は、いつ自分は戦死するか、それだけである〉

二月五日、岩本飛曹長の中隊は、三号特殊爆弾による攻撃を命じられた。

〈我々の中隊は三号特爆を持っての攻撃で、敵戦爆の約一五〇機よりなる大編隊に攻撃をかけたのである〉

三号爆弾は戦闘機がつり下げて離陸し、敵爆撃隊の上空で切りはなして空中で爆発させる。

弾子が燃焼しながら飛散し、タコ足状に白煙を引くのでタコ弾という別名もあった。連合軍側は、これを黄燐爆弾あるいは空中爆弾と呼んだ。

五日、連合軍機の目標はラクナイ飛行場だった。タロキナを離陸したSBDドーントレスとTBFアベンジャーの爆撃機六〇機あまりが午前一一時前にラバウルに到達、これに米軍のコルセアとニュージーランド空軍（RNZAF）のP－40キティホークの護衛戦闘機七〇機あまりがついた。これに対し、二五三空は午前一〇時二五分に零戦三三機を発進させ、第二航空戦隊（空母「隼鷹」「飛鷹」「龍鳳」）は午前一〇時半に零戦二七機を発進させた。

「回想ノート」に、徹三自身が記述しているこの日の空戦模様は次のようなものであった。

爆撃機の上空には、多くの戦闘機がいた。三号空中爆弾で攻撃をかけるには、護衛機のすき間を突入しなければならず危険だ。空中爆弾をかかえる岩本中隊八機に犠牲が出ると思われるので、春田虎二郎中尉ひきいる制空隊に先に突入させる。その間隙をぬって、岩本隊が爆撃隊に投弾する。徹三はそう考えて一旋回すると、二番機と四番機が先に突入してしまった。徹三もただちに反転、突入体勢に入る。二番、四番機が落とした爆弾が炸裂、命中はしなかったが、驚いた戦闘機は前方へ逃げていく。これで徹三ら六機は爆撃機をねらいやすくなり突入、空中爆弾を投下、SBDドーントレス一四機を撃墜する。だれの爆弾が命中したかはわからないので、六機の協同撃墜とした。敵編隊の乱れで春田中尉らも攻撃しやすくなり、制空隊は戦爆合わせて一八機を落とした。

しかし二五三空「飛行機隊戦闘行動調書」を見ると、〈P－39×5、F4U×8（内不確実

3）、TBF×9〈内不確実2〉となっている。それでは実際はどうだったのか。連合軍側資料によると、TBFアベンジャー一機、RNZAFのキティホーク二機、コルセア二機が墜落し、約一〇機が被弾している。

それでは徹三が書いているように、この日、空中爆弾は使われたのか。

日本側「行動調書」には三号爆弾使用の記載はいっさいないのだが、連合軍側にはあった。ドーントレスとアベンジャーの小型爆撃機隊が空襲を終えてセントジョージ岬方向へ避退中に、B－24リベレーター大型爆撃機一三機がラクナイ飛行場上空に達した。護衛戦闘機はコルセアとP－38の三〇機あまり。B－24は滑走路と掩体壕に投弾し穴だらけにするのだが、この攻撃隊が黄燐爆弾の空中爆発を数個目撃している。

二月六日の空戦

翌日六日にもB－24とB－25によるラバウルに対する大規模爆撃があり、この日も空中爆弾が多数使われたことが連合軍側資料に書いてある。

ただし「回想ノート」には、二月六日は悪天候で空襲はなかったとなっている。また五日の空襲のさい、

〈何中隊の何番機か知らぬが、あまりにも急角度にて攻撃をかけたためか、そのまま敵の主翼にぶつかり、瞬時にして味方０ｆｃ《零戦》は空中分解にて墜落、ジャングルに火煙と共に姿を消す〉

と書き、これは六日の二五三空「行動調書」にしるしてある川戸正治郎上等飛行兵のことと思われる。「行動調書」には川戸は落下傘降下したと書かれ、『体当たり空戦記』（川戸正治郎著）にもこの日、川戸がB－24に体当たりしたことが書かれているからだ。

岩本飛曹長は二月六日の迎撃戦にも参加し、二五三空・春田中尉隊が果敢に戦っているのが「行動調書」でわかる。ただ六日の「行動調書」にも、三号空中爆弾が使用されたかどうかは書いていない。

川戸上飛が敵機にぶつかったのは徹三が書いているように五日ではなく、実際は六日だ。六日にも大規模空爆があったにもかかわらず、徹三は雨で空襲はなかったと書いている。つまり徹三は、五日と六日の空戦を一日の空戦として記憶していたように思えるのだ。

「回想ノート」によると五日、空中爆弾攻撃の後、徹三ら一八機は、トベラではなくブナカナウに着陸し昼食をとっている。と、食事が終わらないうちに、敵襲があった。B－24がコルセアとP－38をともなって空襲をかけてきた。徹三らは緊急発進する。

〈敵は投弾後、右旋回にて帰投コースに向ったところを後より追いついて、一部は上空のfc《戦闘機》に、小生の中隊はサカオトシにてB－24に襲いかかったのである。敵編隊群よりの応戦の砲火はものすごく、火の雨のように前後左右より向って来る。射撃距離に入るまでの気持ちの悪いことといったら、一五〇メートルにもなったであろう、敵砲火あまりに激しいため、少し遠すぎたのであるが射撃開始、退避するまで射ちどおしで攻撃を加えた。敵機は火をふき、翼よりものすごいガソリンを引きだしたのであるが、視界外に見えなくなったのである〉

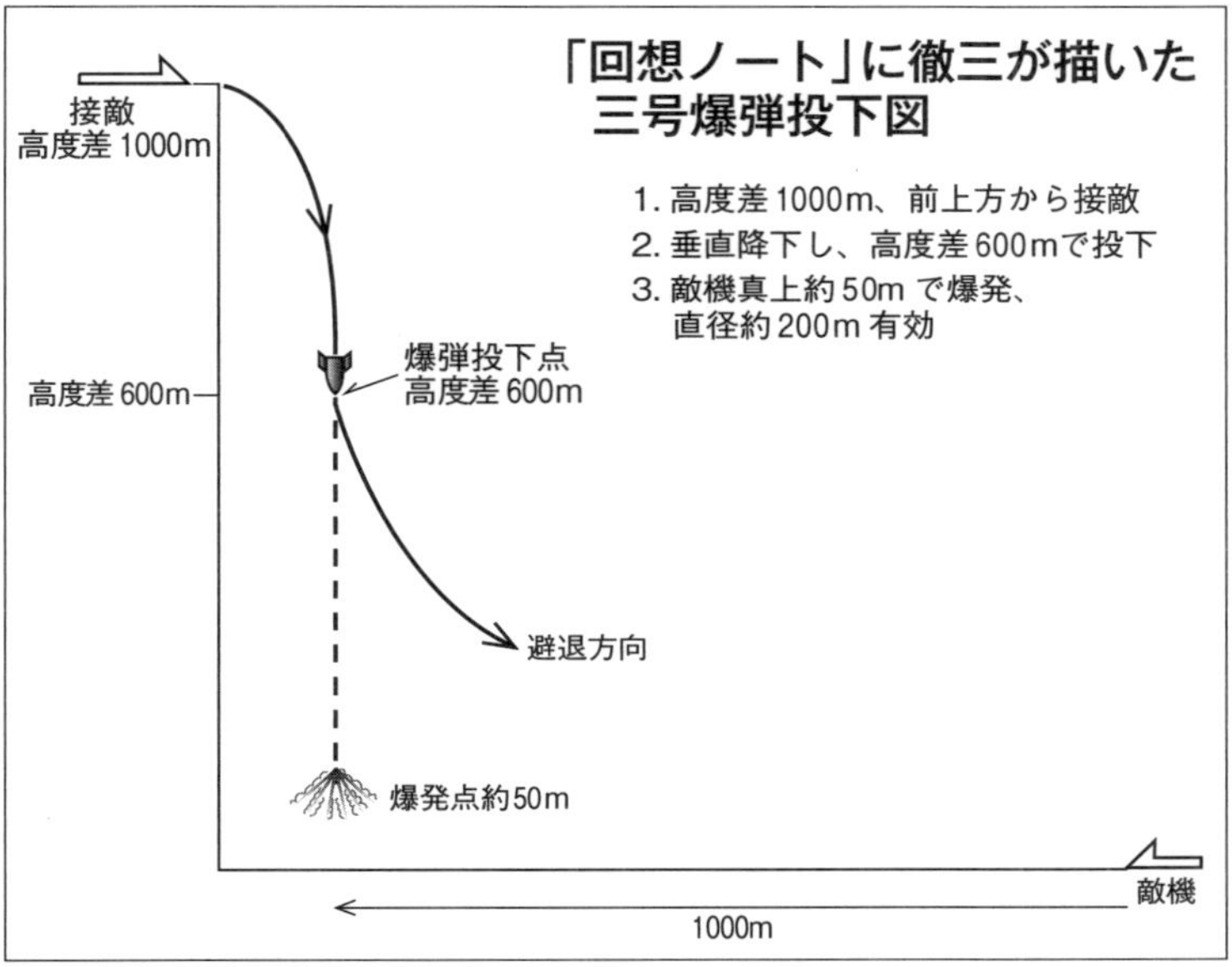

この記述は五日になっているが、実際は六日にもB－24とB－25がコルセアとP－38をともなってラバウルを襲っている。だから徹三はどちらの日の話を書いているのかはっきりしない。

なお六日、連合軍側の損害は、被弾機はあったものの、B－24をふくめ一機も撃墜されていない。これに対し二五三空は三機が撃墜され、第二航空戦隊は出撃時に接触事故を起こし、零戦四機を大破させてしまった。

「行動調書」によると指揮官だった春田虎二郎中尉はこの日、被弾している。徹三は春田中尉のことを親分と呼び、「虎徹」の「虎」は「虎二郎」の「虎」だという。その春田が二月三日に続いてこの日も被弾しており、積極的に戦闘に加わろうとした姿勢のあらわれであろう。

第10章　一撃離脱戦法

搭乗員の墓場ラバウル

昭和一九年二月に入ってから、一日、二日、八日、一六日をのぞき、連合軍は戦爆の大編隊でラバウルを空襲した。第二五三海軍航空隊と第二航空戦隊の零戦隊はこれに対し果敢に立ち向かうも、日々戦力を消耗していった。岩本飛曹長だが、二五三空「飛行機隊戦闘行動調書」によると、二月における最初の出撃日である五日から一九日までの一五日間に、日数でいうなら実に一二日、空戦に参加している。ラバウル航空隊の戦果は連日、ものすごい数の撃墜破が「行動調書」に記録されている。しかし連合軍側の記録はずっと少ないので、「行動調書」にある数字はすべて妄想だ。逆もまた同じで、連合軍側の戦果報告も現実ばなれした中空の幻想である。

二月一三日、荻谷《おぎや》信男《のぶお》上等飛行兵曹が戦死した。前年一一月一四日、春田虎二郎中尉ひきい

昭和19年２月、トベラ基地における二五三空隊員。２列目右２人目から小町定上飛曹、福本繁夫飛曹長、岩本徹三飛曹長、春田虎二郎中尉、司令の福田太郎中佐、隊長の岡本晴年少佐

る一六機が補充部隊として搭乗員の墓場といわれていたラバウルに到着、荻谷上飛曹はその中にいた。荻谷の戦死日までの活躍はめざましく、「行動調書」に報告されている撃墜は昭和一九年一月二四日までにP－38七機、F4U七機、F6F二機、SBD二機、TBF三機の合計二一機、撃墜不確実はP－38一機とF6F一機。一月二五日以降、荻谷の異動先の二五三空は個人ではなく隊全体の戦果しか報じていないので、戦死した日までの二〇日間の荻谷の戦果はわからない。が、この間も一八回空戦に参加しているので、相当数の撃墜破を報告していると想像できる。徹三は「回想ノート」に、次のように書いている。

〈毎日の邀撃戦で荻谷兵曹（小生についでの撃墜保持者）、清水兵曹と散ったのである。残った者は小生と西兼上飛曹の二人で、二八一空当時の戦友も大空の彼方に消えて行った。小生も何時死ぬるかと考え、いまだに運つきず生きのびているのであるが、この頃では毎日の戦斗で戦争のやり方も上手になり、大兵力の敵にあっても必ず二、三機墜とす自信を得たのである〉

米艦隊、ラバウルなぐりこみ

二月一七日から一八日にかけての夜、米第三八・四任務部隊の駆逐艦五隻がセントジョージ海峡を北上、デューク・オブ・ヨーク島をくるりとまわり、ブランチ湾を悠々と通過し、またセントジョージ岬沖をぬけて去っていった。この間、米艦隊は日本軍の軍事施設とラバウル市街を砲撃し、ケラビア湾では魚雷をはなっている。ラバウル航空隊は完全になめられたわけだ。当時、第二航空戦隊参謀としてラバウルにいた奥宮正武少佐は、自著『ラバウル海軍航空隊』に、

〈私がラバウルの航空戦も終わりとなるであろうと感じたのは、二月十七日の夜半に、ラバウルの東飛行場や市街が敵の巡洋艦二隻、駆逐艦三隻から砲撃された時のことであった〉

と書いている。実際は巡洋艦はいなかったのだが、奥宮はこの出来事によほどのショックを受けたのだろう、ラバウル航空隊もおしまいだとでもいいたげな書き方だ。徹三も「回想ノート」に、

〈かなしいかな、味方航空部隊にはたった四隻《ママ》の駆逐艦を攻撃する夜間部隊すらない状態である。一年前ならば敵艦は海の藻くずとなっているであろうが、ラバウル地区にいる艦隊搭乗員

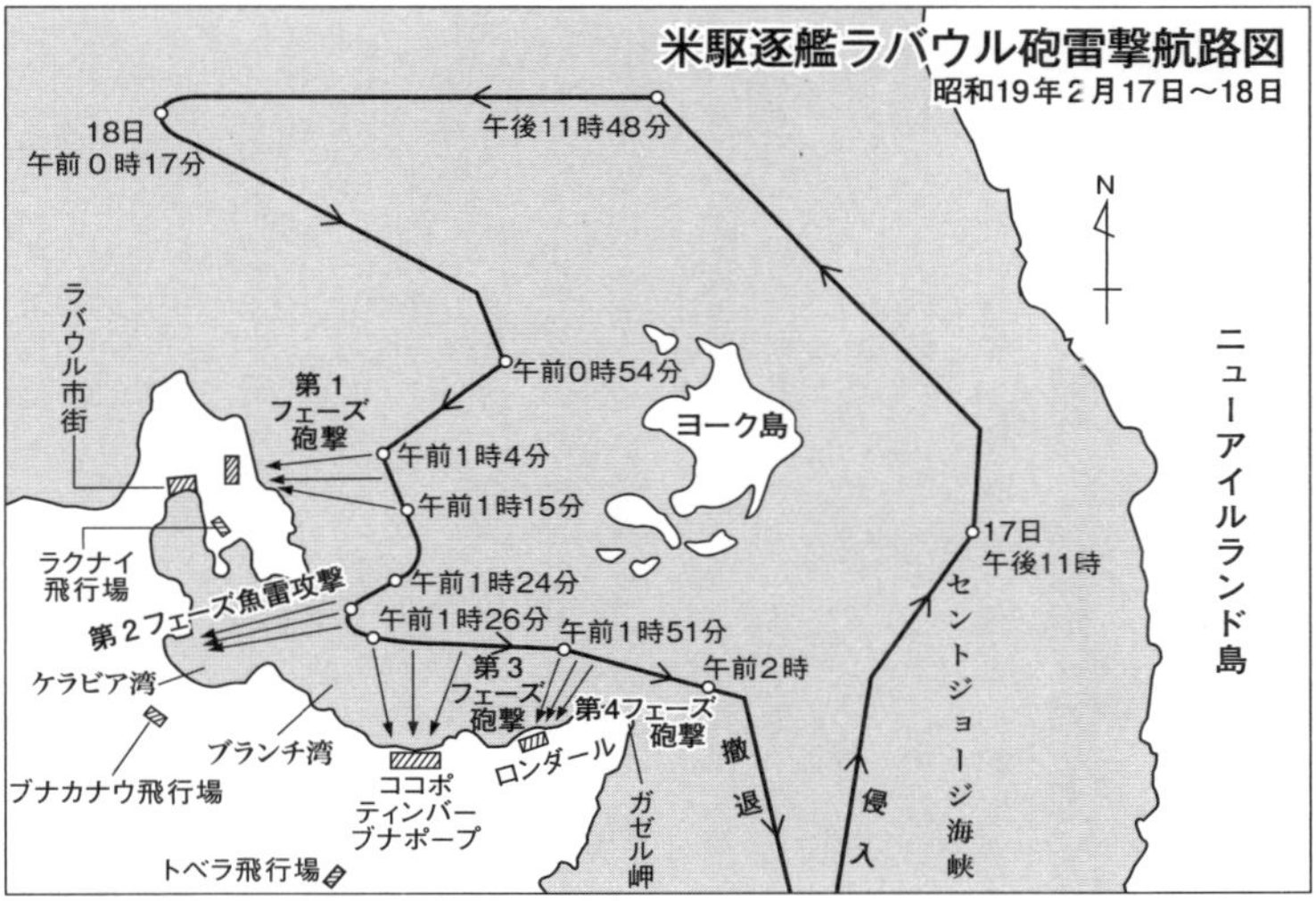

の中にも、戦闘機による夜間攻撃に行く搭乗員はひとりもいない〉

と、ラバウル航空隊の弱体ぶりをなげいている。

米艦隊の攻撃模様を、第一二駆逐隊の「ラバウルとブナポープ地域砲雷撃報告書」、「ファーレンホルト」「ウッドワース」「ブキャナン」「ラードナー」「ランズダウン」の五艦の「戦闘報告書」と「戦時日誌」、「ブキャナン」の「戦時記録」、「ラードナー」の「艦史」などを参考に、以下に書いていく。

一七日午後九時半、駆逐艦五隻はセントジョージ岬とニューブリテン島の中間海域からセントジョージ海峡に入った。速力は三〇ノットの高速。デューク・オブ・ヨーク島東をめざす。先頭の「ファーレンホルト」に、司令官のシンプソン大佐が乗る。天気は悪い。雲海が低く垂れこめ、ときおりスコールが艦隊を包む。波は穏やか。月の光はなく、海上は漆黒の闇だ。が、各艦にはレーダーがあるので、航路を誤ることはない。ＰＢＹカタリナ飛行艇一機が、着弾と成果確認の任務を帯びて同行している。午後一一時過ぎ、デューク・オブ・ヨーク島北東海域に入る。

一八日〇〇一七時、艦隊は南東方向へ舵を切り、ラバウルとデューク・オブ・ヨーク島の中間へ向かう。〇〇五四時、針路を二四〇度にとり、横に並ぶ。各艦の距離九〇〇メートル。ラバウルに接近開始だ。全艦、煙幕を張る。午前一時四分、ラバウル市街までの距離約一〇キロ地点で舵を左に切り、速力を二〇ノットに落としてラバウルの海岸線と平行に走る。艦隊は「ファーレンホルト」「ウッドワース」（この二隻はベンソン級）、「ブキャナン」「ラードナー」「ランズダウン」（この三隻はグリーブス級）の順に縦列になる。悪天候とはいえ、目と鼻の先まで来ている敵に日本軍は気づかない。いよいよ、ラバウル攻撃の第一フェーズに入る。

海岸から誰何《すいか》の信号が光った。敵か味方か、だれなのか、日本軍は問うているのだ。午前一時五分、最後尾の「ランズダウン」をのぞく駆逐艦四隻は砲撃で応答した。五インチ砲によるＳＧレーダー射撃だ。シュガー・ジョージ・レーダーといい、天候に関係なく、陸地・艦船・航空機をスクリーンに映し出すことができる。目標はラバウル市街とその手前の軍施設。「ランズダウン」は反撃してくる沿岸砲を撃つ任務を与えられており、五分後の午前一時一〇分にその砲撃を開始した。

徹三は「回想ノート」に次のように書く。

〈午後一一時頃、海岸線で砲でも撃っているような大きな音が連続して聞え、皆、何事ならん

と宿舎外にて議論中である。察するに、敵の潜水艦数隻による艦砲射撃のようである〉

徹三は午後一一時ごろと書いている。現地時間は東京時間プラス二時間だ。徹三は東京時間を書いたのだろうか。まさか水上艦が侵入してくるとは思えないので、搭乗員たちは潜水艦による攻撃と思ったのだ。

ラバウルの沿岸砲台に向けて砲撃を行なった米駆逐艦「ランズダウン」

大型沿岸砲の弾が、米艦隊のそばで水柱を上げた。が、命中しない。「ランズダウン」が距離九〇〇〇メートルで撃つ砲弾は、ラバウルのまち手前の峰にそって次々に炸裂していく。山のあちこちを、炎がなめていく。やがて沿岸砲台は沈黙した。午前一時一五分、いったん、撃ち方、やめ。

午前一時二四分、攻撃の第二フェーズ、ケラビア湾内への魚雷攻撃に移る。湾内には艦船が多数停泊しているという事前情報があったからだ。先頭の「ファーレンホルト」がまず魚雷を三本発射し、左へターンしていく。五隻の駆逐艦は左旋回し、それぞれ三本ずつ計一五本の魚雷をケラビア湾に向けて発射した。さらにレーダーに湾内の艦船が映ったので、それに砲撃を加えた。最後尾の「ランズダウン」が魚雷を発射したのは、午前一時三一分。煙幕のために、魚雷による戦果は目視できなかった。

艦隊は「ランズダウン」を最後に左回頭を終え、東へ向かう。このとき「ブキャナン」が、砲の爆風で操舵不能になった。しかも各艦の距離が近すぎて、レーダー上でそれぞれの位置がわからない。衝突の危険があった。三番目を走っていた「ブキャナン」は後落し、四番目の「ラードナー」が前に上がってきた。が、「ブキャナン」の操舵はすぐに回復した。

攻撃は第三フェーズに入る。午前一時二六分、先頭を行く「ファーレンホルト」がブナポープ補給基地に対する砲撃を開始、後続艦はココポ一帯の軍施設、ティンバーの弾薬貯蔵所を射撃する。火災が広がる。日本軍は一帯から大口径砲で撃ち返してくる。煙幕に向かって撃っているだけで命中しない。

攻撃第四フェーズは、ロンダール埠頭の日本軍施設だ。午前一時五一分から四番、五番目の駆逐艦が砲撃した。埠頭の艦船の火災は見えたが、陸地奥の火の手は確認できなかった。この日カタリナは、雲が低すぎて、砲撃中に目標位置の指示、戦果確認がほとんどできなかった。

午前一時五九分、先頭艦「ファーレンホルト」で「撃ち方、やめ」の下令があった。そのとき、同艦艦尾の四番砲で小火災が発生。炎はすぐ後ろを走っていた「ウッドワース」からも見え、同艦の「戦闘報告書」に、

〈〇二〇〇　ファーレンホルトの艦尾で火災、約二分後に消火〉

としるされている。実際、火はすぐに消されたのだが、原因は三番砲と四番砲の砲炎が四番砲の防水カバーに引火したものだった。この日ははげしい雨で、雨水が砲塔に入らないようカバーをかけたまま砲撃していたのだ。

砲撃を停止した五隻は三〇ノットに増速し、セントジョージ海峡を撤退していった。

徹三、米艦隊を単独攻撃

「回想ノート」によるとこの夜、徹三は志願し、単独で敵艦攻撃に向かった。

〈敵は我々の航空部隊発進せざると知ってか、猛烈にいたる所に撃ちこんでいるらしく、その音は右に左に聞えて来るのである。見るに見かねて隊長に単機で攻撃に行くべくお願いしたところ、明日の戦斗にさしつかえてはとの事で心配顔であった。発進準備は令せられ飛行場待機の整備員は60キロ×2の爆弾装備、試運転にかかり、飛行場についた時には準備完了していた。飛行場上空一旋回後、高度五〇〇にて海岸方向偵察すれば、艦影は見えぬが射撃時のヒカリは紫色にて瞬間、付近は明るく、一、二、三、四と順次に射撃しているのである。ココポより相当出た所らしく、陸地には火の手が見える〉


徹三が離陸すると、紫の砲炎がココポ沖に見えていたという。とすると、米艦隊は攻撃第三フェーズの最中だったのだろうか。徹三はみずからの活躍を回想していく。

〈高度一五〇〇メートルとなして、敵の進行方向反対より攻撃すべく敵の前程に出る。艦影ははっきり見えざるも、相当の速力で航行しているらしく、四本の白波に夜光虫が輝き、位置が想像つく。防照眼鏡をかけ、探照灯の照射を受けた時の用意をなし、緩降下にて突入。スピードは二五〇ノット以上、高度約七〇〇メートルにてぼんやりと艦影が見え出す。敵は小生の攻撃に気づいたか、進路を沖にとる。投弾不能となり、バンクとりて軸線修正後、高度三〇〇くらいより銃撃を開始、一、二番につづけて一連射をあびせ避退、高度約一〇〇〇メートルとりて、後方より接敵ダイブに入る。敵はサーチライト照らさず、一斉に回頭なして沖に出る。後方より二番目に対して照準、高度約三〇〇〜二五〇まで接近（60kg×2）爆弾投下。二発とも至近弾にて命中せず。敵艦は一斉に機銃を撃ちはじめ、射程外に避退し高度五〇〇メートルくらいにて遠距離より敵を偵察。一斉回頭にて四隻横陣にて避退中を確認、一番艦に向け突入、艦橋すれすれまで下りて銃撃をあびせ、そのまま海面すれすれにて前方に避退後、高度をとりて反転し見れば、一番艦小火災中、さらに一番端の四番艦に反航銃撃をくりかえし、弾なくなるまで反復攻撃をなし、ついに三隻に中小火災の被害をあたえ、午前一時過ぎ無事に飛行場に帰着す〉

徹三は軸線がずれて投弾できず、まず先頭艦と二番艦を銃撃した。それからダイブしなおして、後ろから二番目の艦に爆弾を投下した。駆逐艦は四隻ではなく五隻だったので、後ろから二番目は「ラードナー」、もしくは操舵故障で一時後落した「ブキャナン」だが、両艦乗員は爆弾らしき投下物をココポ沖で目撃していない。その後、徹三は先頭艦を銃撃、反転し見下ろすと小火災が発生していたという。先頭艦は「ファーレンホルト」で午前二時に四番砲防水カバーが二分間ほど燃えすぐに消火されたが、徹三はこの火を見たのだろうか。それから四番艦を銃撃、ついに三隻に中小火災を発生させたとのこと。

しかし実は駆逐艦五隻は、ラバウルなぐりこみで一発の弾も受けていない。防水カバーの事故は別として、五隻ともかすり傷ひとつ負わずに帰投しているのだ。

駆逐艦隊が未確認機に最初に気づいたのは、午前二時半だ。このとき艦隊はセントジョージ海峡の半分あたりを通過中で、徹三のいうココポ沖ではない。しかも未確認機は一機ではなく複数いた。奥宮正武少佐は『ラバウル海軍航空隊』の中で、

〈水上機隊とトベラの零戦一機がこの敵の攻撃に向かったが、天候不良のため成功しなかった〉

と書いている。この零戦一機はおそらく岩本機であったのだろう。『ラバウル戦線異状なし』（草鹿任一著）にも、この夜の水上機による追撃の話として次のように書いてある。

〈二月十七日夜半、敵の巡洋艦二隻駆逐艦三隻が潜入し来りラバウル陸上を砲撃したのに対し、これを追撃したが、天候不良のために惜しくもこれを逸した〉

当時ラバウルに基地を置いていた第九三八海軍航空隊の「飛行機隊戦闘行動調書」と同隊「戦時日誌」によると、二月一八日午前三時二五分から午前五時四〇分まで零式水上観測機一機がセントジョージ岬付近を哨戒、天候不良のため敵を見ず、とのこと。水上機には、駆逐艦五隻がまったく見えなかったのだ。

さらに、出動したのは岩本機と水上機だけではない。「第二五一甲部隊戦時日誌」には次のような文章がある。

〈十七日二三〇五頃より約一時間に亘りラバウル地区、ココポ方面に対し艦砲射撃を加え来れる敵駆逐艦又は巡洋艦三隻を攻撃の為、丙戦一機〇一二五発進、ガゼル岬付近及び其の南方海

域を索敵せるも天候不良の為、発見するに至らず〇二三〇帰着〉

つまり丙戦一機も発進していたのだ。丙戦は夜間戦闘機のことで岩本機ではない。

徹三はこの日の単独攻撃を詳述している。だが米艦隊に損害はなかったし、ココポ沖で日本機と遭遇していなかったので、徹三が見た火炎は主砲発射時の炎と、燃える陸上施設の火だったかもしれない。

日本機の索敵に対し、五隻はいっさい対空射撃はしなかった。低く広がる厚い雲と雨が艦隊を隠し、応戦すればかえってみずからの居場所を教えるようなものだったからだ。徹三は敵艦が応戦したように書いているが、これは思いちがいであろう。

米第三八任務部隊司令官は「戦闘報告書」に、

〈難攻不落と敵が考えている基地を、水上部隊に奇襲されたことで、敵の士気はおおいに下がったであろう〉

と書いている。五隻がラバウルに撃ちこんだ五インチ砲弾は、合計三八六八発である。

二月一八日、米航空部隊による第一波ラバウル攻撃

米駆逐艦による夜襲から八時間後の午前一〇時過ぎ、B－25ミッチェル爆撃機二機がP－38ライトニング四機にまもられてトベラ飛行場を襲った。編隊は日本軍レーダーに捕捉されないよう海面すれすれを飛び、ラバウルに接近した。直後にB－24リベレーターとB－25の大編隊

がブナカナウ飛行場を襲う予定になっており、Ｂ－25二機の任務はトベラ基地の零戦隊を無力化することだった。すなわち本隊が来る前に、トベラの滑走路と地上の零戦を破壊するという作戦だ。

この日の二五三空「行動調書」によると、午前一〇時一五分、警報により岩本徹三飛曹長を指揮官とする零戦二五機がトベラを発進している。五分後にはＢ－25二機、Ｐ－38四機と空戦開始、八時半に空戦終了と「行動調書」に書いてある。

一方「回想ノート」には次のように書いてある。

〈高度五〇〇メートルにて飛行場旋回上昇せんとした時、ココポ方向より低空のＢ－25爆撃機六機、トベラ進入して来るを発見す。掩体より出された飛行機全機（約二〇機）は、滑走路の安全地帯にいるのである。距離約一五〇〇〇メートルもあろうか、電話にて指揮所に連絡すると同時に反航攻撃にうつる〉

徹三はＢ－25六機と書いている。四機はＰ－38だったので、見まちがい、あるいは記憶ちがいであろう。Ｂ－25は爆弾をトベラ滑走路にスキップさせた。滑走路端の零戦の群れをねらったのだ。「南太平洋戦域と南太平洋軍司令官戦時日誌」という米側一次資料に、次のような記述がある。

〈一〇時一〇分、Ｂ－25二機とＰ－38四機が、樹木のてっぺんすれすれに飛んでトベラを奇襲した。爆弾と機銃掃射で零戦一機を地上で爆破、緊急発進していたもう一機を撃墜した。離陸したばかりの零戦二〇から三〇機のうちの八機が五〇〇ヤード（四六〇メートル）まで接近、おそらく一機を爆撃機が撃墜したと思われる。敵のインターセプター隊は積極攻撃に出られず、ライトニング隊は五機を撃墜した。わがほうに損害はなかった〉

岩本部隊二五機のうちの八機が、インターセプトに突っこんでいったのだろうか。徹三は「回想ノート」に次のように続ける。

〈敵は我々の攻撃に気がついたらしく九〇度変針するも、これに肉迫、前方攻撃にて敵の一番機に必中弾をあたえ、切り返してさらに攻撃をかけ、小生は敵の一番機を、ジャングル上空を右に左に逃げ回るのを（翼より大量のガソリン噴出中）捕捉し、ついにジャングルに突入火災を起させる。続く列機は、バラバラになって逃れんとする敵を攻撃中で、すでに一機は火を引きながらジャングル上空を飛行中、他の一機は味方の一機に完全に捕捉され墜とされる一歩前である。その三機は黎明のジャングルに火の玉となって消えた。他の三機はいち早く逃げたのである〉

徹三は「黎明」と書いている。しかし空戦があったときは午前一〇時を過ぎており、明け方ではない。「回想ノート」によるとＢ－25を三機撃墜したことになるが、はたしてＰ－38をＢ－25に見まちがえるだろうか。形も大きさもちがうのだ。また実際は、この六機は全機無事に帰投しているのだ。

ウィリアム・ウルフが書いた〝13th Fighter Command in World War II〟という本に、おもしろい記述がある。それによると一八日、Ｂ－25を護衛した第三三九戦闘飛行隊のＰ－38四機（指揮官はバーンズ中尉）は出撃をいやがったというのだ。Ｐ－38は高空を飛んでこそ性能を十分に発揮でき、低空だと小回りのきく零戦に食われる可能性があったからだ。ましてや超低空でラバウルに侵入するなど、P－38にとってかなり不利だった。一ヵ月前の一月一七日、低空へ舞い降りてきたP－38が八機撃墜されるという悪夢があった。それで出撃前日、超低空護衛にだれが行くか、トランプで決めたという。そしてバーンズ中尉がいちばん悪いカードを引いて出撃したわけだが、とにかく全機帰投できた。

このときの「行動調書」にある記述だが、岩本飛曹長を隊長として零戦二五機発進、交戦した敵機はP－38四機、B－25二機、戦果はB－25一機撃墜不確実、味方の自爆一機、被弾大破一機となっている。すなわち「行動調書」にある記述はかなり正しいといえる。一方、バーンズ中尉はトベラ飛行場を離陸中の零戦五機を撃墜したと報告しており、これは見まちがいだ。

二月一八日、米航空部隊による第二波ラバウル攻撃

B－25二機によるトベラ爆撃は、直後にやってくる第二波攻撃本隊に対する迎撃を封じる目的があった。午前一一時過ぎ、B－24一八機、B－25三四機、護衛戦闘機F４UコルセアとP－38の約六〇機がブナカナウ飛行場を攻撃した。B－24一八機とB－25三四機は、日本側資料である「第二十五航空戦隊戦時日誌」と、米側資料の「南太平洋戦域と南太平洋軍司令官戦時日誌」に記載されている機数がぴたり一致している。ブナカナウ飛行場のだれかが空をあおいで、爆撃機の数を正確に勘定したのかもしれない。

爆撃機隊は水平に飛んで、滑走路と周囲の掩体壕に爆弾を落としていった。天気よく、滑走路は小気味よく穴だらけになるのが攻撃隊から観察できた。が、滑走路の穴は人海戦術で埋めて、その日の夕方には使用可能になった。掩体壕については、「回想ノート」に次のような文章がある。

〈掩体壕に投弾した模様であるが、一機の飛行機もなく、整備中の飛行機は反対側の椰子林に入れてあるので心配することもなく、敵は、大部分の飛行機は前の攻撃で補給のために掩体の内にいると思ったのであろう〉

そうすると、爆撃を終えて帰っていく敵機を追いかけて襲うほうが効率的だ。岩本飛曹長は、特にそういう戦法をとった。「回想ノート」に次のような文章を見つけることができる。

〈どちみち爆撃はされるのであるから無理な攻撃をさけ、爆撃終了して隊形の乱れたところを攻撃するべく行動、敵は低空爆撃後、西方に離脱し海上にコースをとる。この敵に対して同航後方より攻撃開始、上空の敵戦は反転向って来たが、我々は高度の優位を利用して各方向よりズーミング攻撃にて敵に反復攻撃を加え……〉

昭和一九年秋、ともに撃墜王として鳴らした岩本徹三と西沢広義が、千葉県茂原基地で顔を合わせたことがあった。ふたりの会話はラバウル航空戦に自然におよび、周囲の人々は聞き入った。このときのふたりの会話が『修羅の翼』（角田和男著）に書かれている。もともと多弁な徹三がいう。

「敵の攻めてくるときはしりぞいて、敵のしりぞきぎわに追い打ちをかけて落とすんだ。つまりラバウル上空で待機して、空戦の渦から離脱して帰ろうとするやつを一撃必墜するんだ。すでに里心のついた敵は反撃の意志はなくて、逃げようとするからね。楽に落とせるよ。一回の空戦で、五機まで落としたことがあるな」

するとすると西沢がいい返す。

「岩本さん、それはずるいよ。わたしらが一生懸命ぐるぐるまわりながらやっているのを見物してるなんて。途中で帰るやつなんかは被弾したやつか、臆病風にふかれたやつでしょう。それは個人撃墜じゃなくて、協同撃墜じゃないですか」

「でも、おれが落とさなくちゃ、やつら基地まで帰っちゃうだろう……」

とこれまたいい返す岩本徹三だった。

阿部三郎海軍中尉は昭和二〇年、沖縄戦のはじまる直前に九州国分基地で徹三と出会った。阿部は自著『零戦隊長藤田怡与蔵の戦い』に次のように書く。

〈岩本徹三中尉のように、空戦が始まると、遙か上空から群れを離れて逃げ出す敵（これを鴨という）を急降下で撃墜、そのまま急上昇してまた次の鴨を狙うという要領のよい人もいる〉

『祖父たちの零戦』（神立尚紀著）にも、同様の話が紹介されている。以下はそのあらましである。

ラバウル航空隊でいっしょだった小町定は、

「火をふいて落ちていく敵機を攻撃して『おれが撃墜した』って、それはずるいんじゃないですか」

と岩本徹三に食ってかかった。小町は年齢も海軍における年次も、岩本より四年下だ。小町たちが空戦を戦っている間、岩本はその上空にいる。敵機が被弾して帰途につくころ、高空から降りてきて攻撃する。そんな戦法に小町は憤懣《ふんまん》やるかたなく、先輩にこんな暴言をはいてしまったのだ。が、岩本はクールにいい返す。

「そんなことといっても、生きて帰せばさらに強くなって、また空襲に来るんだぜ」

徹三は、高度の優位を利用してズーミング攻撃で敵に反復攻撃を加える、と「回想ノート」に書いている。この空戦法はいわゆる「一撃離脱」であり、徹三はこれを得意とし多用した。敵機より高い場所から急降下する。約五〇メートルまで肉迫し射撃する。射撃後は下降する勢いを持続してふたたび高速で上昇していき次の獲物を上からねらうという空戦法だが、優速の米機相手ではこの戦法しかなかったと徹三は説明する。

一八日午前一一時過ぎに来襲した爆撃隊第二波に話をもどす。二五三空はその警報を受け、トベラより一〇時四五分に二六機がすでに発進していた。これには岩本機もふくまれる。二六機もの零戦が発進しているので、B-25二機による滑走路に対する第一波攻撃は効果がなかったのだ。

ラクナイ飛行場を基地とする第二航空戦隊零戦隊だが、こちらもすでに一〇時二〇分に発進しており、米攻撃隊と遭遇することになる。

「飛行機隊戦闘行動調書」によると、二五三空は午前一一時一〇分より一一時五〇分まで空戦をおこなった。戦果はコルセア一機撃墜、TBFとB-25それぞれ一機ずつ撃墜不確実を報告。空戦には徹三も参加しているのだが、どのパイロットが上げた戦果なのかは記述がない。第二航空戦隊だが、「飛鷹」隊と「龍鳳」隊がそれぞれコルセア一機ずつの撃墜不確実を報じている。

米側の戦果報告だが、B－24を護衛した海軍第一七戦闘飛行隊（VF－17）は撃墜七機、不確実一機を報じている。別に海兵隊第二一六戦闘飛行隊（VMF－216）が不確実撃墜一機を報告。実際、第二波攻撃で二五三空は行方不明二機、被弾による着陸時大破三機の被害をこうむった。二航戦だが「隼鷹」機一機が行方不明になり、ほかに数機被弾しているので、VF－17による撃墜七機はけっしておおげさではないだろう。米側はVMF－216、VMF－222、VMF－223、第339戦闘飛行隊のP－38も護衛についていたが、とり立てていうほどの大きな空戦に巻きこまれていない。

なお米側は全機無事に帰投しているので、日本側「行動調書」にしるされている戦果は誤りである。

昭和一九年二月一九日の空戦

一九日もニュージーランド空軍をふくむ連合軍は、二回にわけてラバウルに空襲をかけた。午前一〇時半ごろ、SBDドーントレス四八機とTBFアベンジャー二三機が、戦闘機約七〇機をともないラクナイ飛行場を爆撃、これが第一波攻撃隊だ。第二波はB－24二〇機が午前一一時前よりラクナイ、トベラの両飛行場を爆撃した。

むかえ撃ったのは二五三空の零戦二六機と第二航空戦隊の零戦一六機。二五三空指揮官は城ノ下盛二中尉で、岩本飛曹長は七機中隊の中隊長として飛んだ。

トム・ブラックバーン少佐ひきいるＶＦ－17のコルセア二四機は第一波攻撃隊の護衛についた。この日、ＶＦ－17は、同隊「戦時日誌」を読むと零戦の撃墜一二機、「鍾馗」の撃墜一機を報告している。日本側「行動調書」にしるされている実際の数字は、二五三空が〈自爆一機、行方不明二機、被弾四機〉、二航戦が〈行方不明三機、落下傘降下二機、被弾一機〉だ。他の連合軍航空部隊の「戦時日誌」を見ると、零戦との接触はほぼない。つまりＶＦ－17の報告はけっして誇張されていず、ＶＦ－17だけが零戦相手に戦った様子がうかがえるのだ。

ブラックバーンは“Jolly Rogers”に、この日の空戦模様を詳述している。その中で筆者の興味を引いたのは、

〈五〇機以上の日本機が上がってきたが、攻撃隊の進入時は阻止行動をとらなかった。攻撃隊前方に、二、三機がフェイントをかけるように飛んできただけなのだ。ところが撤退時に、零戦隊は積極的に攻撃してきた。ＴＢＦ隊を護衛していたわがＦ４Ｕ六機に対し、大編隊で攻撃をかけてきたのだ〉

という文言だ。そして「回想ノート」には、徹三が書いたこんな文言がある。

〈小生は沖に出、高度九〇〇〇メートルにとる。敵は第二飛行場に向っているらしい。旋回してセン《ママ》ト岬方向に移動し、敵の進入コースの後に出る。敵は二〇〇〜二五〇機位、上空にはウ

ヨウヨ掩護戦斗機である。ココポ付近より急に進路を左にとりトベラに向う。飛行場一帯は爆煙で見えなくなる。敵はそのまま集結しつつ帰投方向に進んでいる。敵の高度は二〇〇〇～二五〇〇である。それに対してラバ《ママ》ール地区隊は攻撃にかかっている。敵戦闘機は大部分残って空戦展開、爆撃隊はそのまま帰途についている。今、チャンスである。高度九〇〇〇メートルより緩降下にて側方より上空の一部のＦ４Ｕと交戦しつつ爆撃隊にその主力を向けて攻撃をなし、約一〇機墜としたであろう〉

この文章は、「回想ノート」のまさに昭和一九年二月一九日の空戦の中に出てくる。ラバウル地区すなわち二航戦の戦闘機隊がラクナイ上空で戦っており、それを岩本隊らは見下ろしている。空爆を終えた敵爆撃隊は帰途につく。銃弾を消費し、里心のついた敵は落としやすい。徹三にいわせると、今がチャンスなのだ。こういう戦法を、西沢や小町が批判したのだが、徹三には徹三なりの戦術理論があったのだ。

日本側が「行動調書」に記録している戦果は、二五三空はＦ４Ｕ五機、Ｆ６Ｆ一機、ＴＢＦ二機、Ｂ－24一機を撃墜、Ｆ４Ｕ二機不確実となっている。二航戦は、Ｆ４Ｕ五機撃墜、別に不確実はＦ４Ｕ三機、Ｂ－24二機。ところが連合軍側は被弾機が多数あったものの、実際に撃墜されたのはＦ４Ｕ一機だけだった。

二月一九日、岩本徹三飛曹長らはラバウルにおける最後の空戦を戦い、翌日からトラック島へ撤退していく。

第11章　B−24を撃墜！

さらばラバウル

昭和一九年二月二〇日、第二五三海軍航空隊の零戦二三機、第二航空戦隊の零戦一四機、計三七機はトラック島へ移動した。この中には岩本飛曹長もいた。その直前の一七日と一八日、トラック島は米空母艦載機による大空襲を受け、航空機、艦船、陸上施設に甚大な被害をこうむった。トラック島はラバウルのあるニューブリテン島真北、約一三〇〇キロメートルに位置する。日本海軍の大補給基地であり、ここが機能しないと太平洋における戦闘に支障をきたす。すなわちトラック基地なしではラバウル支援も不可能になり、ラバウル航空隊の主力は引きあげざるをえなくなったのだ。

「回想ノート」には、目的地トラック島を知ったときの搭乗員たちの表情が次のように描写されている。

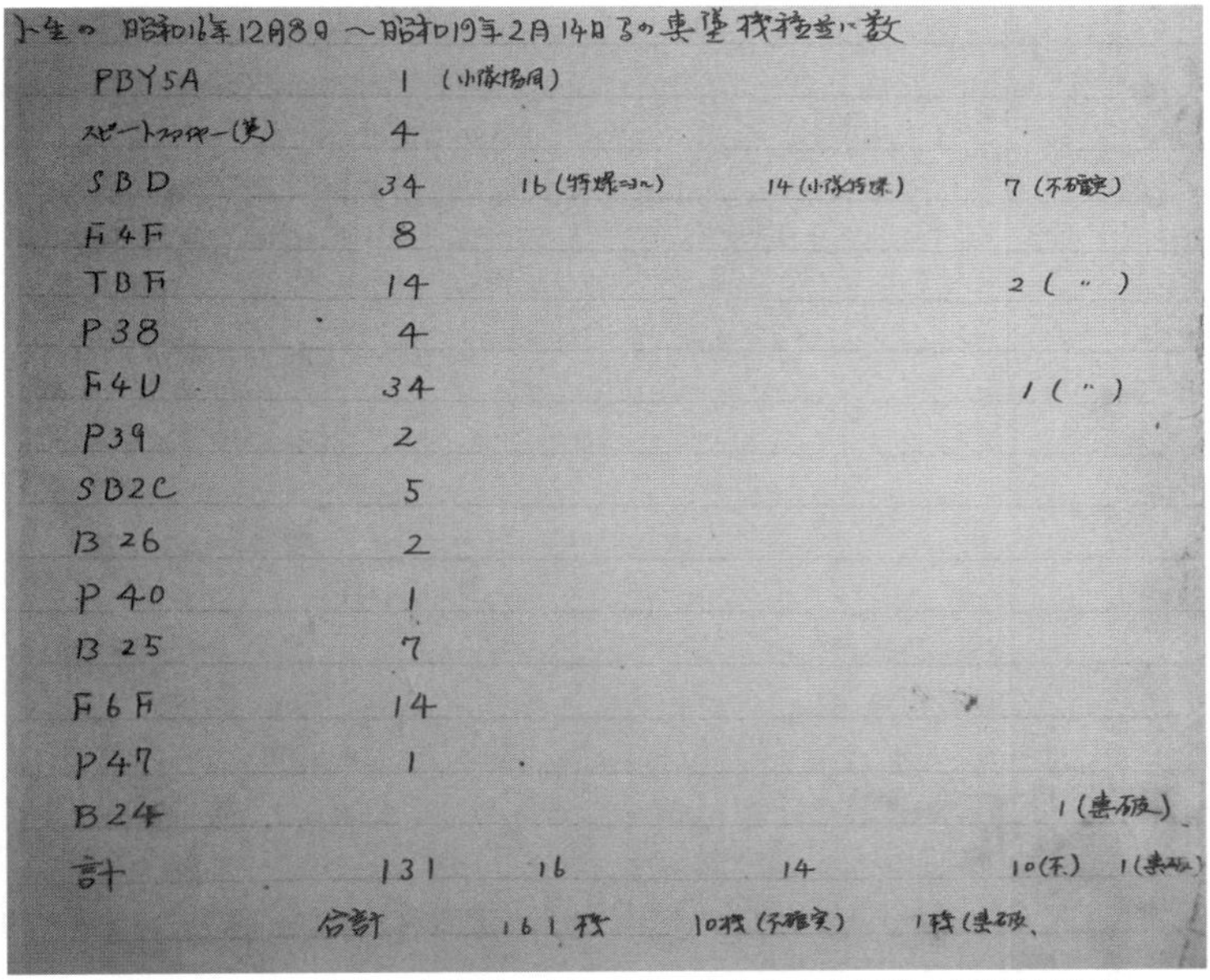

小生の 昭和16年12月8日～昭和19年2月14日迄の撃墜機種並に数

PBY5A	1 (小隊協同)				
スピートファイヤー(英)	4				
SBD	34	16(協爆コミ)	14(小隊協撃)	7(不確実)	
F4F	8				
TBF	14			2(〃)	
P38	4				
F4U	34			1(〃)	
P39	2				
SB2C	5				
B26	2				
P40	1				
B25	7				
F6F	14				
P47	1				
B24				1(撃破)	
計	131	16	14	10(不)	1(撃破)

合計 161機 10機(不確実) 1機(撃破、

「回想ノート」に記された開戦からラバウルを去るまでの徹三の撃墜破数表

〈一部の搭乗員はびっくりした様な、少しでも安全な所に行けるという気持ちのせいか明るい顔をしている。我々としても、今さるのはしのびないが、反面、ここよりはいくらかでも後方にさがれば安全率は良くなると思えば、何となく明るい気持ちがする〉

徹三たちは、とにかく搭乗員の墓場ラバウルから生きて出られて多少なりともほっとした。春田虎二郎中尉を隊長にラバウルに赴任したのは前年一一月一四日だった。それから三ヵ月余り、徹三が参加した空戦は数え切れない。「飛行機隊戦闘行動調書」によれば、三〇回ほどになろうか。

日米開戦からラバウルを去るまで

の撃墜破数を、徹三は表にして「回想ノート」にのせている。それによると総撃墜数一六一機。このうち一六機は空中爆弾を使った徹三ひとりによる撃墜。一四機は空中爆弾を使った小隊による協同撃墜。残り一三一機は徹三の個人撃墜（ただしインド洋作戦時のＰＢＹカタリナ一機は協同撃墜）で、合計一六一機となる。別に撃墜不確実が一〇機、撃破一機という数字をのせており、撃破がたった一機とは不自然だが、とにかくこれらが戦後、徹三の記憶に残っていた数字だ。

「回想ノート」に徹三は、

〈詳しい航空記録、終戦時失った為、とくにラバール邀撃戦の月日誤れる所あり。又、搭乗員名も記憶忘れの為、一部の搭乗員名しか記入せず〉

という但し書きを書いている。

トラック泊地の艦船の被害は、徹三が想像していた以上だった。深度により、海は濃く淡くさまざまな青色のパターンをつくっている。濃い青色の部分は深く、ところどころに大船が赤腹をさらしている。海上にマストだけをのぞかせている船もある。連合艦隊の要塞の面影はなく、船の墓場だ。竹島飛行場は爆弾の穴だらけ。滑走路わきに、飛行機の残骸が打ち捨ててある。竹島対岸の夏島岸壁に並ぶ重油タンクは焼けただれている。

徹三らは竹島飛行場に着陸した。大空襲で意気消沈していた基地員たちは、ラバウル航空隊という援軍を得て士気をとりもどしたようだった。竹島では司令の柴田武雄中佐と再会した。トラック到着時分の搭乗機のことを、徹三は「回想ノート」に次のように書いている。

〈小生の飛行機みたいに撃墜マーク七〇以上もつけている飛行機など一機もなし。一、二、三つけているのが一番最高である〉

米空母任務部隊の出撃

二月一七日の空襲は奇襲になった。トラック島の日本軍は寝込みを襲われ、甚大な被害をこうむった。翌一八日も米空母部隊は早朝、艦載機をくり出し、トラック基地をほぼ完全破壊した。喪失した航空機はおおざっぱにいって三〇〇機。南方の最前線へ送る予定の、新品零戦一〇〇機以上も破壊された。軍艦の沈没は九隻。陸上における死傷者六〇〇人、洋上における死者七〇〇〇人というおぞましい数字が推定されている。

二日間で撃沈された軍艦は中型・小型艦ばかりだ。練習巡洋艦「香取」、軽巡「那珂」、駆逐艦四隻、駆潜艇と魚雷艇数隻など。しかし民間から徴用され軍務についていた元タンカー、元貨客船には大型が多く、三〇隻ほどが沈められた。

二月一三日、米第五八空母任務部隊はマーシャル諸島メジュロ環礁から相次いで出撃した。任務部隊は三個の空母群にわかれていた。第一空母群は大型空母「エンタープライズ」「ヨークタウン」と軽空母「ベローウッド」。第二空母群は大型空母「エセックス」「イントレピッド」と軽空母「キャボット」。第三空母群は大型空母「バンカーヒル」と軽空母「モンテレー」「カウペンス」。第五八空母任務部隊をひきいたのはマーク・ミッチャー少将だったが、レイモンド・スプルーアンス大将が戦艦「ニュージャージー」に乗り、戦艦「アイオワ」ほか重巡洋艦二隻、駆逐艦四隻の任務群をつくり、第三空母群に同行していた。空母九隻からの参加機数は五〇〇機以上。

なおトラック島空襲を支援した米軍の戦艦、巡洋艦、駆逐艦の総数は四五隻にものぼった。

トラック島基地の壊滅

以下、日本時間で書き進めていく。

一五日正午ごろ、北東からトラック島へ迫る第五八任務部隊に一式陸上攻撃機（ベティ）一機が接近、レーダー探知を受け「ベローウッド」上空警戒機がこれを追跡し撃墜した。ミッチャー提督は「戦闘報告書」に、おおむね次のような内容を書いている。

〈ベティを撃墜。米艦載機発見を無線連絡する前に墜落したようだ。その直後にわが偵察機が第五八任務部隊に無線連絡をおこない、これが日本側偵察機行方不明の原因と日本側が考えた可能性は十分にあった。それにもかかわらず、翌日、日本の偵察機とはいっさい遭遇しなかった。撃墜したベティの偵察域内を、われわれはトラック島に向かってまっすぐ航行していたにもかかわらずだ〉

事実、この日マーシャル諸島方向へ偵察に出た七五三空の一式陸攻五機のうち二機が帰ってこなかった。同隊「行動調書」を見ると、陸攻隊は「敵を見ず」と報告している。

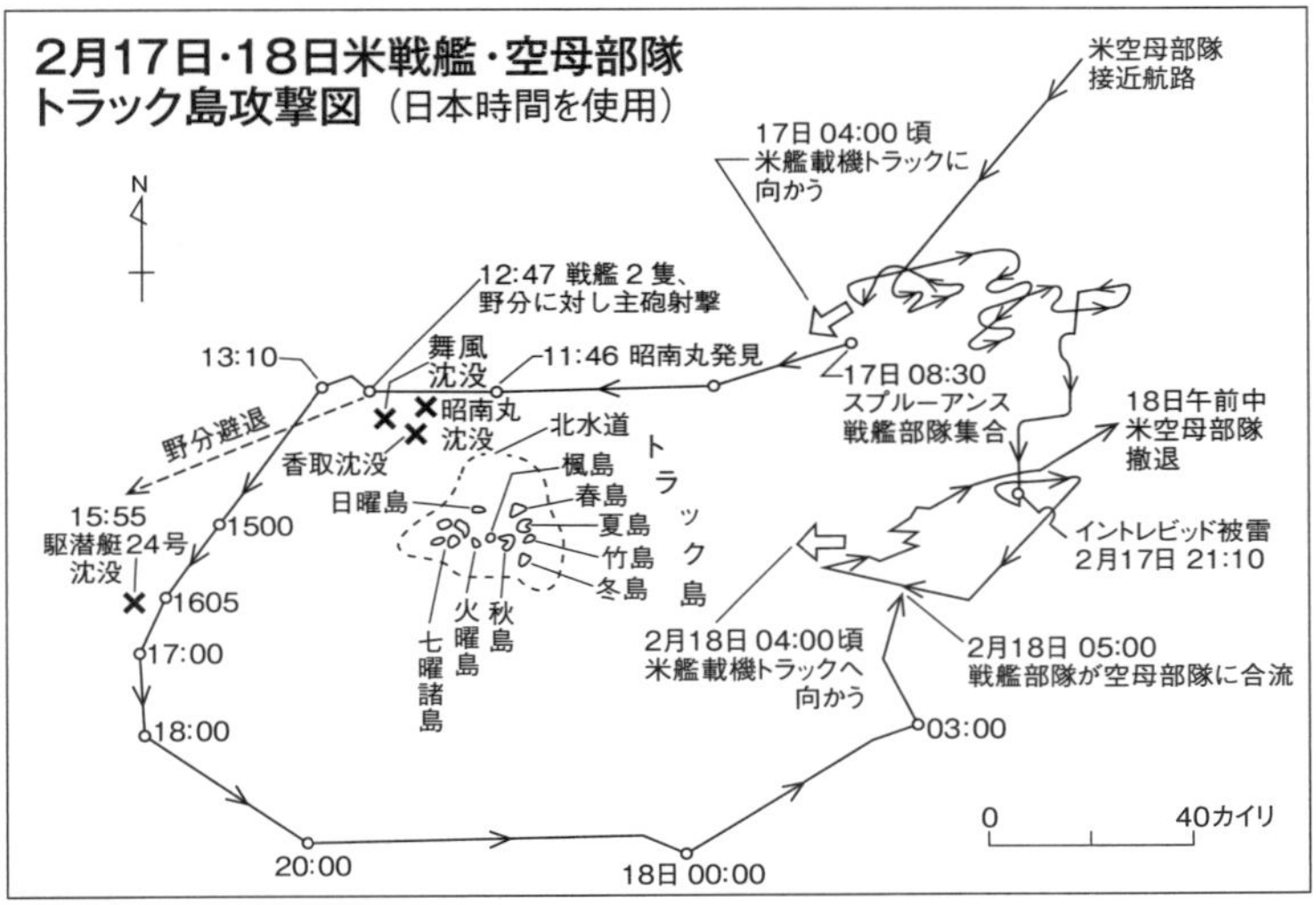

2月17日・18日米戦艦・空母部隊
トラック島攻撃図（日本時間を使用）

しかしトラック基地では、米空母艦載機の無線連絡を傍受していた。二機は撃墜された可能性があったのだ。それで翌一六日、トラック基地は空襲を予想し、哨戒機を飛ばして敵機動部隊をさがしたが発見できなかった。警戒態勢は最大アラートの第一警戒配備を第三配備すなわち通常配備にもどし、軍幹部の中には夏島の宴会場で飲んでいる者もいた。竹島基地や艦艇で映画会がもよおされ、敵大艦隊接近など知らぬが仏だった。日本軍に気のゆるみがあったのだ。

一七日午前四時ごろ、トラック島へ一〇〇カイリと迫る海上で、F6Fヘルキャット戦闘機ばかり約七〇機が各空母を飛び立った。攻撃隊第一波だ。戦闘機だけで敵地に飛びこみ、上がってくる日本機を落とし、地上の日本機を機銃掃射し、制空権を奪って後続の爆撃機と雷撃機の攻撃をしやすくする。

米戦闘機掃討隊は午前五時ごろトラック島上空に達した。これより少し前の午前四時二〇分、トラック基地レーダーはこの大編隊をとらえていた。ミッチャー提督「戦闘報告書」には、〈わが戦闘機掃討隊が目標に到達したとき、敵戦闘機隊は離陸していた。ところが、わが掃討隊がトラックに達するまで、敵はわが任務部隊に気づいていなかったのだ〉

とあり、零戦迎撃隊はすでに離陸しており、それにもかかわらず近くまで来ている空母群が発見されなかったことをミッチャーは不思議に感じている。それほどさように日本側の怠慢プレーが目立つ戦いだったのだ。

この日、掃討隊と戦ったパイロットに小高登貫飛長がいた。二〇四空「行動調書」によると、小高はF６Fを二機撃墜し不時着している。小高は戦後、『ああ青春零戦隊』という本を出版し、脳裏に焼きついていたであろうトラック島における悪夢を長文で描写している。それを以下に略述する。

〈映画会があり、その翌朝、電話の音で眠りをやぶられ、受話器を取ると「空襲、空襲」と叫んでいる。飛行機に弾を積んでいたのは四機だけだ。五千メートルまで上がる。ついてきたのは士官二人と青木一飛曹だけだ。士官二人は実戦は初めてだ。味方機だと思って接近すると敵機だった。私に胴体をさらけ出し、私は一気に射撃した。敵機は海に落ちていった。他の一機が私のうしろで優位を占めていた。ドラムカンに頭を突っ込んでいるような、ガンガンというひびきを全身に感じた。五百メートルまで一気に降下し、上を見ると二百機ほどの敵機が零戦と空中戦を展開していた。竹島の飛行場に着陸。降りてきた味方はたった六機。二十三機がそれだけに減っていた。十分後には飛び上がる。第二波がきた。戦闘機約百機と艦爆約六十機だ。私たちは艦爆に殺到した。この攻撃で二機が食われ、四機になった。制空権を握っている敵には、輸送船を沈めるのは赤ん坊の手をひねるようなものだった。竹島に帰ってくると、飛行場では約百五十機のゼロ戦が燃え上がり、火の海となっていた。実働機数はゼロ。六十隻浮かんでいた船も、午後には全部沈められてしまった。三回にわたる空戦で、私は二機撃墜した〉

空母群三つの司令官三人が別々に提出した戦闘報告書、戦時日誌にしるしてある航空機戦果を合計すると、一七日と一八日の両日で空中撃墜一二六機、地上・海上破壊（水上機ふくまない）、九六機（ただし第三空母群は、地上に関しては相当数破壊と書いてあるだけなのでこの数字にふくまない）、完璧に機銃掃射したが炎上しなかった機二〇機。合計二四二機以上となる。

米側損害だが、戦闘における喪失は戦闘機一〇機、爆撃機三機、雷撃機六機、作業事故による喪失は戦闘機二機、爆撃機三機、雷撃機二機。航空機の喪失総数は二六機。戦死者は三〇名にすぎなかった。ただし「イントレピッド」が一七日夜に雷撃されて死傷者が出ており、その数字はふくまない。

米戦艦部隊、出動

一七日、余計とも思える海戦が戦われた。午前八時半、スプルーアンス提督ひきいる別働隊

（戦艦「ニュージャージー」「アイオワ」、重巡「ミネアポリス」「ニューオーリンズ」、駆逐艦四隻）は、第三空母群からはなれていった。トラック環礁から逃げ出す艦船をやっつけようというのだ。両戦艦は同型で、一六インチ（四〇・六センチ）砲九門搭載の新鋭艦だ。スプルーアンスは大艦巨砲時代の夢を引きずっていた。「ミネアポリス」の「戦時日誌」に、巡洋艦部隊の司令官が次のように書いている。

〈まったく恐れを知らぬ行動である。ネルソン卿がフランス・スペイン連合艦隊を掃討すべく地中海を周回した。その現代版である〉

日本の艦船を撃滅するなら空母機で十分だ。戦艦など不要。日本機の餌食になる可能性もある。それでもスプルーアンスは一六インチ砲をぶっぱなしたかった。自分のエゴを通して、トラック環礁を北から左回りにくるりと周回するコースをとった。艦隊は輪形陣とせず、縦一列に並んだ。対空戦闘など興味ない、といった陣形だ。仕方なく第三空母群は、スプルーアンスと戦艦を守るために上空警戒機八機を飛ばした。

「ニュージャージー」艦橋から南方向に春島が望見できた。空爆中の艦載機も見えた。一一時四六分、「ニュージャージー」見張員は前方に船のマストを発見した。レーダーにも映って、距離約二五キロメートル。トロール漁船に見えた。が、これは元捕鯨船の「第一五昭南丸」で、特設駆潜艇として軍務についていた。漁船に巨弾はもったいない。駆逐艦四隻と「ニュージャージー」は五インチ砲を使った。「昭南丸」は一二時二六分、黒煙に包まれて沈没した。「昭南丸」の前方に、海上で停止している巡洋艦「香取」の姿があった。「香取」は一七日朝、駆逐艦「舞風」「野分」とともに「赤城丸」を護衛し、環礁の北水道を出たところで空襲にあった。民間人を多数乗せた「赤城丸」は沈没、「香取」と「舞風」も大破していた。重巡「ミネアポリス」と「ニューオーリンズ」が距離一七キロに迫って「香取」を撃った。

「香取」は魚雷攻撃を敢行していたようだ。三本ないし四本が「アイオワ」の近くを通過している。「アイオワ」の五インチ砲、四〇ミリと二〇ミリ機銃が魚雷を射撃し、各艦は急旋回して避けた。あちこちで水柱が上がり、「香取」が艦尾主砲と対空機銃で反撃していたようだ。

航行針路に対し鋭角で迫ってきた魚雷が左舷に一本あり、これは西へ逃走する駆逐艦ではなく、吹雪型駆逐艦が発射したものにちがいないという記述が「アイオワ」の「戦闘報告書」にある。「舞風」を吹雪型と見あやまっており、逃走中の駆逐艦とは「野分」のことだ。

「香取」は午後一二時三八分に沈んだ。続いて「舞風」も五インチ砲弾をあびて大爆発を起こし姿を消した。

「野分」は猛スピードで西へ逃げた。米艦隊は三〇ノットで追う。一二時四七分、「ニュージャージー」で一六インチ主砲をやっと使うことになった。「アイオワ」も主砲を「野分」に向けて撃つ。距離約三〇キロ～三五キロで、両戦艦は一斉射撃を四、五回おこなった。砲弾は敵駆逐艦を夾叉《きょうさ》しているが命中していない、と「バンカーヒル」観測機が連絡してきた。距離はひらくばかりで、「野分」は太陽の光の中にとけこんで姿を消した。あとはレーダー射撃をおこなうも命中しない。米艦隊は追跡をあきらめ、「野分」は危機を脱した。

一七日午後九時一〇分、空母「イントレピッド」に激震が走った。右舷後部に魚雷一本が命中したのだ。戦死一一名、負傷一七名。戦線から離脱、真珠湾へ回航された。雷撃したのは「イントレピッド」の「戦闘報告書」によると、

〈低出力エンジン一基搭載の単葉機一機〉

とのこと。

翌一八日も、早朝から第五八任務部隊はトラック島を襲った。米空母部隊は午前九時ごろ、三波目がトラック島上空にさしかかったところで呼びもどした。めぼしい残敵はなく、日本側の再度の夜間攻撃を避けなければならない。米艦隊は東へ撤退していった。

ラバウルにつながる一大基地は廃墟と化した。米軍はもはやトラック島に上陸する必要はなく、迂回して日本本土をめざすことになった。

三月二九日の空戦

トラック島では一ヵ月ほど平穏な日々が流れた。連合軍はマリアナ諸島へ、パラオ諸島へと前進しようとしており、トラック島はとり残されたとはいえ、大型爆撃機による空爆にさらされることになる。

三月二九日、米第三〇七爆撃航空群のB－24リベレーター二機が、早朝三時一五分（日本時間）に夏島を爆撃した。一機は市街南西にある燃料タンクを攻撃し大火災を発生させ、もう一機は市街を爆撃し効果不明と報告した。両機ともクラスター爆弾を使用し、対空砲は不正確で

サーチライト照射はなかったとのこと。竹島から夜間戦闘機「月光」二機が上がるも、闇の空に敵機を発見できなかった。これが第一次の爆撃である。

第二次は午前一一時にB－24二〇機が竹島飛行場を襲う。爆撃機隊はニュージョージア島ムンダを離陸、途中ブーゲンビル島タロキナで爆弾を搭載、グリーン諸島ニッサン島で燃料補給しトラック島に向かった。以下は「南太平洋戦域と南太平洋軍司令官戦時日誌」にある戦闘シーンの要約である。

〈偵察写真によると掩体壕、格納庫、駐機場、滑走路の大部分に命中弾があった。滑走路上で四九機を破壊した。零戦、飛燕、鍾馗の約九〇機が執拗かつ積極的に迎撃にあらわれた。目標から南へ九〇マイル地点まで、四五分間にわたる追撃戦となった。この空戦で敵戦闘機三一機を撃墜、別に一二機不確実、一〇機に命中弾を与えた。ノモイ西九〇マイルでリベレーター一機が撃墜され、空中爆弾による可能性がある。パラシュート脱出した五名を敵機は機銃掃射したとの報告がある。もう一機がグリーン島で不時着し、迎撃機により一五機が被弾した。戦死二〇名、負傷者一〇名だった〉

ノモイとはモートロック諸島のことで、トラック島の南東約三〇〇キロにあり日本軍守備隊がいた。

それでは日本の迎撃隊はどう戦ったか。二五三空「行動調書」によると、警報を受け午前一〇時三五分、竹島飛行場から一九機が発進した。岩本飛曹長は第二中隊一一機のリーダーだった。日本側が数えた来襲機数はB－24一〇数機。空戦は午前一一時一〇分にはじまり、正午

だけだった。

との記述が「行動調書」にある。損害は零戦一機がモートロックに不時着、二機が被弾した

〈内2機不確実〉、B－24×4に黒煙を吐かしむ、其の他数機に対して相当の損害を与えたり、二〇二空と協同〉

〈爆装隊の適確有効なる攻撃に引続き、延五〇撃を加え之を南方に撃退せり、撃墜B－24×3

ごろに終わった。

二〇二空だが、こちらは午前一〇時三三分に春島より三九機発進、午前一一時から空戦を開始し、自爆一機、未帰還三機の被害をこうむり午後一二時一五分に基地に帰っている。敵機数はB－24約二〇機。空戦では二五三空との協同で撃墜確実二機、黒煙を吐かせた不確実四機、その他数機に相当な損害を与えたとの記述が二〇二空「行動調書」にある。

「回想ノート」に書かれているトラック島の部分の、最初の空戦が三月二九日の空戦に似ている。理由は、二五三空「行動調書」によると前月一七日の大空襲でトラック基地が壊滅させられてから三月二九日まで空襲らしい空襲はなく、徹三はその「最初の空戦」の部分にそのように書いているからだ。すなわち、

〈先月中旬、敵の機動部隊に手も足も出ぬ位やられて以来、初めての大戦果で、守備隊兵士は非常に士気が上がったとの事である〉

と書いており、「最初の空戦」が三月二九日の空戦と思えるのだ。ただし「回想ノート」では、この「最初の空戦」は三月六日にあったことになっている。日付けのちがい以外に多くの

食いちがいに気づかされるが、徹三が描くこの日の空戦と思われる情景を以下に紹介する。

午前一〇時過ぎ、南より編隊接近の報が冬島電探からあった。岩本中隊は三号爆弾（空中爆弾）を装着し発進する。高度八〇〇〇メートルをとり、秋島と日曜島間を哨戒する。敵は西、火曜島方向からあらわれた。ぐんぐん接近してきて、Ｂ－24四八機の大編隊にふくらんだ。巨大な翼が、陽光をキラキラ反射させている。戦闘機護衛なしで、白昼の大胆な攻撃だ。零戦は見くびられているのだ。互いに真正面から接近する。背面に切り返し、大編隊の前方一キロメートル、高度差六〇〇メートルで「テッ」と叫んで投下レバーを引く。そのまま右へ逆落とし に降下していくと、頭の血が下がって目がくらむ。瞬間的に気を失う。敵編隊を突っ切って操縦桿を引き、上空を見上げる。と、タコの足のような煙がいくつか筋を引いているのが視界に入った。一四〇個ほどの弾子が飛び散っているのだ。が、敵編隊は何事もなかったかのように通り過ぎている。失敗か。Ｂ－24の群れは夏島爆撃を終え、帰ろうとしている。しかしよく見るとＢ－24六機が土曜島方向に高度を下げながらのがれていく。

「いや、命中したにちがいない」

視界に入った編隊に迫り、最後尾の一機に横から銃弾をあびせる。さらに前方の敵機へと撃っていく。一〇機以上は白煙をはいている。別の三号爆弾を食らったのだろう。竹島飛行場にもどる。着陸し指揮所に入ると、柴田司令が「バンザイ」をして出むかえた。列機によると、岩本飛曹長が落とした空中爆弾は敵先頭中隊のあたりで爆発したとのこと。Ｂ－24三機はトラック環礁内側に落ち、二機は外側に突っこみ、一機は海面すれすれで外海へのがれていったとのこと。さらに帰ってきた邀撃隊の話では、六機がトラック島から三〇〇キロのところで不時着したとのことだった。

さて「回想ノート」にある徹三の述懐には、実際にあったことと異なる部分が多い。この日、B－24二〇機（四八機ではない）がターゲットにしたのは夏島ではなく竹島飛行場だ。もっとも竹島は夏島の沖わずか一キロにある小島なのだが。徹三は大戦果を書いているが、実際はB－24一機が撃墜され、一機がグリーン島で不時着、一五機が被弾した。もっとも弾を食らって煙などをはくB－24を、日本のパイロットは撃墜したと信じこんだのかもしれない。撃墜されたリベレーターは「空中爆弾による可能性がある」と米側一次資料に記載されているので、この日三号爆弾が使用されたのはまちがいない。

当時、竹島に加藤茂という電信員がいた。戦後、加藤は雑誌『丸』（昭和四八年二月号）に次のような内容の記事を書いている。

〈やがて飛行場に爆弾が落ちはじめ、強烈な爆風が壕の入口からふき込んできた。ちょうど敵機が真上をすぎたとき、電信員がかぶっているレシーバーからわけのわからない英語の叫び声が、防空壕電信室いっぱいにひびきわたった。あまりの近距離と、敵機の電信機の出力が大きいせいであろう。と、叫び声から泣き声のように変わる、絶望的な叫び声がつんざいた。これこそ、わが零戦隊の岩本飛曹長らの投じた三号爆弾が敵編隊に命中したのであろう。壕から出ると、数条の白煙をひいたB－24が、夏島の山かげに消えてゆくところであった〉

この日のトラック島爆撃で、米航空部隊はいくらか自信を得た。大型爆撃機B－24はムンダより離陸、途中タロキナ、グリーン島で爆弾と燃料を積み、トラック島を襲う。しかも夜間ではなく真っ昼間に、戦闘機の護衛なしでトラック島爆撃が可能であることが証明できたのだ。

加藤電信員は次のように書いている。

〈岩本徹三飛曹長の言によれば、「敵の防御砲火で目標が見えなくなるほどで、とても目を開けて突っ込めるものでなく、目をつぶったまま突っ込んでいって途中で少し目を開ける、そんな方法でしか攻撃できない」ということであった〉

「回想ノート」にはB－24の防御砲火について次のような記述がある。

〈掩護戦闘機がいない為に攻撃は非常に容易であるが、そのかわり編隊よりの集中防御火砲は相当なもので、とくに後上方攻撃でもすれば味方はまちがいなくやられる恐れがある〉

三月二九日以降、B－24編隊がトラック島の水平爆撃をくり返すようになる。

三月三〇日の空戦

翌三月三〇日、前日同様、早朝三時一五分にB－24二機が夏島の建物密集地と春島にクラスター爆弾をばらまいた。この日も夜間戦闘機があらわれたが日本側のサーチライトは貧弱で、B－24一機はモートロック諸島北西まで追われた末に逃げ切った。

そしてこの日も本格的な爆撃は昼間にあった。以下は「南太平洋戦域と南太平洋軍司令官戦時日誌」にある戦闘模様である。

〈一二時五三分（日本時間は午前一〇時五三分：筆者注）、リベレーター一一機、春島を攻撃。途上、天気の前線ふたつにはばまれ、八機が引き返した。滑走路と掩体壕に投弾、滑走路南の丘陵で大火災発生、黒煙が上がった。飛行場南西の大型格納庫に直撃弾があった。戦闘機三〇機から四〇機が迎撃に上がり、われわれが雲に逃げこむまでの四五分間攻撃された。敵戦闘機一一機撃墜、別に不確実二機。対空砲は貧弱で不正確。グリーン島北方海上にB－24一機不時着、救助した乗員八名。一機はエミラウ島近くで墜落し、駆逐艦が乗員救助。一機は行方不明になった。被弾機は六機で、機銃手一名戦死、負傷三名との報告があった〉

行方不明機はトラック島に到達する直前に荒れた天気に飛びこみ消息をたったもので、全員戦死とされた。

日本側の戦いぶりだが、この日二五三空は岩本飛曹長を指揮官として一六機が上がった。警報により午前一〇時半に竹島飛行場を発進、折しも上空警戒中だった別の四機と合流し午前一〇時五五分に空戦ははじまった。岩本飛曹長らが数えたB－24は一〇機。午前一一時半に米爆撃隊は南に去っていき、

〈撃墜B－24×3（内2機不確実）、B－24×1黒煙を吐かしむ、其の他数機に相当の損害を与う、被弾×2〉

と「行動調書」に記載されている。二〇二空だが、三四機が上がり、二五三空と協同で三機撃墜確実、二機不確実、二機に黒煙を吐かしむ、とある。被害は未帰還機一機。米側は八機が撃墜破されているので、日本側の報告は大げさではない。B－24ががっちり編隊を組んで、防

御銃弾をシャワーのように零戦にあびせればだいじょうぶとは必ずしもいい切れないこの日の結果だった。

四月二日の空戦

以下は「南太平洋戦域と南太平洋軍司令官戦時日誌」に記載されているこの日の状況である。〈午前五時四五分（日本時間は午前三時四五分）、Ｂ－24二機がトラック島を爆撃した。一機は夏島の海上に二五〇キロ爆弾四発を落とし、もう一機は行方不明になった。サーチライト照射と迎撃はなかった。午後一二時四〇分（日本時間は午前一〇時四〇分）から、Ｂ－24三一機がトラック島を爆撃する。夏島南の海岸にある軍事施設にクラスター爆弾三六トンを投下、偵察写真によると倉庫地帯に大規模火災六個が見られ、南東部の船渠でも六ヵ所以上の火災があった。また写真には、竹島に使用可能の戦闘機二〇機、夏島に急降下爆撃機二〇機、水上機三機、戦闘機二機、飛行艇一機が写っていた。迎撃に上がってきた戦闘機は約六〇機で、空戦時間は四五分。敵戦闘機三八機撃墜、別に七機不確実、撃破九機の報告があった。Ｂ－24四機を失った。このうち一機は、グリーン諸島北で駆逐艦により全員救助された〉

二五三空「行動調書」によると午前一〇時一〇分に箕形政通大尉ひきいる零戦三三機が竹島より発進、Ｂ－24の第一群一六機、第二群一〇機を楓島西で捕捉、痛烈なる攻撃を加え、午前一一時一〇分に南へ撃退したとある。岩本飛曹長は第三中隊長として参加。「行動調書」に

「爆装」と書いてあるので、いずれかの機が空中爆弾を搭載していたと思われるが、米側資料にその記述は見あたらない。戦果だが、

〈撃墜Ｂ－24×８（内３機不確実）、Ｂ－24×３黒煙を吐かしむ、其の他数機に相当の損害を与う〉

とあり、これには他の戦闘機二六機との協同戦果との但し書きがついている。が、この二六機がどの隊に所属するのかわからない。というのは春島二〇二空のこの日の「行動調書」と「戦闘詳報」が存在しないからだ。新郷英城少佐ひきいる戦闘六〇三飛行隊総員がメレヨン島から春島に前日四月一日に進出してきているが、同隊「戦闘詳報」を見るかぎり二日に邀撃に上がった記述はない。

二五三空「行動調書」によると、被害は零戦一機自爆、一機被弾のみ。これに対し米側は三八機撃墜などと報じている。Ｂ－24の損害だが、実に四機を失っている。岩本飛曹長はこの日確かに迎撃に上がっているが、「回想ノート」＝『零戦撃墜王』で該当する空戦を特定するのはむずかしい。

岩本徹三飛曹長がトラック島を去ったのは六月上旬と思われる。『零戦撃墜王』によると六月一四日、一式陸攻にてとなっている。しかし二五三空の「行動調書」と「戦時日誌」にそのような記述はない。ただ「戦時日誌」六月一〇日欄に〈機材空輸の為「テニアン」へ九名派遣〉とあり、これがそうなのだろうか。

第12章　台湾沖航空戦

徹三、外地の激戦地から生還

岩本飛曹長は昭和一九年六月上旬、トラック島をあとにし日本に帰った。昭和一八年一一月半ばにラバウルに赴任して以来、七ヵ月ぶりの帰国だ。「回想ノート」に、次のような記述がある。

〈ラバールに行くときはこれが内地の見おさめと思い、出撃したのが昨年一一月。今生きて内地に行けると思うと、うそのような気がする。搭乗員の、富士山が見えるとの声で目をさます。行く手のボンヤリとした中に、すーっと白い雪をのせて我々の帰るのを待っていたかのようにくっきりと見える。岸にうちよせる白波が見えだす。懐かしい房総半島である。大きく左まわりにて東京湾に入る。湾内はものすごいモヤで、高度下げつつ無事に木更津につく〉

「回想ノート」によると、徹三らが日本に帰った日に米軍がサイパン島に上陸したという。とすると、帰国日は六月一五日になる。

徹三は千葉県の木更津基地で、未整備の零戦のテストをおこなった。近くにある館山基地へも出かけ、後輩の訓練をやった。瀧澤謙司という戦闘機パイロットがこのころ館山で徹三と出会い、雑誌『丸』に次のように書いている。

〈日華事変いらい、太平洋の名だたる戦いに出撃して、敵機百機以上を墜としているという大先輩、岩本徹三飛曹長であった。それにしても、何とやさしい人であろう。それは、編隊を組めばわかった。よく気をつかってくれるのだ。当然、私たち若輩者には人気があった〉

八月に入り、岩本飛曹長は第三三二海軍航空隊（岩国基地）に配属された。岩国では、八月に司令に着任したばかりの柴田武雄中佐と出会った。柴田とはトラック島でわかれたばかりだ。八月一〇日夜、B－29が北九州を空襲した。柴田司令は邀撃隊の指揮官として徹三を指名し、若い隊員に向かって次のように述べたという。

〈お前たちでは敵の飛行機が来襲しても先ず墜とされる方で、三三二空としては岩本分隊士一人しかいない。皆、大事にしろよとの事で、いささか小生は照れたわけである〉（「回想ノート」）

徹三、特攻に反対

『修羅の翼』という本がある。角田《つのだ》和男が戦後書いたもので、太平洋戦争に関する良質の情報に接することができる良書だ。以下につづっていく内容は、本書に負うところが大きい。

角田和男少尉は昭和一九年八月一九日、硫黄島から零式輸送機で館山基地に帰った。このころ航空隊の改編があり、角田が所属していた第二五二海軍航空隊は四個の戦闘飛行隊を指揮していた。戦闘三〇二、三一五、三一六、三一七の各飛行隊で角田は三〇二に所属しており、三〇二は三一六とともに千葉県の茂原基地を根拠地としていた。それで翌二〇日には、角田は茂原へ移動した。

徹三がひんぱんに通った当時の武田屋。向かって左が旅館部、右が料理部

硫黄島から帰ったばかりの角田は一ヵ月以上、風呂に入っていなかった。ヒゲはぼうぼう、顔は真っ黒。そんな角田少尉は茂原のまちをさながらクマのようにさまよい、ようやく見つけた旅館が武田屋だった。これで畳に敷いたフトンの上で眠れるわけだ。

武田屋は茂原基地から南西約二キロメートルのところにあった。建物は料理部と旅館部にわかれ、茂原基地で働く人々は料理部を会食の場として使った。この料理部に、徹三は九月はじめからひんぱんに通うようになった。

このころの戦況だが、マリアナ沖海戦で敗れ、マリアナ諸島（サイパン、テニアン、グァムの各島）を奪われた陸海軍は新たな国防戦略を企画していた。それが捷号作戦で、まずはフィリピン、沖縄、台湾方面に来襲する敵を航空勢力で覆滅するというものだった。それには不足していた航空機パイロットの錬成が必要で、岩本飛曹長、角田少尉らベテランが教官として集められたのだ。しかしパイロット育成は一朝一夕にできるものではない。新米は出撃するや、敵戦闘機と対空機銃におおかた撃墜されてしまう。どうせおおかた死ぬのなら、敵艦に体あたりさせるほうが死に甲斐もあるだろう。そういう発想で生まれたのが特攻攻撃だった。

徹三は特攻をどう受けとめたか。角田和男が『修羅の翼』の中で重要な証言をおこなっているので以下に書く。

昭和一九年八月末、岩本徹三は茂原基地にすでに移動していた。基地講堂に搭乗員が集められ、司令の藤松達次大佐が驚天動地の話をはじめた。

「退勢挽回のため、海軍は必中の新兵器を開発中である。一発で敵艦を轟沈できるが、搭乗員は生還できない。新兵器のテストパイロットとして准士官一名、下士官一名を選出したい。国のために一身をささげてもよいという者は申し出てもらいたい。紙を配るから、氏名と熱望、望、否のいずれかをしるして明朝までに提出してもらいたい」

新兵器とは特攻滑空機「桜花」のことだった。このとき徹三が反対論をはっきり口にするのを角田はきいた。

「死んでは戦争は負けだ。われわれ戦闘機乗りはどこまでも戦いぬき、敵を一機でも多くたたき落とすのが任務じゃないか。一回の命中で死んでたまるか。おれは否だ」

海軍一の撃墜記録を持っているエースの言葉だ。説得力があると角田は感じた。が、司令の話をきいた隊員たちは、国のために死ぬるということで張り切っている様子だった。なんの訓練だかよくわからなかったが、角田はとにかく夕食前に「熱望」と書いて提出した。

翌日、結局、角田以外のふたりの隊員が「桜花」のテストパイロットに選ばれ、角田は『修羅の翼』に、

〈前日岩本の熱弁も後ろで黙って聞いていたのだが、やはり「熱望」として出していたのだろう〉

と、その隊員のうちのひとりについて書いている。

角田少尉、武田屋でケンカ

九月のある日、角田和男少尉が武田屋へ行くと路上がさわがしい。角田の分隊搭乗員たち一〇人ほどが集まり、角田に説明する。

「二階の部屋に先客三人がいて、自分たちも酒を注文したのに、女中たちは先客につき切りで相手にしないんです。それで腹を立てた村上飛長が、庭から草履を三人の部屋に投げこんだのです。それで相手は怒って、一階でひとりで飲んでいた先任伍長をまちがえて連れていき『おまえがやったのだろう』と詰問しています。三人のうちの一人は警察署長で、ふたりは艦爆隊

長だそうで、江間少佐という人をご存じですか。できれば村上を向こうにわたさずに、先任伍長を返してもらえるようあやまっていただけませんか」

江間少佐なら、角田は知っていた。ソロモン方面で江間の艦爆隊を護衛し、角田は何人もの部下を失っている。いわば貸しがあるのだ。が、江間は身長六尺、柔道有段者でケンカは強いと評判だ。角田たちは武田屋旅館二階にのぼり、いちばんいい部屋のふすまをあけた。と、先任伍長が中央に立ち、三人に囲まれている。ひとりは艦爆の深堀直治大尉だ。

「先任伍長、何をしている。帰れ」

角田がいうと、

「きさまはなんだ」

と怒声が飛んできた。

「おれは海軍少尉だ」

上官に向かって、この返事は無礼だ。深堀が角田になぐりかかる。それを見た零戦パイロットたちは、いっせいに飛びかかる。戦闘機乗りは小柄な者が多く、江間に三、四人かかっても軽くあしらわれてしまった。しかし深堀のほうは、結局大勢に袋だたきにされてしまった。

武田屋の経営者の次女・市子は当時一三歳だった。実は市子は、九月はじめから三ヵ月ばかり、病気で学校へ行っていない。市子は、武田屋料理部の一階玄関わきの部屋にいることが多かった。そこは帳場でコタツがあり、弟といっしょにラジオをきいたり勉強をしたり食事をしたりトランプをしたりする子供部屋でもあった。茂原基地の人々は帳場をちらとのぞき、奥に入っていって一階と二階の座敷で食事をした。軍人たちはやさしく、市子らに声をかけ、ときに帳場に入ってきて休んだりした。軍隊の熱量食をくれたり、徹三が「とらや」の羊羹《ようかん》をくれたこともあった。

深堀大尉の特攻

市子は、角田が語るケンカを知らなかった。江間少佐の記憶もなかった。が、市子は深堀大尉のことはおぼえていた。市子と深堀の写る写真も残っている。深堀が茂原をはなれる直前に撮影した写真で、残念ながらピンぼけである。市子の深堀にまつわる記憶として、接待をする女中が深堀は酒癖が悪いといっていたという。

しかし深堀の最期は、胸を打つものがある。『神風特別攻撃隊』（猪口力平、中島正著）に、次のような話が書いてある。

昭和一九年一〇月二七日、深堀大尉は特攻隊・純忠隊指揮官として九九式艦上爆撃機に乗り、レイテ湾へ出撃していった。が、爆弾の安全装置解除不良で帰ってきた。二〇一空飛行長だった中島正に深堀は事情を詳述、その言葉の淡々としたなんのこだわりもない調子に中島は心を打たれた。深堀の態度は、死の淵から帰ってきて、翌朝また死出の旅に出る人とは中島には思えなかったのだ。中島としては、一機だけで飛ぶよりも列機をひきいて後日突入するほうが成果大と考えた。それでそう忠言すると、深堀は、

「それもそうですけれど、列機がもう決行しておりますからなあ！　やはり明朝を期して出撃したいと思います」

と穏やかに答えた。翌朝、中島が指揮所に行くと、深堀と操縦員は暗闇の中、すでに待機していた。

「朝飯はすんだか？」

中島がきくと、深堀は、

「弁当をもらいました」

と答えた。そして深堀は操縦員を見て、

「朝飯はすんだか？」

ときいた。一言だけだったが、中島は深堀の言葉にあふれんばかりの慈愛を感じ、その語韻は中島の心に鋳こまれて生涯残った。二八日、深堀大尉は九九艦爆でレイテ湾に単機突入していった。

深堀の特攻に関して、市子にも思い出がある。一一月初旬の昼間、市子は、酒巻中将がラジオで何か話しているのを耳にした。市子は母を呼び、ふたりでラジオに耳をそばだてたのはいいが、酒巻の発表内容に市子は少々がっかりしたのだ。

当時、軍需省航空兵器総局総務局長という地位にあった酒巻の発表によると、深堀大尉と部下たちは出撃直前に、もういらないからと持ち金を軍に寄付したという。寄付したのはいいけれど、酒巻はその金で神風の鉢巻きをつくるとラジオでいったのだ。生前、深堀は武田屋で

深堀が茂原をはなれる直前の写真。向かって左端が深堀、右端が市子

九九艦爆のことを九九棺桶といい、市子としてはもっと高性能の飛行機をつくってほしいと思っていたので、深堀の遺志が鉢巻きに変わったように思えてがっかりしたというわけだ。

なお武田屋市子さんについては、三度目にお会いしたあとで筆者はある事実を思い出した。

岩本徹三に関する相当量の思い出を傾聴している間、筆者はいつも市子の旧軍に関する知識の豊富さに驚かされていた。最初にお会いしたとき、市子は自分の母の兄は酒巻宗孝中将で、母は江田島生まれだといっていた。そのことを筆者は後になってあらためて思い出したのだ。市子の特に海軍に関する知識の豊富さは、母親と武田屋を訪れていた茂原基地の人々の影響であろう。

酒巻中将といえば、司令官としてラバウルにもいたことがある。徹三は市子に、

「ぼくはラバウルで、おじさんにほめられたことがあるんだよ」

といったという。おじさんとは、もちろん市子の伯父の酒巻のことだ。

岩本と西沢の撃墜談義

二〇三空「戦時日誌」によると九月一八日、岡嶋清熊少佐を隊長とする戦闘三〇三飛行隊は美幌基地より茂原基地へ移動してきた。その中には西沢広義飛曹長もいた。『修羅の翼』によると、一九日夜、角田和男少尉の部屋に西沢、岩本のほかに尾関行治飛曹長、斎藤三朗飛曹長、長田延義飛曹長が集まり、このとき角田は謹慎中で酒はなかったが会話は盛り上がった。

岩本は、空襲を終えて撤退していく敵機を襲って落とすといった。西沢は、空戦を終えた後の敵機は弱っていて、それをねらうというやり方はずるいといい返した。岩本は自慢話のしめくくりとして、

「シナ事変以来、まあ、八〇機は撃墜しているな。地上銃撃での撃破は数に入れないでだぜ」

といった。すると西沢も負けずに、

「それじゃ、わたしのほうが多いよ。一二〇機は落としたよ。一〇〇機撃墜したとき、ラバウルの草鹿長官から個人感状と軍刀をもらっているよ」

といい返したという。それでは徹三は武田屋で空戦の自慢話をしただろうか。市子は、

「ぜんぜん、やさしい人でした。飛行機をこうやって落としたとかいう話はきいたことがありません」

といい、それから興味深い話をした。

「話してますと、目がほんとによく動くんです。飛行機に乗って、常に四方八方気をつかっているから、それで動くのかしらと思うけど。酔えば酔うほど、目がくるくる動くんです。目つきは悪くないです。わりとくるんとした目なんですよね。男前は男前ですよね。きゃしゃな感じはしてましたけどね」

徹三は空の隅々に視線を走らせて、敵機をさがした。地上におりてからも、その癖が無意識的に出たのだろう。

米軍の矛先はフィリピンに向いた。昭和一九年九月、フィリピンにある日本の陸海軍の航空・艦船基地は米機動部隊の攻撃を受け、甚大な被害をこうむった。マニラ奪還が、米軍の意図するところだった。

そして一〇月に入り、一〇日以降、米第三八任務部隊（ウィリアム・ハルゼー大将指揮）が、沖縄と周辺の島々、台湾を空襲する。第三八任務部隊はさらに四つの任務群にわかれ、大型空母は「エセックス」級八隻と「エンタープライズ」の計九隻、これに軽空母八隻がくわわる大艦隊だった。

一〇月一二日と一三日、米任務部隊は早朝から夕刻まで台湾を襲った。発艦は台湾東の洋上からで、台北、基隆、新竹、桃園、台中、台南、高雄、花蓮などの航空基地と港を空襲、両日とものべ一〇〇〇機ほどの大航空部隊を投入した。これに対し日本側は米空母部隊をさがし出して果敢に攻撃、重巡洋艦「キャンベラ」に魚雷一本を命中させた。空母「フランクリン」の飛行甲板を、炎上する日本機がすべっていき海中に落ちるという攻撃もあったが、損傷は軽微だった。ところが戦果報告があらぬ方向に脱線していった。搭乗員が未熟だったので敵艦の損傷程度を見あやまり、複数の空母を撃沈したと過大な戦果を報告したのだ。それをまた軍上層部がほぼ信用してしまい、大損害をこうむった米機動部隊は東南方向へ遁走していると判断ちがいをしたのだ。となると日本側としては、逃げる残敵をダメ押し的に抹殺したくなる。

岩本飛曹長が所属する二五二空・戦闘第三一六飛行隊は、一三日には鹿児島県の国分基地に進出していた。このころ南九州に集結していた航空部隊は約四〇〇機。機種は零戦と偵察機以外に、「彗星」艦爆、「天山」艦攻、九九艦爆など。米空母部隊を殲滅するという強い意思があらわれていた。

二五二空「飛行機隊戦闘行動調書」によると、岩本飛曹長は一〇月一四日に空戦に参加している。「行動調書」に記載されている任務名は「台湾沖敵機動部隊攻撃」。なお、この日の状況は『修羅の翼』に、角田がほぼ正確に書いている。また「回想ノート」にこの日の記述があるので、それらを参考に以下を書く。

一四日早朝、岩本飛曹長、角田少尉らは国分基地から沖縄本島すぐ西にある伊江島へ飛んだ。茂原を出発してから南へ進出したのはいいけれど、徹三と角田には何をやるのか知らされていない。とにかく大航空部隊の大移動だった。伊江島で燃料を補給し、昼食をいただく。

午後二時半、「行動調書」によると、四二機が伊江島基地を発進。しかし『修羅の翼』によると、「行動調書」には角田分隊の小隊長数名の名前が記載されていないという。

「沖縄南方海上を索敵攻撃し、台湾の台南に帰投せよ」

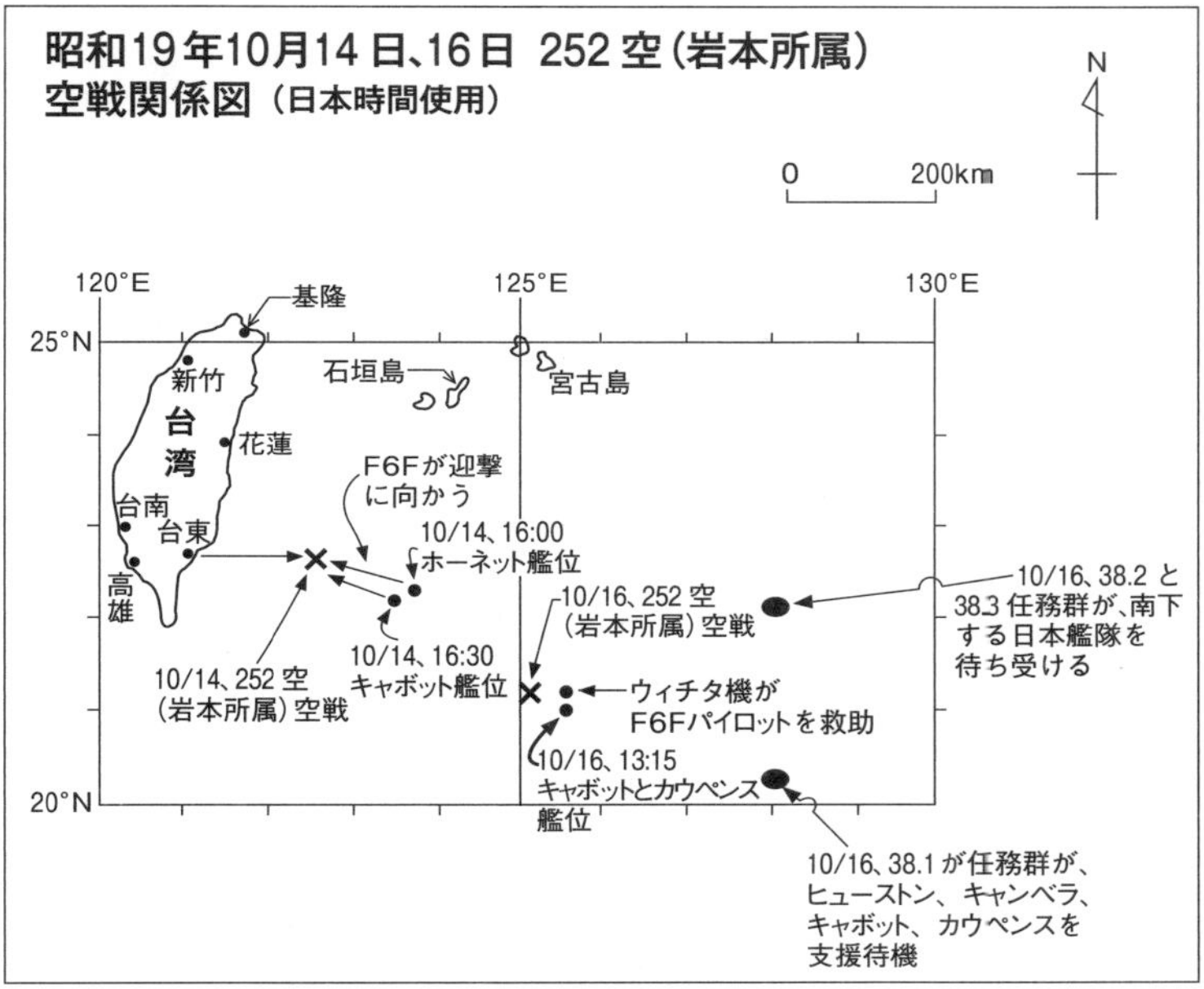

昭和19年10月14日、16日 252空(岩本所属)
空戦関係図(日本時間使用)

というのが命令で、それ以上の情報はなかった。陸攻の編隊がいるので、角田少尉はこれの護衛と理解した。けれどもそれが何機で、敵のおおよその位置と規模も知らされていない。錬成半ばの者もいて、たよりない。高度三〇〇〇メートルを飛んでいると、煙霧が濃くなっていった。機体もエンジン不調で、おりたいと思った。宮古島を過ぎる。霧はますます濃く、自分の中隊を見るのがやっとで、陸攻部隊の一部が二〇〇メートル前下方にかすんでいる。台風が北上中だった。急いで集めた部隊で飛行機同士の無線は役に立たず、編隊はばらけていった。

「これで敵を発見しろというのか。きょうは敵にあいたくないな」

と角田は思った。二時間ほど飛んで、台湾近くでようやく晴れた。すると大編隊が消えていた。台東上空で、日は暮れかかった。台南に着陸したときは真っ暗。ところが、おりてから、台南ではなく高雄基地であることがわかった。角田らはまったく敵に遭遇しなかったわけだ。が、岩本飛曹長らは空戦に巻きこまれていた。

伊江島基地を発進した徹三は、寄せ集めの部隊という印象を持った。どの部隊を護衛するのか、上がってから決める感じだった。堂々たる大編隊だった。一時間ほど飛ぶと海面も前方も雲で閉ざされてしまい、大編隊はばらばらになった。岩本機のいる中隊は「彗星」艦爆の護衛についた。石垣島あたりで雲は少なくなった。発進後およそ二時間半、増槽を投下して主槽に切りかえ、列機も見習う。そろそろ警戒位置だ。列機には特に上空を見張るよう指示し、運動性のある単縦陣に変える。雲の一箇所が開き、海面が見えた。「天山」の編隊がいる。護衛機はいない。徹三は「回想ノート」に、次のような展開を書いている。

〈雲にポツポツと黒点見ゆ。トラック以来の敵。黒点だけで、はっきり敵とピンと来た。下方の味方が危険である。レバー全開、黒点に向け突進したが間に合わず、敵戦は下方の天山部隊に攻撃をかけた。小生が敵戦に追いついた時は、天山二機火だるまとなりて海中に突入してしまった。敵は八機、F6Fである。敵は優速を利用し、雲中に消えてしまったのである。時代遅れの零戦ではなんともしようなく、戦斗断念して反対側の雲中に入ると、上空の彗星は雲の為にどこに行ったか見えず、我々八機だけで飛行す。付近を索敵したのであるが敵を認めず、あきらめて台湾方向に向う〉

国分中尉の活躍

二五二空「行動調書」によると、一四日、第二次攻撃隊（偵察機一二機、戦闘機五五機、戦闘爆撃機一四機、爆撃機五六機、雷撃機四六機）を二五二空は護衛し、敵機動部隊をさがすも発見できなかった。そして帰途の午後五時一〇分、台東の真東九〇カイリで戦闘機隊の一部がＦ６Ｆヘルキャット戦闘機二〇機に奇襲され、これを発見した一部の隊のみが交戦したという。結果は、二五二空は三機が未帰還、ヘルキャット一機撃墜である。

「行動調書」には、この一機撃墜を国分道明中尉の戦果と記録されている。国分中尉はこの日、第二大隊第二中隊の中隊長。同大隊同中隊・第三小隊長が岩本飛曹長であり、列機三機をひきいていた。戦後のことだが、海将補になっていた国分に角田は面会し、国分からきいた岩本話を『修羅の翼』に書いている。

〈出発前にね、岩本飛曹長から「初陣で弾丸を撃ってはならない。私がまず敵を落として見せるから、離れずついて来て見ていればいい。最初から敵を落とそうなどと考えては一人前になれない。もし着陸してから調べてみて弾丸が出ているようなら、私はあなたを軽蔑しますよ」と注意されていたので、何のことかよくわからなかったが、飛曹長に軽蔑されてはかなわんと思いながらグルグル回っているうちに、撃てば当たりそうなところまで来たので、仕方ないから弾丸は出さずに尾翼を削ってやったのですよ。プロペラが曲がって震動が大きいので台東に

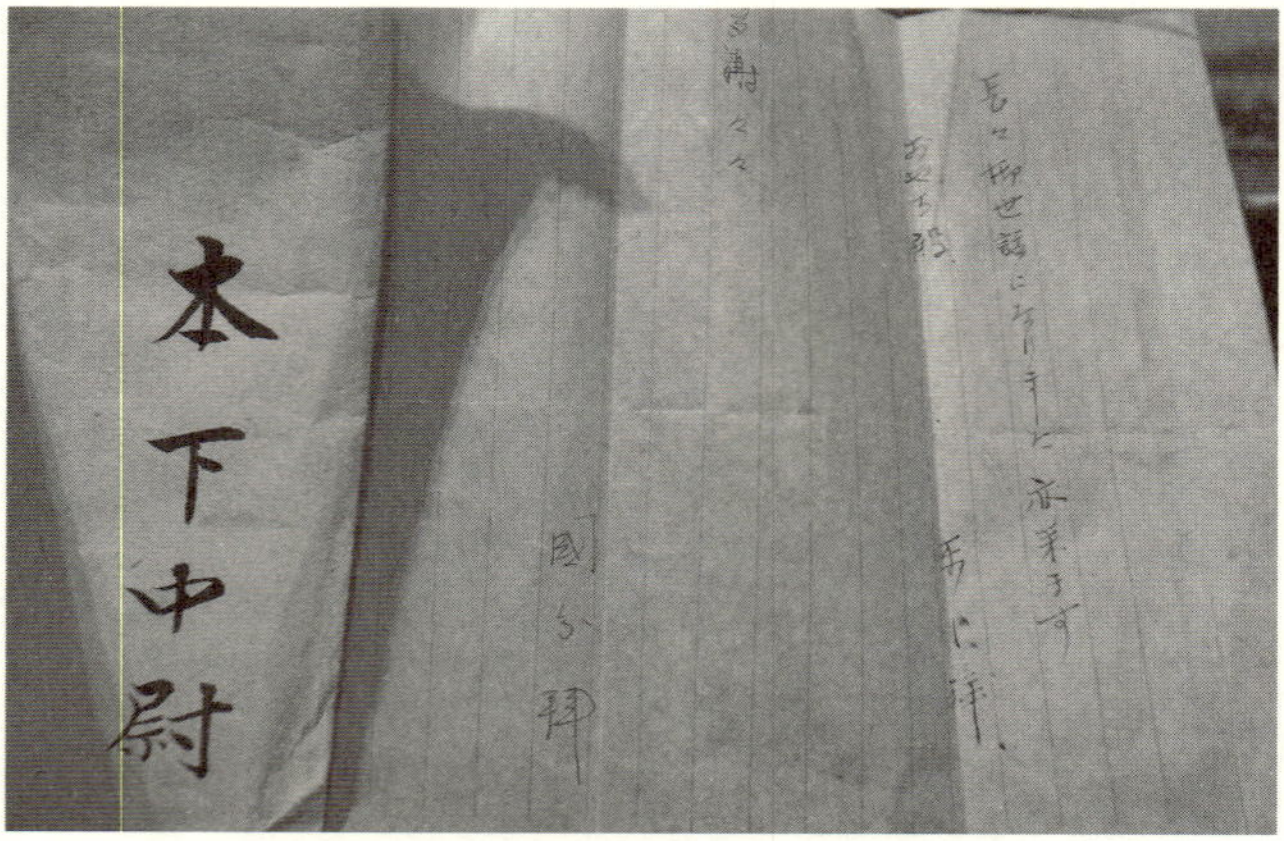

本下中尉と国分中尉が市子の父義一にあてた手紙

不時着しました。当の岩本さんは、一小隊に敵が降って来ると同時にサッと避退して、どこへ行ったかわからなくなってしまいましたが、あとで申しわけなかったと泣いていましたよ〉

徹三のいた第二中隊には、零戦が一三機いた。このうち二機が未帰還、一機は被弾不時着し大破、国分が一機撃墜を記録している。つまり徹三のいた中隊は奮戦していたことになる。国分の話をきいた角田は、

〈岩本飛曹長の士官教育の自信のほどはさすがと感じたが、いかに海軍一、二の撃墜数を誇る歴戦の豪傑でも、あの靄の中では手の施しようが無かったのだろう〉

と続けて、国分証言の感想としている。ちなみに武田屋市子は国分のことをおぼえていた。筆者は市子に『修羅の翼』を贈ったのだが、その礼状に、

〈頂戴した角田様のご本、二五四頁から幾度か国分道明中尉の事が書かれていてなつかしく拝見しました。国分様はその直前に、戦死された本下直輝中尉とお二人で度々飲みにこられ、私

達にも話しかけて下さったのでよく覚えています〉

とある。本下中尉は翌日一五日、台湾沖でヘルキャット八機に奇襲され未帰還となった。本下と国分が、出撃直前に市子の父義一にあてた手紙が残っている。それには、

〈長々御世話になりました　亦来ます　おやぢ殿　本下拝　厚謝々々　國分拝〉

としか書いていない。戦争のさなか、武田屋での思い出は一服の清涼剤のようで、本下中尉は帰ってくるつもりでいたのだろう。

空母数隻撃沈破という大誤報

一四日、岩本機らが奇襲されたその地点、その時刻に、ヘルキャット隊が出動した記録が米側一次資料にある。この日、第三八任務部隊の第四任務群はフィリピンを空襲し、あとの第一、第二、第三の任務群は、台湾東方海上から早朝、台湾を空襲した。攻撃隊を収容した空母群は東南へ避退するのだが、その途中でレーダーが日本機編隊をとらえたのだ。三つの任務群と各空母の「戦闘報告書」「戦時日誌」を読むと、艦隊上空哨戒機とスクランブル機が現場に飛び、空母「キャボット」搭載の一機と「ホーネット」搭載機三機が現場で墜落した記述があるのだ。

岩本飛曹長らが会敵し、国分中尉が尾翼をけずってやったというヘルキャットはこれら四機であった可能性がある。

この日、高雄飛行場で角田少尉が零戦からおり立つと、ヘッドライトを消した乗用車がやってきた。闇の中に飛行機の爆音が渦まき、ナントカ大佐のどなり声がする。

「敵は敗走中である。明朝、『銀河』全機で追撃する。零戦は爆撃終了まで直掩せよ。燃料不足なら帰ってこなくてよろしい」

空襲で正気を失ったのかと角田は思った。同じく高雄に着陸した岩本飛曹長らも同じ経験をしている。

〈自動車が、赤ギレでおおったライトをつけて小生の所で停まり、参謀二名下りて来て、明朝、総兵力をもって敵機動部隊を攻撃するから、小生の中隊は高雄基地の指揮下に入れるから、そのつもりでいてくれとの事で、この参謀も敵の初めての爆撃で頭でも変になっているのであろう。無断で他部隊の飛行機が部隊変更になってたまるものではない〉（「回想ノート」）

一四日の日本側戦果だが、昼間攻撃で空母「ハンコック」の機銃座を二五〇キロ爆弾が貫通し、海上で爆発したが損傷は軽微だった。日没後は軽巡「ヒューストン」に魚雷が一本命中し、一時味方による処分も検討されたが沈没はまぬがれた。軽巡「リノ」には艦尾に雷撃機が衝突し、火災が消えたのは二時間後だった。米艦の損害はそれだけで、日本側は空母数隻を撃沈破したように報じていたがとんでもない誤報だ。

日本機およそ三八〇機が出撃、悪天候の中、行きあたりばったりに米艦を攻撃した。ヘルキャットに食われ、米艦の高性能対空砲に落とされて、帰還機は二六六機という数字が防衛庁戦史部『戦史叢書・海軍捷号作戦〈1〉』にのっている。

明くる一五日、複数の米空母を撃沈したと信じている海軍上層部は、引き続き追撃戦を下令する。台湾、沖縄、九州にいる航空機の総動員である。日本の航空部隊は、台湾東方へ早朝から続々打って出る。が、戦果はなく、日本機の損害は増えるばかりだった。ただ、フィリピン東方海上にいた空母「フランクリン」に、フィリピンから出撃した機が爆弾を命中させている。しかし被害は軽微だった。

台湾沖航空戦、一〇月一六日

一〇月一六日午前一一時半、日本の攻撃隊は台南から発進を開始した。朝から台湾東方海上の敵機動部隊の動向が入電し、雷装「銀河」八機、「天山」一二機、九九艦爆三七機、零戦四〇機（このうち二五二空一三機）という大部隊だ。まず米側一次資料（各艦の「戦時日誌」と「戦闘報告書」）を参考にして、日本側の攻撃を以下に書く。

この日も天気悪く、米空母ねらいの日本の大編隊が発見したのは、傷ついた巡洋艦二隻「ヒユーストン」と「キャンベラ」、およびその護衛艦隊だけだった。両艦には、軽空母「キャボット」と「カウペンス」の二隻が護衛としてついていた。午後一時以降、米護衛艦隊の各艦レーダーに日本機の大編隊が映った。距離約一五〇キロメートル。護衛艦隊へと距離をつめてくる。これに対し、すでに上空哨戒中の「キャボット」戦闘機隊が迎撃に向かった。艦隊まで八〇キロの距離で、「キャボット」隊八機は日本の攻撃隊を発見。その数六〇機から七五機。

米機隊は少数だ。が、日本の戦闘機隊は、ヘルキャットは多数と勘違いしたらしく、散開してしまったのだ。これで日本の爆撃隊と雷撃隊は裸同然になった。ヘルキャット八機は猛然と襲いかかる。

それでは二五二空「行動調書」には、どう記載されているか。この日、岩本飛曹長をふくむ攻撃隊は午後一時四〇分、ヘルキャット約五〇機に遭遇したという。米側資料にあるように、日本の戦闘機隊はヘルキャットは多数と勘違いしたのだ。そして空戦ははじまり、実質的に徹三の指揮下にある市川静夫二飛曹がヘルキャット二機を撃墜した。

このときの状況を「回想ノート」には次のように書いてある。

〈前方には艦攻・爆の編隊が、その左右に直掩隊がついている。小生は一番後について行く。前下方に機影らしきもの発見。F6Fである。敵の一番機は、前方の戦斗機中隊の下方に向っている。いまだ気のつかぬ味方に、機銃発射にて信号しつつこの敵に向う。前方の艦攻・爆は右前方の雲中に向う。我々の中隊は、まず下方より上って来る最初の敵に、小生の機銃が火ぶたを切る。前方の味方戦斗機主力は空戦せずに、前方の艦攻・爆のあとを追う。小生の中隊のみとりのこされ、小生による一機と列機の三機、合わせて四機を墜とす〉

「行動調書」には市川二飛曹が二機撃墜したとなっている。だが実は米側資料によると、この空戦で墜落したヘルキャットは一機だけなのだ。「キャボット」のF6Fで被弾し着水、味方機が上空を旋回して見守り、重巡「ウィチタ」搭載のキングフィッシャー観測機がパイロットを救出した。すなわちこの空戦で、米側は戦死者なしだったことになる。が、米側には別口で死傷者が出ていた。実は「キャボット」インターセプターの網にかからなかった日本の攻撃隊がいて、中破状態の軽巡「ヒューストン」にまたもや魚雷を一本食らわせたのだ。

艦隊に向かってくる一群の日本機がいた。「カウペンス」からヘルキャット八機が緊急発艦。敵機はジル（「天山」）九機で、護衛のいない九機をヘルキャットはたたき落としてしまった。米パイロットの証言によると、「天山」には射撃手が乗っていなかったので反撃はなく、軽量化して航続距離をのばすためだったか、あるいは退避行動をとらなかったので最初から自殺する意図があったのではないかとのこと。

さらに艦隊に近づいてくる殊勲の日本機がいた。それは「銀河」で、「ヒューストン」の艦尾に魚雷を命中させ、乗員約二〇人を海へふき飛ばした。「銀河」は、真っ赤な火事のようにも見える対空砲の集中砲火をあびて墜落した。

この空戦に参加した二五二空の零戦は一三機。実は角田和男少尉も出撃はしたがエンジン不調で引き返し、それで角田の名前は「行動調書」に記載されていない。角田のかわりに国分道明中尉の名前がのっているのだが、戦後、角田は奇妙な話を国分からきいている。『修羅の翼』によると、国分は一四日に搭乗機のプロペラを傷つけて台東に着陸し、それ以後出撃していないというのだ。それで国分のかわりに角田が六機編隊のリーダーにおさまったのだが、その角田は途中棄権し、残る五機には徳永喜邦中尉もいたがリーダーをつとめる腕前はない。それで経験豊富な岩本飛曹長が五機の実質的な隊長になり、空戦を戦った。つまり「行動調書」も正確ではないということだ。途中で帰ったので角田の名前は記載されず、参加していない国分の名前がどういうわけか記載されているのだから。

　五機になった岩本隊は奮戦した。僚機の市川二飛曹が手ごわいヘルキャットを二機撃墜したと判断され、徳永中尉は戦死している。

「台湾沖航空戦」で、日本側は米空母多数を撃沈破したと誤解した。そして米第三八任務部隊は南へ転進し、レイテ沖海戦を戦うことになる。

第13章　関東大空襲

徹三の武田屋通い

台湾でマラリアとデング熱にかかった、と徹三は「回想ノート」に書いている。昭和一九年九月以降、徹三に何度も出会っている茂原の武田屋旅館次女・市子は、

「台湾で、デング熱で静養してたんだ。それで春田大尉について、フィリピンには行けなかった」

という言葉をきいている。『修羅の翼』（角田和男著）によると、徹三が所属していた戦闘三一六飛行隊は隊長の春田虎二郎大尉の指揮のもと、台湾からフィリピンのクラーク基地へ一五機ほどで移動したという。そのさい角田少尉もいっしょに移動し、徹三は数日遅れてクラーク基地に着陸した。

〈クラークフィールドは毎日の来襲で広い草原飛行場も見るかげもなく、所々に味方の焼け残

った飛行機がある。指揮所に入ると台南当時の兵力は三分の一くらいに減り、飛べる飛行機は一ケ中隊分もない〉(「回想ノート」)

それで岩本飛曹長、斎藤三朗飛曹長、宮崎勇上飛曹の三人は、内地へ飛行機をとりに帰れという命令を受けた。昭和一九年一〇月末、三人は陸攻に乗って九州の鹿屋基地に帰った。しかし基地司令部へ行くと、飛行機の予備はないという返事。それで第二五二海軍航空隊の原隊がいる千葉県の茂原基地へ帰ることになった。

市子証言に次のようなものがある。

「台湾沖航空戦やフィリピンの海戦があって、そのときに茂原の航空隊の人が大勢亡くなっているんです。岩本さんから音信不通になったんです。でもまた、ひょこっとあらわれて、また茂原で勤務することになったたっておっしゃって」

徹三は一一月一日に少尉に昇進したという。すでに出ている本、記事では、すべてこの日付になっている。しかし筆者はこれを裏づける公的証拠をいまだ見つけていない。それはとにかく茂原基地にもどった徹三を待っていたのは、新米の訓練だった。そして仕事が終わると、毎晩のように武田屋で飲む。

市子はたいてい武田屋料理部の帳場の部屋にいた。市子自身が徹三を見かけるようになったのは昭和一九年九月に入ってからだ。それから昭和二〇年二月半ばまで、一ヵ月半ほど来ないこともあったが、徹三は毎日のように武田屋に顔を出した。徹三は基地から二キロの道を歩いてきた。ひとりで、ときには部下を連れて、水田、畑、雑木林に囲まれた道をとことこやってくる。紺色やモスグリーンの制服を着、長髪に帽子をかぶり、長剣ではなく短剣を下げている。日本酒の一升瓶を肩にのせ、ときには二本かかえ、部下たちも酒瓶をかついでくる。銘柄は月桂冠、白鶴、菊正宗などだ。当時、武田屋には木戸泉などの千葉産の地酒しか置いていなかった。しかも酒は配給制になっていて不足ぎみだった。徹三たちは、いわば軍御用達の酒を持ちこんでいたのだ。

徹三の髪だが、「回想ノート」に次のようにある。

〈国民の手前、少佐以下、長髪を丸頭にするよう達しがあり、若い連中、皆丸坊主となるも、小生はそのまま、司令も岩本は特別だからとの事で、若い士官では小生一人である〉

武田屋長女の真理が戦後、徹三の妻・岩本幸子に出した手紙に、

〈御本（『零戦撃墜王』のこと：筆者）を紹介して下さった本屋さんも戦時中は中学生で茂原航空隊へ勤労奉仕に行き、髪を長くして小柄な人を見た事がありますと申して居りましたから多分御主人様だったのでせう〉

とある。教官をつとめられるほどのベテランはほぼ戦死しているので、徹三以外に髪をのばした小柄な人はいなかったのではないか。

特攻をめぐって大ゲンカ

徹三が教えた訓練生の中には、特攻隊で散っていった者もいた。市子は次のようにいう。

「一〇月の末ごろから、特攻隊ってのがはじまりましたよね。新聞なんかでも大々的にとり上げるし、ラジオでもどこの隊がどういう活躍をしたとかをいってて、わたしたちも子供ですから、特攻隊ってのはすごいと思っていて、それ行けどんどんで、弟が虎徹さんも特攻隊になるんだろってていったら、『うん』っておっしゃっただけで、何もおっしゃらなかったんです。その後、一二月の半ばくらいでしたか、うちの玄関で、まちの人ととっ組み合いのケンカをやったんです。『おまえたちに特攻隊員の気持ちがわかるか』っておっしゃって。まちの人も何かおっしゃっていたけど、とにかく大ゲンカになって、わたしたちはここ（武田屋玄関横の部屋）にいて、怖くて見にいけないんです。でも『おまえたちに特攻隊員の気持ちがわかるか』っていう声はきこえました。岩本さんの声でした。まちの人もどなるし、岩本さんもどなるしで。岩本さんが暴れたとかは、そのときだけでした」

徹三はそれから一週間か一〇日ほど、武田屋に姿を見せなかった。武田屋で働く女中たちは、ケンカで外出禁止になったのではないかとうわさした。久しぶりにやってきた徹三に市子の弟が、外出禁止になっていたのかきいた。すると、

「そうじゃないよ、たとえ司令でも隊長でも、ぼくにそんなことはいえないよ」

と、徹三が答えたという。また市子は、

「司令でも隊長でも、ぼくはいいたいことをいう」

と、徹三がいったことを記憶していた。

特攻について「回想ノート」に次のような徹三の言葉を見つけることができる。

〈(特攻) 戦法、全軍につたわるや、目に見えて軍の士気は衰えだしたのである。神様ならぬ人である。生きる道あって、士気は上がる。表むきは皆つくった様な元気を出しているが、かげでは皆泣いている。こうまでして、下り坂の戦争をやる必要があるであろうか。上層部の、勝算のないやぶれかぶれのやり方としかとれないのである〉

「回想ノート」は戦後書かれたので、後講釈も入っているかもしれないが。

徹三の特攻に関する考え方。徹三の次男の方の意見は、

「父の性格だったら、特攻隊の教官はいやいややったと思います。自分が訓練した者を見送るわけですから。部下からの手紙を読むと、慕われていたことがわかります。特攻にいくのは否だというんだったら、父の性格だったら、みんなの前でボンといったのではないですか。そういう人だった」

春田大尉の戦死

昭和一九年一一月五日、春田虎二郎大尉が戦死した。春田と徹三とのつき合いは長く、春田は上官であっても徹三のほうが春田の教官といった関係だった。徹三は春田を親分と呼び、自分は子分で「虎徹」というあだ名は虎二郎の「虎」と徹三の「徹」からきていると徹三はいっていた。

この日の二五二空「飛行機隊戦闘行動調書」には、春田戦死の模様について、

〈離陸瞬時、太陽の方向よりＦ６Ｆ×３の奇襲を受け炎上戦死〉

と書いてある。

この日、フィリピンのマバラカット基地を、米戦爆部隊が四回にわたって空襲した。春田大尉ら四機は、四次目の空襲で発進。そして帰着。しかし後を追ってきたグラマンＦ６Ｆヘルキャットがいて、それで春田はまた離陸しようとし、そのときに撃たれたのだ。ネットに「ＮＨＫ戦争証言アーカイブス」というサイトがあり、湯山正三という学徒出陣で出征した人物が春田戦死の状況を次のように語っている。

「着陸するときに、おりてきて報告するときにグラマンがダーッと来たからね。すぐ春田大尉は、立派な飛行隊長やったけどね、その人が飛行機をのけるために飛行機に飛んでいったですよ。だけど上からダーッとなって、弾に当たって亡くなられて。湯山学生、行って見てこいっていうんだけど、何かというと、空をつかんで亡くなられていたのが記憶にあります。こう。飛行機から出たところを撃たれたんでしょうね。……春田大尉が空に向かってこうしていたのですよ」

サイトには動画もあり、湯山はこのくだりを語るさい、両手を上げて空をわしづかみにするしぐさを見せている。

春田の残照は、武田屋市子の脳裏に今も残っている。実は市子の父義一は、特に徹三と春田のことを気に入っていた。このあたり、市子自身の言葉で語ってもらおう。

「父が春田さんに、娘をやろうって、わたしのことをいったんです。父と飲んでいて、父のほうは相当酔っぱらってた。それで、わたしはそのとき本家のほうに遊びにいってて、そこで水兵さんとトランプやってた。そしたら父がちょっと来いっていうから、父についていったら、じゃ、ちょっとここへ座れっていって、この娘をあんたにやろうっていったんです。春田さんに。だけどこの子は一三歳だから、あと五年たったら嫁にいかすって。そしたら春田さんも、それでいいっておっしゃった。そのとき二四歳っていってました。そしてこの子はうちの娘だけど、兄貴がすごく気に入ってて、兄貴ってのは酒巻宗孝中将です。この子が嫁にいくときは、酒巻宗孝の娘として嫁に出すって。それはずっと前からいわれてた。田舎の料理屋の娘より、酒巻の娘として嫁にいかせるほうがいいと親戚で決まっていたんです。海軍さんが来て、

徹三が所持していた航空時計。裏面の右に「虎戰」の文字が刻んであるのがわかる

冗談でこの子、おれにくれよって、二、三人おっしゃってた。わたしが決められませんっていうのに、春田さんにはこの子をもらってくれっていったんです。（岩本にはいわないんですか・・筆者）ぜんぜん、歳が二七、八歳だから。一〇歳も一五歳もはなれた人なんて興味ないですよ。結婚なんて、一三歳の子供に考えられることじゃないでしょ。春田さんが飲みにこられて、わたしが台所で何かしてたら、春田さんが来て、まわりにいた若い人に、これ、おれの嫁になる子だよっておっしゃったんですよ」

年齢のこともあるだろうが、学歴も結婚条件にあったのではないか。春田は海軍兵学校というといわば偏差値の高い学校卒のエリートで、岩本はたたき上げだったのだ。

結婚といえば、義一が「テッツァンは結婚しないのか」とたずねたことがあった。すると徹三は、

「しません。人間五〇年、軍人はその半分の二五年、搭乗員はその何割引きです。みんな早死にするから、ぼくもいつ死ぬかわからないからぜったい結婚しません」

と答え、そばにいた市子がきいている。

春田戦死について、徹三は市子に次のように語っている。

「春田さんも戦死されたんですよねってわたしがいったら、岩本さんが、ぼくはそのときデング熱で静養してたんだって。ぼくがついてったら隊長は死ぬことはなかったって、おっしゃったんです。病気になってしまって、隊長がとうとう死んでしまったって、悲しそうにおっしゃってましたね」

徹三はひとりで来ると、義一を相手に飲んでいたという。もともと饒舌な徹三は、酔うともっと舌がまわる。一方、義一は酒に弱く、寝てしまう。一度などはすぐに寝てしまった義一を、徹三は、

「おい、オヤジ、起きろ、起きろ」

とゆすった。お燗番《かんばん》をしていた市子がとめに入ると、徹三は、

「おまえの娘は悪い子だ、じゃまをする。おい、起きろ、起きろ」

となおもゆすり、それでも義一は起きなかったということがあったという。

岩本少尉は、茂原基地で戦闘三一一飛行隊の教官として冬をこした。この間、空戦はない。武田屋に毎晩のように通っても、零戦虎徹に文句をいう人はいない。戦局は悪化の一途をたどっていた。九十九里浜からふきつける潮風はことのほか冷たく、梅の花をゆらす。そんな二月中旬、三一一飛行隊に九州への転進命令が出た。

昭和二〇年二月一六日の関東大空襲

市子証言に次のようなものがある。

「昭和二〇年の二月一五日でしたか、あした茂原をはなれるって、ご自分の分隊のかたをみなさん連れてうちにいらしたんです。きょうは送別会で、武田屋ともおわかれだっておっしゃって、わたしも玄関で待ってて、みなさんと握手して、さよならっていって玄関の外まで見送り

に出たんです。次の日になったら空襲なんですよ。艦載機が来て。それまでは空襲ぜんぜんなかったです。その日にかぎって、出発する日にかぎって空襲があったんです。ヒュンヒュン、弾が飛んでいたり、ブンブンブンブン、飛行機の飛ぶ音がしたり、たいへんだったんです。わたし、怖くてうちの防空壕に飛びこんだけど、ひとりで怖くて、となりの本家の防空壕に逃げていったりしてたんです」

「回想ノート」には次のようにある。

〈前夜、搭乗員総員で竹田《ママ》料理屋で最後の別れをなし、搭乗員は午後一一時頃迄に帰隊。小生は一人で更に飲み続け、隊に帰ったのは午前三時頃であった〉

市子が武田屋の玄関で徹三らとわかれのあいさつをした翌日二月一六日、はじめての艦載機による関東大空襲があった。

マーク・ミッチャー中将指揮の米第五八任務部隊は二月一〇日にウルシー環礁を出撃、二月一六日夜明け前、東京の南東およそ二〇〇キロメートルの海上にあった。この日の昼間、くり返し関東を襲ったのは同任務部隊所属の四つの任務群で、五八・一から五八・四の数字がつけられていた。五八・一任務群には大型空母「ホーネット」「ワスプ」「ベニントン」と軽空母「ベローウッド」。五八・二には大型空母「レキシントン」「ハンコック」と軽空母「サン・ジャシント」。五八・三には大型空母「エセックス」「バンカーヒル」と軽空母「カウペンス」。五八・四には大型空母「ヨークタウン」「ランドルフ」と軽空母「ラングレー」「キャボット」が属していた。そして各任務群には、空襲域がそれぞれ割り当てられていた。五八・一は東京

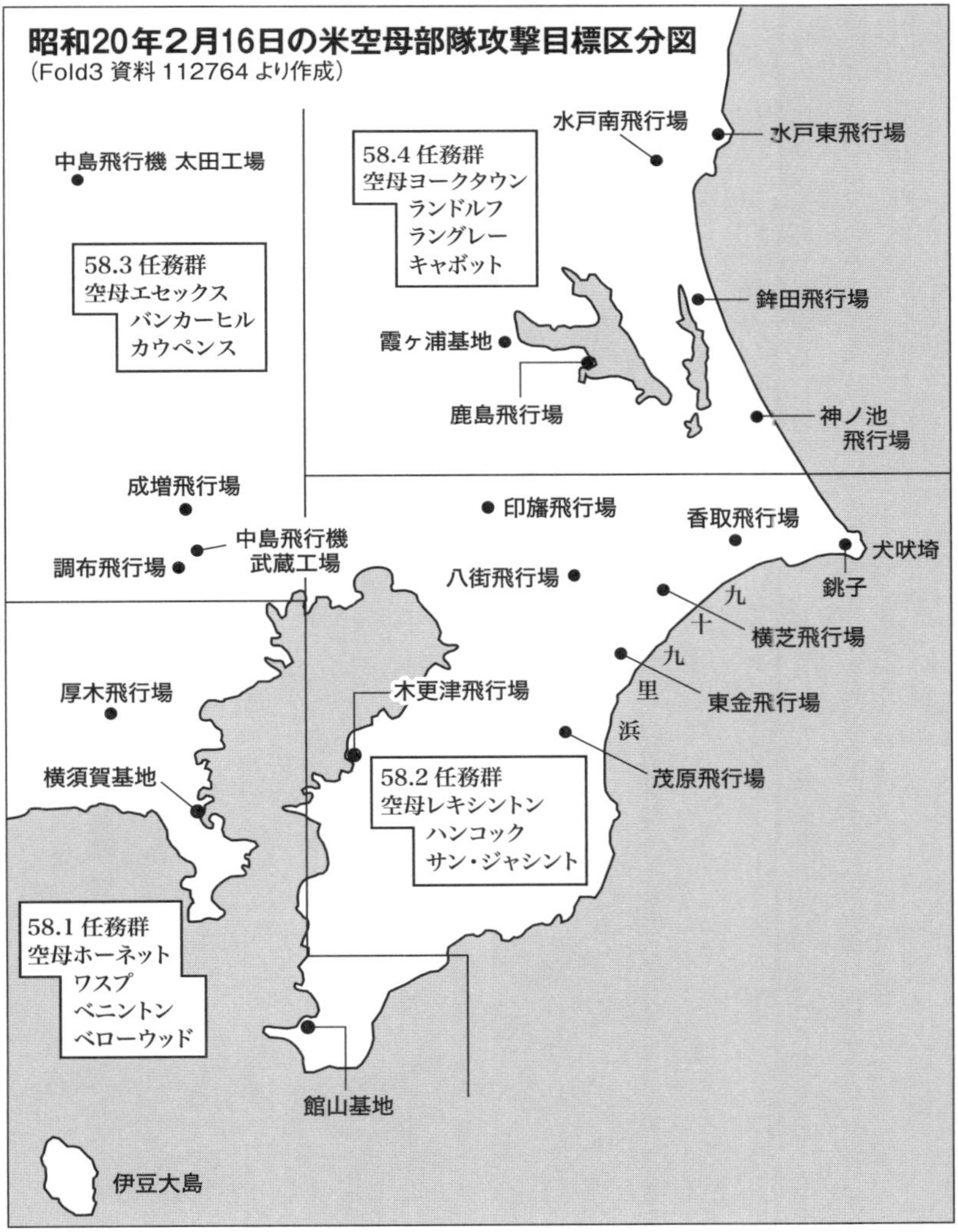

昭和20年2月16日の米空母部隊攻撃目標区分図
（Fold3 資料 112764 より作成）
中島飛行機 太田工場
58.3 任務群
空母エセックス
バンカーヒル
カウペンス
58.4 任務群
空母ヨークタウン
ランドルフ
ラングレー
キャボット
水戸南飛行場
水戸東飛行場
鉾田飛行場
霞ヶ浦基地
鹿島飛行場
神ノ池
飛行場
成増飛行場
印旛飛行場
香取飛行場
中島飛行機
武蔵工場
調布飛行場
犬吠埼
銚子
八街飛行場
九
十
九
里
浜
横芝飛行場
東金飛行場
厚木飛行場
木更津飛行場
横須賀基地
58.2 任務群
空母レキシントン
ハンコック
サン・ジャシント
茂原飛行場
58.1 任務群
空母ホーネット
ワスプ
ベニントン
ベローウッド
館山基地
伊豆大島

南西（千葉の館山基地をふくむ）。五八・二は東京南東。五八・三は東京北西。五八・四は東京北東である。ただし悪天候で、当初攻撃予定の目標を変更した攻撃隊も多い。たとえば「ベニントン」のＦ４Ｕコルセア隊は悪天候で伊豆大島以外の東京南西部攻撃を中止し、千葉県内の茂原と香取の両基地に変更している。岩本少尉がいた茂原基地は千葉県のほぼ中央にあり、第五八・二任務群の担当域だった。同域には、ほかに木更津、印旛などの基地もあった。なお五八・五という任務群も存在したが、この部隊は昼間攻撃には参加していない。

終日暴れまわった米艦載機総数は実に一〇〇〇機。日本海軍はこの大艦隊を一四日に発見、一五日以降に本土空襲の可能性大と判断した。それにもかかわらず関東大空襲は奇襲になったのだ。

一六日午前六時前後（日本時間）、米空母は第一次攻撃隊（Ａ攻撃隊）と艦隊周辺哨戒機を次々にはなつ。天気は悪い。低く垂れこめる暗雲。ときおりスコールがはげしく海面を打ち、視界を閉ざす。第一波は戦闘機掃討隊で、Ｆ６ＦヘルキャットとＦ４Ｕコルセアが先陣を切る。

岩本少尉が属する二五二空・戦闘三一一飛行隊は茂原飛行場に駐屯していた。茂原の空襲担当は五八・二任務群だ。「レキシントン」から二〇機、「ハンコック」から一二機、「サン・ジャシント」から八機が千葉県へ飛ぶ。全機がヘルキャットだ。

レーダー探知を避けるために低空を飛んでいた五八・二任務群の攻撃隊は、犬吠崎の南南東で高度を上げた。当初は木更津飛行場の攻撃を予定していたが雲におおわれていたので、視界良好だった香取飛行場に変更した。

香取飛行場を空襲

「レキシントン」隊は朝七時ごろ、香取飛行場手前に達した。地上を機銃で撃ち、八機を破壊、六機を不確実ながら破壊、一二機に損害を与えたと報じている。「ハンコック」隊は、目に入る目標に対しロケット弾と機銃弾を撃ちこむ。飛行場西の格納庫にロケット弾一〇発が貫通し、燃え上がる。駐機場の単発機と双発機一〇機以上に機銃弾をあびせる。「サン・ジャシント」隊（VF－45）八機は、「レキシントン」隊と「ハンコック」隊が攻撃中、その上空を飛んで警戒する。VF－45「航空機戦闘報告書」によると、隊長のシェクター中佐は高度二三〇〇メートルから双眼鏡で観察していた。すると飛行場から、日本機が土煙を上げて離陸するのが見えた。

香取飛行場の反撃だが、「第一三一海軍航空隊戦闘詳報」を見ると、そのおおよそをつかむことができる。早朝より、杉江克巳中尉指揮の零戦五機が出撃待機。海上に索敵に出ていた「天山」艦上攻撃機一機が午前六時四〇分に、

「敵戦闘機の追蹤を受く」

と打電、「天山」は消息をたった。六時四五分、杉江隊発進。杉江中尉は香取飛行場南に敵機を発見、七時半に八街《やちまた》上空でヘルキャット三機と交戦し、一機撃破と報告している。また則近力少尉は七時二一分に香取基地上空でヘルキャット隊と空戦、撃墜された。姫野正行飛長は空

戦後に霞ヶ浦基地に着陸し、その後、別の機体で香取にもどり、着陸姿勢に入ったときにヘルキャット六機に襲われ、一〇時二分に戦死となった。長先幸太郎一飛曹は七時に銚子沖で空戦し、霞ヶ浦に不時着。田邊信行一飛曹は「戦果なし」としか記録されていない。

第一次邀撃隊は五機だったが、午前七時四五分に二次邀撃隊の零戦三機が発進している。指揮官の荒瀬清大尉は香取基地東北でヘルキャット約二〇機と遭遇し、一機を撃墜したが被弾、パラシュートが全開せず戦死。二番機は被弾、パラシュート降下で搭乗員は無事。三番機はエンジン不調で神ノ池基地に不時着し機体大破、搭乗員は負傷。このように香取飛行場の迎撃機はわずか八機ではあるが奮戦している。

ヘルキャット対二式高練の空戦

香取飛行場攻撃の後、三空母のヘルキャット隊はどう動いたか。香取南で、米機隊は三〇分間以上、ラフベリー・サークルという周回軌道を描きつつ合流をはかっていた。各機の死角をできるだけなくすという防御戦術だ。そこへ日本機があらわれた。ヘルキャット隊がまず戦った相手は、陸軍の二式高等練習機だった。九七式戦闘機の練習機仕様で、両機種とも米側コードネームはネイト。二式高練は五、六機、迎撃に飛んできた。

ヘルキャット対二式高練。この対決を描写した記事が、雑誌『丸』に「されどわが愛機恥ずることなかれ」（筆者は海法秀一）という題名で掲載されており、以下にそれを要約する。

海法伍長は陸軍第三九教育飛行隊に属し、横芝飛行場で助教として後輩を指導し、また海法自身も腕にみがきをかけていた。横芝は香取の南西にある。昭和二〇年二月一〇日以降、米機動部隊出撃の報により、横芝基地では緊急発進できるよう待ちかまえていた。が、いっこうに敵状はつかめない。で、一六日は、あろうことか早朝から野球をやっていたという。野球に興じていたのは、大下弘という戦後にプロ野球でホームラン王にもなった人物が横芝基地にいたからで、曇天下、ボールを追っているときに、ケシ粒のような黒点群が東天にあらわれた。ケシ粒はたちまちグラマンの大編隊に変じたが、空襲警報は鳴らない。香取方向から飛んでくる。四〇機ほどいる。二機ずつ、円を描くように旋回している。

エンジン始動の爆音と指揮所の警報サイレンがうずまく中、二式高練隊は離陸していく。七時三五分、早くも炎をふいている日本機がいる。二式高練は時速三〇〇キロが精いっぱいだ。海法伍長はアベンジャー艦爆を発見、七・七ミリ機銃弾をエンジンにみまう。と、アベンジャーも旋回銃で撃ち返してきた。二式高練の左脚に命中したような衝撃があった。と、海法は書くが、米戦闘機隊にアベンジャーはいなかったので思いちがいだ。ヘルキャットの性能に圧倒された練習機は次々に落ちていく。それから海法はヘルキャットと撃ち合って命中弾を与え、自機も撃たれて炎と煙をふく。飛行場に着陸しようとすると、F4Uコルセアが地上を機銃掃射している。それであきらめて松林に不時着し、命だけは助かった。

以上が海法の談だが、VF－9、VF－80、VF－45の「航空機戦闘報告書」「戦時日誌」「戦史」にもネイトこと二式高練との空戦模様が勇ましく描かれており、海法伍長の話を裏づけている。

岩本隊、発進!

それでは岩本徹三少尉はどう戦ったか。F6Fヘルキャット隊は、香取から離脱直後にネイトと空戦になった。実は米パイロットたちは、ネイト以外に「隼」「鍾馗」「飛燕」、九六艦戦、九九艦爆、一〇〇式司令部偵察機などとの空中遭遇を報告している。が、なんといっても零戦との空戦を勇ましく報じている。第一次攻撃隊が遭遇した敵機数だが、「レキシントン」隊はネイトと零戦二〇機から二六機、「ハンコック」隊はさまざまな機種五〇機から七五機、「サン・ジャシント」隊は零戦二〇機から三〇機、九六艦戦五機その他を報告している。空戦地点は香取南。時間は午前七時から八時くらいだ。

日本側資料では、茂原飛行場から七時一五分、零戦四五機が発進、そのうち一機が引き返している。岩本少尉は第二中隊第二小隊八機のリーダーで、離陸は他の機に比べて遅れたようだ。というのは「回想ノート」によると、徹三は飛行服のまま飛行場指揮所で寝ていて、零戦のプロペラ音と敵機の機銃音でようやく目ざめて離陸が遅れたというのだ。そして先に飛び立った零戦隊は、すでに乱戦状態に入っていたという。二五二空・戦闘三一一飛行隊「戦闘詳報」の内容を、わかりやすい表現で以下に書く。

〈午前七時二五分、基地真北の八カイリ、高度一七〇〇メートルないし一〇〇〇メートルにおいて、Ｆ６Ｆ三〇機以上と遭遇、空戦開始、離陸直後ではあったが空戦場一帯の密雲をたくみに利用し、Ｆ６Ｆ二四機（うち不確実一〇機）を撃墜し、他を東方海上に撃退した。午前八時二〇分、空戦終了〉

「回想ノート」によると、先に上がった零戦隊はまっしぐらに敵に向かっていったという。味方の上空に敵機がいるという不利な状況で離陸し、敵機に猛進していくと空戦で負ける。そんなことがわからない指揮官は値打ちがないと徹三は思った。自分が早く離陸しなかったことを徹三はくやんだ。暗い雪雲が飛行場をおおっていた。

〈九〇度旋回後、急上昇で高度をとりて敵状を確認後、雲下すれすれにいったん木更津方向に避退をなし、頃合を見て飛行場方向に進入〉

と「回想ノート」にある。列機七機も岩本隊長についてくる。いったん戦場からはなれて上空から様子をうかがい、下にいる敵機に向かって急降下して撃墜する。そしてまた上昇し、下にいる敵機をねらう。「回想ノート」には、Ｆ６ＦとＦ４Ｕの性能の優秀さと、これを落とすには上空からのズーミング攻撃しかないと書いてある箇所がいくつかある。とりわけ古参搭乗員の多くは戦死し新米パイロットが増えている状況では、いったん空戦場からはなれて上空から様子見という戦法しかないと徹三は考えるようになった。

岩本隊対ヘルキャット隊

岩本小隊は反転、飛行場方向に突進する。と、F4Uコルセア一〇数機が指揮所あたりを銃撃している。が、この時刻、コルセアは飛来していない。空母「ベニントン」のコルセア一二機は日本時間の午前六時三五分に発艦、まず伊豆大島を空襲してから茂原に飛来した。だから岩本隊とコルセア隊との遭遇は考えにくいのだ。しかし「回想ノート」に書かれているこの日の空戦相手は、文脈をたどるとコルセアだけのように思える。全機ヘルキャットのはずなのに、徹三はコルセアだけのように書いているのだ。ちなみに、この日の二五二空・三一一飛行隊「戦闘行動調書」に書かれている対戦相手は全部ヘルキャットだ。

〈銃撃終って引揚げんとする敵に対し、ズーミング攻撃にて、一番手近なやつに対し猛射をなす。久方ぶりの戦闘である〉

と、徹三は回想する。確かに台湾沖航空戦以来、四ヵ月ぶりの空戦だ。敵機は松林に落ちた。続いて、上昇してくる敵機を撃ち、これは白煙を引きながら海上へ避退していく。そして、もう一機を一撃で火の玉にする。列機は一機撃墜し、これで戦闘を中止、上方の雲に飛びこむ。海上を旋回しつつ集合中の敵機群を、徹三は発見した。雲の下すれすれに忍び寄り、徹三はコルセア三機を撃墜した。

その後、飛行場上空にもどって上空哨戒。茂原町上空で、敵一個中隊が雲の下に姿を見せた。「回想ノート」によると、ここで八機対八機の空戦になり、敵全機を撃墜したという。そして燃料と弾薬補給のため着陸する。

零戦からおり、指揮所に向かう。途中、コルセア二個中隊の機銃掃射にあい、徹三は松の木の下にしゃがんだ。すでに書いたとおり、「ベニントン」第一次攻撃・コルセア隊が茂原飛行場を襲っている。同隊ハンセン少佐による機銃掃射の様子が、「ＶＭＦ－１１２・ＶＭＦ－１２３合同戦時日誌」に次のように記載されている。

〈茂原飛行場でハンセン少佐は機銃掃射し、滑走路付近で航空機作業をしていた一〇〇人ほどの日本兵を驚かせた。五〇口径弾で、Ｏ脚の日本兵は全力疾走で逃げた〉

徹三が撃たれたというコルセアとは、「ベニントン」コルセア隊のことだったのだろうか。この第一次攻撃隊は午前一〇時五分（日本時間）に母艦に帰っており、茂原攻撃時間は報告されていない。

それでは茂原と香取に来襲した米第一次攻撃隊（Ａ攻撃隊）の被害はどうだったのか。「レキシントン」隊のヘルキャット一機が、香取・茂原間の空戦で零戦により撃墜されている。墜落地点の緯度経度が報告されており、茂原飛行場の北約六キロだ。同隊はほかにヘルキャット七機が被弾している。同空母第二次攻撃隊（Ｂ攻撃隊）は午前八時二〇分に茂原から東へ九キロはなれた海上で零戦五機、「鍾馗」一機と遭遇、ヘルキャット一機が撃墜され、一機が被弾したと報じている。もし岩本機が着陸せずこの時間帯も飛んでいるとすると、「回想ノート」にある海上空戦はこれであった可能性もある。

「ハンコック」第一次攻撃隊は被害なしと報じている。第二次は午前七時四五分から空戦開始で、一機被弾しただけとのこと。

「サン・ジャシント」第一次攻撃隊は被弾一機を報じているだけだ。第二次は房総半島の東岸到達が午前一〇時四〇分なので、岩本小隊は空中にいなかったと考える。「ベニントン」第一次攻撃隊だが、一機が対空砲で被弾し帰投中に着水、もう一機が対空砲で破損したと報じている。

一方、二五二空・三一一飛行隊は四五機発進のうち、午前八時二〇分に三一機帰投となっている。それで戦果報告だが、例によって華々しい。ヘルキャット撃墜二四機、うち不確実九機。岩本少尉の戦果はヘルキャット二機撃墜、うち一機不確実だ。米側の被害集計と大きなへだたりがある点はいうまでもない。誇大な戦果報告は米側も同じで、数字を見てあきれるばかりだ。

二月一六日午後二時四五分、岩本少尉は五機をひきい、午後四時一〇分降着で香取上空を哨戒し、空戦はなかったことが三一一飛行隊「行動調書」と「戦闘詳報」に記載されている。つまり徹三の空戦は早朝の一回だけで、「回想ノート」にもそのように書いてある。

なお三一一飛行隊のみの被害だが、自爆・未帰還九機、落下傘降下二機と「戦闘詳報」に記載されている。

昭和二〇年二月一六日の関東大空襲は、米空母実に一四隻（夜間任務群をふくめると一六隻）で終日おこなわれた。むかえ撃つ日本空軍は、関東各基地から様々な機種をはなった。

戦闘機と弾がブンブン、ヒュンヒュン飛びかう空の下にいた武田屋市子は、徹三は転勤したと思っていた。が、大空襲から一週間ほどたってから、徹三が武田屋にひょっこりあらわれたのだ。

「それから一週間くらいたって、またうちにみえたんです。そのとき、あの人は、あの人はっていったら、あれも戦死した、これも戦死したって、半分ほど死んだって。前の日に、わたしたちが、さよなら、さよならっていったかたの半分くらいは戦死したんですよね。昭和二〇年の最後の、岩本さんが茂原をはなれるときです。その次の日も空襲があったのかな。それで最後の出発のときは、いつ出発されたかわからないんです」

徹三は茂原から九州へ去った。次に市子が徹三に出会ったのは戦後のことだ。

第14章　起死回生の特攻作戦

阿部三郎の徹三にまつわる思い出

昭和二〇年二月一六日に関東全域に来襲した米艦載機と戦った岩本徹三少尉は、三月初旬、鹿児島県の国分基地に移っていた。

マリアナ諸島、フィリピン、硫黄島へと勝ち進んできた連合軍は、日本本土上陸前に沖縄占領をもくろんだ。これに対し、空母部隊をほぼ壊滅させられた日本軍は航空機を九州方面に集め、沖縄方面を防御する態勢をとった。が、搭乗員の多くは未熟だ。日本本土は米機の空襲にさらされている。訓練中の搭乗員を出撃させても、たいてい撃墜されてしまう。どうせ死ぬのだから、体あたり攻撃をさせればいいという発想で特攻隊は生まれたのだが、徹三の気持ちは複雑だった。死なぬよう、一人前に戦えるようせっかく訓練した生徒が、一〇〇パーセント死ぬ戦いに旅立っていく。

九州に移動したころの岩本少尉を見かけた人物がいる。阿部三郎中尉で、「私は敗戦の日スピットファイアを撃墜した」（『空戦に青春を賭けた男たち』収録）と『零戦隊長藤田怡与蔵の戦い』（阿部三郎著）の中で徹三の事どもを長文で紹介している。以下はその内容である。

阿部は三月半ば、国分基地に着任早々、戦死した搭乗員の遺品整理をやらされた。近くの村長宅が宿舎になっていて、八畳と一〇畳をぶちぬいた部屋にベッドが二列に並んでいた。遺品を柳行李に入れている最中に、岩本少尉が一升瓶二本を持ってあらわれた。

「分隊士、そんなことは従兵にやらせればいい。まあ、一杯、やりやしょう」

岩本はアルミのコップに酒をつぎ、ベッド間の床にあぐらをかいた。そして阿部に一升瓶とコップを突き出す。さしつ、さされつだ。阿部は酒が強い。岩本も強い。岩本は日中戦争からの空戦を語り、阿部は聞き耳を立てた。岩本少尉は司令と同じくらいの古豪なので、中尉の阿部でも頭が上がらない。

「分隊士、サイドカーでくり出しやしょう」

さそった岩本は側車座席にどっかと座り、運転したのは阿部だった。くり出し先は近くの温泉だ。

岩本は毎晩、一升瓶二本を手に阿部の前にあらわれた。かわいそうに思われたのか、飲みっぷりが気に入られたのか、理由はわからないが、毎晩、岩本は阿部を運転手にして温泉にくり出した。そして夜が明けると、阿部だけをたたき起こして特別訓練を課す。

岩本機は阿部機の前を飛んでいる。岩本機はバンクを振り、戦闘開始。地球が、阿部の頭上に一回くるりと来る。と、岩本機は阿部機の後ろにぴたりとついている。阿部は筑波空でラバウル帰りの教官とひねりこみの訓練を重ね、教官といい勝負をするほどまでに腕を上げていた。が、岩本には何度やっても大人と子どものちがいで、歯が立たなかった。こんな訓練が五、六日続き、例によって一升瓶二本のふたりだけの飲み会で岩本はいった。

「分隊士、あんたは、あっしから学ぶことはほとんどおぼえやした。これからは一人前の戦闘機乗りです。ただし見張りはまだ半人前です。空戦では、あっしが先に敵機を見つけて隊を誘導します。その後は、あっしの二番機になってついてきてください。そして、あっしの機銃が火をふいたときだけ前を見てようがす。目の前に敵がいますから、発射レバーを引いてください。必ずあたります。それまではまばたきせず、あっしの飛行機だけを見て、ついてきてください」

阿部は岩本の空戦方法について書いている。空戦に入る前に、いち早く高度をとって様子をうかがう。編隊からはなれた敵機を見つけ急降下する。一撃するとすぐに急上昇し、また様子をうかがう。こういう戦法をとっていたようだ、とのこと。

阿部はまた岩本の視力について書いている。阿部は視力表のいちばん下の二・〇を、規定より二メートルほど下がっても見えた。しかし岩本はようやく二・〇が見えるくらいだった。それが実戦になると、岩本は全編隊の中で最初に敵を発見するのだ。岩本は敵機の方向を指す。それを見つけるのに、阿部は一〇数秒かかった。なぜそれができるのか。質問すると、

「敵機は目で見るもんじゃありゃあせん。感じるもんです」

という返事があった。敵はどのあたりで待ち伏せしているかを考え、太陽の方向、雲高、雲量などを考慮に入れてその方向を重点的に見る。一瞬きらりと敵機が光る。上空や付近に目を配りながら、隊長機まで行く。隊長に知らせると、エンジンをしぼって後退する。

阿部は岩本の口調として、「一杯やりやしょう」「くり出しやしょう」「ありゃあせん」「ようがす」、「わたし」を「あっし」と書いている。が、これらは島根県ではまったく使わない言葉だ。また戦争末期、徹三と何度も出会っている武田屋の市子は、徹三はこんな言葉を使っていなかったと証言している。「あっし」「しやしょう」「…がす」は、いなせな江戸っ子の口調、捕物帖に出てくる言葉だ。そういえば徹三は上官の春田虎二郎を親分と呼び、自分はその子分といっていた。そういう親分子分の出てくる映画を、徹三はみていたのかもしれない。それとも阿部自身が、そういう映画をみていたのか。

阿部三郎はまた岩本がかわいがっていた犬について言及している。皮膚病にかかっていたきたない犬で、岩本は邀撃時に犬を膝にのせて飛び上がった。背面になれば、犬は風防に頭をぶつけるであろう。阿部がそういうと、岩本はにやりと笑い、

「あっしは、そんなへぼな空戦はやりやせん」

と答えたという。

「回想ノート」と一次資料の比較のむずかしさ

「回想ノート」全体を見わたして筆者が感じることは、徹三が自分の目で見、心に残った体験談はすべて事実であろう。だが、しるされている日付け、撃墜破数、敵機名、空戦場所などは事実と異なっている。だから「回想ノート」にある内容と、アジア歴史資料センターに保管されている一次資料とを突き合わせて事実にせまろうとするのだが、一次資料も廃棄されたものもあり完全ではない。

とりわけ昭和二〇年春の沖縄方面特攻作戦では、徹三が所属していた第二〇三海軍航空隊・戦闘三〇三飛行隊・鹿児島基地部隊の一次資料はアジア歴史資料センターには残されておらず、この時期の徹三の活躍を裏づける作業は困難をきわめた。

「第二〇三海軍航空隊戦時日誌、自昭和二十年三月一日至昭和二十年三月三十一日」の「別冊二」に、

〈戦斗機分隊士、少尉岩本徹三、鹿児島基地〉

という記載がある。筆者が見つけた徹三の名前はこれだけだ。昭和二〇年春の戦闘三〇三飛行隊の「飛行機隊戦闘行動調書」は現存しないと思われる。この時期の二〇三空の「戦闘詳報」と「戦時日誌」はあり、「功績欄」にパイロット名を見つけることはできる。が、「岩本徹三」の名前は記載されていない。それなら岩本少尉の出撃日をどうやって知ればよいか。

一次資料に「鹿児島部隊」あるいは「S三〇三」といった記載を見つけることができる。これらの記載があるなら、徹三も出撃した可能性がある。さらに筆者は『海軍予備学生・零戦空戦記』（土方敏夫著）という本にめぐり会うことができた。土方は徹三と同じ二〇三空・戦闘

三〇三飛行隊に所属し、本書が伝える情報は良質で信用でき、この点は後で説明する。つまり土方本に戦闘三〇三が沖縄方面へ出撃していった内容が書いてあるなら、これに徹三も加わっていた可能性があるのだ。

昭和二〇年三月二六日、米軍は沖縄島南西にある慶良間諸島に上陸した。慶良間を沖縄攻略の泊地基地にしようという作戦だ。もはや米軍の沖縄上陸は確実と考えた大本営は、同じ二六日に天一号作戦を発令する。九州方面に集中させた航空機を総動員して、南西諸島をねらう敵機動部隊と上陸軍を撃滅しようというのだ。

鹿児島基地における岩本徹三少尉

四月一日に沖縄本島に上陸した米軍は日本陸軍をも圧倒し、その日のうちに北と中飛行場を確保してしまう。こうなると日本側としては、新たな作戦で態勢を立てなおす必要がある。それが菊水作戦だ。四月六日発動の第一号から六月二二日の第一〇号まで続き、主たる戦術は特攻だ。「回想ノート」によると、徹三は国分基地から鹿児島基地に移動し、四月初旬まで五回ほど出撃し空戦を戦っている。しかし、それらを裏づける良質の資料はない。

昭和二〇年四月の空戦

四月一二日（菊水二号作戦）、徹三は沖縄方面へ出撃し、空戦に参加した可能性がある。なぜなら「二〇三空・笠野原基地・戦闘詳報」のこの日の記述に、

〈第三波（三五二空）零戦一六機発進、S三〇三（在鹿児島）零戦二一機ト合同進撃〉

とあるからだ。この時期の戦闘三〇三飛行隊の一次資料は見つからないが、この「二〇三空戦闘詳報」により徹三も出撃したのではないかと思えるのだ。しかもこの「戦闘詳報」には零戦・第三波制空隊一六機が笠野原より発進し、鹿児島基地所属の戦闘三〇三零戦二一機と合同し、第三波制空隊の隊長が岡嶋清熊少佐であるとの内容の記載がある。岡嶋少佐といえばこの時期、戦闘三〇三の隊長であり、徹三の上官にあたる。ただし第三波制空隊の三五二空・笠野原基地メンバー一六機の名前が「戦闘詳報」に記載されているのに、徹三所属の鹿児島基地二一名の名前はない。菊水作戦期間における一次資料はすべてこの有りさまで、三〇三飛行隊の戦闘詳細とメンバー名はいっさい見つからない。なおこの時期、三五二空零戦隊は二〇三空

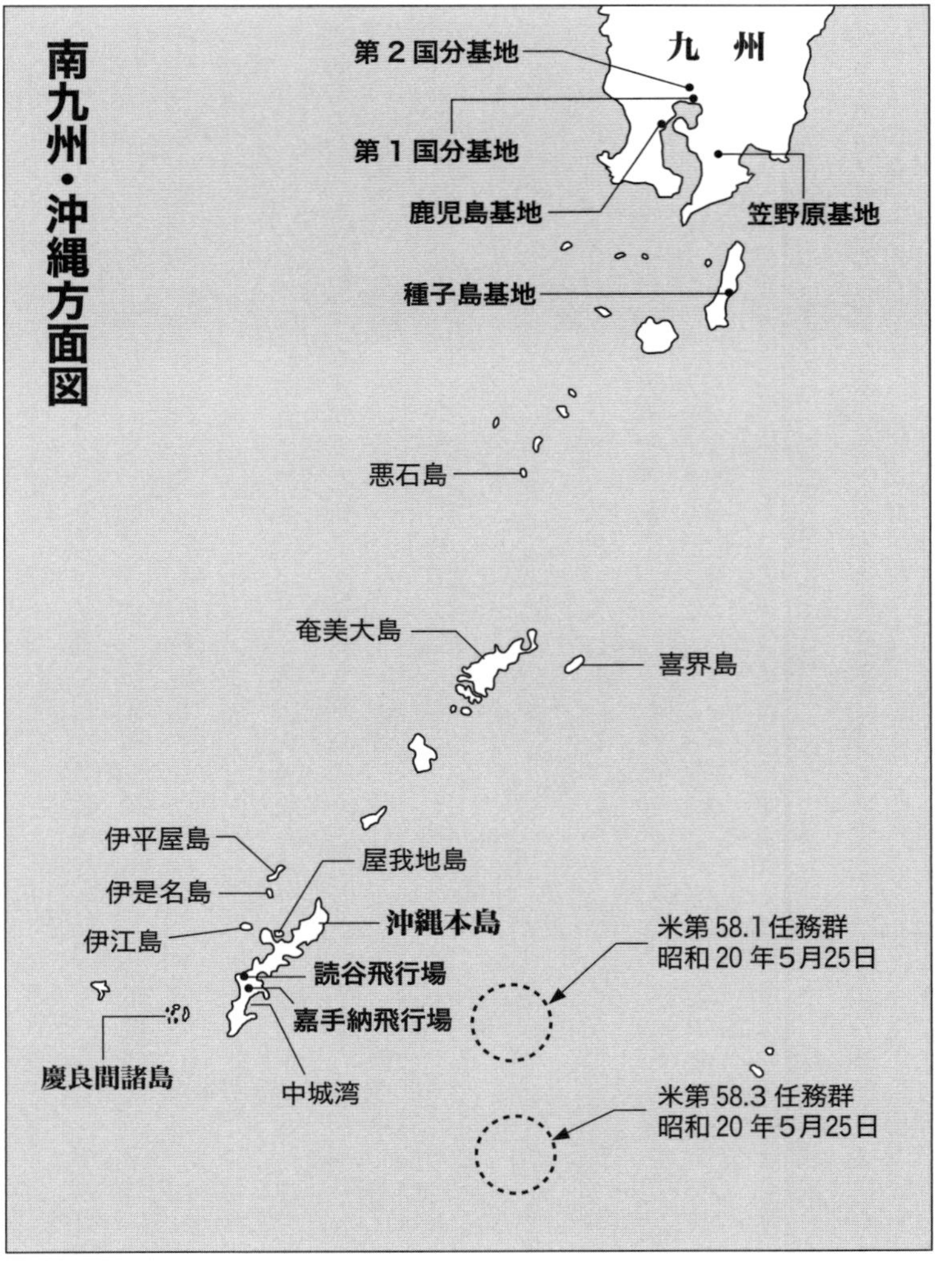
南九州・沖縄方面図
九　州
第２国分基地
第１国分基地
鹿児島基地
笠野原基地
種子島基地
悪石島
奄美大島
喜界島
伊平屋島
屋我地島
伊是名島
沖縄本島
伊江島
読谷飛行場
嘉手納飛行場
慶良間諸島
中城湾
米第 58.1 任務群
昭和 20 年5月25日
米第 58.3 任務群
昭和 20 年5月25日

に編入されていた。

四月一二日、早朝三時二五分より「彗星」艦爆九機、零戦八機が発進し、沖縄の北・中飛行場を銃爆撃した。午前七時には、制空隊第一波の陸軍戦闘機一五機が都城基地より発進。この部隊の任務は敵戦闘機のつり上げ、すなわち敵機を北へおびき出し、その後におこなわれる特攻を有利に進めるというものだった。次いで零戦制空隊第二波、三波、四波がそれぞれ午前一一時、一一時半、一二時に計九六機が発進し、奄美大島から沖縄島上空で米戦闘機隊と戦った。このうち第三波に徹三が参加している可能性があるのだ。

一二日の主役たる特攻隊は九七艦攻二〇機、九九艦爆二〇機、陸攻・「桜花」隊八機が沖縄島周辺の敵艦攻撃に向かった。特攻隊が敵艦に突入したのは午後三時前後だ。注目すべきは、九七艦攻特攻隊のこの日の「戦闘詳報」に、

〈二〇三部隊ハ一四〇〇ヨリ一五三〇迄ノ制空ヲ實施ス〉

と記載されている点だ。つまり特攻隊が突入しているさなか、おそらく三〇三飛行隊をふくむ零戦隊は空戦を戦っていた可能性があるのだ。

「二〇三空戦闘詳報」によると第三波制空隊の三五二空零戦一六機のうち一機は途中で引き返し、一五機が午後一時ごろ奄美大島上空に達した。ここで空戦中の第二波制空隊に出くわし、三五二空隊は四機を空戦中の第二波に送って支援させた。そして残り一一機は沖縄島へ向かい、中城湾上空でグラマン八機、シコルスキー三機と交戦、このうち三機を撃墜したという。

「三五二空大村空戦闘経過概報（笠ノ原基地四月十二日）」という資料を、アジア歴史資料セン

ターに見つけることができる。それには敵機四機を撃墜し、戦果を挙げたパイロット名として堀本一飛曹、田尻中尉、山崎飛長と小林中尉の名前をしるしている。被害は三五二空が未帰還二機、被弾三機、大村空は未帰還三機。墜落しなかった機は、一八時半までに基地にもどっている。

三〇三飛行隊について書いた資料はいっさいないので、徹三がどこでどう戦ったかはわからない。ただ三五二空と合同で沖縄まで飛んだとすれば、それなりの活躍はしたと思われる。

それでは「回想ノート」に、徹三は四月一二日の戦いをどう描いているか。その全文を以下に書く。

〈四月一二日の菊水二号作戦に策応して出撃し、沖縄東方洋上でついに敵空母を発見、数機は敵戦艦に命中、瞬時に轟沈の戦果を上げたのである。この日、我々の中隊は沖縄本島まで特攻機約八〇機を掩護、特攻機の突入と同時におそいかかる敵戦と交戦、F6F×二機を墜とし、発進しつつある敵飛行場に対して急降下による銃撃を敢行、数十機を撃破して引揚げた。途中、奄美大島付近でF4U×八に攻撃を受けたが、幸い雲を利用して列機と共に無事基地にかえった〉

「回想ノート」にある空戦描写によると、岩本中隊は沖縄本島まで飛んでいる。だとすると三五二空一一機とともに中城湾上空まで行き、グラマン八機、シコルスキー三機と交戦、このうち四機を撃墜したという空戦に参加していた可能性がある。

四月一四日、二〇三空が鹿児島部隊と合同し、機動部隊攻撃に出撃したとの記述が「二〇三空戦闘詳報」にある。それで徹三も出撃した可能性はあるが、零戦全機に敵機との交戦はなかった。

四月一六日、一次資料に記述はないが、土方敏夫の著作『海軍予備学生・零戦空戦記』にこの日、鹿児島部隊が沖縄へ出撃していった記述がある。とすると徹三も加わっていた可能性がある。

あと四月二二日、四月二八日、五月一一日、五月一四日に、機動部隊攻撃、あるいは沖縄泊地攻撃の制空任務で多数の零戦が出撃し、鹿児島部隊あるいは戦闘三〇三参加の記述が「二〇三空戦闘詳報」あるいは土方本に見受けられる。だからこれらの日に、徹三も出撃した可能性がある。

岩本機がハチの巣にされた日

五月二五日、徹三は乗機をさんざんに撃たれ、ハチの巣にされた。この日付けは『零戦撃墜王』すなわち「回想ノート」では四月二八日になっている。どちらの日付けが正しいかだが、筆者は五月二五日のほうを採用したい。実は筆者は、『海軍予備学生・零戦空戦記』（土方敏夫）に書いてある内容を読んで、五月二五日にしたいと思うようになったのだ。

土方は東京物理学校在学中に海軍に入り、パイロットになった。昭和二〇年四月中旬、三〇三飛行隊に配属になり、徹三にまつわる貴重な話を著書に書いている。土方については本人の著書以外に、『特攻最後の証言』（「特攻最後の証言」制作委員会著）にインタビューがのっている。戦後は中学校・高校で教師をやり、外務省人事課につとめたことがあるという。これらを読んで判断できることは、土方は高等教育を受けた人らしく、良質の情報を後世に残していることだ。土方はまた戦時中に記録した自身の「航空記録」を廃棄せず、『海軍予備学生・零戦空戦記』はそれにもとづいて書かれている。こういう理由から、筆者は土方の著作は信頼できると考えるのだ。

岩本機がハチの巣にされたのは四月二八日ではなかったか、と思わせる記事がある。安部正治が雑誌『丸』に書いた記事で、『空戦に青春を賭けた男たち』にもおさめられている。安部は徹三と同じ戦闘三〇三に所属し、岩本徹三の印象を心に強烈にきざみこんで戦後を生きた。安部は次のように書く。

〈岩本分隊士でさえ、菊水四号作戦で数にまさる敵戦闘機と空戦に入り、機体に蜂の巣のような銃弾をうけて帰還したこともあった〉

菊水四号は四月二一日から二九日にかけて戦われた。ではなぜ安部は菊水四号であろうと思ったのかだ。それは安部が『零戦撃墜王』を読み、そう思ったのかもしれない。『零戦撃墜王』に次のような文言がある。

〈四月二八日、菊水四号作戦の命は下った……奄美大島と沖縄の中間あたりで、優勢な敵戦闘機とぶつかった……座席の後方は穴だらけで、右翼の方もまた蜂の巣のようになっている〉

安部は戦後、警察に就職し、「零戦刑事」と自認して仕事にはげんだ。すなわち初動捜査がスクランブル、尾行が追躡攻撃、張りこみが上空哨戒、格闘が空戦、逮捕が撃墜で、両者は同一のものであったという。安部は次のように書く。

〈昭和四十五年当時に署の刑事課長職を最後に退くまで、私の心のなかには、あのエース岩本徹三、エース西沢広義の面影が活きつづけていたのである〉

それでは土方敏夫は『零戦空戦記』で五月二五日の模様をどう描いているか。以下にその要約を書く。

この日、土方中尉所属の戦闘三〇三飛行隊は、沖縄周辺の敵艦に突っこむ特攻隊掩護をおこなった。積乱雲が多く、編隊は旋回をくり返し、隊形は乱れた。奄美大島東にある喜界島を過ぎたころ、上からF6Fヘルキャット戦闘機が降ってきた。前方の味方編隊は下へ突っこんでいく。土方は下に注意を集中させる。一三ミリの薬きょうが、すだれのように落ちてきたのはそのときだ。振り向くとヘルキャットが四機。零戦をとっさに左にすべらせ、スロートロールを打つ。敵四機は一航過し、土方機を追わずに去っていった。土方は寿命が一〇年縮まった思いをした。この日はほかの隊員も苦戦したようで、岩本少尉も穴だらけの零戦で帰還した。整備員が数えると、弾痕が三〇数発。いずれも致命的な場所からはずれていた。岩本少尉は飛行靴の右外側を土方に見せた。弾の跡があった。それでも岩本はヘルキャット一機を撃墜して帰ってきた。この日の夜、反省会を開き、岩本はいった。

「きょうの場合、いちばんまずかったのは、全員が下方に向かって避退したことだ。はっきり自分がねらわれているか否かは、わかるはずだ。軸線が合っていない場合は、上方に引き上げる落ち着きが大切であり責任感の問題だ」

適切な指示と、土方たちは受けとった。

土方は自著をみずからの「航空記録」を見て書き、五月二五日には米山孝中尉が南西諸島で戦死したと書いている。これも事実である。

それでは徹三は「回想ノート」に、搭乗機をハチの巣にされたときの様子をどう書いているか。以下はその要約である。

この日は「桜花」など特攻機約五〇機を戦闘機四〇機が掩護し、沖縄周辺の敵艦攻撃に向かった。途中、奄美大島と沖縄の中間あたりで優勢な敵戦闘機とぶつかり、制空隊は空戦を余儀なくされた。特攻機は敵機のすき間を突破して沖縄付近の敵艦に突入した。多勢に無勢だったので数分で空戦をやめ、帰途についた。それでも小生はＦ４Ｕコルセア戦闘機を一機撃墜。帰投中、奄美大島北方の悪石島付近で、コルセア八機に上から襲われた。われわれは逃げたが、追いつかれた。反転し空戦に入るも、多勢に無勢だ。胴体、翼に数十発を食らった。逃げて落とされるより体あたりしてやろうと、後上方から襲いかかる敵機に対し急上昇で下から反航態勢にもっていく。正面から撃ち合うかたちになったが、敵弾は命中しない。逆に敵機は二〇ミリ弾を食い、海へ落ちていく。正面から敵機が来た。これにも体あたりする勢いで突っこんで一瞬かわすと、下方に列機がいた。その後ろに敵機二機が見えた。一機を撃って、火だるまにする。もう一機は逃げ出す。これで列機を救った。が、もう一機を追っているとき、またしても後ろからはげしく撃たれた。数十発、命中した。風防の前が飛び散った。右翼タンクから白い筋が流れている。ガソリンがふき出ているのだ。が、エンジンはまわっているので、撃った敵機に機首を向けて射撃する。やぶれかぶれの反撃に、敵機は沖縄方向へ姿をくらました。悪石島南の海面に紫色の波紋がひとつ。おそらく列機の自爆であろう。

列機は見あたらず、単機で九州方向に機首を向けた。全身汗びっしょりだ。被害をチェックする。座席後ろは穴だらけだ。右翼もハチの巣になっている。座席左右の器具はめちゃめちゃだ。右の電信器には足の入りそうな大穴があいている。右タンクからの白い筋はとまっている。風防がこわれているので、スピードを出すと強風に打たれて息ができない。種子島に向かう。燃料計とにらめっこしていると、ときどき零をさす。種子島基地が見えてきた。高度三〇〇〇メートル。エンジンよ、あと一分とまるな、という気持ちで、体を前に乗り出す。と、エンジンはパンパンという音とともにＲＰＭ（回転数）を落とし、停止した。あとはグライダーのように滑空する。

左車輪カバーに松の枝があたったが、着陸した。基地員が機体を掩体壕に入れてチェックすると、穴だらけだ。落下傘バンドの金具が弾一発をとめていた。もしそれがなかったらと思うと、背中がむずがゆくなった。

夕方、被弾機を操縦して鹿児島基地に向かった。岩本機の帰還で、基地はざわついた。指揮所に入り、戦闘報告をおこなう。飛行中、強風にさらされたので耳鳴りがし、相手の言葉がきこえにくい。列機搭乗員によると、中隊長が単機で敵機に突入している間に、列機は高度を下げて脱出したという。そのとき列機は敵機一機が落ちていくのを目撃したが、味方機も一機海中に突っこんだ。それが岩本機で、司令部は岩本少尉戦死と判断したという。命びろいしたので、その晩はお祝いに夜明けまで飲んだ。

というのが「回想ノート」の内容だ。土方によると徹三被弾の夜、反省会を開き、徹三が、

「きょうの場合、いちばんまずかったのは、全員が下方に向かって避退したこと……」

といったという。これが五月二五日だったという土方本の内容を、筆者は採用したのである。

悪天候で米機動部隊を発見できず

五月二五日の戦闘は、日米一次資料にどう記録されているか。まず日本側だが、午前一時ごろ、「彗星」夜戦一四機、零戦の夜戦四機が鹿屋基地から索敵攻撃に出たが会敵しなかった。これで前日、南九州に来襲した艦載機の母艦は南下したと判断され、攻撃目標は機動部隊ではなく沖縄周辺の敵艦に変更された。次いで午前五時、美保基地より「銀河」二二機が発進。悪天候とエンジン不調で引き返す機が多く、それでも、

〈二機空母、一機戦艦、一機艦種不詳ニ突入を報ズ〉

との内容が「第五航空艦隊の作戦記録」に掲載されている。が、これは誤報で、大型艦に特攻機は命中していない。

この日午前八時、米第五八・一任務群の大型空母「ホーネット」「ベニントン」、軽空母「サン・ジャシント」「ベローウッド」は沖縄の東約一五〇キロ地点にいた。さらに沖縄の南東約

二〇〇キロには第五八・三任務群の大型空母「エセックス」「ランドルフ」、軽空母「モンテレー」「バターン」がいた。これら空母八隻の「戦時日誌」「航空機戦闘報告書」などを読むと、共通する内容として、悪天候で沖縄地上軍を支援する航空機を飛ばせなかったこと、艦隊まで到達した日本機がなかったことが書いてある。戦果としては「サン・ジャシント」のヘルキャットが午前八時ごろに零戦五二型と偵察機「彩雲」を一機ずつ撃墜、「ベローウッド」のヘルキャットが戦闘機「疾風」と一式陸上攻撃機を一機ずつ撃墜したとの記述がある。そして米機動部隊の被害だが、「ベニントン」のヘルキャット一機がエンジン不調で不時着水しただけだった。

沖縄周辺の敵艦に目標変更

特攻隊の目標は、沖縄島周辺の敵艦に変わった。五月二五日午前五時より、国分基地から九九艦爆一〇機、戦闘三一六飛行隊の零戦一六機、戦闘三一三飛行隊の零戦二〇機が発進。徹三と土方が所属する二〇三空・戦闘三〇三飛行隊は鹿児島基地より発進した。土方著の『零戦空戦記』に、

〈五月二十五日（金）菊水七号作戦が発動され、私たち戦闘三〇三飛行隊と、戦闘三一一飛行隊は、合同で沖縄制圧に向かった〉

とあり、S三〇三はS三一一との合同部隊だった。それで機数だが「第五航空艦隊戦闘経

過」および「第五航空艦隊の作戦記録」によると、沖縄上空制空として零戦が八一機。別に三四三空「紫電」三四機が、喜界島・奄美大島付近までの特攻隊掩護で出撃を命じられている。S三一三とS三一六の合計機数は三六機。単純に八一機から三六機を引くと四五機になり、これが岩本少尉と土方中尉がいた制空隊の機数と思われる。

徹三ら零戦隊の沖縄島到達時間だが、作戦命令として、〈二〇三部隊（含七二一部隊戦闘機）八〇八〇〇ヨリ〇八四五ノ間沖縄泊地上空進撃制空〉が発せられている。しかしこれは命令書の文言であり、実際はS三一六とS三一三は奄美大島一帯の断層雲のため引き返しており、徹三らも同様に引き返した。

この日、沖縄島周辺への海軍特攻隊はどう動いたか。早朝の機動部隊攻撃と同じように、悪天候にはばまれている。九九艦爆隊は午前一〇時一七分までに天候不良などの理由で八機が帰投。未帰還の二機のうち一機だけが沖縄島敵艦に突入した可能性が大と判断された。一式陸攻が投下する「桜花」もこの日特攻予定になっていた。陸攻一二機が出撃し悪天候で九機が引き返し、三機が帰還しなかった。一方、陸軍特攻隊は沖縄島泊地攻撃を強行し、爆弾を抱いた戦闘機「疾風」「飛燕」「隼」など多数が沖縄島上空で、哨戒中の米戦闘機に落とされた。

米戦闘機、特攻隊をむかえ撃つ

米戦闘機はいかに特攻隊と戦ったか。すでに書いたように、五月二五日、米空母搭載の戦闘機と日本機との大規模な接触はない。午前五時半、米海兵隊第三一二戦闘飛行隊（ＶＭＦ－３１２）所属のＦ４Ｕコルセア四機が沖縄島にある嘉手納《かでな》飛行場（中飛行場）から哨戒任務で発進した。コルセア隊は午前七時四五分に嘉手納基地北約一〇〇キロ地点で零戦一六機、戦闘機「鍾馗」三機、九九艦爆三機を発見、空戦に入った。例によって空中大活劇が同隊「航空機戦闘報告書」に綿々と語られており、戦果は零戦七機撃墜、二機不確実、二機撃破、「鍾馗」三機撃墜、九九艦爆三機撃墜を報じている。同「報告書」にはＰ－47サンダーボルト陸軍戦闘機が、空戦の終盤で参戦してきたことも書いてある。Ｐ－47は伊江島基地より発進したもので、相当数の特攻機撃墜を報じている。また別にＶＭＦ－４２２「戦闘報告書」には、コルセア八機が哨戒任務で伊江島飛行場より発進し、午前七時四五分からハンプ（零戦）八機、「隼」二機、「鍾馗」一機、「飛燕」二機を相次いで発見し、空戦になったむね報告されている。場所は沖縄島北にある伊是名島と伊平屋島付近だ。戦果はハンプ三機、「隼」二機、「鍾馗」一機撃墜とのこと。

零戦との空戦については、読谷《よみたん》飛行場（北飛行場）からＶＭＦ－４４１のコルセア四機が離陸、午前八時二〇分に屋我地島上空で零戦一機撃墜というのがある。また午前八時四五分から一〇分間、嘉手納基地発進ＶＭＦ－３２３のコルセア四機が零戦二機、「鍾馗」七機、「飛燕」一機を発見、空戦になり、「鍾馗」六機、零戦一機の撃墜を報じている。

米側資料には「鍾馗」（米側呼称、トージョー）が盛んに出てくる。昭和二〇年春の沖縄作戦で「鍾馗」が掩護機あるいは特攻機として使われた記録はない。この日、「疾風」「隼」「九七式戦闘機」「二式高練」が多数、特攻機として九州より沖縄へ飛び立っているので、米側は形が似ているこれらの機を「鍾馗」と思ったのか。

米側基地航空隊の損害だが、ＶＭＦ－３１２のコルセア一機が零戦により撃墜され、一機被弾が報告されている。それからＶＭＦ－３２３のコルセア一機が、爆発した「鍾馗」の破片をあびて損傷、ＶＭＦ－３２２コルセア一機とＶＭＦ－４２２コルセア二機が原因不明の軽微な損傷と報告されている。

日本の航空部隊は沖縄方面で多くの搭乗員を失った。昭和二〇年六月、岩本徹三少尉は新人育成のため、山口県の岩国基地へ向かう。

第15章　天雷特別攻撃隊

徹三、山口県岩国基地へ移動

太平洋戦争最後の年の昭和二〇（一九四五）年六月、多数の特攻機を動員した菊水作戦は終焉をむかえようとしていた。沖縄本島における日本陸軍の抵抗も風前の灯火だった。沖縄の後、連合軍はいよいよ日本本土に上陸してくるであろう。B－29爆撃機による空襲は続いていた。減りに減った戦闘機搭乗員の育成が急務だった。「回想ノート」に、次のような記述がある。

〈各飛行隊より老練なる搭乗員を飛行隊兼務で一名出す事となり、基地を岩国にとる事となった。小生の飛行隊では誰にするか人選に困った。指揮官配置の者を出す事はそれだけ戦力がへるし、若い者では其の任にならずついに隊長の案で小生が行く事にきまったのである。今の困難な場面に小生としても後方部隊勤務には心が進まなかったのであるが、司令、隊長よりのす

すめてついに当飛行隊より一時はなれる事となり、六月上旬、出水基地に向ったのである〉

各飛行隊から選ばれた指導要員たちは、まず鹿児島県にある出水基地に集合した。岩本少尉の姿が岩国基地で見られるようになったのは六月中旬だ。速成訓練を未熟練者にほどこす。それが徹三の当初の任務だったが、やがてまかされるようになったのは「天雷」と称する特攻隊の練成訓練だった。

特攻隊員の訓練ときいて、徹三の思いは複雑であっただろう。特攻には徹三はもともと否だった。徹三の所属部隊である戦闘三〇三飛行隊隊長の岡嶋清熊少佐も特攻は邪道と批判し、特攻機掩護にはしぶしぶ出撃した。

「戦闘三〇三からも特攻機を出せ」

としつこくいわれた。それでも岡嶋は反対を唱え、それでかえって部下たちから慕われ、戦闘三〇三の結束は強まった。隊員たちは「岡嶋戦闘機隊の歌」をつくり、戦後生き残った隊員たちが集まるとこの歌を歌って岡嶋の人格を讃えた。なお岡嶋は戦後自衛隊に入り、海将補で立派な経歴を終えている。

天雷特攻隊の任務

天雷隊員だった内藤宏が『天雷特別攻撃隊』という本を、沖井洋一と共著で一九九三年に出版している。沖井洋一は岩国市・沖井病院の沖井磯吉院長の長男として生まれ、洋一とその姉の千鶴子に筆者は電話インタビューをおこなった。沖井洋一は別に『ドン・キホーテなハムレット』と『人は歩道をあるくもの』の二冊の本を出版している。また高野透という元天雷隊員が書いた「もう一つの天雷特別攻撃隊」というタイトルの手記が『若鷲の群像』という本におさめられており、これらの内容が本章の根幹を成している。

内藤宏は昭和一六年一二月に第一七期乙種飛行予科練習生として入隊し、天雷隊員になったときは一九歳だった。岩国に移動する前はシンガポールにいて、内地転勤後は出水基地配属となり、沖縄方面へ向かう特攻隊の掩護を何度かつとめた。

有名な錦帯橋のある錦川は海の近くで今津川と門前川にわかれ、岩国飛行場はそのデルタ地帯に位置する。輸送機からおり立った内藤上等飛行兵曹は愕然とした。元格納庫があったあたりに、みすぼらしい仮設の建物が三つ、四つある。飛行場の外に直径一〇メートルほどの穴が何十と見えている。空襲でやられたのだ。

内藤上飛曹が岩国基地の指揮所で転勤の報告をおこなったのは昭和二〇年五月二五日だった。指揮所横に集合せよ、とのことで搭乗員たちは整列した。隊長は予備学生（一三期）出身の海原《かいばら》健次中尉。あと九名の隊員がいる。司令、飛行長などが列席している。性格のおだやかそうな少尉が、

「これより名前を呼ぶから、その順に整列してください」

と、やさしい口調でいった。少尉の横に、日焼けなのかヤケドなのかわからない、真っ黒な顔の飛行長が立っている。司令がおもむろに一〇人の前に足を運ぶ。一〇人は敬礼し、司令は

天雷特別攻撃隊・白虎隊隊員。前列左から種村芳雄、駒田清、金子敦、加藤和夫。後列左から広川一栄、村田豊代美、加藤正治、内藤宏、海原健次隊長、大江敏一（写真提供：高野靖之氏）

答礼してから訓示をはじめる。

「諸君には帝国海軍航空隊の命運をかけた仕事をしてもらう。B－29を撃滅するための空中特攻である。名称は天雷特別攻撃隊である。今後一ヵ月間の訓練の後、特攻配置につく。諸君は大勢の中から選ばれた、名誉ある隊員である。B－29を本土に近づけないよう、がんばってもらいたい」

との内容だった。続いて魁偉な容貌の飛行長が、攻撃方法を説明する。

「B－29の編隊の前上方五〇度から六〇度の角度で進入し、敵編隊の一番機をかわした瞬間に操縦桿のボタンを押して二五番爆弾を爆発させる。これにより直径二五〇メートルから三〇〇メートルの範囲の敵機に打撃を与えられるのである」

二五〇キロ爆弾の先端には風車がついていた。操縦席内の把柄をパイロットが引くと安全装置が解除され、風車は回転をはじめて信管が作動する。信管は操縦桿のボタンを押しても、体当たりしても爆発する。そういう仕かけになっていた。理想位置で爆発させられない場合は体当たりせよ、敵が小型機なら退避するか空戦をせよ、ということで銃弾も積み、爆弾を投棄することもできた。

内藤宏によると天雷特攻隊に教官は八人いて、いずれも大先輩ばかりだったという。「零戦虎徹」こと岩本少尉は内藤らに、

「がんばってやるように……」

と激励した。教官の中に田中民穂兵曹がいた。田中はペリリュー、ヤップ、グアム、メレヨンの各島を転戦して空戦を戦い、本土帰還後は沖縄へ向かう特攻隊掩護の任務につき、それから岩国基地へ来た。戦後は全日空の機長として生涯空を飛んだ人だ。

内藤によると、天雷隊は次のような訓練をしている。

〈いままで実施したことのない前下方攻撃、前上方攻撃、高々度飛行、前上方協同攻撃、二機協同攻撃、応用攻撃、更に索敵攻撃など毎日毎日、これを繰り返した。しかも、これを一日に三、四回反復練習をした……帰投すれば、すぐ虎徹さんに引っ張られて昼食、これが済むと、民穂さんに連れ出され、二時ごろの飛行作業終了時には、もうくたくたになるような毎日だった〉（『天雷特別攻撃隊』）

そして夕食。天雷隊員たちは酒、缶詰を持ち寄り集まってくる。アルコールなら、〈虎徹さんも民穂さんも本当に強かった。私も同様なので、ご両人とも私を酒の相手にしてか

わいがってもらった〉

と、内藤は書く。

天雷隊は二グループにわかれていた。内藤ら第一グループの名称を白虎隊といった。後にもう一グループ一〇名が加わり、こちらは飛龍隊と名づけられた。計二〇名の奇抜な空中特攻隊である。

土方中尉が徹三を岩国で見かける

土方敏夫は戦後、自分の「航空記録」を破棄せず、『海軍予備学生・零戦空戦記』を書いている。

〈私の航空記録によると、二十年六月二十五日に岩国へ零戦の領収に出掛けている〉

という文言ではじまる岩本徹三にまつわる土方の思い出を、以下に書いていく。

土方は昭和二〇年六月初旬における自分の総搭乗時数を四〇八時間としている。当時、総飛行時間幾千時間とレジェンド的に語られている岩本少尉の目から見ると、土方中尉はヒヨッコだ。

最前線基地の鹿児島から岩国に着くと、のんびりしていた。土方は受けとり予定の零戦の試験飛行を終えると、錦帯橋あたりを散策した。血なまぐさい南九州とはちがい、橋には女学生も集まり華やいでいた。

部下を引き連れて零戦で鹿児島基地にもどろうとする土方を、岩本少尉が指揮所でよびとめた。

「土方中尉、S三〇三の緊急発進を、彼らに見せてやってくれませんか」

「お安いご用です」

と、土方は引き受けた。このころの土方は空戦・ケンカ慣れしていた。だが無様な発進を見せると、戦闘三〇三飛行隊の名折れになる。部下を集めて要領を説明し、実戦さながらの緊急発進をおこなう。各機がそれぞれ機首の向いている方向に次々に離陸する。旋回しながら編隊を織りなしていく。飛行場上空をがっちりした編隊で通過。いいところを見せられたと思った土方らは、鹿児島へ針路を向けた。

ところが天気悪く、途中で岩国へ引き返した。それでまた岩本少尉と顔を合わせてしまった。何をいわれるかと少々気落ちしていた土方に、岩本はいう。

「無理をしてはいけません。よく引き返しましたね。それにしても土方中尉、上手になったものだと思いますよ」

畏怖する岩本少尉にほめられたのが、土方には何よりもうれしかった。

くつろぎの空間・沖井病院

天雷隊員にとってオアシス的な場所が岩国にあった。徹三にとっても、そこは千葉県・茂原

徹三と沖井の家族。後列左から徹三、道子、磯吉、前列左から千鶴子、二人おいて右端が洋一氏

基地にいたとき毎日のように通った武田屋料理部のような存在だった。死ととなり合わせの昼間の空中砂漠を、一瞬なりとも忘れさせてくれる緑地帯。そこは料理店ではなく、病院だった。

沖井病院といい、市中心部の元町にあった。外科病院で、院長を沖井磯吉といった。磯吉と天雷隊とのつき合いは、「半月庵」という料亭ではじまる。医師会の会合が「半月庵」であり、磯吉は海原健次隊長とたまたまそこで出会ったのだ。

磯吉は若い人が好きで、海原隊長と意気投合した。日々の訓練を終えた天雷隊員たちは、磯吉の家へ通うようになった。特攻隊員たちは、とりわけ畳に寝転ぶことを好んだ。

「畳はいいなあ。家に帰ったような気がするなあ」

全身の疲れをとかすような畳のかたい感触

と、イグサの香り。畳は故郷を思い出させた。しかし訓練成果が上がれば上がるほど故郷は遠のき、死期が近づいてくる。そんな青年たちに、磯吉の妻すなわち洋一の母も心を動かされ、酒の肴をととのえた。

天雷隊員たちは酒保から酒を持参したが、磯吉は別に酒を工面した。工面といっても、医者の腕でいわば密造酒を製造したのだ。医療用エチルアルコールに苦味チンキ、単シロップ、杏仁水などをまぜ、水で薄めてウイスキーをつくり「満月酒」と命名した。磯吉の家を隊員たちは「満月庵」と呼んだので、酒にはそういう名前がついたのだ。

沖井家では、長男洋一（当時、小学校六年生）、長女昭子（一七歳）、次女道子（一五歳）、三女千鶴子（一三歳）が天雷隊員と仲良くなった。子どもたちにとって天雷隊員は兄のようであり、天雷隊員にとって沖井家は心安らぐ家庭・家族のようだった。

一九世紀にドイツでつくられたピアノが沖井家にあり、次女道子がひいた。隊員たちは道子の伴奏で童謡・唱歌を歌った。「椰子の実」「からたちの花」などで、故郷をしのばせるセンチメンタルな歌だ。まるい輪になって座り、手拍子で軍歌を高歌放吟することもあった。

沖井洋一氏との電話インタビューで、筆者は次のような話をきいた。

「オヤジと虎徹さんは、話が合ったんでしょうね。虎徹さんは器用というか、オヤジは外科ですから、ケガした人が来ますね。あのころの軍人ですから、衛生兵のような常識も持っていなくてはいかんのでしょうね。オヤジのかわりに患者のガーゼを交換したり、今なら医師法違反ですけどね。おばあさんの患者さんが、虎徹先生と呼んでいました。注射をするところは見てないですけど」

　手先の器用な徹三は磯吉を手伝い、看護師のように包帯を巻いたりしていたのだろう。おばあさんに好かれる、そういう性格だったのだろう。

沖井三姉妹との別れ

　天雷隊の第一グループ・白虎隊一〇名の訓練は終了し、特攻待機に入ることになった。七月六日午前、内藤上飛曹らは佐田岬、松山城、倉敷手前へと低空周遊し、広島上空を横切って岩国基地へもどった。内地の景色を見せて送ろう、という飛行長の親心だった。午後は飛行作業なし。指揮所前に白虎隊員たちは集合した。司令がさわやかな表情であいさつする。

「天雷特別攻撃隊の一ヵ月あまりの訓練は達成された。来たる日の特攻攻撃の成功を信じて疑わない。では、元気で」

　海原隊長が命令を達する。

「天雷隊は明日、築城《ついき》基地に転進、特攻待機に入る。各自、出発準備せよ」

　その夜は沖井病院長宅で盛大に飲んだ。洋一の母は、絹の羽二重の白いマフラーを一〇人に贈った。娘三人の嫁入り道具のひとつとして、母が用意していたものだった。

　翌七日、天雷・白虎隊員を乗せた輸送機は岩国基地を飛び立った。パイロットは気をきかせて、「満月庵」こと沖井病院上空で旋回し翼を振った。磯吉は屋上で日章旗を振る。隊員たちはマフラーを振る。マフラーの白いひらめきが、娘たちの目に焼きついた。輸送機は西のかなたに消えていった。岩本少尉ら教官は、天雷第二グループ・飛龍隊の訓練で岩国に残った。

白虎隊員は、築城基地からバスで二〇分ほどのところにある大きな家を宿舎とした。そこは村長の家で玄関は広く、庭木もきちんと手入れされていた。畳が広がる大きな部屋。隊員たちはここでもイグサの香りにうっとりした。朝七時に朝食。バスに乗せられて基地へいく。飛行場に天雷隊専用テントがしつらえてある。机、折りたたみイス、冷蔵庫まである。

列線に並ぶ天雷隊用零戦を見て、内藤は責任の重さを再認識した。尾翼に101から112の数字が打ってあった。103と104は見あたらず、一〇機ある。数字の下には「天雷」と書かれ、その横に稲妻が二本描かれている。

九州の夏は暑い。防暑服の上に飛行服を着た。行き帰りのバスの窓から、砂ぼこりまじりの熱風がふきこんだ。南方帰りの内藤もまいってしまった。

八月五日、夕食前に内藤上飛曹は海原隊長からいわれた。

「八月七日、天雷隊は出撃する。第一便は内藤先任と加藤兵曹の二機とする」

内藤と組んだのは加藤正治一飛曹だった。

六日朝、沖井病院の三姉妹は、岩国から築城へ向かう下りの汽車に乗った。天雷特攻隊が七日に出撃するとの知らせが沖井家にもたらされ、お別れをしようというのだ。列車が数駅を通り過ぎたとき強烈な光が空を駆け、光の後を轟音が追いかけた。海側の窓は、軍施設が見えないよう鎧戸でふさがれていた。もしそのスパイ防止カバーがなければ、広島でこの朝炸裂した原子爆弾のキノコ雲を三姉妹は目撃したであろう。この日、長女昭子は東洋工業で旋盤をまわす仕事につくはずだった。次女道子は広島市内で防火地帯をつくるために、住人が疎開した民家をロープで引き倒す作業を手伝う予定になっていた。もしふたりが広島行き上り列車に乗っていたら、被爆していた可能性がある。

六日夕方、内藤と加藤の送別会があった。会が終わって宿舎になっている村長宅に帰っても話はつきず、三姉妹は泊まった。広い座敷に二列にフトンを敷いた。加藤隊員の頭が、千鶴子の頭の上に来た。

「チー坊、バンザイをしてごらん」

と、加藤はいった。「チー坊」という呼び名は、徹三がつけたものだ。千鶴子は両手を上げ、加藤はそれをにぎった。千鶴子は語る。

「加藤さんも寝られなくて、苦しかっただろうと思います。出撃前夜の話です。おフトンを並べて寝た。それまでみんなお酒を飲んだりして。加藤さんが苦しそうにしているのを、みんなも知っているわけなんです。寝られなくて。徹三さんは岩国基地ですからいません。九州から次の朝出撃だというので、わたしたち、お別れにいったのです。そしたら村長さんも喜んでくださって。加藤さんは、わたしの反対側の頭のほうにいたわけです。わたしはまだ子供ですから。加藤さんが寝苦しそうにしているのは、気がついていましたけどね。わたしのことをみんながチー坊、チー坊って呼んでいたんです。チー坊と呼ばせてくれって、みんなの中で虎徹さんがいったからはずかしかった。加藤さんが苦しんでいるのはわかりました。あしたの朝出撃というので。命がなくなるんですもの。片手をのばしたんですよ。そしたらわたしの手をとって、あすの朝までわたしの頭に、額に手をくっつけて何もいわないで、ただじーっとしていましたけどね。汗でびっしょりぬれていましたけどね。あすはふたりだけというので、苦しかったはずですよ。おれたちも後から行くからなとかいっていましたよ。みんなも苦しんでいるんですよね。壁に逆立ちしていたりして。どうしていいかわからないんですよね。お寺のような広い部屋で。それこそ兄弟や家族のように、うちに遊びにきていたので、見送りにいったんです」

千鶴子は「加藤さんは苦しそうだった」という言葉を、何度も何度もくり返した。

白虎隊員の戦死

翌朝、加藤正治一飛曹は、

「ぼくは英霊となって、きみたちと、岩国のお父さん、お母さんをかならず守る」

といって敬礼し、三姉妹と別れた。

八月七日朝、発進時の模様が『天雷特別攻撃隊』（内藤宏）に次のように書かれている。

〈「天雷103号機」と「天雷105号機」に二百五十キログラムの爆装が完了していた。我々の直援隊・山下兵曹その他の零戦も一斉に試運転に入った。基地全体が物すごいエンジンの轟音に包まれ、我々のために全機発進かと思った。出撃は「一〇三〇」と知らされた。これは、Ｂ－29が空爆に来るのが大体「一一〇〇」ごろ。これに合わせての発進だと思った〉が、Ｂ－29と遭遇できなかった。内藤上飛曹は爆弾を海に捨て、燃料が心配なので熊本県の玉名飛行場におりてから築城にもどった。

次の出撃は一日おいて九日になった。内藤機と加藤機は、爆弾を抱いた重い機体を、地上走行で長い距離を引っ張っていく。指揮所の前や掩体壕あたりで帽子が振られている。内藤上飛曹は手を上げて別れを告げ、風防を閉めた。零戦はふんわり浮き上がった。ところが脚が入らない。脚レバーを「下げ」にもどしたり、上げたりするも収納できない。青ランプがつかないのだ。海岸線をこえた。直掩機は飛び去った。旋回しながら飛行場を見ると、人々がさわいでいる。内藤はあきらめ、着陸することにした。が、滑走路わきで赤旗がはげしく振られている。「着陸不許可」だ。しかし内藤は何度か旋回して、着陸の覚悟を決めた。地上では、救急車の赤ランプがまたたいている。

特攻不可能な場合は、爆弾を海に捨ててから着陸すること。耳にタコができるくらい聞かされたのに、このとき内藤の頭に奇妙な考えがよぎった。自分は技量の点で自信がある。それに爆弾を捨ててはもったいない。

飛行場の柵をかすめるように着陸態勢に入り、起きない機首を懸命に起こし、滑走路をかなり入ってから着地した。機体が重く、なかなかとまらない。芝生に入り、目の前は海岸道路だ。その向こうは海だ。道路の七、八メートル手前でようやく零戦は停止した。汗がふき出て、体中の力が抜けた。やっとのことで座席からはい出ると、手足がふるえていた。指揮所に入り、脚が入らないために帰投したむね報告する。

「おまえはどうして爆弾を海に投棄しなかった」

と飛行長に問われた。

「もったいないと思いました」

「よーし」とだけ飛行長はいった。内藤が無謀な芸当を演じている間、地上では総員、タコつぼに退避していた。

人の運命はわからない。内藤上飛曹は「帝国海軍一の大バカ者」といわれ、飛行場への出入り禁止を命じられた。そして一週間ほどで終戦となり、内藤は戦後を生きることができた。

それでは加藤正治一飛曹の特攻零戦はどうなったか。加藤機は翌一〇日になっても行方不明。一一日に大分県日田市から、天雷の飛行機が日田市の山中に落ち、搭乗員の遺体は近くの寺のお坊さんが荼毘に付したとの連絡があった。「飛行止め」の内藤ほか四人が遺骨を引きとりにいった。

飛龍隊一〇名が、岩国から築城基地に転進してきたのは一一日だった。そのなかに高野透一飛曹がいた。夜、宿泊先の村長宅に着くと、何やら騒々しい。高野が戦後書いた「もう一つの天雷特別攻撃隊」によると、遮蔽されて暗い電灯の下で、加藤和夫という白虎隊員が白い布でくるんだ骨箱を抱いて踊っていたという。加藤の周囲には近所の人々がいて、踊りを見つめている。他の隊員は食器をたたき、わめくように歌っている。高野らが部屋に入ると、

「ほれ、加藤正治の骨箱だ。立派な戦死だ。今度はおれの番。次はおまえの番だ」

と、加藤和夫は叫んだという。

天雷隊VS原爆投下機

内藤機が離陸直後に引き返し、加藤機が日田市の山中に墜落した昭和二〇年八月九日午前、築城基地から遠くないところで人類史に残る出来事があった。午前一一時二分、長崎上空約五〇〇メートルの空中で、B－29爆撃機「ボックスカー」が落とした「ファットマン」という名のプルトニウム爆弾が炸裂、推定七万人が犠牲になった。

八月九日午前三時前（日本時間）、「ボックスカー」と爆撃観測機二機のB－29三機がテニアン島基地から離陸した。その約一時間前には、気象観測を任務とするB－29二機が九州に向かっている。気象観測機は、第一目標の小倉と第二目標の長崎の上空は晴れ、雲少々と報告してきた。九州までの飛行で「ボックスカー」ら三機は悪天候にはばまれたので個別に前進し、午前八時過ぎに屋久島あたりで集合することになった。が、一機と合流できず、「ボックスカー」ともう一機は二機で八時五〇分に小倉に向かった。そして「ボックスカー」は九時四四分に小倉の攻撃始点に到着、爆撃航程に入る。ところが前夜の八幡空襲で発生した火災の煙がこのときの風向きで小倉をおおっており、目標の小倉軍需工場が見えない。「ボックスカー」は爆撃航程に入りなおし、目標をさがすもやはり目標をとらえることはできない。レーダー操作士が、

「零戦が接近中、約一〇機」

と報告してきた。対空砲弾が接近してきて、衝撃で機体がゆれる。

「敵戦闘機、下から接近してくる」

と、レーダー操作士が続ける。零戦接近の話は『私はヒロシマ、ナガサキに原爆を投下した』（チャールズ・スウィーニー著）に書かれているものだ。「ボックスカー」が小倉上空でついやした時間はおよそ四五分。午前一〇時三〇分ごろ、ついに小倉から離脱する。

「ボックスカー」は長崎の目標地区に午前一〇時五〇分に到着した。上空は雲でおおわれていたが、雲の切れ間を見つけ目視で原爆を投下。キノコ雲のまわりを飛んで爆発を確認し、長崎から離脱したのは午前一一時五分だった。

さて、「ボックスカー」は午前九時四四分に小倉に接近していた。それから四五分ほど小倉上空にいて、「ファットマン」投下のチャンスをうかがった。が、零戦約一〇機接近のレーダー士の報告以降、長崎に針路を向けた。この一〇機はどこから飛んできた戦闘機だったのだろう。はたして築城基地から発進した内藤と加藤ら天雷隊だったのだろうか。『米軍資料・原爆投下の経緯』と『米軍資料・原爆投下報告書』という日本語の本がある。この二冊をひもとくと、九日に九州をめざした原爆投下B－29部隊は戦闘機といっさい遭遇していないことがわかる。日本の航空部隊は本土決戦のため兵力温存につとめており、そもそも敵機をむかえ撃つ戦闘機もそれほど残っていなかった。また高空を高速で飛ぶB－29を落とすのはむずかしかった。そういう日本軍の状況をふまえ、「ボックスカー」には護衛戦闘機はついていなかった。

内藤宏が書いた『天雷特別攻撃隊』を読むと、八月九日、内藤機と加藤機に、山下兵曹操縦

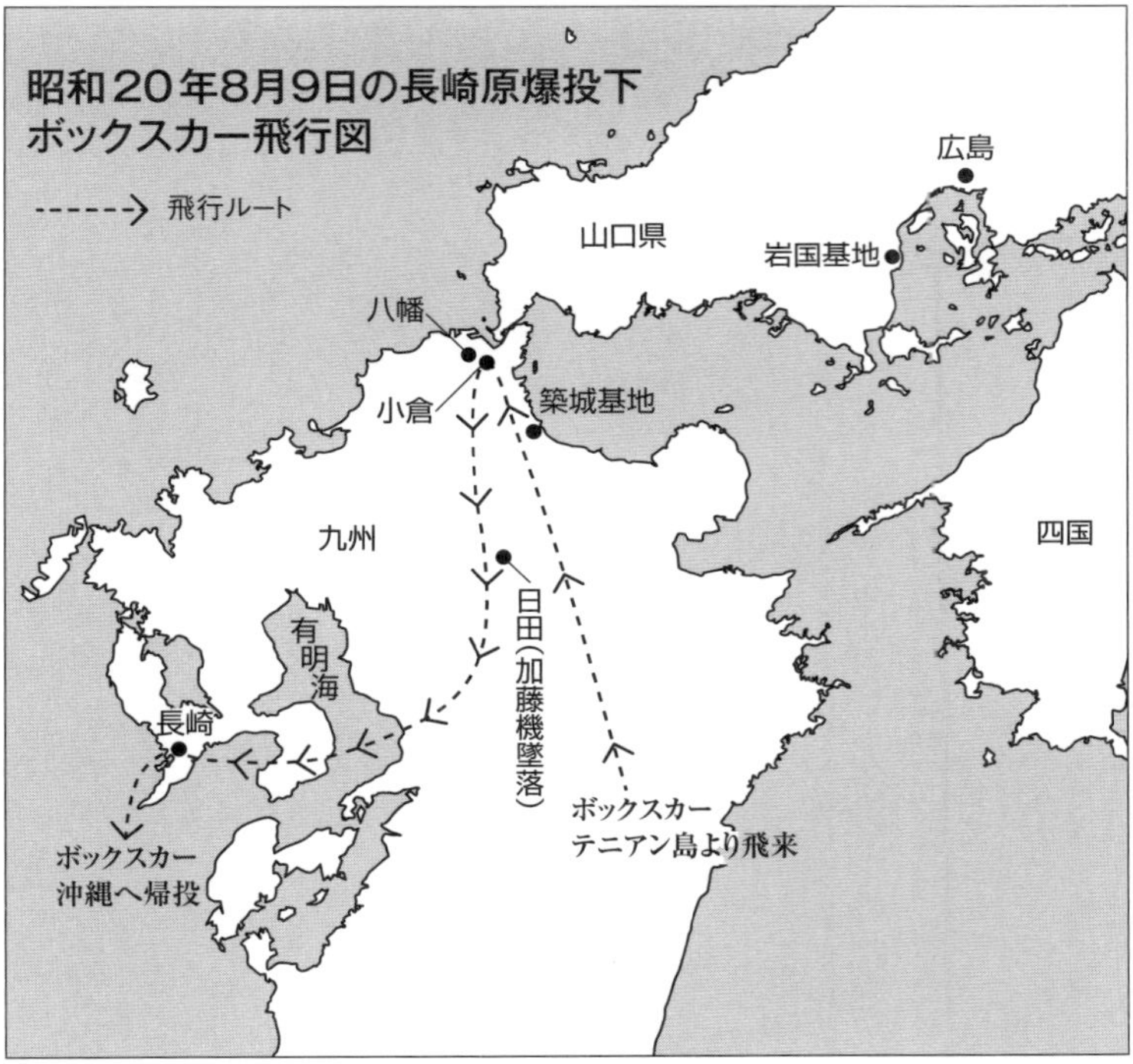

の零戦が掩護機としてついて、築城基地から発進していることがわかる。つまり本書には、九日の発進時間と掩護機の数は書いていないのである。が、B－29はだいたい午前一一時ごろ飛来したとのことなので、この時間に合わせて離陸したと考えられる。零戦掩護機は山下機だけだったのかどうかだが、前回七日は本書に、

〈直援隊・山下兵曹その他の零戦《レイセン》も一斉に試運転に入った〉

と書いてあり、多数が発進していたように解釈できるので、九日も掩護機は複数発進

していたかもしれない。

実は九日の朝、B－29二機が北九州に向かっているのが発見され、空襲警報が発令されている。とすると、この警報を受けて天雷隊は上がったと考えられなくはない。

さて九日午前一〇時三〇分ごろに「ボックスカー」は小倉をあきらめ、長崎に針路変更した。これはあくまで仮定だが、内藤機・加藤機が七日と同様に九日も午前一〇時三〇分に発進しているとすると、「ボックスカー」と遭遇する可能性もあったのだ。築城と小倉は直線距離で約三〇キロ。二五〇キロ爆弾を積んでいても、零戦なら一〇分もかからないだろう。しかし結果は、内藤機は引き返し、加藤機は築城から南の日田市の山中に落ちた。

もし内藤機の脚が正常に引っこみ、あるいは加藤機が「ボックスカー」に遭遇していたらどうなっていただろう。どちらかがこのB－29に二五〇キロ爆弾をくらわせていたら、長崎に原爆は落ちなかったかもしれない。架空戦記的な空想ではあるが。

第16章　終戦

終戦前日の岩国空襲

昭和二〇（一九四五）年八月一五日、昭和天皇はポツダム宣言の受諾と日本の降伏をラジオより国民に知らしめられた。太平洋戦争は終わった。岩国市に空襲があったのは、終戦前日の一四日だ。B－29爆撃機一〇〇機余りが午前一一時一五分ごろから、第一目標の麻里布駅（現岩国駅）操車場をねらって来襲した。いわゆる絨毯爆撃で、駅周辺に五〇〇ポンド（二二七キロ）爆弾を七〇〇トン以上ばらまいた。死者五一七人、負傷者八五九人、行方不明三〇人という数字が報告され、米機に損害はなかった。アジア歴史資料センターに「昭和二十年・空襲被害状況報告」という資料が所蔵されている。同資料には岩国空襲の報告書も入っており、〈負傷者は市内中央病院、沖井病院並岩国国民保健所に収容救護〉との記述がある。

沖井家の住居は、集中着弾域から四、五〇メートルはなれていた。防空壕が庭につくってあり、騒音がやんだので家族は怖々外に出た。窓はすべてふっ飛び、畳はめくれ上がっていた。ミシンやたんすはひっくり返り、下駄をはかなければ家に入れなかった。二部屋続きの座敷の畳に、直系五〇センチほどの穴があいていた。天井と二階の屋根にも穴があき、青空がのぞいていた。憲兵隊がきて、次のような結論をいった。

「爆弾は約三度の角度で東方向に屋根、畳、床を貫通して地中にもぐり、不発弾になった」

しかし不思議なことがあった。家の中のものはひっくり返っているのに、穴の一メートル横にある仏壇は微動だにしていない。仏壇に立ててある加藤正治一飛曹の写真も倒れていない。天雷特攻隊員だった加藤一飛曹は、八月九日に戦死したばかりだった。沖井病院によく遊びにきていた加藤の死を沖井家は惜しみ、加藤の写真を仏壇に置いて、沖井院長がお経をあげていたのだ。座敷にあるピアノも被害なし。天雷特攻隊員たちはこのピアノを囲み、沖井病院の次女・道子の伴奏で歌を歌ったものだ。

翌日、軍が慎重に穴を掘ると、出てきたのは不発弾ではなく大きな石だった。沖井病院の三女・千鶴子がささやいた。

「きっと加藤さんがしたのよ。家に命中する前に、加藤さんが爆弾を不発弾にしてくれたのよ。そして掘り出される前に、石に変えてくれたんだわ。だって、ぼくは英霊となって、きみたちを守るっていってたでしょ。だから仏壇も、みんなが囲んだピアノも無事だったんだわ」

加藤一飛曹は出撃直前に、

「ぼくは英霊となって、きみたちと、岩国のお父さん、お母さんをかならず守る」

といって敬礼し、沖井家の人々と別れたのだ。

八月一四日は岩国市南西の光市にも午後一時一七分から約一時間、Ｂ－29による空襲があった。しかし岩国市と光市空襲に対し、岩国基地から迎撃機は飛び立っていない。徹三は終戦前の状況を、次のような内容で「回想ノート」につづっている。

〈七月中旬、天雷特攻隊の養成終りて、全員北九州部隊に配属さる。今迄、当基地で訓練していた初練特攻組も全機九州地区に移動、当基地は我々のみとなる。連日の爆撃で宿舎もついに山手の防空壕地区に移り、今は最後の一戦に備えて機材の保有と整備に主力をそそぎ、訓練も燃料の関係でほとんど実施せず毎日上空を通過する敵機を見て過ごす様な状態となったのである〉

天雷特攻隊の元隊員・高野透によると、岩国市民の航空隊に対する感情は不穏だったという。空襲のないときは、うるさく飛びまわる。敵機がくると、全部どこかへ逃げてむかえ撃たない。ようするに本土決戦にそなえての兵力温存だったが、徹三らはなすすべもなくＢ－29の編隊を見送っていたのだ。

終戦と徹三の帰郷

徹三は書く。

〈八月一五日正午、ついに終戦の大詔が下ったのである。しかし第五航艦よりは作戦を実施する様にとの事で、今は消極的作戦より積極的にかわり、今迄防空壕にねむっていた全飛行機を飛行場に待機、敵来たらば一戦せんと待機せるも再度の詔書降りて我々はついに武器をすて、なす事を知らず二〜三日過した。八月一五日、第五航艦司令官宇垣中将は彗星艦爆七機をもって沖縄の敵艦船に突入した。思えば昭和一六年一二月八日より昭和二〇年八月一五日迄、まるで夢の様な連日の死斗より解放された自分は、敗戦という現実の社会に生命の安全をとりもどすと共に、今迄の軍隊より飛びだしたのである。過去数年の奮斗にも拘わらず、驕敵を撃破する事あたわず二六〇〇年の歴史をもつ日本帝国もついに□□□□ったのである。以上、小生の大東亜戦争実戦参加の概略の経過を記す。完成　昭和二十七年五月十日〉

以上、「回想ノート」のいちばん最後の部分を書いた。事実誤認はそのまま書き、冗漫な文章は省いた。□の四字は判読不能だ。「回想ノート」には、天雷特攻隊と終戦前後のエピソードはほとんど書かれていない。戦後、徹三はどこで何をしていたかについて、本人は「回想ノート」にまったく語っていない。

完成したのは昭和二七年五月一〇日と本人が書いている。徹三はこの日まで、空中戦の思い出を大型ノート三冊に書きつらねている。徹三の空戦は、昭和一三年二月二五日の初陣・初撃墜にはじまる。それから約八年間、いつ、どこで戦ったか？　敵機数は？　敵機種は？　何機撃墜し、味方の損害は？　徹三の記憶は錯綜している。太平洋戦争中の岩本徹三の「航空記録」はない。「回想ノート」三冊は、書きなおした部分、書き足した部分は少なく、一気に書いたような印象を受ける。完成から三年後に他界していなければ、あらためて書きなおすつもりだったのかもしれない。

昭和二七年、徹三は故郷・島根県益田市の大和紡績に入社した。前年の昭和二六年九月に公職追放を解除されており、堂々と有名企業に入社できるようになった。「回想ノート」完成は昭和二七年五月一〇日。つまり大和紡績で毎日勤務することになり、回想録をつづっている暇がなくなったのかもしれない。

『人は歩道をあるくもの』（沖井洋一著）に、

〈虎徹サンは終戦後一ヶ月半の間、我が家に逗留していた。夕食の時などには手真似でジェスチャーを加えながら、空中戦の話をしてくれた〉

とある。しかし武田屋市子の述懐はまったく反対で、

「岩本さんは、空中戦の話はいっさいしなかった」

とのこと。女の子に話してもつまらないだろうと思っていたのかもしれない。

筆者との電話インタビューで、沖井病院長男で当時小学六年生だった洋一氏は次のように語った。

「台風が三つほどありました。家があるようなないような、バラックみたいになってしまいました。特攻隊の方が何人か、一ヵ月以上残っておられた。後片づけを、虎徹さんが指揮してやっておられました。水が引くまで、責任はないのですが、帰られなかったんじゃないですかね。（台風が三つくらいきたのですか？：筆者）ええ、枕崎台風とかね」

枕崎台風は九月一七日に鹿児島県枕崎に上陸した強い台風で、日本全体に甚大な被害をもたらした。岩国市では川の氾濫があった。徹三は終戦から一ヵ月半ほど岩国にいたとすると、九月末に故郷の島根県益田市に帰ったことになる。なぜすぐに帰らなかったのだろう、という疑問がわいてくる。岩国から島根県なら近い。日本降伏後も、徹三らは戦うつもりでいたのだろうか。連合軍機をたくさん撃墜しているので、帰郷したら占領軍に逮捕されると思っていたのだろうか。それとも岩国基地の日本軍・残務処理部隊と何か交渉したかったのだろうか。

とにかく徹三は毛布とウィスキー一本を自転車にのせ、ヒゲぼうぼうで島根県の家に帰った。

徹三の手紙

終戦後、連合国軍の最高司令部（GHQ）は公職追放をおこなった。目的は政府と企業に浸透していた軍国主義と、極端な国粋主義の排除だ。職業軍人で最終階級が中尉だった徹三もこれに引っかかった。軍人の仕事は、上官の命令を遂行することだ。あやまった戦略・戦術であってもノーはいえない。帰郷した徹三の就職活動は思うように進まなかった。

終戦直後の混乱期、徹三が選んだ道は北海道開拓だった。徹三が杉山善雄という元天雷隊員に送った手紙三通のコピーが、筆者の手元にある。三通とも日付けはなく、封筒もない。それでいつ出された手紙なのか判断しにくいが、「零戦虎徹」が北の大地に根を張ろうと奮闘している姿が影絵のように浮かんでいる。以下に三通を、昔の漢字は今の漢字あるいはひらがなに

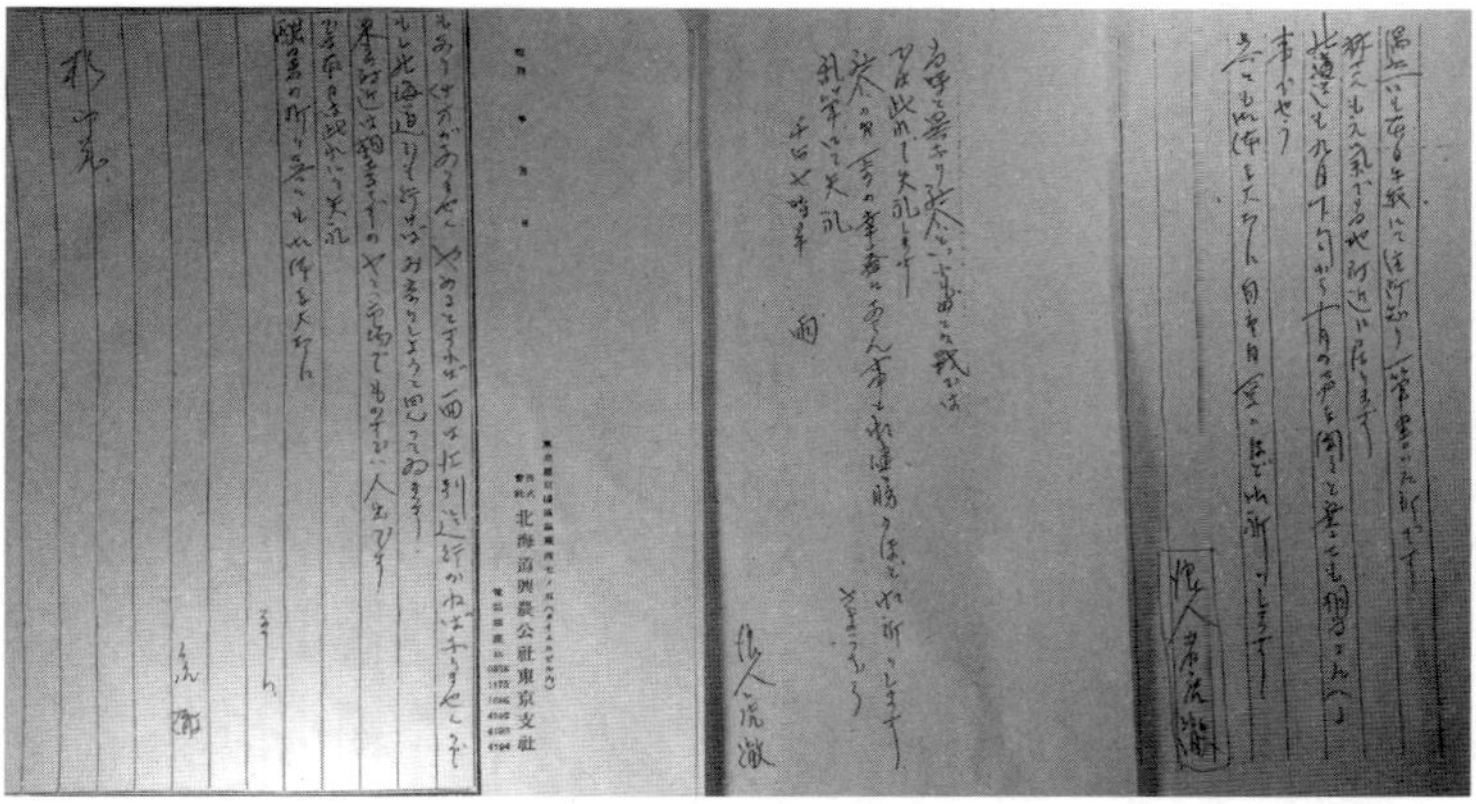

戦後、徹三が杉山善雄氏に送った手紙３通の最後の部分。（浪人者）虎徹という署名がある

変え、判読不能文字は□にして紹介する。

手紙①

〈杉山君

しばらく元気な手紙、沖井病院にて拝見。苦難の道察する。我々でさえ家あり親ありてさえ大海暴風の真っただ中の一小舟の状況、あれからの状況不明、それにこのたびの大変換、住所不明にてその後どうしたやらと、妹弟さん等と一緒の事やらどうやらと心配しとりました。

これからの我々の道は行けども行けども山ばかりという困難な事ばかりでしょう。かつてはただ殉国の一念、行くべき道は簡単でしたが、その当時を偲ぶと行きし友がかえって幸福だったかもしれませんね。

しかし今までの友は永遠の友であってこの大海にお互に苦楽を共にして初めて社会の荒波が乗り越えれるものと思っております。

僕の家といっても寂しい所で何もありません。しかし遠慮せずにこれから苦を偲んであの当時の気持でやって行きましょう。

あれから家に帰り二、三日□て当地当所で十日間あまり□□、□村さん等と居り二度目家に帰り又出て来たところです。

偶然にも本日手紙にて住所知り一筆書いたところです。林さんも元気で当地付近に居ります。北海道も九月下旬から十月の声を聞くと寒さも相当こたえる事でしょう。

くれぐれも御体を大切に自重自愛のほど御祈りします。

浪人者虎徹〉

手紙②

〈前略
午後六時三十分夕食終って「コタツ」に入ったところ、塩野君の手紙と一緒に受け取りました。元気な手紙を見て安心しました。岩国当時の生活、今だに思い出されて忘られません。誰の思いも一緒でしょう。一度は死まで真実に考えた我々、今後いかなる困難ありても当時の様な無我の境に入る様な事はないでしょう。それも国の為、この頃新聞ラヂオでの敗戦の真相見るもの聞くものが当時の我々の一死奉公といかにかけはなれているかを知り現状見ず知らず、必勝の真念《ママ》のままで戦死したらとつまらぬ事が頭に浮んで来ます。何もかも過ぎ去りし今、みにくい真実を知り真実国の為戦った我々残念でなりません。
当地も十二月に入って二、三回雪がありました。田畑も来年の豊作を思わす麦が大地にがっしりと根をすえ青々と伸びています。

自分の現状を見、麦がうらやましい様な気がします。戦斗機の虎徹も一歩社会に出ればすべてが人生航路第一歩です。ときたま大空を眺めてぼんやりする事があります。

北海道も十二月といえば一面銀世界。これでも小生は小学生の頃は樺太育ちで冬の状況は良く知っています。これが平和の銀世界なれば□□「スキー、スケート」冬のスポーツ雪のクリスマス、雪の正月、皆に楽しい事ばかりでしょう。小生も今新□度向へ人生のスタート、遅播きながら切るつもりです。新天地北海道目ざして、小生の叔父牧場経営とかで北海道に居りますのでその方面で力一杯やってみようと思っています。大地との戦でもやってこの世を過すのも一理ある事でしょう。

みんぽ先任、住所録なくし状況が今だに知れません。復員後岩国に出てみましたが来て居らず困っているところです。

西村氏は佐伯に帰ったそうです。新妻とスィートホームというところでしょう。復員後、築城基地と連絡とりましたが、復員後の退職手当があるはずです。してなければ塩野君が状況を知っていると思いますが早々手続をとられる様。

塩野、大江、種村、金子諸士は正月岩国に行くとの事です。今とどいた手紙にありました。杉山君も出来たら、しかしそれも無理な事でしょうね。当時と異なり社会というものとの戦では。

ではこれで失礼します。社会の第一歩の幸益々あらん事と御健勝のほど御祈りします。乱筆にて失礼。さようなら

午後七時半　雨

親愛なる杉山君へ〉　浪人虎徹

手紙③

〈杉山君

長らく御無沙汰したね。その後元気にてやっとる事でしょう。寒い雪の北海道も今では住良い青春若がえる様な日が続き今秋の豊作を思わせている事でしょう。北海道開拓の予定がついつい内地で始め今東京都内の成城町の御用林をやっています。暑いこの頃いささか□□です。暑いにつけ寒いにつけかつての事が頭に浮かび、する事もなくぽかんとする事があります。内地もお盆が近づきそれに今年の豊作を偲びどことなく浮々とした感があります。成城付近もタイコの音がどこからなく轟いて来ます。田舎盆おどりでもあるのでしょう。

先日休暇で家に帰って来ました。何時帰っても家は良いものですね。岩国にとも思っていましたが汽車の都合でよらずに十日ほどいて帰って来ました。種々と将来の事もありあるいは近く今の会社を止めて家にかえるかもしれません。前途の日本に対する大切な現仕事なのですが、家の方の関係もあり仕方がありません。やめるとすれば一回は江別まで行かねばなりませんので、もし北海道でも行けばお寄りしようと思っています。

東京付近は相変らずのヤミ市場でものすごい人出です。では本日はこれにて失礼。酷暑の折りくれぐれも御体を大切に。

虎徹〉

元「天雷特攻隊」隊員の集い（1990年７月、岩国市の開花亭にて）。前列左より広川一栄、杉山善雄、広川夫人、岩本幸子、内藤宏。後列左より村田豊代美、種村芳雄、沖井洋一、ひとりおいて塩野正郎、高野透、村山清二

手紙三通に書いてある人名だが、杉山（善雄）と塩野（正郎）は元飛龍隊隊員、大江（敏一）と種村（芳雄）と金子（敦）は元白虎隊隊員。みんぽ先任だが、これは田中民穂。あと西村、林という姓も書いてあるが、だれなのかわからない。

天雷特攻隊は、飛龍隊と白虎隊の二隊にわかれていた。しかし終戦で隊員たちのほとんどは生き残り、徹三と田中民穂は隊の教官だった。終戦時に接触のあった天雷隊員たちと、戦後も連絡をとり合っていた様子が手紙からうかがえる。

〈今までの友は永遠の友〉

と、徹三は書く。友だち思いだ。戦時中は、部下が死なないよう教育していた。部下といってもその多くは士官で、徹三にとっては上官だった。が、腕がものをいう空の戦いでは、徹三が先生だ。徹三は特攻に強い不満をいだいていた。天雷特攻隊員の教育に矛盾を感じていたであろう。徹三の主張と行動には人らしさがにじみ出ている。

徹三は終戦直後も、岩国へいっていたことが手紙からわかる。杉山が沖井病院へ出した手紙を、徹三は沖井病院で読んでいる。復員後、築城基地と連絡をとり、退職手当てを受けとるよう元天雷隊員たちにすすめていたようだ。

手紙②で、徹三は戦時中から戦後へのコペルニクス的転回をなげいている。新聞、ラジオで敗戦の真因を知り、なんのための戦争だったのかと茫然としている。いっそ必勝の信念をいだいたまま戦死していたほうがよかったのではないかとまで書いている。

手紙③に、

〈やめるとすれば一回は江別まで行かねばなりません〉

という文言がある。徹三は、北海道の江別で開拓を志していたのではないか。江別は札幌のすぐ東にある。札幌の郊外といえるほど近いが、終戦直後の江別は開拓者の入植をつのるほどの未開地だった。

戦後の日本は食糧難で、戦災による離職者と海外引揚者の就職問題をかかえていた。北海道開発はその解決策のひとつだった。

徹三がめざしたと思われる北海道江別における開拓には、筆舌に尽くしがたい労苦がともなった。入植地といっても家が用意されていたわけではなく、自分たちで建てなければならなかった。冬になると開拓者が住む小屋に、寒風と雪がふきこんだ。江別の土壌は泥炭地で農業に適さず、土地改良が必要だった。電気はこず、石油ランプを使った。医療と教育の面でも乏しかった。そういう環境だから、開拓をあきらめて去る人も少なくなかった。

徹三と北海道開拓

徹三が北海道開拓に向かった日として、昭和二二（一九四七）年二月一四日あたりが考えられる。というのは妻・岩本幸子《ゆきこ》が書いた「亡夫岩本徹三の思い出」（『零戦撃墜王』今日の話題社版に収録）に、次のような文があるからだ。

〈岩本とわたくしとの結婚は、二十二年二月十一日でした。平凡な見合い結婚でした。結婚して三日目に仕事のことで北海道に行ったきりになり、私は実家で一年半別居生活をしました。そのころは、北海道まで行くのには四日もかかり、ひとりでは行けませんので、再会したときは顔も忘れたようでした〉

新婚三日目に家を飛び出して一年半帰ってこず、帰ってきたら顔も忘れていたとはひどい話だ。幸子は大正一四（一九二五）年一一月生まれで、徹三より九歳年下だった。

手紙③で、徹三は成城にいたことがわかる。時期だが、武田屋の市子は、

「二一年に成城の砧《きぬた》にいらした当時、三回くらいみえたんじゃないかしら」

と、証言する。そうすると昭和二一年に徹三は成城にいて、武田屋に顔を出したことになる。それでは世田谷区成城で何をしていたのか。今の成城は高級住宅地の代名詞になっているが、終戦時の成城は御料林があり田園風景の色濃いまちだった。徹三は御料林で働いていたようだが、実は世田谷と江別にはつながりがある。昭和二〇年七月、疎開と食糧難対策のため、

政府による北海道開拓の呼びかけに応じる人々が東京にいた。東京の住民は地域別に入植するのだが、世田谷区民は江別市の角山地区にまとまって入植したのだ。世田谷と江別にはそういう戦時中からの浅からぬ関係があり、徹三が成城の御料林で働いていたこととのつながりを感じさせる。なお徹三は手紙で「御用林」と書いているが、当時、成城、砧あたりには皇室所有の「御料林」が広がっていた。

昭和二一年、ちまたに敗戦の色がまだ濃く残っていたある日、徹三は武田屋に姿を見せた。市子の父・義一は、

「てっつぁんがきた、てっつぁんがきた」

と大喜びで、みんなで茶の間でおしゃべりをした。徹三はモスグリーンの軍服を着て、襟をちょっとひっくり返した。

「中尉になったんだよ」

と階級章をちらと見せ、照れくさそうにいった。いわゆるポツダム進級だが、元軍人だから進級がうれしかったのだろう。だが戦争は終わっている。だから襟の裏側に階級章をつけていたわけだ。

徹三は昭和二一年に三度ほど武田屋にきたという話を、筆者は市子から何度かきいた。それで手紙③だが、これを読むと昭和二三年夏にも成城にいたように思えるのだ。

〈種々と将来の事もありあるいは近く今の会社を止めて家にかえるかもしれません。前途の日本に対する大切な現仕事なのですが、家の方の関係もあり仕方がありません〉

との文面で、すなわちこれは北海道開拓という日本の将来にとって大切な仕事をやめ、会社をやめて島根へ帰る、の意味ではないだろうか。徹三は昭和二二年二月に家を飛び出して一年半で帰郷したと幸子がいっているので、手紙③は昭和二三年の夏に成城で書かれたと解釈できるのだ。さらに昭和二四年一月に徹三の長男が誕生しているので、幼い子どもを連れての北海道入植はむずかしいと思った可能性もある。ただし幸子は徹三が開拓事業をあきらめた理由として、心臓が悪くなったからと「亡夫岩本徹三の思い出」に書いている。

武田屋長女の真理が岩本幸子に出した手紙が残っているので、以下に書く。

〈……未知の私から突然のお便りにさだめしびっくりなさいますでせうけれど、私茂原の武田屋といふ料理店の者で御座います。実は去る四月の月末に母と私で虎徹さんはどうしているんでせうね、もう六十も過ぎたでせう、あれから三十年も過ぎたのだからと夕食の後の一刻に噂話をして居りました。それから四、五日して隣の本家に母が一寸寄ったら、出入の本屋さんからお宅の名前が出ているから読みませんかと一冊の本を持って来て呉れましたけれど、お宅によく来てた岩本さんのだから、読むのならお先にどうぞといふので母は早速借りて来ました。夕方私が仕事から帰って見てびっくり致しました。御主人様、お元気どころか三十年に亡くなられたとの事、あの世から身を本に変へられて訪ねて来て下さった様な気がして大感激でした。早速四冊を買求め弟妹達に届け故人をしのび、なつかしく読ませていただいて居ます。御主人様は御自分で号を虎徹と仰って居られたので、家では岩本様と申すより虎徹さんの方が通りが良く、父は自分の身内の様に大切にし、本当に惚れこんでいた様でした。その父も三十六年に亡くなりましたが、妹の話ですと生前父が虎徹さんの夢を見たと申した記憶があると話してましたからその時が亡くなられた時だったのでせう。御主人様、在茂原時、妹は女学生で大変可愛がって下さったそうで御座います。私が初めてお目にかかった時は稲毛の開拓公社に北海道から出張なさった時でした。その時、噂に高い撃墜の名手虎徹さんととても印象的でした。北海道から益田からとあれで三度位訪ねて下さいましたかしら。御主人様に御ひいきいただいた武田屋料理部も父が一月に亡くなり、七月一杯で閉店致しました。戦争を身近に知っている私には、戦後三十年たった今も茂原から飛立った艦爆グループの特攻の方々が忘れられません。母の兄が海軍中将で飛行機乗りでしたので御主人様も伯父をよく御存知でした。御本の中にも伯父の乗っていた航空母艦の名が度々出て参りますのでとてもなつかしく、戦後亡くなりました伯父を思ひ出します。この御本を紹介して下さった本屋さんも戦時中は中学生で茂原航空隊へ勤労奉仕に行き、髪を長くして小柄な人を見た事がありますと申して居りましたから多分御主人様だったのでせう。この方のお蔭で御主人様の消息を偶然に知り、心より御冥福を祈り上げます。同封の金数にてお盆に茂原の武田からと塔婆一本と御主人様の一番お好きだったものを御佛前におそなへ下さいませ。妹も私も生きている限り何時迄も御親切にして下さった事は忘れないでせう。それから出来るだけ早い折に写経一巻、薬師寺に追善供養のため納めるつもりで御座います……

八月四日　武田真理〉

市子の姉の真理は、

〈稲毛の開拓公社に北海道から出張なさった〉

と書いている。稲毛は千葉県にあるので、徹三は北海道にいたときに東京方面に出張していたことがあったのだ。とにかく真理の手紙を読むと、徹三がいかに人に好かれ慕われていたかがよくわかる。

徹三、大和紡へ就職、そして死

北海道入植を断念した徹三は、島根県益田市に帰った。その後は不安定な生活が続く。幸子の実家が酒類販売業だったので養子として入籍したが続かなかった。徹三の兄が病気になったので、また岩本姓にもどった。昭和二四年一月、長男が生まれた。手先の器用な徹三はトタン、ブリキを買ってきて自動車のおもちゃをつくり、色も塗った。時計、蓄音機、バイク、自動車も自分で修理し、これは飛行機をあつかっていた技術が生きたのだろう。

昭和27年２月に取得した自動車運転免許証にある徹三の写真

　昭和二四年、幸子の叔父が島根県益田土木事務所の所長だったので、臨時職員として雇われたが、一〇ヵ月ほどでやめた。軍隊生活しか知らない徹三には、一般社会の常識の枠からはみ出たところがあったのだろう。幸子のほうは慣れない畑仕事をやり、ニワトリを五〇羽ほど飼ったこともあった。昭和二五年から二年ほど、徹三は菓子問屋につとめた。店主は徹三をわが子のようにかわいがり、ここでも人に好かれる徹三の人柄を感じさせる。

昭和二六年九月、画期的な出来事があった。徹三に対する公職追放の取り消しがあったのだ。これで就職しやすくなり、その気になれば選挙にも立候補できるようになった。おりしも益田では大和紡績が生産の大拡張をおこない、地元の経済と雇用に大いに貢献するようになった。

戦時中は化学工場に強制的に転換させられ、水害にもあって戦後は工場を閉鎖していたが、昭和二七年三月にスフ生産工場の開業式がおこなわれた。職員六〇名、作業員六〇〇名でスタートし、地元民はその経済基盤の確立を大歓迎した。開業式の日、花火が宙を舞い、町をあげてお祭りのような一日だったという。徹三はこの大和紡績に就職したのだ。徹三の自動車運転免許証が残っている。昭和二七年二月一五日交付となっている。就職に合わせて取得したのだろうか。

大和紡の再開とその後の生産拡張で地元はうるおった。それは岩本家にとっても好ましい出来事で、妻・幸子もようやく落ちついた生活がはじまりほっとした。が、平穏な日々は長く続かない。

「亡夫岩本徹三の思い出」によると、徹三は昭和二八年六月、盲腸炎だったのに腸炎と誤診され腹部の手術を三回おこなっている。さらに背中の手術を四、五回。最後は脇の下を三〇センチも切開し、肋骨を二本取るというひどい手術だった。さんざん切られたのに、病名ははっきりせず、昭和三〇（一九五五）年五月二〇日に他界。死因は敗血症とされた。死亡場所は島根県にある国立浜田病院。死亡時の年齢はまだ三八歳。せっかく太平洋戦争を生きのび、平和時の安定した生活がはじまったばかりというのに、いかなる運命のめぐり合わせであろうか。

大和紡績をやめたときのものと思われる源泉徴収票が現存しており、それには徹三の退社月日が昭和二九年一二月一五日と記載されている。それから約五ヵ月間、闘病生活を送ったのであろう。

なお岩本幸子は二〇一八年一一月九日に、九三年の生涯を閉じた。

最後に現存する「航空経歴」に徹三本人がしるしている累計飛行時数を書いておこう。昭和一一年五月の初飛行から昭和二〇年八月終戦までの総飛行時間である。その数字は実は読みづらいのだが、二八〇一時間に見えるのである。

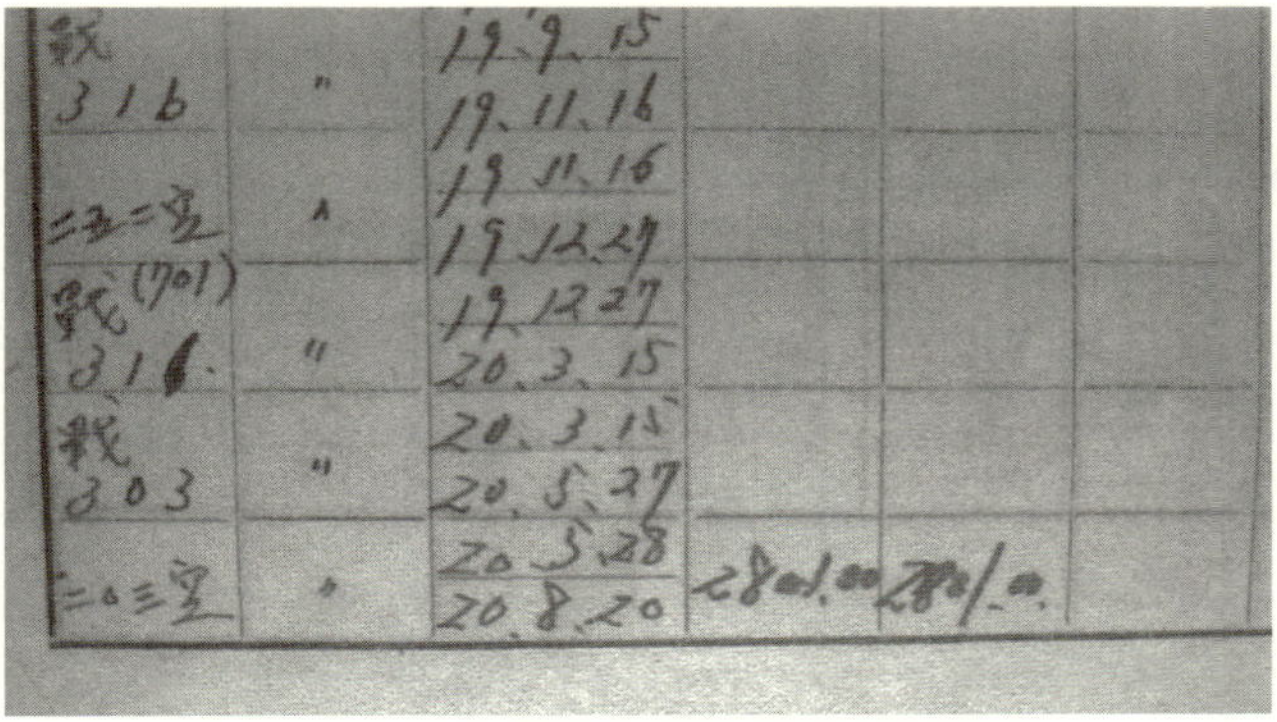

戦 316	〃	19.9.15 19.11.16		
二五二空	〃	19.11.16 19.12.29		
戦(701) 316	〃	19.12.27 20.3.15		
戦 303	〃	20.3.15 20.5.27		
二〇三空	〃	20.5.28 20.8.20	2801.00	2801.00

徹三の生涯総飛行時間。2801時間と読める

あとがき

岩本徹三の生涯と空中戦記録をテーマにした記事を、雑誌『丸』に一六回にわけて書かせていただいた。それを一冊にしたのが本書である。

岩本徹三は太平洋戦争中に敵機二〇二機を撃墜した撃墜王として知られている。高知の撃墜王赤松貞明は三五〇機撃墜したと豪語した。坂井三郎は六四機。米国のG・ボイントン少佐は二八機目を撃墜したとみずから思った直後に、同じ空中戦で搭乗機を零戦に撃たれて墜落、日本軍の捕虜になった。R・ハンソン中尉は二五機撃墜の記録を打ち立てた後、ラバウル上空で撃墜され戦死した。

これらの撃墜数をどう理解すればよいのか。戦闘直後に書かれた戦闘経験者たちの報告書にはどう書かれているのか。いまは便利な時代だ。インターネットを使えばそれらの資料の多くを入手できる。日本側資料は「アジア歴史資料センター」から無料で得られる。米側資料についてはFold3という軍事資料サイトから、こちらは年間使用料を払って、筆者は入手した。パソコン画面上では読みまちがいがあるので、ほぼ全部を印刷した。

現場戦闘体験者はほとんどが他界されているので、先達の作家やライターが書かれたものをコピーして読み、日米の一次資料の印刷物を合わせると膨大な量にのぼる資料を読んだ。

徹三話を書いているうちに心底感じ入ったことがある。日本軍というスパルタの軍隊に身を置き、スパルタ的環境の中でスパルタ教育を受けた徹三なのに、不思議に思えるほど人間がやさしいのだ。おそらく部下をなぐったこともなかったのではないか。その証言者たちがいる。

瀧澤謙司という零戦パイロットは岩本徹三について、「何とやさしい人であろう、それは編隊を組めばわかった。よく気をつかってくれるのだ。当然、わたしたち若輩者には人気があった」と証言している。戦時中、当時一三歳だった武田屋市子という女の子は徹三に何度も出会い、徹三のやさしさに気づいていた。

市子は、徹三の「虎徹」というあだ名は上官・春田虎二郎大尉の「虎」と徹三の「徹」を合わせたものだと徹三自身から聞いたことがあった。春田大尉は徹三不在のときに戦死した。徹三は市子に「ぼくがついてったら、隊長（春田）は死ぬことはなかった」といったという。

徹三は理不尽な自爆攻撃に反対していた。おそらくは、ラバウル上空で空中戦を戦っているときに、太平洋戦争の行方に見切りをつけていたのではないだろうか。

徹三は友人を大切にしていた。徹三のやさしさは、二一世紀に生きるわたしたちの心に刺さるものがある。そんなふうに感じるのである。

岩本徹三が残した「回想ノート」、写真、遺品を見せてくださった徹三のご子孫の方に深く謝意を表します。徹三話を聞かせてくださった武田屋市子様、岩国の沖井家の方々、天雷特攻隊の写真を見せてくださった高野靖之様に心より御礼を申し上げます。『丸』に一六話を掲載くださった室岡泰男様、一冊の本にしてくださった川岡篤様に感謝いたします。

著者

主要参考文献・資料

【複数の章に関係する文献・資料】

「航空経歴」岩本徹三（1945年８月20日まで）◆「回想ノート３冊」岩本徹三（1952年５月10日完成）◆『零戦撃墜王』岩本徹三（1972年７月）今日の話題社◆『日本海軍戦闘機隊　付エース列伝』秦郁彦、伊沢保穂（1971年１月）酣燈社◆『海軍航空隊全史（上）』奥宮正武（1988年11月）朝日ソノラマ◆『最後の零戦』白浜芳次郎（1993年１月）朝日ソノラマ◆『あゝ零戦一代』横山保（1994年３月）光人社ＮＦ文庫◆『空と海の涯で』門司親徳（1995年10月）光人社ＮＦ文庫◆『最後の特攻機』蝦名賢造（2000年７月）中公文庫◆『零戦、かく戦えり！』零戦搭乗員会（2016年12月）文春文庫◆『敵空母見ユ！』森史朗（2017年11月）光人社ＮＦ文庫◆「空母機動部隊の戦い」堀壽（『丸』2018年６月第１回真珠湾攻撃～第10回珊瑚海海戦まで）光人新社

【生い立ちと日華事変】

「岩本徹三　島根県立益田農林学校生徒手帳」1934年３月◆「航空記録」岩本徹三（1939年６月30日まで）◆「南昌上空・海軍戦闘機隊の奮戦」志賀淑雄（『丸』1956年８月）光人社◆『日本海軍航空史４』日本海軍航空史編纂委員会（1969年11月）時事通信社◆『戦史叢書　中国方面海軍作戦〈２〉昭和十三年四月以降』防衛庁防衛研修所戦史室（1974年３月）朝雲新聞社◆『戦史叢書　海軍航空概史』防衛庁防衛研修所戦史室（1976年６月）◆「南京上空を乱舞した銀色の軽業師初陣記」横山保（『丸』1979年２月）光人社◆「小園安名大佐と斜機銃」志賀淑雄（『海軍戦闘機隊史』零戦搭乗員会編、1987年１月）原書房◆「南京空襲部隊戦闘詳報　自昭和十二年九月十四日　至昭和十二年九月二十日」第二聯合航空隊参謀◆「昭和十二年十二月二日南京空襲戦闘詳報　第十三航空隊」◆「二月二十五日南昌空襲戦闘詳報　第十二航空隊　第十三航空隊」◆「木更津海軍航空隊本隊事変日誌　自昭和十三年二月一日　至昭和十三年二月二十八日」◆「支那事変航空機搭乗員特別詮議要領」海軍武功調査

【真珠湾攻撃】

「われ真珠湾上空にあり」淵田美津雄ほか（『文藝春秋』1970年12月）◆『ドキュメント太平洋戦争への道』半藤一利（1999年４月）ＰＨＰ文庫◆『真珠湾攻撃』淵田美津雄（2001年５月）ＰＨＰ文庫◆『真珠湾の日』半藤一利（2001年７月）文藝春秋◆「加賀雷撃隊『戦艦オクラホマ』に針路をとれ」吉野治男（『母艦航空隊』高橋定ほか、2017年３月）光人社ＮＦ文庫◆『機動部隊出撃　空母瑞鶴戦史』森史朗（2017年６月）光人社ＮＦ文庫◆『写真で見る、日めくり日米開戦・終戦』共同通信編集委員室（2017年８月）文春新書◆「第五航空戦隊戦時日誌　自昭和十六年十二月一日　至昭和十六年十二月三十一日」◆「瑞鶴飛行機隊戦闘行動調書　自昭和16年12月　至昭和18年４月」

【ラバウル攻略とインド洋作戦】

『神龍特別攻撃隊』高橋一雄（2009年５月）光人社ＮＦ文庫◆「飛龍飛行機隊戦闘行動調書 自昭和16年12月　至昭和17年11月」◆「南東方面航空作戦経過の概要　自昭和十六年十二月八日　至昭和十七年四月三十日」第二復員局残務処理部◆「第五航空戦隊戦闘詳報　第五号（第一段第四期作戦に於けるＣ作戦コロンボ空襲）／別図　第五航空戦隊行動図」◆「第五航空戦隊戦時日誌　自昭和十七年一月一日　至昭和十七年四月三十日」◆「昭和十七年四月五日　第五航空戦隊戦闘詳報第五号　コロンボ空襲」◆「昭和十七年四月九日　第五航空戦隊戦闘詳報第六号　ツリンコマリ空襲」

Squadron Number 261, Summary of Events, 1942 Jan 01-1942 May 31◆Air Raid, Colombo, 5 April 1942: the Fully Expected Surprise Attack, Robert Stuart, in The Royal Canadian Air Force Journal Vol. 3, No. 4, Fall 2014◆The Most Dangerous Moment of the War: Japan's Attack on the Indian Ocean, 1942, John Clancy, Casemate, 2015

【珊瑚海海戦】

『太平洋戦争アメリカ海軍作戦史第３巻』サミュエル　Ｅ．モリソン（1950年10月）改造社◆「世紀の血戦空母対空母サンゴ海の秘術」福地周夫（『丸』1964年７月）光人社◆「われ突入す」江間保（『太平洋戦争ドキュメンタリー第２巻』1967年１月）今日の話題社◆『珊瑚海海戦　空母レキシントン撃沈！』Ａ・Ａ・ヘーリング（1973年８月）サンケイ新聞社出版局◆『サンゴ海の戦い』エドウィン・ホイト（1979年３月）角川文庫◆「珊瑚海々戦に同期生石塚重男を憶う」堀健二（『予科練』1992年５月）海原会◆「零戦隊の戦い３〈サンゴ海・ミッドウェイ・アリューシャン戦線〉」秋本実（『航空ファン』1994年２月）文林堂◆「珊瑚海海戦の一考察『攻撃ヲ止メ北上セヨ』発令の経緯」横谷英暁（『軍事史学』軍事史学会編、1998年３月）錦正社◆『暁の珊瑚海』森史朗（2009年11月）文春文庫◆「追想の大空　下田久夫海軍大佐回想録第６回」下田久夫（『世界の艦船』2011年１月）海人社◆「『翔鶴艦爆隊』レキシントンに突撃せよ」鈴木敏夫（『丸』2014年12月）光人社◆「恋を四季になぞらえて」行方滋子（『予科練』2016年１・２月）海原会◆「空母対空母の対決『瑞鶴零戦隊』の闘魂」岡嶋清熊（『母艦航空隊』高橋定ほか、2017年３月）光人社ＮＦ文庫◆「翔鶴飛行機隊戦闘行動調書 自昭和16年12月　至昭和18年11月」◆「南洋部隊ＭＯ機動部隊戦闘詳報　自昭和十七年五月一日　至昭和十七年五月十七日」第五戦隊司令部◆「軍艦瑞鶴戦闘詳報　珊瑚海に於ける　自昭和十七年五月四日　至昭和十七年五月十日」

The First Team - Pacific Naval Air Combat from Pearl Harbor to Midway, John B. Lundstrom, Naval Institute Press, 1984◆The Pacific War Companion: from Pearl Harbor to Hiroshima, Daniel Marston, Oxford/Osprey, 2005◆Combat Narratives, the Battle of the Coral Sea, Office of Naval Intelligence, US Navy, Jan 1943◆The Battle of the Coral Sea, May 1 to May 11 Inclusive, 1942. Strategical and Tactical Analysis, R.W. Bates, Naval War College, 1947◆Battle of Coral Sea - Task Force 11 Rep◆U.S.S. Lexington, Action Rep, the Battle of the Coral Sea, 7 and 8 May 1942◆USS Yorktown, Action Rep of the Battle of the Coral Sea◆USS Neosho Detail, the commanding officer, USS Neosho, May 25, 1942

【幌莚島】

「幌莚島断片」片平金造（『逓信協会雑誌』1933年９月）逓信協会◆『戦史叢書　北東方面海軍作戦』防衛庁防衛研修所戦史室（1969年８月）◆「宝の島-幌莚島」夏野俊一（『逓信協会雑誌』1972年５月）逓信協会◆『高射砲兵回想記』福沢操編（1985年８月）出版福沢操◆「281空飛行機隊戦闘行動調書（１）　自昭和18年５月　至昭和18年10月」◆「第二基地航空部隊第二十一空襲部隊戦闘詳報第一号　第二十四航空戦隊戦闘詳報第二一号、二二号、二四号　北太平洋作戦に於ける作戦　昭和十八年五月、六月、八月」第二十四航空戦隊司令部◆「第二八一海軍航空隊戦時日誌　自昭和十八年九月一日　至昭和十八年九月三十日」◆「昭和十八年九月三十日、第一〇九基地甲（幌莚)、第二八一海軍航空隊戦闘詳報第五号、自昭和十八年八月一日　至昭和十八年九月三十日ニ於ケル上空対潜哨戒」第二八一海軍航空隊◆「其の一、アリューシャン群島撤退迄の作戦　第五項　第十二航空艦隊及大湊警備府の作戦指導」第二復員局残務処理部

【ラバウル航空隊】

「零戦ラバウルに在り」川戸正治郎（『今日の話題第三十三集』1956年６月）土曜通信社◆「ラバウル航空隊」坂井三郎、大久保忠平、大沢武（『丸』1957年２月）光人社◆「『瑞鶴飛行隊』いまだ全機還らず」斎藤三郎（『丸』1966年８月）光人社◆『あゝ青春零戦隊』小高登貫（1969年８月）光人社◆「そこは星条旗の墓場だった」グレゴリー・ボイントン（『丸』1969年９月）光人社◆『ラバウル空戦記』第二〇四海軍航空隊（1987年３月）朝日ソノラマ◆『ラバウル海軍航空隊』奥宮正武（1992年７月）朝日ソノラマ◆『私は零戦と戦った』ジョン・M・フォスター（1994年３月）大日本絵画◆『最後のゼロファイター』ヘンリー境田、碇義朗（1995年７月）光人社◆『体当たり空戦記』川戸正治郎（1995年９月）椎出版社◆「ブイン発直掩隊ソロモンに果てるとも」磯崎千利（『伝承零戦第２巻』秋本実編、1996年９月）光人社◆「最前線ラバウルに燃えた地上員魂」今澤志郎（『伝承零戦第２巻』）光人社◆『太平洋戦線のP-38ライトニングエース』ジョン・スタナウェイ（2001年９月）大日本絵画◆『第二次大戦のＦ４Ｕコルセアエース』マーク・スタイリング（2003年４月）大日本絵画◆『撃墜王の素顔』杉野計雄（2008年４月）光人社ＮＦ文庫◆『回想のラバウル航空隊』守屋清（2009年９月）光人社ＮＦ文庫◆『祖父たちの零戦』神立尚紀（2010年７月）講談社◆『海兵隊コルセア空戦記』Ｇ・ボイントン（2013年３月）光人社ＮＦ文庫◆『海軍零戦隊撃墜戦記２』梅本弘（2013年11月）大日本絵画◆『海軍零戦隊撃墜戦記３』梅本弘（2014年１月）大日本絵画◆「二〇四空ラバウル零戦隊の最期」柴田武雄（『海軍航空隊』橋本敏男ほか、2016年９月）光人社◆「201空飛行機隊戦闘行動調書　自昭和18年11月　至昭和19年７月」◆「第二〇一海軍航空隊戦時日誌　自昭和十八年十一月　至昭和十九年二月」◆「204空飛行機隊戦闘行動調書　自昭和18年11月　至昭和19年２月」◆「二〇四空戦闘概報　自昭和十八年十一月　至昭和十九年一月」◆「第二〇四海軍航空隊戦時日誌　自昭和十八年十二月　至昭和十九年二月」◆「253空飛行機隊戦闘行動調書　自昭和18年12月　至昭和19年３月」◆「第二五三海軍航空隊戦時日誌　自昭和十八年十二月　至昭和十九年一月」◆「938空飛行機隊戦闘行動調書 自昭和19年１月　至昭和19年２月」(注：２月18日、零観機による哨戒記述あり）◆「隼鷹飛行機隊戦闘行動調書　自昭和19年１月　至昭和19年２月」◆「龍鳳飛行機隊戦闘行動調書　自昭和19年１月　至昭和19年２月」◆「飛鷹飛行機隊戦闘行動調書　自昭和19年１月　至昭和19年２月」◆「第九三八海軍航空隊戦時日誌　自昭和十九年二月一日　至昭和十九年二月二十九日」（注：２月18日、零観機による哨戒記述あり）◆「第二五一甲部隊戦時日誌　自昭和十九年二月一日　至昭和十九年二月二十九日「ＲＲ」派遣隊」
Breaking the Bismarck's Barrier, 22 July 1942- 1 May 1944 in History of United States Naval Operations in World War II, Samuel E. Morison, Little, Brown, 1947◆Cartwheel: the reduction of Rabaul, John Miller in United States Army in World War II. The War in the Pacific, Historical Division, Dept. of the Army, 1948◆The Assault on Rabaul: Operations by the Royal New Zealand Air Force, December 1943-May 1944, J. M. S. ROSS, War History Branch, Department of Internal Affairs, 1949◆Royal New Zealand Air Force (Official history of New Zealand in the Second World War, 1939-1945), J.M.S. Ross, War History Branch, Dept. of Internal Affairs, 1955◆History Of U.S. Marine Corps Operations in World War II: Volume II, Isolation on Rabaul, Henry I. Show, Historical Branch, G-3 Division, Headquarters, U.S. Marine Corps, 1963◆The Army Air Forces in World War II Volume 4 The Pacific - Guadalcanal to Saipan August 1942 to July 1944, W. F. Craven, J. L. Cate, Office of Air Force History, 1983◆Time of the Aces: Marine Pilots in the Solomons, 1942-1944, P.B. Mersky, History and Museums Division, Headquarters, U.S. Marine Corps, 1993◆The Jolly Rogers, The Story of Tom Blackburn and Navy

Fighting Squadron VF-17, Tom Blackburn with Eric Hammel, Pacifica Military History, 1997◆Vampire Squadron, The saga of the 44th Fighter Squadron in the South and Southwest Pacific, William H. Starke, Robinson Typographics,1999◆13th Fighter Command in World War II: air combat over Guadalcanal and the Solomons, William Wolf, Schiffer Military History, 2004◆Target: Rabaul: the allied siege of Japan's most infamous stronghold, March 1943-August 1945, Bruce Gamble, Zenith Press, 2013◆South Pacific Cauldron, Alan Rems, Naval Institute Press, 2014◆Kiwis over the Pacific: the RNZAF in World War Ⅱ, Allyn Vannoy, 2015◆Kiwi Air Power: a history of the RNZAF to the end of the Cold War, Matthew Wright, 2017◆Rabaul 1943-44: reducing Japan's great island fortress, Mark Lardas and others, Osprey Publishing, 2018◆MARINE AIRCRAFT GR 14, War Diary, 10/22/43 to 11/26/43◆COMSOPAC, War Diary, 11/ 1 /43- 2 /29/44◆COMSOPAC, Nav Air Combat Intelligence Publications & Act Reps◆COMSOPAC, Forwarding of Naval Air Combat Intelligence Publications and Action Reps◆STRIKE COMMAND, COMAIR, SOLOMON ISLANDS, War Diary, 11/20/43 to 3 /13/44◆COMAIRSOPAC, War Diary, 11/ 1 /43- 1 /19/44◆COMAIR SOLOMONS, Mission Reps for 1 / 1 /44 to 5 /31/44◆The Story of the Fifth Bomb Group◆VMF-211, War Diary, 1 / 1 -31/44 (ACA Reps)◆VMF-212, War Diary, 2 / 1 -29/44 (ACA Reps #14-19)◆VMF-214, War Diary, 1 / 1 -31/44 (Act Reps)◆VMF-215, War Diary, 11/ 1 -30/43◆VMF-215, War Diary, 12/ 1 /43 to 1 /31/44 (ACA Reps)◆VMF-215, War Diary, 2 / 1 -29/44 (ACA Reps #18-23)◆VMF-216, War Diary, 12/ 1 -31/43(Action Reps)◆VMF-216, War Diary, 2 / 1 -29/44◆VMF-217, War Diary, 1 / 1 -31/44 (ACA Rep # 1)◆VMF-217, War Diary, 2 / 1 /44 to 4 /30/44◆VMF-222, War Diary, 10/ 1 /43 to 9 /30/44◆VMF-223, War Diary, 12/ 1 -31/43(Action Reps)◆VMF-321, War Diary, 1 / 1 -31/44 (ACA Reps # 2 -18)◆VF-17, War Diary, 11/ 1 /43- 2 /29/44◆VF-33, War History, 8 May 1946（注：1943年12月24日～1944年１月１日の間の記述あり）◆VF-40, War Diary, 12/ 1 /43- 1 /31/44◆VF-40, War History, 8 May 1946（注：1943年12月～1943年１月の記述あり）◆VMTB-134, War Diary, 2 / 1 -29/44 (Mission Reps)◆VMTB-143, War Diary, 1 / 1 - 2 /29/44 (Mission Reps)◆VMTB-232, War Diary, 1 / 1 -31/44 (Mission Reps)◆VMTB-232, War History, 8 Apr 1946（注：1944年１月の記述あり）◆VMTB-233, War Diary, 1 / 1 /44 to 3 /14/44 (Mission Reps)◆VMSB-236, War Diary, 1 / 1 /44 to 2 /29/44 (Mission Rep)◆VMSB-244, War Diary, 2 / 1 -29/44 (Mission Reps)◆VMSB-341, War Diary, 1 / 1 -31/44◆VB-98, War Diary, 1 / 1 /44 to 3 /31/44 (Mission Reps)◆COMDESRON 12, Rep of anti-shipping sweep and bombardment in the Rabaul Area, New Britain, 2 /17-18/44◆USS LANSDOWNE, War Diary, 2 / 1 -29/44◆USS LANDSDOWNE, Rep of Surface Attack of Rabaul, New Britain Island, 2 /17-18/44◆USS WOODWORTH, War Diary, 2 / 1 -29/44◆USS WOODWORTH, Act Rep, Bombardment & Anti-Shipping Strike, Rabaul Area, New Britain, 2 /17-18/44◆USS FARENHOLT, War Diary, 2 / 1 -29/44◆USS FARENHOLT, Rep of Bombardment & Action, 2 /17-18/44, Rabaul Area◆USS LARDNER, War Diary, 2 / 1 /44 to 4 /30/44◆USS LARDNER, Act Rep, Bombardment of Rabaul and Torpedo Firing into Keravia Bay & Simpson Harbor, 2 /18/44◆USS LARDNER, War History◆USS BUCHANAN, War Diary, 2 / 1 -29/44◆USS BUCHANAN, Act Rep, Bombardment of Rabaul, 2 /17-18/44◆USS BUCHANAN, War History

【トラック島空襲】

「押し潰されたトラック」ウオルター・カリグ（『丸増刊』1957年４月）光人社◆『戦史叢書　マリアナ沖海戦』防衛庁防衛研修所戦史室（1968年２月）◆「悲しき零戦隊」加藤茂（『丸』1973年２月）光人社◆『戦史叢書　中部太平洋方面海軍作戦〈２〉昭和十七年以降』防衛庁防衛研修所戦史室（1973年２月）◆『提督スプルーアンス』トーマス・Ｂ・ブュエル（1975年４月）読売新聞社◆「トラック零戦隊が壊滅した日」小高登貫（『丸エキストラ版』1981年８月）光人社◆『駆逐艦野分鎮魂の譜』佐藤清夫（1988年２月）駆逐艦野分会◆「Ｂ24狩りの覇者『五二型』戦闘詳報」中山光雄（『伝承零戦第２巻』秋本実編、1996年９月）光人社◆『鷹が征く』碇義朗（2000年４月）光人社◆『駆逐艦野分物語』佐藤清夫（2003年12月）光人社ＮＦ文庫◆「204空飛行機隊戦闘行動調書　自昭和18年12月　至昭和19年２月」◆「253空飛行機隊戦闘行動調書　自昭和19年２月　至昭和19年７月」◆「(トラック竹島本隊）第二五三海軍航空隊戦時日誌　自昭和十九年四月　至昭和十九年五月」◆「第二五三海軍航空隊戦時日誌　自昭和十九年六月一日　至昭和十九年六月三十日」◆「753空飛行機隊戦闘行動調書　自昭和18年12月　至昭和19年７月」◆「第十戦隊戦時日誌　自昭和十九年二月一日　至昭和十九年二月二十九日」（注：駆逐艦野分関連）◆「第三段　作戦（船舶被害「沈没」之部）　19年２月１日～19年２月29日」第二復員局残務処理部◆「昭和十九年三月一日　第百一航空基地隊戦闘詳報第一号　昭和十九年二月十七日（「トラック」邀撃戦）」◆「昭和十九年三月一日　第百一航空基地隊戦闘詳報第二号　昭和十九年二月十八日（「トラック」邀撃戦）」◆「202空（Ｓ301）飛行機隊戦闘行動調書（１）　自昭和19年３月　至昭和19年７月」◆「第二〇二海軍航空隊戦闘詳報　自昭和十九年三月一日　至昭和十九年七月十日（一)」◆「第二〇二海軍航空隊戦闘詳報　自昭和十九年三月四日　至昭和十九年七月十日」

Operation Hailstone - Carrier Raid on Truk Island, 17-18 February 1944, Samuel J. Cox in Naval History

& Heritage Command◆COMTASK-GROUP 58.1, Rep of Operations Against Truk, 16 Feb 1944-17 Feb 1944◆COMTASK-GROUP 58.2, Action Rep of Ops Against Truk, 16 Feb 1944-17 Feb 1944◆COMTASK-GROUP 58.3, Carrier Air Attack on Truk in Support of Capture of Eniwetok Atoll & Green Is, 12 Feb 1944-19 Feb 1944◆COMTASK-GROUP 58.3, War Diary, 1 Feb 1944-29 Feb 1944◆USS ENTERPRISE, War Diary, 2/1-29/44◆USS YORKTOWN, War Diary, 1 Feb 1944-29 Feb 1944◆USS BELLEAU WOOD, War Diary, 1 Feb 1944-29 Feb 1944◆USS ESSEX, Rep of Air Ops Against Truk Atoll, 16 Feb 1944-17 Feb 1944◆USS INTREPID, War Diary, 1 Feb 1944-29 Feb 1944◆USS INTREPID, Rep of Air Ops vs TRUK Atoll, 16 Feb 1944-17 Feb 1944◆USS CABOT, Action Rep of Raid on Truk, Carolines, 16 Feb 1944-17 Feb 1944◆USS BUNKER HILL, War Diary, 5 Feb 1944-29 Feb 1944◆USS MONTEREY, War Diary, 1 Feb 1944-29 Feb 1944◆COM AIR GR 25, ACA Reps - 2/16-22/44, Truk and Marianas (VT-25, USS Cowpens)◆USS BUNKER HILL, ACA Reps of Air Gr 17, Truk - 2/16-17/44 and Marianas (VT-17, VF-18, VB-17)◆USS NEW JERSEY, Action Rep, Truk Area, 16 Feb 1944◆USS IOWA, Rep of Engagement off Truk, 16 Feb 1944◆USS NEW ORLEANS, War Diary, 1 Feb 1944-29 Feb 1944◆COMCRUDIV 6, War Diary, 1 Feb 1944-29 Feb 1944(注：重巡「ミネアポリス」戦時日誌あり)◆USS BRADFORD, War Diary, 1 Jan 1944-29 Feb 1944◆USS BURNS, Action Against Jap Forces Escaping from Truk, 16 Feb 1944◆COMSOPAC, War Diary, 1 Mar 1944-31 Mar 1944◆27 Jun 1944, General Orders, 13th Air Force◆April 1944, 307 Group Monthly Historical Record

【台湾沖航空戦】

『神風特別攻撃隊』猪口力平、中島正（1951年12月）日本出版協同株式会社◆『戦史叢書　海軍捷号作戦〈1〉台湾沖航空戦まで』防衛庁防衛研修所戦史室（1970年８月）◆「世紀の奇略『渡洋零戦隊』始末」瀧澤謙司（『丸』1984年12月）光人社◆『最強撃墜王　零戦トップエース西澤廣義の生涯』武田信行（2004年８月）光人社◆「252空飛行機隊戦闘行動調書（２）　自昭和19年６月　至昭和19年12月」（注：角田和男ほかが作成した）◆「第二五二海軍航空隊戦時日誌　自昭和十九年八月一日　至昭和十九年八月三十一日　（戦闘第三〇二飛行隊・戦闘第三一六飛行隊）」◆「第二五二海軍航空隊館山派遣隊戦時日誌　自昭和十九年八月九日　至昭和十九年八月三十一日（戦闘第三一五飛行隊・戦闘第三一七飛行隊）」（注：角田和男が硫黄島より帰国の記述あり）◆「第二五二海軍航空隊（茂原基地）戦時日誌　自昭和二十年一月一日　至昭和二十年一月三十一日　（戦闘第三一一飛行隊）」◆「第三三二海軍航空隊戦時日誌　自昭和十九年八月一日　至昭和十九年八月三十一日」

◆COMTASKFOR 38, Summary of Task Force 38 Operations, 28 Aug 1944-30 Oct 1944◆COMTASK-GROUP 38.1, War Diary, 1 Oct 1944-31 Oct 1944◆COMTASK-GROUP 38.2, Rep of Air Operations against the Ryukyu Islands, Formosa & the Philippines, 10/10/44-11/3/44, including Attacks on the Jap Fleet, 10/24-26/44◆COMTASK-GROUP 38.3, War Dairy, 10/1-31/44◆COMTASK-GROUP 38.4, Rep of Air Ops Against the Ryukyu Is, Formosa & the Philippines, 10/7-21/44◆USS WASP, War Diary, 1 Oct 1944-31 Oct 1944◆USS HORNET, War Diary, 1 Oct 1944-31 Oct 1944◆USS COWPENS, Rep of Ops Against the Ryukyu Is, Formosa & Philippines & Aerial Attacks on Jap Fleet 10/2-15/44 & 10/21-28/44◆USS COWPENS, Rep of Ops East of the Philippine Is, 10/15-17/44◆USS INTREPID, War Diary, 10/1-31/44◆USS BUNKER HILL, War Diary, 10/1-31/44◆USS HANCOCK, War Diary, 10/1-31/44◆USS CABOT, War Diary, 10/2/44 to 11/9/44◆USS CABOT, Rep of Air Ops Southeast of Formosa, 10/14-18/44◆VF-29, War History(注：「キャボット」搭載VF-29)◆USS ESSEX, War Diary, 10/1-31/44◆USS LEXINGTON, War Diary, 10/1/44 to 11/30/44◆USS ENTERPRISE, War Diary, 10/1-31/44◆USS FRANKLIN, War Diary, 10/1-31/44◆COMCRUDIV 10, Rep of participation in the salvage operations of USS CANBERRA & USS HOUSTON from Formosa to Ulithi, Carolines, 10/14-24/44◆USS HOUSTON, Rep of Act Against Jap Aircraft off Formosa & Torpedoing of USS HOUSTON 10/16/44◆USS CANBERRA, War Diary, 10/1-31/44◆USS RENO, War Diary, 10/1-31/44

【昭和20年２月16日関東大空襲】

『戦史叢書　本土防空作戦』防衛庁防衛研修所戦史室（1968年10月）◆「されどわが愛機恥ずることなかれ」海法秀一（『丸』1974年10月）光人社◆『還って来た紫電改』宮崎勇、鴻農周策（2006年３月）光人社ＮＦ文庫◆「戦闘三〇一飛行隊『紫電改』菅野隊長帰投せず」宮崎勇（『海軍戦闘機物語』小福田晧文ほか、2014年７月）光人社◆「252空飛行機隊戦闘行動調書　自昭和20年２月　至昭和20年６月」◆「第二五二海軍航空隊（茂原基地）戦時日誌　自昭和二十年二月一日　至昭和二十年二月二十八日　（戦闘第三一一飛行隊、戦闘第三〇四飛行隊、戦闘第三〇八飛行隊、戦闘第三一三飛行隊）」◆「戦闘第三〇八飛行隊・戦闘第三一一飛行隊（第二五二海軍航空隊）戦闘詳報第十三号　自昭和二十年二月十六日　至昭和二十年二月十八日（関東方面敵機動部隊邀撃戦）第三航空艦隊第二五二航空隊戦闘第三〇八飛行隊・戦闘第三一一飛行隊」◆「第二五二海軍航空隊（館山基地）戦時日誌　自昭和二十年二月一日　至昭和二十年二月二十八日（戦闘第三〇四飛行隊、戦闘第三一六飛行隊）」◆「第一三一海軍航空隊戦闘詳報　自二月

十六日　至二月二十八日　香取基地に於ける捷三号作戦」
◆COMTASK-GROUP 58.2, Rep of carrier air strikes on Japan, Bonins, & the Ryukyu Is, 2/16/45-3/1/45◆COMTASK-GROUP 58.4, Rep of air ops against Japan & the Bonin Is 2/16-25/45◆USS BENNINGTON, War Diary, 2/1-28/45◆USS HANCOCK, Rep of air ops against Japan, Bonins & the Ryukyus 2/16/45-3/1/45◆USS LEXINGTON, War Diary, 2/1-28/45◆USS LEXINGTON, Rep of air ops against Japan, Bonins & Ryukyus, 2/16/45-3/1/45◆USS SAN JACINTO, War Diary, 2/1/45 to 3/31/45◆VMF-80, Aircraft Action Rep, 16 Feb 1945◆VMF-112 & VMF-123 (FORWARD ECHELONS), War Diary, 2/1-28/45◆VMF-112 & VMF-123, Aircraft Action Rep, 16 Feb 1945◆VF-9, Aircraft Action Rep, 16 Feb 1945◆VF-9, War History, 7 May 1946(注：2月16日の記述あり)◆VF-45, ACA reps, Air ops against Japan on 2/16 & 17/45◆VF-45, War History, 8 May 1946(注：2月16日の記述あり)◆VF-80, War History, 8 May 1946(注：2月16日の記述あり)

【沖縄方面特攻作戦】

『戦史叢書　沖縄方面海軍作戦』防衛庁防衛研修所戦史室（1968年7月）◆『戦史叢書　沖縄・臺湾・硫黄島方面陸軍航空作戦』防衛庁防衛研修所戦史室（1970年7月）◆「名機零戦を語る座談会」源田実、谷水竹雄ほか（『予科練』1978年10月1日）海原会◆「Interview 土方敏夫(元戦闘303飛行隊 海軍大尉)」小畑雄二（『歴史群像』1992年6月）小学館◆『写真集カミカゼ陸・海軍特別攻撃隊　下巻』カミカゼ刊行委員会（1997年4月）(株)ベストセラーズ◆『人間爆弾と呼ばれて　証言桜花特攻』文藝春秋編（2005年3月）◆『零戦隊長藤田怡与蔵の戦い』阿部三郎（2010年8月）光人社ＮＦ文庫◆『海軍予備学生　零戦空戦記』土方敏夫（2012年1月）光人社ＮＦ文庫◆「私は敗戦の日スピットファイアを撃墜した」阿部三郎（『空戦に青春を賭けた男たち』野村了介ほか、2014年1月）光人社◆「我が胸中にのこる零戦撃墜王の素顔」安部正治（『空戦に青春を賭けた男たち』）◆「第五航空艦隊の作戦記録　自昭和二十年二月　至二十年八月（二）」第二復員局残務処理部◆「第五航空艦隊戦闘経過　自昭和二十年二月十日　至昭和二十年八月十九日」第二復員局残務処理部◆「203空飛行機隊戦闘行動調書　自昭和19年12月　至昭和20年3月」◆「第二〇三海軍航空隊戦時日誌　自昭和二十年三月一日　至昭和二十年三月三十一日　戦闘第三〇三飛行隊・戦闘第三一一飛行隊・戦闘第三一二飛行隊」◆「二〇三空戦闘詳報　自昭和二十年三月十八日　至同年三月二十一日」◆「戦闘三〇三飛行隊戦闘詳報　自昭和二十年三月十八日　至昭和二十年三月二十日　鹿屋地区遊撃戦　戦闘三〇三飛行隊」◆「菊水1号作戦（奄美大島南方敵機動部隊並に沖縄東方敵機動部隊攻撃）戦闘詳報　昭和二十年四月六日」第二五二海軍航空隊◆「昭和二十年四月十八日　軍極秘　現状申告覚書　大村海軍航空隊」◆「戦闘詳報第六号　自昭和二十年四月六日　至同年四月三十日　天一号作戦（其ノ二）　笠野原基地第二〇三部隊」
◆Carrier Air Group 82, War Diary, May and June 1945◆USS HORNET, War Diary, 1-31 May 1945◆USS BENNINGTON, War Diary, 1 May 1945 to 31 May 1945◆USS BENNINGTON, Action Rep, 9 May 1945 to 28 May 1945◆USS SAN JACINTO, War Diary, 1 May-31 May 1945◆USS SAN JACINTO, Action Rep, 8 May through 27 May 1945◆USS ESSEX, War Diary, 1 May-31 May 1945◆USS RANDOLPH, War Diary, 1 May-31 May 1945◆USS MONTEREY, War Diary, 1 May 1945 to 31 May 1945◆USS MONTEREY, Action Rep, 9 May 1945 to 1 June 1945◆USS BELLEAU WOOD, Action Rep, 10 May-27 May 1945◆VMF-312, War Diary, 25 May-30 May◆VMF-312, Aircraft Action Rep, 25 May 1945◆VMF-322, Aircraft Action Rep, 25 May 1945◆VMF-323, Aircraft Action Rep, 25 May 1945◆VMF-422, Aircraft Action Rep, 25 May 1945◆VF-30, USS BELLEAU WOOD, Aircraft Action Rep, 25 May 1945◆VF-441, Aircraft Action Rep, 25 May 1945

【天雷特別攻撃隊】

「自分の技量を把握する良心を」田中民穂（『航空情報』1983年1月）せきれい社◆「もう一つの天雷特別攻撃隊」高野透（『若鷲の群像　予科練最前線の記録（3）』海原会編、1983年10月）◆『天雷特別攻撃隊』内藤宏、沖井洋一（1993年12月）出版内藤宏◆『私はヒロシマ、ナガサキに原爆を投下した』チャールズ・スウィーニー（2000年7月）原書房◆『ドン・キホーテなハムレット』沖井洋一（2007年3月）文芸社◆『人は歩道をあるくもの　沖井洋一随想集』沖井洋一（2013年7月）樹海社◆「天雷特別攻撃隊」内藤宏（『零戦、かく戦えり！』零戦搭乗員会、2016年12月）文春文庫

【北海道開拓】

『北墾』（1947年1月）日本開拓公社北栄会編◆『新江別市史　本編』江別市総務部編（2005年3月）江別市◆「世田谷区立成城三丁目緑地における管理の現状と土壌の研究」坂口豪（『観光科学研究』2013年3月）首都大学東京大学院都市環境科学研究科◆「戦災から逃れて　もうひとつの世田谷　角山・世田谷70周年」（『広報えべつ』2015年9月）

【大和紡績】

『益田市史』矢富熊一郎（1982年10月）大和学芸図書

撃墜王 岩本徹三零戦空戦記

二〇二機を撃墜した「虎徹」

2025年3月15日　第1刷発行

著　者　赤井照久

発行者　赤堀正卓

発行所　株式会社　潮書房光人新社

〒100-8077
東京都千代田区大手町1-7-2
電話番号／03-6281-9891（代）
http://www.kojinsha.co.jp

装　幀　天野昌樹

印刷製本　サンケイ総合印刷株式会社

定価はカバーに表示してあります。
乱丁、落丁のものはお取り替え致します。本文は中性紙を使用

ISBN978-4-7698-1714-7 C0095